문학과의 동행

문학과의

동행

염무웅 대담집

한티재

책머리에

여기 실린 글들은 보다시피 내가 인터뷰이가 되어 주로 후배평론가들의 질문에 대답하는 형식의 대담으로 이루어져 있다. 4월혁명의 의미와 1960년대 문학을 주제로 평론가 김윤태와 나눈 대화만은 꽤 오래전의 것이고, 나머지는 2012년부터 2016년 사이에 소소한 잡지들의 요청에 따라 이루어진 것들이다. 이 대담들은 이명박·박근혜 정권의 부패와 퇴행으로 위기감이 고조되던 때를 배경으로 했기에 이야기의 주제와 상관없이 좀 비판적인 어조를 띠고 있을지 모르겠다.

내가 대화의 주인공이다 보니 자연 문학에 입문하게 된 경위부터 질문을 받는 수가 많았다. 그런 질문을 받으면 모험소설과 탐정소설의 재미에 빠져 지냈던 어린 시절이 저절로 떠오른다. 동무들과 밖에 나가 뛰놀기보다 방에 처박혀 책 뒤적이기를 좋아했던 내 안의 어떤 성향이 결국 나를 문학으로 이끈 것은 아닐까 막연히 짐작한다. 하지만 내 안의 어떤 고유한 요소와 비평가로서 내가 추구했던 문학 사이의 관계가 그렇게 단순하지만은 않을 것이다. 어떻든 나는 근대세계에 있어 문학창작이란 궁극적으로는 창작자 혼자 감당하는 고독한 작업이고 문학작품이란 각 개인들 안에 잠재된 독특한 내면성의 외적 발현이라는 '오래된' 생각을 은연중 가지고 있다.

그러나 다른 한편 문학활동은 작품을 매개로 하여 환경을 이해하고 세계에 개입해가는 사회적 교섭의 과정이다. 창작 행위로서의 고독한 글쓰기가 문학현상의 핵심에 위치한다는 것은 자명하지만, 떠돌이별처럼 외따로 존재하는 단독자들에 의해 어떤 글이 생산되고 그 생산된 글이 많은 사람들에게 문학의 이름으로 수용되어 하나의 '감성의 커뮤니티'가 형성되기까지는 문학 바깥으로부터의 수많은 인적·물적·제도적 지원과 간섭이 필수적으로 동반된다. 물론 경우에 따라서는 그 과정의 한 대목에서 정치적 탄압이 목을 죌 수도 있고 경제적 곤경이 작가로 하여금 글쓰기를 포기하게 만들 수도 있으며, 심지어 문인들이 거리에 나가 권력과 싸워야 할 때도 있다. 문학작품은 그 모든 외적 조건들에 대한 저자 내면으로부터의 치열한 자기주장의 결과물이다.

이렇게 생각하면서 돌아보면 내 생애에 있어 결정적 변곡점은 대학에 입학하자마자 맞은 4·19혁명이었다. 그때 나 자신은 시골에서 갓 상경한 얼뜨기로서 투쟁의 현장에 적극 참여하지 못했지만, 4·19 이후 서너 해 동안 대학캠퍼스에서 들이마신 자유의 공기는 평생의 자양분이 되고 생활과 사유의 기준점이 되었다. 그런데 우리 세대의 삶에 4·19 못지않게 강력한 낙인을 찍은 것은 5·16쿠데타였다. 박정희 정권의 군사파시즘과 그 연장으로서의 유신체제는 가장 화사하게 꽃피어야 할 우리의 청춘을 각박하게 옭죄어, 시대에 타협했건 시대와 불화했건 각자의 인생 황금기를 각각의 방식으로 일그러뜨렸던 것이다. 그 시대적 가혹함에 굴복하지 않고 살고자 했던 삶의 방식으로서의 '문학하기'의 경험, 즉 동시대의 많은 동료문인들과 함께 문학의 깃발을 들고 민주화운동 대열에 나섰던 경험은 공적인 차원에서는 한국문학사의 자랑스러운 페이지이기도 하지만, 나 개인에게도 떳떳하게 얼굴 들고 살아가는 자부심의 근원이 되었다. 이 책에서 내가 말하고 싶은 주제들은 모두 이 시대적 현실로부터 발원한다.

하지만 이 책은 그때그때 질문에 임기응변 답한 내용이지 문학과 현실의 관계에 대한 어떤 체계적 사유의 소산이 아니다. 교정을 보면서 다시 읽으니, 여기저기 중복되는 일화도 많고 더 집요하게 따지고 들었어야 할 문제들도 적지 않다. 이런 취약점에도 불구하고 역경 속에서 문학행위에 임한다는 것의 근본을 들여다보고 자세를 가다듬으려는 내심의 욕구만은 버린 적이 없다고 자위한다.

맨 마지막에 실린 글 「문학의 계단을 오르며」는 원래 책 앞에 붙이는 머리말로 쓰기 시작한 것인데, 쓰다 보니 아주 길어져서 「뒤에 붙이는 머리말」이 되었다. '책 읽기'와 '글쓰기'라는 내 본업을 줄기로 하여 어린 시절부터 1970년대 말, 그러니까 박정희 유신체제가 붕괴될 때까지 돌아본 글이다. 서울을 떠나 대구로 이사한 뒤에는 중앙문단과 거리가 생겼기에 아무래도 그때까지와 같은 어조로 써나갈 수 없었다. 1980년대 이후에 관해서는 대담 본문에 흩어진 언급들로 대신하고자 한다.

　원래 이 머리말은 입춘 직전 추위가 맹위를 떨치던 무렵에 쓴 것이다. 그런데 그 직후 거대한 소용돌이가 문단과 문화계를 강타한 데 이어 파장이 사회 전반으로 확산되고 있다. 특정의 문인 한 사람의 도덕성 문제를 넘어 한국문학 전체에 대한 사회적 신뢰가 바람에 날려가는 듯하다. 요컨대 지금 우리나라에서는 일찍이 못 보던 '하나의' 혁명이 진행 중이다. 이것이 과연 '혁명'이라고 한다면 지난날의 혁명들에서도 그랬듯이 일시적으로는 과잉과 오류가 기세를 올릴 수도 있고 때로는 부당한 피해가 발생할 수도 있다. 하지만 세월이 지나 돌아보면 그 모든 것이 큰 발전을 위한 불가피한 진통이었다고 이해될 수 있다. 그렇게 믿고 싶은 마음 이외의 다른 하고 싶은 말은 뒷날로 미룬다.

　마지막으로 감사의 마음을 전한다. 한티재 오은지 대표의 간곡한 부탁이 없었다면 이런 책은 출간할 엄두도 내지 못했을 것이다. 1980년 2월부터 2007년 2월까지 영남대학교에 재직하면서 사귄 벗들과의 즐거운 인연도 대구의 신생출판사를 선택하도록 결심하는 데 한몫했다. 출판사에 큰 손

해만 끼치지 않는다면 그것만으로도 고마움을 갚을 수 있을
것 같다. 인터뷰어로서 대담을 나누었던 이주영·김윤태·김
용락·황규관·김수이·백지연·장성규 선생들께, 그리고 교정
지로 원고를 읽어준 이정연 시인께도 깊이 고맙다는 말씀을
드린다.

2018년 4월의 그날을 앞두고
염무웅

차
례

뒤에 붙이는 머리말 문학의 계단을 오르며

1960년대와
한국문학

대담자 김윤태 · 문학평론가

일시 1997년 1월 29일

장소 영남일보사 회의실

김윤태 안녕하십니까? 선생님과 더불어 대담을 가지게 된 것을 더없는 영광이라고 생각합니다. 선생님 덕분에 오랜만에 대구 구경까지 하게 되어 즐거운 마음이 더합니다.

오늘 다룰 주제는 거칠게 보면 1960년대 문학 전반에 대한 것입니다. 선생님께서 "1960년대는 4·19혁명으로부터 비롯된다"고 하신 글을 읽은 바 있는데, 아무튼 4·19에 대해서는 여러 가지 말들이 많습니다. 혁명이냐 의거냐 하는 논란에서부터 자체 완결적이냐 미완적이냐는 문제에 이르기까지 4·19를 바라보는 관점은 다양한 스펙트럼을 가지고 있습니다. 이와 관련하여 먼저 4·19에 대한 성격규정을 해주시기 바랍니다. 그리고 1960년대 문학과 관련해서는 요즘 이런 견해가 있는 듯합니다. 가령 평론계 일부에서는 한글세대니 4·19세대니 하는 이름으로 이전 세대와의 차별성 부각을 통해, 꼭 단절이라고 하기는 곤란하긴 하지만, 다소는 단절론 내지 세대론적인 혐의를 가진 견해가 있었고, 지금도 젊은 평론가들 가운데 이런 논리를 이어받아 자신의 입지를 견지하려는 사람들도 있는 것 같습니다. 저는 이렇게 세대론이나 단절론으로 보아서는 곤란하지 않으냐 하는 생각을 갖고 있습니다. 선생님께서는 개인적으로 보자면 4·19와 더불어 대학시절을, 가장 젊음이 왕성한 시기를 보내신 것으로 알고 있습니다. 당시의 민족현실이라든지 국내외적인 상황을, 4·19를 중심으로 풀어주시면 좋겠습니다.

이승만 체제에 대한 거부로서의 4·19

염무웅　1950년대와 1960년대 사이에 어떤 단절이랄까 차별적인 측면이 더 많은가, 아니면 연속적인 측면이 강하냐 하는 문제제기를 하셨는데, 그에 앞서 나는 1950년대, 1960년대뿐만 아니라 멀리 구한말부터 일제강점기를 거쳐 오늘에 이르는 전체적인 역사의 흐름 속에서 우리 시대를 바라볼 필요가 있다고 생각합니다. 아시다시피 조선왕조가 망해가고 제국주의 외세가 침략해 들어오고 하면서 근대적인 각성이 일어나고, 그로부터 근대적인 민족운동과 민족문학운동이 점차 본격화되는데, 이 과정에서 민족적 성장 내지 민족의 갱생을 추구하는 세력과 그것에 반대되는 세력, 반대세력은 외세일 수도 있고 국내 매판세력 또는 사대주의 세력일 수도 있지만, 이 두 세력 사이에 전개된 끊임없는 '밀고 당기기'의 연속이 우리 근대사였다고 볼 수 있지 않겠는가. 그리고 그런 관점에서 민족세력의 점진적인 성장과 승리의 과정, 아직 완전히 승리했다고 보기는 어렵지만, 우리의 주체적 역량이 반민족세력을 이겨나가는 과정으로 큰 줄기를 볼 수 있지 않겠는가. 이렇게 생각해볼 때 일제강점기 및 6·25전쟁은 분명히 우리 민족역량의 성장과 발전에 일대 타격을 가한 기간이었고, 또 그런 사건이었다고 볼 수 있을 것입니다. 우리가 일제의 식민지로 전락했다는 사실 자체가 외세의 침략을 민족의 힘으로 극복하는 데 실패했다는 것이고, 또 해방 후 남북으로 분단된 것도 우리 자신의 힘으로 독립을 성취하지 못한 결과인데, 바로 그 때문에 전쟁이라는 참화까지 겪었던 것 아닙니까? 그런 관점에서 볼 때 나로서는 1950년대가 가장 암담한 기간이었다고 생각합니다. 친미의 옷으로 갈아입은 친일파들의 정권, 이것이 이승만 정권의 본질인데, 따라서 독재와 부패가 아주 심했고, 그래서 사회 전체적으로 6·25 직후의 절대적인 빈곤과 혼란, 여기에 겹쳐서 사상적인 경직성, 이런 여러 측면에서 1950년대의 분위기는 암울했어요.

이념적인 면에서도 1950년대는 반공냉전 이데올로기가 너무나 압도적이어서 그것과 다른 눈으로 보려고 하는 관점들은 맥을 추기 어려웠어요. 물론 조봉암의 진보당을 비롯한 이른바 혁신계 운동이 있기는 했지만, 큰 힘을 발휘하지 못했어요. 사실 조봉암 자신도 정통적인 진보세력으로 볼 수 있는가 논란이 있고요. 그러나 그 정도의 개량적인 진보주의마저 이승만 체제는 용납을 못 했어요. 문학적인 측면에서 보더라도 1950년대에는 이승만 반공체제에 근본적 의문을 제기하는 목소리를 찾을 수 없어요. 그런 점에서 저는 4·19에 의해서 열려진 1960년대는 일단 1950년대에 대한 단절적 거부라고 보는 것이 옳다고 봅니다. 다시 말하면 친미·반공 일변도의 이승만 체제에 대한 반대와 거부로서 1960년대의 역사적 의의를 봐야 하지 않겠는가 생각합니다.

물론 4·19봉기 자체에는 여러 이념적 흐름이 혼재되어 있었다고 봐야죠. 가장 중요한 것은 민권사상으로서의 민주주의이지만, 같은 민주주의의 깃발 아래에도 민족주의·사회주의 등 여러 상이한 이념적 지향들이 내재되어 있음을 찾아볼 수 있어요. 여하튼 분명한 것은 결과적으로 4·19가 이

승만 정권의 침체된 분위기를 일신해서 이제 우리도 민주주
의를 할 수 있다는 자신감을 온 국민들에게 심어준 거예요.
1950년대만 하더라도 "한국에서 민주주의를 바라는 것은 쓰
레기통에서 장미꽃이 피기를 바라는 것이나 마찬가지다"라
는 말이 나올 정도로 절망적인 분위기가 팽배했습니다. 그런
데 4·19와 더불어 자신감이 생겼고 희망이 살아났어요. 나는
대학에 입학하자마자 4·19를 맞이했는데, 4·19 이후의 자유
로운 대학 분위기에서 학창시절을 보내면서 그때 흡수한 자
양분이 지금까지 내 삶의 원천이고 기준이고, 그때 심어졌던
마음이 지금도 내게는 문학적인 측면에서만 아니라 살아가
는 데 있어서도 근본적인 자산이 된다고 느낍니다. 그런 점
에 있어서 나로서는 1950년대와 1960년대를 연속으로 보는
것보다는 오히려 단절의 측면에서 보아야 1960년대 이후 지
금까지 전개되어온 민족운동, 민족문학운동에 제대로 의미
부여를 할 수 있지 않겠는가 생각합니다.

김윤태 문학사적인 측면에서 보자면 어떻겠습니까? 다시
말해 1950년대 말 일부 문인들은 이미 4·19를 예감이라도
하는 듯한 글들을 내놓곤 했습니다만, 4·19를 계기로 문학
사적으로 달라지는 것이 무엇인가를 따져보는 일이 필요할

것 같습니다.

4·19의 해방적 의의

염무웅 옳은 지적입니다. 1950년대 후반이 되면 그 시대로
부터의 이탈현상들을 산발적으로 목격할 수 있습니다. 박봉
우의 「휴전선」이라는 시도 그렇고 김수영의 활동도 활발해
집니다. 신동엽·최인훈·남정현 같은 시인·작가들의 등
장도 50년대 말이죠. 손창섭·오상원·장용학 등 50년대의
대표적 작가들의 경우 체제에 대한 정면도전을 찾아볼 수는
없지만, 그럼에도 시대의 심층에서 울리는 고통의 신음이 담
겨 있다고 볼 수 있어요. 평론가 이어령의 등장도 주목에 값
합니다. 활동 초기 그의 비평적 구호는 '저항', '참여', '책임'
등인데, 어떤 면에서는 당시 세계적 유행이던 서구 실존주의
의 언어를 수입한 것이긴 해도 다른 면에서는 침체된 분위기
를 일신하는 효능을 발휘했지요. 하지만 그럼에도 나는 그들
이 1950년대를 전면적으로 거부하고 새로운 민족문학의 전
망을 제시한 것은 아니었다고 봅니다. 1950년대적 질서에
대한 대안적인 전망은 제대로 나오지 않았던 거지요.

그 점은 4·19의 의의를 평가하는 데도 중요한 단서를 제

공합니다. 1970년대 이후의 민주화투쟁들과 비교했을 때 4·19가 가지는 결정적인 약점은 운동적 측면이 취약했던 것 아닌가 합니다. 한일회담반대운동과 삼선개헌반대투쟁을 거치면서 점점 고조된 1970년대 이후의 민주화투쟁은 대학생뿐만 아니라 노동자와 농민, 일반 시민들도 참여한 지속적인 운동의 형태로 전개됐죠. 그러나 4·19는 충분한 준비과정도 없었고 사후의 대비책도 미비했어요. 물론 이승만 시대 동안 민중들 내부에 에너지가 축적됐기에 불이 붙자 순식간에 폭발이 일어났지만, 폭발을 이끈 운동의 지도부도 없었고 따라서 이념적 뒷받침도 미약했던 것 아닌가 싶어요. 그 점과 관련되지만 1970년대 이후의 민주화투쟁은 문화운동과 연계되어 있습니다. 말하자면 의식혁명운동을 동반하고 있어요. 우리가 잘 아는 민족문학운동, 넓은 의미의 민족문화운동은 문학 자체의 질적 상승을 위한 운동일뿐더러 현실변혁운동의 불가분한 일환이기도 하거든요. 종교인, 교수, 문인, 예술가 등의 지식인운동과 학생운동의 결합, 그리고 이들과 노동운동·농민운동의 연대는 1970년대 민족운동의 지속성과 역량을 담보하는 토대입니다. 1980년대에는 여기서 한결음 더 나아가지요. 가령 1987년의 6월민주항쟁만 하더라도 단순한 학생운동이나 지식인운동의 범위를 훨씬 넘어 그것들을 포괄하면서 당시로서 가능한 최대치의 대중성을 획득합니다. 이에 비하여 4·19는 그렇지 못했죠. 4·19 자체는 거의 순수한 학생운동이었어요. 물론 거기에 촉발되어서 문화운동으로, 통일운동으로 확산되기는 했지만, 4·19 자체는 제한된 운동이었거든요.

그런데 원래 질문으로 돌아와 문학사적인 측면에서 살펴볼 때, 4·19는 획기적인 의의를 가진 역사적 전환점입니다. 작가의 의식을 가두고 있던 사상적 억압의 철조망을 일정 부분 걷어냈으니까요. 가령, 김수영 같은 시인을 예로 들어봅시다. 그는 물론 1950년대에도 사회현실에 대해 상당한 비판적인 의식을 갖고 있었지만, 그것은 잠재된 형태, 악몽의 형식이었어요. 그런데 4·19라는 계기는 그의 악몽을 해금解禁시켰어요. 이제부터 그는 사회정치적 억압을 시 외부의 문제만이 아닌 시 내부에서도 작동하는 본질문제로 사유하고 그 사유에 시어詩語의 육신을 입혔습니다. 그런 점에서 1960년대 김수영의 빛나는 작업은 4·19 없이는 생각할 수 없어요. 신동엽은 김수영과 달리 처음부터 진보적인 의식을 갖고 있었죠. 신동엽 시인이 작고하고 나서 얼마 뒤 부여에 가서 들은 얘기인데, 처음 신동엽 시비詩碑를 부소산성에 세우려고 했다고 그래요. 그런데 부여 유지들이 반대했다고 합니다. 신동엽이 젊은 날 좌익활동에 연루되었다고 반대하는 바람에 시비가 금강가로 밀려났다는 거예요. 어떻든 그의 민족문학적 지향 역시 4·19라는 햇빛과 물을 받았기 때문에 꽃을 피울 수 있었다고 봅니다. 그런 점에서 3·1운동이 일제강점기 역사에서 그러하듯이 4·19는 해방 후 남한 역사에서는 결정적인 전환점이자 분수령이었다고 생각합니다.

오영수와 하근찬

김윤태 주로 시인들의 예를 드셨는데, 소설의 경우는 어떻습니까? 선생님이 예전에 쓰신 1950~60년대 문학을 평가한 어느 글을 보면 오영수나 하근찬 같은 작가들을 새롭게 주목할 필요가 있다는 말씀을 하셨습니다. 1950년대 작가로서, 젊은 연구자들도 재미있게 읽은 작가가 오영수 선생이라고 할 수 있습니다만…….

염무웅 오영수 선생의 문학은 그런 역사적인 문맥에서 본다면, 글쎄요, 어떻게 평가를 해야 할지 저로서는 좀 망설여지는 바가 있습니다. 오영수라든가 전광용, 이범선, 김광식, 박연희 같은 분들은 말하자면 '지체된 등장'을 한 작가들입니다. 나이로 볼 때는 1940년대에 데뷔했어야 하는데, 해방 전후의 혼란을 겪는 동안 늦게 등장을 했죠. 손창섭·장용학·선우휘도 그렇고요. 그러니까 거의 비슷한 세대로 우리가 알고 있는 오상원·서기원·이호철보다는 오히려 김동리·황순원과 더 가까운 연배의 작가들이죠. 다만 굴곡이 많은 우리 역사를 살다 보니까 뒤늦게 등장한 거지요.

　오영수 선생은 6·25 이전에 데뷔를 해서 처음부터 끝까지 거의 일관된 경향을 유지하면서 독특하게도 끝내 단편작가로만 머물렀어요. 내가 보기에 오영수의 정서의 뿌리는 근대화 이전의 농촌공동체 아닌가 합니다. 그는 시대의 격변에 초연한 반면 한국사회의 전통적 미덕에 향수를 지니고 있었어요. 오히려 그랬기 때문에 1960년대 이후 산업화에 의해서 파괴되는 민중정서를 수많은 단편들로 아름답게 그려낼 수 있었죠. 그런 점에서 그는 일제강점기의 이태준이나 김유정, 더 올라가서 나도향 등에 연결된다고 할 수 있겠는데, 비록 적극적으로 민족문학을 추구하지는 않았을지 모르지만 서구 일변도로 편향되어 있는 우리 문단풍토에서 상대적으로 돋보이는 위치에 있었다고 봅니다. 더구나 오영수의 말기 작품들은 파괴적인 산업화 현실에 대한 강력한 거부의사를 함축하고 있지요. 마지막 작품집에 보면 오영수 나름의 유토

피아적 미래를 향한 꿈이 제시되어 있습니다. 그것이 왜곡된 산업화에 대한 진정한 대안적 비판은 되지 않을지 모르지만, 그러나 사람답게 사는 것이 무엇이고 잃어버려서 안 될 것이 무엇인가에 대한 반성으로 우리를 끌고 갑니다.

아무튼 오영수 선생 작품을 오래전에 읽어 기억만 가지고 말하기는 어렵지만, 그의 문학은 문단의 어떤 실험적이고 선도적인 흐름과 대비됨으로써 빛을 발하는 그런 세계가 아닌가 합니다. 시에서의 박재삼과 같은 위치에 있달까요? 어떤 면에서는 하근찬의 세계와도 일맥상통하죠. 오영수나 하근찬처럼 따뜻한 농촌정서 내지 서민정서를 바탕에 깔고 있는 작가들이 너무 외면받고 파묻혀 있는 것에 대해 나는 불만을 갖고 있습니다.

김윤태 그런데 하근찬의 경우는 서민정서를 그리면서도 현실과의 긴장이 소설 속에 존재하지 않습니까? 오영수는 그런 점이 다소 부족하지 않은가 싶기도 한데요.

염무웅 그건 김 선생 말이 옳아요. 누군가에게 들은 이야기인데, 하근찬 선생의 부친이 초등학교 교장을 하시다가 6·25 때 좌익한테 피살됐다고 그래요. 그러니까 그의 의식의 밑바닥에는 계급적 이념에 대한 공포심과 적개심이 있으리라고 짐작합니다. 그런데 하근찬의 훌륭한 점은 그런 개인적 원한의 감정에 매몰되지 않고 민중정서의 세계를 차분하게 자신의 문학 속에 담아낸 것입니다. 그의 초기 소설에서는 어떤 이념적 편향이 느껴지지 않아요. 힘없는 백성들의 설움과 분노가 단편 형식에 알맞은 규모로 형상화되어 있어 감동을 줍니다. 그런데 『야호』라는 장편을 쓰기 시작한 이후, 즉 1970년대 이후 하근찬의 소설들은 균형감각을 잃고 회고적인 방향으로 나가는 듯해요. 더 이상 밀고 나갈 수 없는 한계에 부딪혔던 게 아닌가 싶습니다. 그러나 1950년대 후반부터 1960년대 말까지 하근찬의 소설들은 그 당시로서는 최량의 업적이라고 생각합니다. 손창섭·장용학·선우휘·오상원 등 문단의 주목이 쏠렸던 작가들에 비할 때 그의 진가는 더욱 빛나지요.

당대의 문화적 풍경과 문학입문

김윤태 제가 하근찬이나 오영수를 주목한 것도 1950년대에서 1960년대로 넘어가는 시기에서 비교적 견실하고 양심적인 작가들이 아니었는가 하는 점 때문이었습니다. 그러면 화제를 약간 바꾸어 좀 개인적인 질문입니다만, 선생님의 독서체험, 그러니까 문학을 공부하게 된 어떤 원체험으로서의 독서편력이 궁금해집니다.

염무웅 짧게 대답하기 어려운 질문인데……. 문인들이 대개 그렇겠지만 어려서부터 소설을 아주 좋아했어요. 더 어려서는 할아버지 하시는 옛날얘기에 빠졌고요. 그런데 유감스럽게도 8·15 직후 피난 나온 처지에다 촌에서 살았기 때문에 주위에는 읽을거리가 별로 없었어요. 그래도 어찌어찌해서 『학원』이란 잡지가 얻어걸렸지요. 초등학교 5학년 때 창간된 이 잡지를 통해 이야기의 세계에 입문한 셈이죠. 정비석의 「홍길동전」이나 김내성 번역의 「검은 별」은 지금도 생생합니다. 이렇게 길을 터서 이광수·김내성·정비석·방인근 등 통속소설들을 많이 읽었어요. 『삼국지』니 『수호지』니 하는 것들은 물론 몇 차례나 읽었고요. 그리고 특이하게도 제가 중학생일 때 19세기의 통속소설이라고 할 수 있는 『옥루몽』 같은 것을 열심히 읽었어요. 지금 생각해도 이상한 건 왜 그렇게 김내성의 소설에 열광했는지……. 하여튼 그의 작품은 거의 다 읽다시피 했어요.

　그러다가 중학을 졸업하고 고등학교에 들어가기 전에, 그게 1957년 초인데, 대학 입시생이 우리 집에 잠시 하숙을 했는데, 그 사람이 시험을 보러 오면서 사과상자로 몇 상자 책을 가지고 왔더라고요. 나는 이렇게 책이 많은 사람이 있나 깜짝 놀랐죠. 그의 상자 안에는 『현대문학』, 『문학예술』, 『사상계』 같은 잡지를 포함해서 낯선 작가들의 소설집과 시집이 수두룩했어요. 석 달 가까운 동안 그의 책을 빌려 집중적인 독서를 했는데, 특히 손창섭의 『비 오는 날』을 읽고서는 커다란 충격을 받았어요. 내가 그동안 접해오던 세계와는 전적으로 구별되는, 말하자면 본격적인 문학의 세계를 목격했다고 할까요. 그게 하나의 계기가 되어, 그때부터 지금까지는 독서에 하나의 연속선을 이루고 있는 셈이죠.

김윤태 선생님, 어디서 고등학교를 다니신 겁니까?

염무웅 공주사대부고를 다녔는데, 공주는 작지만 유서 깊은 문화도시였어요. 중학에 들어가면서 이사 왔지요. 대학도 있고 서점, 극장도 있었어요. 소설책들은 대개 대본점에서 빌려다 봤고, 욕심나는 건 아버지한테 거짓말을 해서 돈을 타서 샀지요. 백수사白水社란 출판사에서 나온 세 권짜리 한국단편선집을 샀을 때엔 얼마나 기뻤던지요. 당시로서는 아주

손창섭 소설집 『비 오는 날』(1957. 1)과
선우휘 단편집 『불꽃』(1959. 2).

호화판이었습니다. 1962년인가에 다섯 권짜리로 다시 나왔는데, 그건 못 봤어요. 그때는 자동차가 거의 없었으니까 책 사갖고 오면서 길에서도 읽었어요. 이 무렵엔 손창섭, 선우휘, 오상원, 추식 그런 작가들에 빠져 살았습니다.

김윤태 외국 작가들의 경우는 어떻습니까?

염무웅 당시에는 괜찮은 번역판이 별로 없었습니다. 우리말 번역 세계문학전집이 나오기 시작한 건 아마 1959년쯤일 거예요. 한 인간의 의식의 성장사에서 그건 아주 결정적인 지표 중 하나입니다. 사람마다 조금 차이가 있겠지만 내 경우 10대 후반이 독서열이 가장 왕성했는데, 읽을 만한 책이 없었던 건 평생 영향을 끼친 요인이었다고 생각돼요. 물론 일본어에서 중역한 소위 명작들은 더러 나왔지요. 나는 호기심에서 『좁은 문』을 읽었는데, 내겐 도무지 재미가 없더라고요. 그리고 사르트르니 카뮈니 하는 작가들도 유행을 했죠. 마침 그 무렵 카뮈가 노벨상을 타서 그의 『전락』을 읽는데, 아주 난삽해서 겨우 읽었어요. 고3 땐 입시 때문에 부득이 딴 짓 할 여유가 없었죠. 사실 일본에서는 사상전집이다 문학전집이다 해서 서양의 고전들이 꽤 오래전에 번역돼 나왔잖아요? 일본말을 공부한 우리 앞 세대는 일본어 번역으로 그런 고전을 읽을 수 있었던 반면에 한글세대를 자칭하는 우리는 가장 독서열이 왕성한 시절을 한글에만 갇혀서 보낸 셈이에요. 행복한 불행입니다.

김윤태 소설을 그렇게 즐겨 읽으셨으면 응당 소년기에 창작을 해보고 싶은 충동도 없지 않으셨을 것 같은데요?

염무웅 물론 문학한다는 사람치고 한두 편 안 써본 사람 없겠죠. 그런데 내게는 창작이 체질적으로 안 맞는다는 것이 느껴지더군요. 구체적인 묘사를 못 하겠어요. 자꾸 개념적으로 나가게 돼요. 그러면 안 되잖아요? 무엇보다 나는 체험이 너무 빈약하고……. 형상적 묘사를 해야 하는데, 영화를 보거나 소설을 읽고 나서 요약을 할 때도 개념적으로 요약이 되지, 형상적으로 재미있게 얘기가 옮겨지지 않아요. 시 비슷한 건 대학시절까지 몰래 끄적거려 봤어요. 1960년대 초에 서울문리대에서 나온 『새세대』라는 신문이 있는데, 거기에 활자화된 것도 있어요.(웃음)

대학에서 배운 서양문학

김윤태 그러면 선생님 대학시절의 독서체험에 대해서도 말씀해주시죠.

염무웅 대학에서는 독문과를 들어가게 되니까 아무래도 학교공부와 독서가 따로 구분되기 어려운데……. 우선 독서환경이 완전히 달라졌어요. 이제부턴 시간이 문제가 되었죠. 도서관에 가면 읽고 싶은 책, 읽어야 할 책들이 무진장 쌓여 있는 반면, 당사자인 나는 가정교사 같은 알바로 숙식을 해결해야 할 처지라 독서에 전념하기 어려웠고 게다가 대학생이 되니 온갖 유혹에 둘러싸이게 되고……. 전부터 읽던『사상계』는 계속 읽었고,『현대문학』과는 멀어지는 대신『새벽』같은 종합지에 더 끌렸죠. 최인훈의『광장』이나 선우휘의「깃발 없는 기수」같은 작품을 읽은 것도『새벽』에서였지요.

　당시 우리는 영문과, 독문과, 불문과가 한 교실에서 1년간 교양과목을 같이 들었어요. 영문과에는 박태순·정규웅이 있었고, 불문과에는 김승옥·김현·김치수가, 또 독문과에는 이청준·김광규·김주연이 있었죠. 한 교실에서 배우다 보니까 서로 간에 저절로 영향을 주고받았는지 다들 서구문학에 경

도됐고 나도 그런 분위기에 휩쓸렸지요. 학부 강의는 주로
'원서강독'이라는 거였는데, 독일작가들의 텍스트를 원지로
긁어 등사판에서 프린트한 걸 번역해나가는 거였지요. 좀 뒤
에는 명동 있던 소피아서점에 가서 독어책을 구입하기도 했
고요, 그런 식으로 괴테의 『파우스트』는 4년간의 강독으로
완독했어요. 꼼꼼하게 주해註解를 달아가며 읽어나가는 강독
은 외국문학 공부에서는 필수불가결의 과정입니다. 그런데
우리 독문과는 거기서 그치는 수가 많다는 게 문제였어요.
더 깊은 사회적 배경에 대해 안내하고 오늘의 관심사와도 연
결시켜 줘야지요. 그런 점에서 이동승 교수의 출현은 획기
적이었어요. 그분은 6·25 때 통역장교로 종군하고 나서 독
일 유학도 갔다 왔는데, 유창한 독일어에다 한문 실력도 대
단해 보이고 무엇보다 동시대 독일문학의 새 경향을 활발하
게 소개해주었어요. 그의 안내로 내가 읽게 된 책들이 한스
제들마이어라는 미학자 겸 미술사가의 『근대예술의 혁명』,
『중심의 상실』, 후고 프리드리히의 『근대시의 구조』 같은 것
들입니다. 어떤 부분은 노트에 번역까지 해가면서 읽었지요.
영어로 읽은 것은 I.A. 리챠즈의 의미론 계통의 책을 좀 봤
고……. 그 밖에도 프리츠 슈트리히, 빌헬름 엠리히, 볼프강
카이저 등의 이론서도 꽤 읽었죠. 아마 대체로 형식미학적인

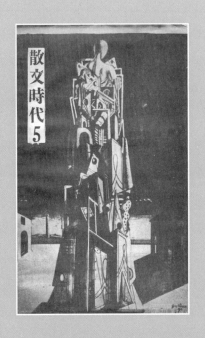

『산문시대』 5호, 1964년 가을.

것, 양식사적 내지 정신사적 이론들……. 물론 작품은 레씽이나 괴테부터 현대까지 두서없이 읽었고요. 우리 세대엔 하인리히 뵐이나 볼프강 보르헤르트 같은 전후작가들이 강한 인상을 주었지요. 그런 와중에 김현·김승옥이 주도한『산문시대』에 가입한 겁니다. 거기 발표한「현대성논고」란 논문은 노트에 번역해 놓은 걸 바탕으로 조립한 거고요.

김윤태 제가 알기론『산문시대』가 그리 오래가지 않았던 듯싶은데, 그 글을 끝까지 다 실으셨습니까?

염무웅 아니요. 두 번 싣고 5호에서 끝났어요.『산문시대』는 1962년 여름에 김현·김승옥·최하림, 세 사람의 동인으로 시작했지요. 그러다가 호를 거듭하면서 동인들 숫자가 늘어났죠. 나는 1963년 4호에 동인으로 가입해서 5호까지 내고 끝이 났어요. 동인들 다수가 문단에 진출해서 더 이상 동인활동에 매진할 이유가 없어졌다고 할까…….

김윤태 그「현대성논고」의 마지막 구절에 "순수문학이라는 것이 불가능하다"라고 하셨는데…….

염무웅 아, 그래요? 나도 기억이 없는데……. 그걸 복사해
오셨습니까? 어디 좀 봅시다. 나도 까맣게 잊어버린 것인
데……. 한번 써놓으면 영원히 따라다니는구나.(웃음) 거창
한 계획을 세워놨네. 이렇게 거창하게 계획을 세웠지만 두
번으로 중단됐어요. 순수성 문제 역시 한스 제들마이어가
『근대예술의 혁명』에서 전개한 이론을 옮겨온 거죠. 오래전
에 읽은 거라서 다 잊어버렸는데, 제들마이어는 문학이나 그
림이나 음악 등 여러 예술분야를 다루면서, 현대예술이 근본
적으로 네 가지 경향을 보이고 있다고 했어요. 그중의 하나
가 순수성의 추구인데, 뭐냐 하면 예컨대 시가 현대로 오면
서 순전히 시적인 요소만으로 시를 구성하려는 경향을 보인
다는 거예요. 그런데 이런 순수주의적 경향이 오늘날 벽에
부딪치고 있다는 얘기를 하죠. 다른 예를 들면, 가령 그림에
있어서의 원근법이라는 것도 근대미술의 탄생과 함께 본격
화한 것인데, 원근법에 의해 그림이 입체감을 갖는 것은 조
소적인 요소가 그림에 도입된 거라는 겁니다. 또, 아기를 안
고 있는 어머니의 그림에 '모정'이라는 제목을 붙인다면 그
그림에는 문학적인 요소가 개입한다는 거죠. 그런데 20세기
에 들어와 칸딘스키 이후의 현대회화는 그런 조소적인 또는
문학적인 요소를 그림으로부터 추방하고 순전히 회화적인

요소로만 그림을 구성하려고 한다, 이게 말하자면 순수성의 추구라는 거죠. 현대소설에서도 그런 경향을 찾아볼 수 있다는 겁니다. 그는 앙드레 지드의『사전꾼들』을 예로 들었던 것 같아요. 그러나 특히 소설은 그것이 어렵다고 제들마이어는 말합니다. 사람 사는 얘기를 피할 수 없고, 아무래도 순수하게 소설적인 요소만으로 소설을 구성할 수 없는데, 지드의 실패가 순수소설의 불가능을 입증한다는 거죠. 시에서도, 가령 다다이즘이나 초현실주의 시대에는 음악적 요소, 회화적 요소들을 철저히 배제하고 순수하게 언어적인 요소만으로 시를 만들어볼 수 없는가 하는 엄청나게 실험적인 시들이 시도됐어요. 그런데 결국은 실패합니다. 그러니까 순수한 것을 추구하는 것이 현대예술의 한 경향이기는 한데, 이것이 벽에 부딪치더라는 것이 제들마이어의 논증입니다. 우리 문단에서 거론됐던 순수문학이니 순수시에 관한 논란과는 상당히 문맥을 달리하죠.

김윤태 그러면 그 글은 당시 순수문학에 대한 비판과 어떤 연관이 있지 않은 셈이군요?

염무웅 그렇죠. 사실 그때까지만 해도 나는 우리 문단의 움직임에 대해서는 잘 몰랐어요. 작품 읽기는 좋아했지만 문단 내의 이념적 분파는 내 관심 밖이었지요. 4·19 전후에 발표된 이어령의 글은 재미있게 읽었지만, 카프시대 이후 전개된 논쟁의 맥락은 전혀 몰랐어요. 명색이 비평가로 데뷔하면서 뒤늦게야 그런 걸 차츰 알게 됐지요.

1960년대 초의 학풍

김윤태 당시 대학에서의 학풍은 어땠습니까? 가령 선생님보다 조금 앞 세대 분들은 뉴크리티시즘을 상당히 공부하신 걸로 압니다만, 특히 국문학의 경우 뉴크리티시즘을 백철이 소개하고 정병욱 선생님이 이걸 국문학에 적용하는 등 대단한 열풍이었다고 들었습니다. 그래서인지 그로부터 거의 20년 가까이 지난 저희 또래들도 자연 그런 영향을 받으며 공부할 정도였지요. 독문과나 영문과의 사정은 어땠습니까?

염무웅 뉴크리티시즘은 방금 김 선생이 얘기했다시피 백철 씨가 앞장서서 소개했지요. 그분이 1958년에 미국에 일 년 가 있으면서 클리언스 브룩스 등의 뉴크리틱스들을 만나고 와서 계몽적인 글을 썼습니다. 그러나 백철의 비평활동 자체가 뉴크리티시즘의 방법론을 제대로 활용했다는 증거는 별로 없어요. 그는 예전부터 늘 외국의 새로운 사조를 받아들이는 데 앞장섰지요. 오히려 서울대학교 국문과를 중심으로 해서 실질적인 업적이 좀 나왔을 겁니다. 그러나 불문과나 독문과에서는 별로……. 뉴크리티시즘의 본부석이라 할 영문과도 제가 보기에는 그렇게 대단한 열풍이 아니었을 거예요. 1960년대까지만 해도 한국의 영문학은 미국문학보다 영국문학 중심이었으니까요. 그 현상은 한국 국문학과의 서구문학 콤플렉스와 연관이 있을 겁니다. 정병욱 선생과 백철 선생은 개인적으로도 가까운 사이이고 신구문화사新丘文化社 그룹인데, 그분들이 중심이 돼서 뉴크리티시즘을 소개했고 한때 국문학도들에게 바람을 일으켰지만 지속적인 영향을 끼쳤다고 보기는 어렵지 않은가 합니다.

그런데 우리 독문과는 영문과나 불문과에 비해 많이 후진적이었어요. 영문과는 일제강점기의 최재서부터가 영문학 연구와 우리 문학에 대한 현장비평을 겸했고 해방 후에도 많은 후계자들이 나왔지요. 불문과도 김붕구·정명환 같은 분들이 젊은 세대의 구미를 끌 만한 번역도 하면서 가끔씩 비평에도 개입했죠. 하지만 독문과에는 그런 선배가 눈에 띄지 않았어요. 내 또래가 학생 때 발견한 분이 아까 얘기한 이동승 교수인데, 그는 한국문학에는 깜깜이고 게다가 글도 잘 쓰지 않으시더군요. 아, 그러고 보니 아까 얘기한 빌헬름 엠리히나 볼프강 카이저 같은 문예학자나 이론가들은 물론 뉴크리티시즘과는 직접 관계가 없지만, 넓은 의미에서 러시아 형식주의의 후예라는 점에서 뉴크리티시즘과 뿌리가 같고, 그런 점에서 루카치를 비롯한 마르크시즘 미학과는 대척적인 위치에 있었다고 말할 수 있겠군요.

김윤태 그러면 선생님께서는 공부하실 때 모더니즘이나 실존주의 이론은 많이 보신 편입니까?

염무웅 그 무렵 엘리엇이나 사르트르의 글 한두 편을 읽지 않은 문학도는 없을 겁니다. 나도 번역을 통해서이긴 하지만 꽤 읽었지요. 실존주의의 개념과 사고방식은 이미 훨씬 전부터 영향을 끼치고 있었다고 봅니다. 특히 6·25전쟁을 경험한 세대는 실존주의에 더 친화감을 느꼈을 거예요. 그렇지만 나의 세대에 오면 실존주의는 벌써 한물가고 있었어요. 그리고 모더니즘이라는 개념은 그때는 1970년대 이후와 같이 리얼리즘과의 대립구도 속에서 정착되기 이전이었기 때문에, 서양의 새로운 이론들은 다 흥미를 가지고 이것도 보고 저것도 보고 했죠. 모더니즘도 그런 것들 중의 하나 또는 그런 것들의 집합개념으로 받아들였지요. 학생시절 나를 사로잡은 과목은 실은 미학과 심리학이었습니다. 1964년도 『경향신문』 신춘문예에 당선된 평론이 「최인훈론」인데, 그쪽 공부를 작품해석에 응용해본 논문이죠.

앞 세대 비평가 중에서 맨 먼저 매력을 느낀 사람은 역시 이어령이에요. 저는 고등학생 때부터 그의 애독자였고 팬이었어요. 그는 1950년대 말에는 저항문학의 기수였어요. 「왜 저항하는가」, 「작가의 책임」 등, 작가의 사회적 책임을 강조하고 저항적인 뉘앙스를 풍기는 글에 매혹됐죠. 첫 평론집 제목이 『저항의 문학』이잖아요? 그의 날렵한 문체도 매력적이었고요. 하지만 지금 읽어보면 좀 역겨워요. 외래어와 외국어도 소화되지 않은 상태에서 남발되고, 또 무엇보다 일본 문체 냄새가 많이 나지요. 그러나 문학소년 시절 읽을 때는 저항하기 힘들었죠.

김윤태 이어령 선생에 대한 언급이 나온 김에 1950년대 비평가들 얘기를 좀 하죠. 잘 알려지지 않았지만 정태용 같은 분은…….

염무웅 정태용에 대해서 나는 주목을 못 했었어요. 최일수·
이철범·정창범·홍사중, 이런 분들이 1950년대 후반에 활동
을 많이 한 비평가들인데, 내게는 참 답답하고 재미가 없더
라고요. 이어령같이 쌈빡하게 끄는 매력이 없었어요. 이어령
다음에는 역시 유종호죠. 중후하고 신뢰성이 가고……. 그러
니까 이어령한테 화끈하게 매혹이 됐다가 차츰 실망하면서
유종호의 비평이 신뢰감이 가는구나, 이런 쪽으로 바뀌게 됐
어요.

동인지 『산문시대』

김윤태 아까 『산문시대』에 대해 잠깐 말씀하셨는데, 거기에
참여하게 된 계기를 말씀해주시지요.

염무웅 아까도 말했다시피 교양학부 시절에 한 교실에서 공
부한 문학도들이 여럿 있었는데, 그중에 제일 먼저 문단에
데뷔한 것이 김승옥이었지요. 「생명연습」이라는 단편으로
1962년 『한국일보』에 당선됐어요. 같은 해 봄에 김현도 평
론으로 『자유문학』 신인상에 당선됐고요. 김현과 같은 목포
출신의 최하림이 『조선일보』에 시가 당선되어, 이 세 사람이

여름방학 때 목포에서 만나 동인을 만들었다고 들었습니다. 그 무렵 다들 가난했는데, 김현만은 꽤 여유가 있어서 친구들한테 술도 사고 동인지 만드는 자금도 댔지요. 이리(지금의 익산)의 가림출판사 사장이 또 아주 협조적이었다고 들었어요.

나는 당시 어렵게 고학하면서 공부하는 데 바빴고, 아직 문단에 나간다는 생각은 전혀 할 형편이 못 됐는데, 그 이듬해인 1963년 초인가에 나보다 앞서서 김치수·강호무 등이 거기에 들어가고, 그리고 1963년 초라고 기억되는데 하여간 3학년에서 4학년으로 올라갈 무렵에 김승옥이 강권을 하더군요. 처음에는 거절을 했죠. 나도 문단에 등장한 뒤에 같이 하겠다고 했어요. 그러나 결국은 『산문시대』 4집부터 참가를 했어요. 그래서 1963년부터 4, 5년간 김현·김승옥·김치수 등과 이틀이 멀다 하고 같이 몰려다니면서 술 마시고 떠들고 하면서 희로애락을 같이했죠.

김윤태 그 밖에 더 참여하신 분은 없습니까? 이청준·박태순 선생 같은 분들은?

염무웅 이청준이나 박태순은 안 들어왔고요. 저보다 더 늦게 들어온 사람이 김성일이라는 소설가입니다. 본명은 김두

1964년경『산문시대』동인들과 찍은 기념사진.
앞줄 왼쪽부터 최하림·김승옥·강호무, 뒷줄 왼쪽부터 염무웅·김치수·김현.

일인데, 서울 공대 기계과를 다니는 동안 『현대문학』에 「흑색시말서」라는 단편으로 추천받은 사람입니다. 김현·김승옥과 함께 보문동인가로 그의 집을 찾아가기도 했는데, 학생 신분이면서 웬 여자와 자기 집 문간방에서 동거하는 게 나처럼 순진한 청년으로서는 놀랍더군요. 또 서정인도 늦게 들어왔죠. 서정인은 우리보다 상당히 선배로서, 이미 「후송」을 가지고 『사상계』에 데뷔했었습니다. 군대 갔다가 여러 해 만에 복학을 해서 학교를 일 년쯤 같이 다녔어요. 역시 김현·김승옥과 함께 삼선교 그의 하숙방을 찾아갔던 기억이 납니다. 불문학을 하던 곽광수도 동인이 됐지요. 1964년 봄에 김현과 나는 졸업하고 대학원에 들어갔고, 김지하·김승옥·박태순은 휴학하느라고 졸업을 못 했어요.

김윤태 그런데 선생님께서는 그 후에 『산문시대』의 주요 동인들과는 상당히 다른 길로 나가신 셈인데, 그 경위를 말씀해주시겠습니까?

염무웅 『산문시대』의 중심은 아무래도 김현이죠. 그가 재정적 책임을 졌을 뿐만 아니라 동인의 방향을 주도했다고 봐야죠. 나는 학생시절 김현과 아주 가깝게 지내면서도 체질이

다르다고 본능적으로 느끼곤 했어요. 하지만 김승옥·최하림·서정인·곽광수 등도 동인활동이 마감된 이후 각자 자기의 길을 갔다고 봐야죠. 다만 김치수는 처음부터 끝까지 김현과 동행했지요. 그런데 그에 앞서 얘기할 만한 것이 나로서는 '신구문화사' 시절입니다. 나는 1964년에 『경향신문』에 문학평론이 당선됐는데, 그 신문 논설위원이었던 이어령이 심사를 했어요. 그리고 그의 소개로 신구문화사라는 출판사에 1964년 1월 말쯤에 취직을 했어요. 당시에 그는 신구문화사의 고문 비슷한 위치에 있었지요.

출판사 신구문화사의 추억

내가 거기 들어가서 처음에 한 일이 뭐냐면……. 당시 신구문화사는 『한국시인전집』이란 것을 대여섯 권쯤 내다가 완간하지 못하고 그만둔 것이 있었어요. 본 적이 있습니까? 당시로서는 아주 호화판이지요. 그걸 편집한 실무자가 『친일문학론』을 낸 임종국 선생입니다. 그분이 국립도서관, 고대 도서관, 연대 도서관 등을 돌면서 옛날 잡지를 전부 뒤져서 카드작업을 해 놓았어요. 일제강점기의 시·소설·희곡 등을 잡지 중심으로 목록화한 카드인데, 말하자면 출판을 위한 기초자료의 조사였던 셈이에요. 그런 게 종이상자 같은 것으로 수십 상자가 있었어요. 소설을 필사해 놓은 것도 수십 상자가 있었고요. 내가 한 일은 그걸 분류해서 작가별로, 또 장르별로 정리하는 작업이었어요. 이건 말하자면 국문과 대학원생들이 할 만한 일을 제가 출판사 직원으로 한 거지요. 후에 신구문화사에서 1973년인가에『국어국문학사전』을 출판했는데, 그 뒤에 보면 작품목록이 나오죠. 그게 그때 내가 만든 겁니다. 일제강점기의 소설·시·희곡 총목록으로서는 불완전한 것이기는 하지만 그게 처음일 겁니다. 요컨대 내가 하고 싶은 얘기는 신구문화사에 근무하는 동안 자기도 모르는 사이에 한국 근대문학 연구에 입문하게 되었다는 점입니다. 다시 말하면 학생시절의 서구문학 경도에서 조금 벗어나게 된 거지요. 아무튼 그 후에도 1965년쯤부터 1967년까지 3년 동안『현대한국문학전집』이라는 것을 18권 만들었어요. 전체적인 윤곽을 만들고 한 것은 신동문 선생이었지만, 편집의 실무는 전적으로 제가 맡았어요. 그러느라 해방 후 등장한 작가들이 1965년경까지 발표한 작품들은 거의 통독을 했죠. 그리고 신구문화사의 방침에 따라 작가론을 청탁하고, 대표적인 작품 서너 개를 골라서 작품해설을 부탁하고, 해설 맡은 평론가를 선정하는 것도 제가 했죠. 1920년대부터

1960년대 중반까지의 우리 근대문학의 흐름을 전체적으로 섭렵할 수 있는 기회를 그때 가진 셈이에요.

김윤태 문학공부의 기본이 작품 읽기라고들 하는데, 거기서 한국의 근현대문학에 대한 공부를 단단히 하신 거군요

염무웅 그런 셈이죠. 취직해서 밥 벌어먹기 위해서 한 일이지만, 나로서는 평론가로서의 훈련을 쌓은 셈이 됐고, 또 하나는 웬만한 문인들은 그때 다 알게 돼서 이것이 후에 『창작과비평』(이하 『창비』로 줄임) 편집을 할 때 자산이 됐죠. 신동문 선생과는 개인적으로도 아주 친했는데, 그분은 바둑을 좋아하시니까 명동에 '송원기원'이라고 조남철 씨가 하던 기원에 자주 갔었죠. 퇴근하고 거기 가서 신 선생이 바둑 두는 걸 두어 시간 쭈그리고 앉아서 보고 있으면 천상병·박재삼 등 문인들이 많이 모여요. 바둑을 둘 줄 몰라도 신동문 만나러 오는 분들도 있었죠. 이병주·홍성유·고은 등, 말하자면 신동문 사단이라고 할 수 있죠. 신 선생이 글은 많이 남기지 않지만, 인품이 좋아서 그 주위에 많은 시인·작가들이 몰려들었어요. 바둑이 끝나면 곱창집에 가서 소주 마시고 얘기하고 그런 문화가 있었죠. 내가 1967년 말까지 꼭 4년간 신구문

화사에 근무를 했는데, 그때 몇 년간 신동문 선생과 보낸 것이 아주 즐거운 추억이에요. 얼마 후에는 김치수도 신구문화사에 들어왔으니까 김현이나 김승옥도 자주 찾아와서, 신구문화사가 젊은 문인들의 사랑방 노릇을 했어요. 백낙청 씨를 처음 알게 된 것도 거기서였고요.

김윤태 백낙청 선생님이 선생님보다 얼마나 연배가 위십니까?

염무웅 3, 4년 위입니다. 백낙청 씨는 제가 학부를 졸업한 직후인 1964년에 서울대학에 전임으로 왔을 겁니다. 하지만 『창비』가 창간될 무렵만 해도 저는 그를 몰랐어요. 암튼 동인들이 대부분 문단에 진출하면서 『산문시대』는 1964년 9월 제5호를 마지막으로 활동이 사실상 정지되지요.

김윤태 그다음에 『68문학』이란 게 있지 않았습니까? 어디서 듣기로 독일의 '47그룹'을 흉내냈다는 말도 있던데, 선생님은 여기에는 참여를 안 하셨는지요?

염무웅 아니, 글을 실었어요. 김현과 생각은 조금씩 달라지고 있었지만, 그래도 우정 있는 권유를 받아들여 짧은 「김동리론」을 거기 발표했습니다.

김윤태 일종의 동인지였습니까?

염무웅 그것도 김현이 주도한 건데, 동인지라기보다는 잡지와 단행본을 겸한 무크에 가깝다고 할까요? 황동규·정현종이 하던 『사계』 동인과 『산문시대』 동인의 결합이라고 할 수 있지요.

김윤태 그러면 그 뒤 선생님께서는 『창비』 쪽으로 가시고 『문학과지성』(이하 『문지』로 줄임)이 1970년대에 창간되는데 여기에는 참여하지 않으신 걸로 압니다만, 아무튼 그 동인들이 서로 다른 행보를 한 셈인데……. 현실인식이랄까 흔히 말하는 의식화랄까, 선생님의 '의식화(?)' 과정이 궁금해집니다.(웃음)

사회의식은 어쩌다가 변화했나

염무웅 사람의 의식의 변화란 지극히 복잡한 과정이어서 간

단하게 설명하기 어렵지요. 고등학교 시절에는 함석헌 선생
의 글에 심취해 있으면서 동시에 손창섭·선우휘의 소설에도
매혹돼 있었으니까요. 1960년대 중반 내가 처했던 문학적
상황으로 말하자면, 학부시절 서구적인 것에 쏠렸다가, 신구
문화사에 취직해서『현대한국문학전집』편집도 하고 그러면
서 차츰 민족문제라든가 우리 현실문제에 다시 관심이 돌아
오게 됐지요. 그러다가 1966년 말쯤 백낙청 씨의 청탁으로
아르놀트 하우저의『문학과 예술의 사회사』번역을 맡게 됐
죠. 처음 부탁을 받을 때는 '현대편'을 전부 내가 번역하기로
했는데, 힘이 딸리기도 하고 또 나도 글을 쓰기도 해야겠고
해서 결국은 백 선생과 둘이 교대로 번역을 했어요.

　하우저 번역은 내게 아주 독특한 경험이었어요. 그건 번
역자가 원저자의 입장이 되어 원저자의 사유를 번역자의 언
어로 재현하는 것이었어요. 나 자신이 하우저가 되어야 제대
로 번역이 되는데……. 나로서는 하우저 번역이 대학원 두
학기 다닌 것만큼 공부가 됐다고 생각합니다. 그러나 하우
저 때문에 생각이 달라졌다기보다는 그를 통해 내 현실을 표
현할 수 있는 개념을 발견했달까, 생각이 어느 정도 정리되
었달까……. 하여튼 근본적으로는 1960년대 후반의 우리 현
실 자체가 의식변화의 용광로였어요. 경제개발계획이니 뭐

니 해서 본격적인 산업화에 접어들고, 또 박정희 1인 독재체
제가 점점 굳어져 가고, 그러니 민족현실 내지 민중현실을
배제하고서는 자기 생각을 전개시킬 수 없도록 시대가 강요
했던 거지요. 요컨대 현실과 무관하게 책만 읽어서는 생각이
바뀔 수 없을 거예요.

김윤태 현실문제를 말씀하셨는데, 생각을 바뀌게 만든 계기
가 되는 구체적인 사건 같은 것이 개인적으로 없었습니까?

염무웅 사건이라기보다는……. 1968년 서울대학교에 교양
과정부가 개설되면서 거기 독문과 조교로 갔어요. 국문과 이
병근, 영문과 홍기창, 불문과 김현 등이 함께 간 동료 조교였
지요. 그런데 그때 학생들이 교련반대 데모를 많이 했어요.
뒤이어 삼선개헌반대 데모도 심하게 하고, 그럴 때마다 조
교들은 학생들 뒤를 쫓아다녀야 했어요. 그러다 보니 최루탄
맞는 현장도 많이 보게 되었죠. 사실 나는 대학시절에는 데
모에 참가한 적이 거의 없었어요. 내가 다니는 동안에는 캠
퍼스가 아주 조용한 편이었어요. 게다가 나는 여유가 없는
생활이었죠. 밤에는 가정교사를 하고 낮에는 강의실과 도서
관에 묻혀 지냈습니다. 그러니 학생운동엔 관심 가질 여유가

없었죠.

그런데 하우저 번역을 하고 『창비』 편집에 관여하면서 적극적인 의미에서 사회의식을 갖게 됐는데, 그 무렵 김지하가 자주 나를 찾아왔어요. 상당히 의도적인 접근이었던 것 같아요. 아무튼 그를 통해서 김현·김승옥과는 전혀 다른 세계에 접하게 되고, 결국 이런저런 영향으로 말하자면 유물론적 관점으로 기울어지게 되었죠. 저로서는 말하자면 방향 전환을 한 것인데, 그런 관점이 조금 반영된 첫 글이 『창작과비평』 1967년 겨울호의 「선우휘론」입니다. 그 글 때문에 선우휘 씨한테서 '사회과학파'라는 지칭을 듣게 됐고, 그 뒤 오랫동안 일종의 색깔 시비에 휘말리게 됐지요.

김윤태 그럼 좀더 노골적으로 대학시절에 마르크스주의 쪽 서적을 읽은 적이 있으신지요?

염무웅 내가 다닐 때의 문리대에는 두 개의 지적 흐름이 있지 않았나 싶어요. 하나는 일제강점기 제국대학에서부터 내려오는 좌파적 전통이지요. 학생들 사이에 마르크스 원전이나 월북학자들의 사회과학 책들이 은연중 유통되고 있었던 것 같아요. 다른 하나는 영어·독일어 등을 통해 서구의 현대적 사상조류를 직접 접하는 유행이지요. 나는 말하자면 후자에 속했다고 할 수 있는데, 그럼에도 동대문이나 인사동 헌책방을 기웃거리는 동안 차츰 교과서 바깥의 세계를 조금씩 알게 됐지요. 백효원인가 하는 사람이 번역한『문학원론』이나 루나차르스키의『창작방법론』을 '마분지 책'으로 읽은 것 같고요. 고정옥이나 이명선의 국문학 연구서들도 흥미로웠지만, 전석담의『조선사교정』朝鮮史敎程은 너무도 매력적이었어요. 언젠가 이용악의 시집『오랑캐꽃』을 헌책방에서 구했는데, 해방 직후 출판된 레닌의『경험론비판』을 신동엽 시인과 서로 바꿔보았는데 되돌려주지 못하고 그 양반이 돌아가셨어요.

그러나 체계적으로 마르크스주의 이론 공부를 한 바는 없어요. 마르크스 원전으로는 한참 뒤에『공산당선언』만 읽어보았고요. 루카치 정도만 하더라도『독일문학 소사小史』를 겨우 구해서 읽었어요. 정치경제학 이론 공부의 바탕이 없는 문학도는 루카치를 거의 읽을 수 없다고 봐야지요. 그런데 우리 독문과에서는 이념적 성향이 있는 책은 강의실에서 한 번도 다루어진 적이 없어요. 그러니까 나 같은 사람은 암중모색 끝에 어렴풋이 "아, 마르크스주의가 이런 거로구나. 사회주의 문학이론이 대충 이런 윤곽을 가진 거구나" 하고 짐작을 했지요. 이중삼중의 독법, 말하자면 행간을 읽어서 짐작을 한 거지요. 루카치 책은 1970년대에 들어와 얼마간 구했는데 그걸 제대로 읽어보기도 전에 잡혀가서 다 뺏겼어요. 모아 놓은 월북작가들 책도 일시에 뺏겼고요.

김윤태 선생님의 글을 읽다 보니까 프리체도 언급이 되던데요. 또 엥겔스의 '전형론'도 나오고요.

염무웅 마분지 책으로 된 프리체의 『예술사회학』을 재미있게 읽었지요. 하우저의 『문학과 예술의 사회사』를 보면 정말 대단하잖아요? 어떻게 이처럼 많은 독서를 했을까 싶은데, 프리체를 읽으면 하우저 이전에 문예사회학 내지 예술사회사적 연구의 축적이 있었기에 그 바탕 위에서 하우저의 책이 나올 수 있었구나 깨닫게 돼요. 거듭 실감하는 거지만, 서구의 학문세계를 떠받치는 지적 전통의 풍요성은 여전히 높은 산입니다.

김윤태 선생님께서는 특히 독문학을 하셨으니까, 1960년대 서구의 스튜던트 파워student power라든지 프랑크푸르트 학파라든지 그런 것들에 대한 동향을 주시하시거나 공부하신 일은 없으셨습니까?

염무웅 당시에는 제대로 주목을 못 했어요. 젊은 시절 마르쿠제나 에리히 프롬처럼 프랑크푸르트 학파에서 출발했으면서도 미국에서 활동한 사람들의 책은 미국에 유학했던 교수들을 통해 소개됐지만, 아도르노나 벤야민은 뒤늦게야 알려지기 시작했어요. 그런데 이상하게도 서울대학교 도서관에 하버마스의 초기 논문집이 일찌감치 들어와 있더군요. 하버마스의 박사학위 논문이라고 하는『공론장의 구조변화』는 오래전에 책을 사놓고도 너무 어려워서 제대로 못 읽었습니다.

김윤태 좀 전에 루카치를 잠깐 말씀하셨는데, 그의 경우는 어떻습니까?

염무웅 이름은 물론 학생 때부터 들었지만 책을 읽은 건 아까도 얘기했듯『독일문학 소사』가 처음이에요. 강두식 교수님 댁에 놀러 갔다가 빌려 봤죠. 그래도 이 책은 별로 두껍지 않은 데다가 이론 중심이 아니어서 읽을 만했어요. 하지만 2차 대전 이후 제국주의가 어떻고 평화공존이 어떻고 하는데, 독문학사에 왜 정치적인 얘기가 많은가 하며 나는 오히려 반발을 했었죠. 정치적으로 순진할 때였죠.

그러다가 1970년대 들어 루카치를 본격적으로 좀 읽어보려고 『이성의 파괴』니 『역사와 계급의식』이니 하는 책 몇 권을 샀는데 그건 1975년 중앙정보부에 잡혀갔다가 다 뺏겨버렸죠. 요즘 내가 갖고 있는 것은 1980년대 후반에 우리나라에서 복사본으로 만든 『루카치 선집』입니다. 거기에 중요한 글들은 대충 다 있습니다. 제 글에서 잠시 나왔던 「오해된 리얼리즘」인가 하는 논문은 한스 에곤 홀투젠(1913~1997)이라는 시인과의 논쟁 중에 씌어진 글이죠. 홀투젠은 전후 독일의 전위시인으로서 발터 옌스, 잉에보르 바하만, 파울 첼란과 함께 이동승 교수한테 소개받았는데, 솔직히 말하면 그 무렵 나는 루카치의 리얼리즘론에 대한 홀투젠의 문학주의적 반론에 공감이 더 갔어요. 물론 홀투젠이 나치 경력의 소유자란 걸 알고 나서는 정이 떨어졌지만요.

1960년대의 문예지들

김윤태 이제 1960년대 문단 상황을 좀 짚어보도록 하지요. 요즘도 그런 편입니다만, 아무래도 문단 동향은 문학잡지들의 출간을 떼놓고 말하기 어려울 듯합니다. 선생님께서

1960년대 후반에 『창작과비평』에 참여하신 것과 관련해서 우선 당시 문학지들의 동향에 대해 들려주십시오. 특히 젊은 연구자들에게 생소한 『한양』이나 『청맥』, 『상황』 등에 대해서도 말씀해주셨으면 합니다.

염무웅 내가 생각하기에는 1950년대 후반부터 1960년대에 걸쳐 가장 중요한 잡지는 역시 『사상계』와 『현대문학』입니다. 알다시피 『현대문학』은 평론가 조연현이 주간으로서 문단의 주류를 이루었죠. 여기에 상대될 수 있는 문예지들이 1950년대 후반부터 단속적으로 이어졌는데, 『문학예술』과 『자유문학』이 가장 중요하죠. 1960년대에는 시인 전봉건이 주재한 『문학춘추』와 번역가 원응서元應瑞가 주간이었던 『문학』이 있었죠. 이 잡지들은 『현대문학』 독주체제에 저항을 하고자 했지만 경제적 뒷받침이 허약했어요. 그러다가 1968년에 김동리 이사장 휘하의 문협(문인협회) 기관지로 『월간문학』이 창간됐죠.

이런 기성문단의 테두리 밖에 있는 잡지들이 『한양』과 『청맥』일 겁니다. 『한양』은 재일동포가 일본에서 만든 잡지로, 재일 문인들과 국내 필자들을 반반쯤 실었어요. 그런데 알다시피 1974년에 터무니없게도 이호철 씨 등 '문인간첩단 사건'의 빌미가 됐죠. 말이 안 되는 사건이었어요.『청맥』은 아마 분단 이후 최초로 발행된 진보적 민족주의 계열의 잡지일 텐데, 이걸 하던 분들이 후에 '통혁당 사건'과 더불어 사형도 되고 감옥에도 가고 했지요.

　『창작과비평』은 1966년 초에 창간됐어요. 아무래도 처음에는 범문단적인 잡지라기보다 동인지적 성격이 강했습니다. 그러면서도『한양』,『청맥』과 달리 남한체제의 허용범위 안에서의 비판적 지식인을 대변하고자 했었지요. 그리고 아까 저보고『창비』쪽으로 갔다고 했는데, 사실 그것은 정확한 표현이 아닙니다. 김현·김주연·조동일 등은 나보다 먼저『창비』필자로 등장했어요.『문지』는 아직 창간되기도 전이었으므로, 적어도 1960년대 후반의『창비』는 소위『문지』와의 대립구도 속의 어느 한 축을 대표한다기보다 기존의 보수적인 문협 체제에 반대하는 비판적 문인들의 연합체적 성격을 가지고 있었다고 보아야 할 겁니다. 그리고 조동일은『청맥』의 가장 주요한 필자였고요.『상황』은 구중서·임헌영이 중심이 된 동인지라 할 수 있을 텐데, 독자적인 유파 형성에까지 이르지 못한 상태에서 개인적으로 민족문학론에 합류하게 됐다고 생각합니다.

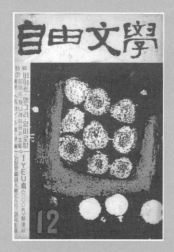

한국전쟁 휴전 후에 처음 발간된 문예지 『문학예술』과 『사상계』 1961년 증간호.
1956년 6월 자유문협의 기관지로 출발한 『자유문학』과
1958년 창간한 계간지 『지성』 1958년 가을호.

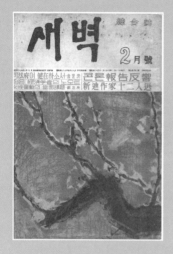

발행인 주요한의 종합지 『새벽』 1960년 2월호와 『청맥』 창간호인 1964년 8월호.
1964년 창간된 전봉건 주간의 『문학춘추』 1965년 5월호와
이철원 발행인, 김동립 주간, 이광훈 편집장인 월간지 『세대』 1965년 5월호.
이 무렵 김춘수 시인과 함께 시와 소설의 월평을 나누어 썼다.

김윤태 네, 그렇겠습니다. 그런데『창작과비평』은 신구문
화사에서 낸 적도 있고, 또 어떤 호는 일조각으로 되어 있는
데…….

염무웅 창간호부터 한동안은 문우文友출판사를 발행처로 삼
았어요. 그러다가 통권 8호, 그러니까 1967년 겨울호부터 일
조각一潮閣으로 옮겼는데, 그것도 오래가지 못했죠. 창간 주
역인 백낙청 교수가 박사논문을 마무리하러 미국으로 가게
됐기 때문입니다. 그래서 1969년 가을·겨울 합병호부터 창
작과비평사(이하 '창비'로 줄임)로 독립을 했어요. 발행인은 신
동문 씨였고요. 독립은 했지만, 제작과 배포를 신구문화사에
서 담당을 해줬어요. 신구문화사의 방 한 귀퉁이를 빌려서
『창비』를 만든 거죠. 그러다가 1972년에 백 교수가 미국에서
귀국하고, 또 1974년 말에 백 교수가 서울대 교수직에서 파
면 당하면서『창비』는 신구의 품에서 벗어나 완전히 독립을
했죠.

김윤태 그 당시『한양』이나『청맥』,『상황』의 필자들을 보
면, 특히『상황』의 필자들을 보면, 가령 구중서 선생이나 임
헌영 선생 같은 분들은 상당히 민족주의적인 시각이 강하고

반제논리가 선명하지 않았습니까? 그에 비해서『창비』는 초
창기에 그런 시각이 도드라져 보이지 않았던 것 같습니다.
선생님께서는 당시 그들 잡지에서 제기하였던 문제들에 대
해 어떤 생각을 하셨는지요?

염무웅 백 선생은 어땠는지 모르지만, 나에게는『한양』지
의 문제의식이 시야에 충분히 들어오지 못했다는 것이 솔직
한 고백입니다. 물론 1960년대에『창비』도 '실학의 고전' 시
리즈 등을 통해 민족문화의 전통에 관심을 기울이려고 하기
는 했지요. 그러나 그것은 우리 고전에 대한 새로운 관심이
었지, 반제의식이라든가 민족주의의 차원에서 그렇게 했던
것은 아니었죠. 그러다가 백 선생이 미국을 가고 제가 편집
책임을 맡으면서부터『한양』이나『청맥』과는 다르지만 좀더
민중적이고 민족적인 쪽으로 방향을 잡았다고 생각합니다.
이오덕·송건호·리영희·박현채 등의 논문과 신경림·황석영
등의 시와 소설이 실리면서『창비』의 색채가 더 확실해졌다
고 볼 수 있어요. 어떤 점에서 그것은『한양』이나『청맥』,『상
황』등의 긍정적 요소를 흡수한 결과이기도 하죠.

김윤태 그러면 그것을『창비』의 방향 전환으로까지 보기는

힘들겠지만, 아무튼 진일보랄까 그런 변화를 하게 된 셈인데, 그들 그룹의 문제제기에 영향을 받으신 것인지, 아니면 나름대로 독자적인 인식 변환이었는지요?

염무웅 사실『청맥』이나『한양』뿐만 아니라 의식 있는 잡지라면 자기 시대의 조류를 반영할 수밖에 없어요. 그런 점에서『창비』의 변화는 어떤 다른 잡지의 영향이라기보다 그 시대 한국사회의 새로운 움직임에 적응한 거라고 해야겠지요. 어쨌든 당시에 나는『청맥』이나『한양』에 대해 어떤 이질감을 떨칠 수 없었어요. 제가 독문학을 공부한 탓에 서구주의적인 잔재가 남아 있기 때문에 그랬는지도 모르지요. 하지만 그것은 자기반성의 차원에서 하는 소리이고, 본질적으로는『청맥』이나『한양』의 현실감각에 동조하기 어려웠기 때문입니다. 말하자면 그 잡지들이 남한의 구체적인 현실 대중들의 생활감각과 일정하게 격절된 관념적 주장을 한다고 느껴졌어요. 1990년대 후반의 NL(민족해방)이니 PDR(민중민주주의혁명)이니 하는 데서도 나는 그런 관념성을 느꼈습니다. 주장을 구성하는 개별적 명제들 자체야 옳은 것이지만, 전체적으로 그것이 우리의 현실적 조건에 맞게 구체화된 것이냐에 대해서는 믿음이 안 갔어요. 간단히 말해서 나는 해방 직후, 4·19 이후, 그리고 1980년대 말의 남한 현실에서 노동자 계급이 주도하는 사회주의 국가를 건설할 조건과 역량이 우리에게 갖추어져 있었다고 생각하지 않습니다. 뭐랄까요, 그이전의 기초적인 준비작업을 해야 하는 것이 여전히 우리의 과제가 아닌가 하고 느꼈습니다. 물론 내 생각이 곧『창비』 생각이라는 것은 아니지만, 하여간 그런 점에서『창비』에는 강한 현실주의적 측면이 있죠.

김윤태 『청맥』은 선생님께서 쭉 보지 않으셨습니까?

염무웅 띄엄띄엄 봤어요.『청맥』에 한 번인가 글을 쓰기도 했고요.

김윤태 그러면 교호작용이 있었을 법도 한데요.

염무웅 내게 원고 청탁했던 친구가 문리대 동창이니 개인적인 차원에서 없었다고 할 수는 없겠지요. 그러나 분명하게 일선을 그은 상태였습니다.

순수·참여 논쟁

김윤태 1960년대 문학에서 또 하나 그냥 지나칠 수 없는 것
이 '순수·참여 논쟁'입니다. 선생님께서도 일목요연하게 정
리해주신 적이 있는데, 그 논쟁을 당시 비평계의 성숙과정,
즉 이론 훈련과정으로 파악하신 것에 대해 공부가 일천한 저
도 많은 공감을 했습니다. 선생님께서도 그 논쟁의 어느 측
에 서 계셨던 것은 아닌지요?

염무웅 1960년대 참여 논쟁의 주역들은 내 글에도 약간 정
리했지만, 한쪽으로는 가령 최일수·김우종·김병걸·신동한·
임중빈·조동일 이런 분들이 있고, 반대되는 쪽에 김동리·김
상일·이형기·원형갑·김양수, 이런 분들이 있어서 1960년대
내내 논쟁이 이어졌지요. 사실 논쟁의 발단은 1950년대 후
반에 이어령·김우종과 김동리 사이의 논쟁으로 거슬러 올라
가고, 어떤 점에서는 해방 직후에 있었던 김동석·김동리 논
쟁의 연장전 같은 인상도 있었어요. 1960년대 후반에는 김
붕구 씨가 발표한 「작가와 사회」라는 글이 계기가 되어 일종
의 사상 논쟁의 양상도 띠었지요. 하지만 나는 참여문학 논
쟁에서는 비켜서 있었어요. 물론 관심은 예민하게 갖고 있었

지만요. 그리고 내가 글을 쓰는 방식이 순수한 이론적 전개보다는 작품분석을 통해 구체적으로 접근해가자는 생각을 하고 있었고, 그게 또 내 체질에도 맞고요. 그래서 가령 당시 우익적 관점의 대표 중 하나인 선우휘에 대해서도 그를 이론적으로 논박하기보다는 그의 작품세계를 분석함으로써 간접적으로 문학과 현실과의 유기적인 연관을 드러내려고 했지요.

1950년대 말의 이어령이나 1960년대의 참여론이나 그 이념적 뿌리가 말하자면 사르트르의 앙가주망engagement 이론 아닙니까? 그런데 1960년대 참여문학 논쟁을 겪으면서 서구이론을 바탕으로 전개되던 논쟁이 결국은 자기 현실의 발견을 통한 이론구성을 촉구했다고 봅니다. 참여든 뭐든 간에 우리 현실에 바탕을 둔 이론을 가지고 논지를 전개해야 되는 거잖아요? 그런 점에서 본다면 참여문학 논쟁은 사르트르라는 외국 이론가에게 젖줄을 대고 있던 상태로부터 1970년대 이후 우리 토양에서 생겨난 민족문학론으로 발전하는 과정에서의 이론적 성숙과정으로 볼 수 있지 않겠는가 하는 것이었죠.

김윤태　결국 순수·참여 논쟁이 리얼리즘과 민족문학론으로

의 이행과정에서 그 전단계라는 말씀인데, 민족문학론으로
치자면 이미 1950년대에 최일수나 정태용의 민족문학론이
존재했잖습니까?

염무웅 그보다 먼저 해방시기 임화의 민족문학론이 있었지
요. 정부수립 무렵 좌파문학이 척결된 이후 1950년대에 정
태용·최일수의 문학론은 임화를 어느 정도 계승·발전시켰
다고 말할 수 있을까요? 분명한 것은 정태용의 민족문학론
이 1950년대의 우리 문단에서 아무런 반향도 얻지 못했다는
것이지요. 다만 그것은 최원식처럼 학구적인 사람에 의해서
1980년대의 눈으로 재발견된 것이라고 봅니다.

김윤태 그렇다면 해방 직후 민족문학론과의 관계는 어떻습
니까?

염무웅 임화의 민족문학론도 1960년대의 시점에서 우리 같
은 젊은 사람들에게는 직접적으로 계승되었다고 보기 어려
울 겁니다. 솔직히 말해서 우리가 처음 비평활동을 시작하
던 1960년대 초·중엽 우리는 해방 직후의 치열한 이론투쟁
의 실상을 잘 몰랐어요. 1980년대 후반 월북문인이 해금되

면서 그 광맥에 이어지는 면이 있다는 걸 새삼 발견했죠. 사실 1980년대 말 조정환이 제기한 '민주주의 민족문학론'도 임화 민족문학론의 복사판 아닙니까? 돌이켜보면 1980년대의 민중적 민족문학론 및 민족해방 문학론들은 대체로 당면 현실에 대한 이론적 숙고로부터 자생적으로 성장했다기보다는 어떤 기성품을 풀어 번안한 것 같은 느낌을 주는데, 그것은 공부하는 동안에는 그럴 수 있지만 자기 이름을 내걸고 공공연한 장소에 글을 쓰는 사람이라면 자기의 사색으로, 자기의 언어로 말을 해야죠.

김윤태 제가 계속 이런 질문을 드리는 이유는 선생님의 「민족문학론의 모색」이란 글을 보면, '근대적 의미의 민족문화' 혹은 '근대적인 민족문학', 이런 용어를 쓰셨다는 점 때문입니다. 그런데 당시 대부분이 그냥 민족문학 내지 민중문학을 얘기하는데, 선생님께서는 '근대적'이란 의미를 상당히 강조하시더라고요.

염무웅 내가 1970년대에 그런 개념을 쓰면서 염두에 둔 것은 이런 것이었어요. 19세기 후반 이후 우리의 역사적 과제가 하나는 봉건체제의 극복이고, 다른 하나는 제국주의 외세의 청산, 그러니까 반제·반봉건이라고 요약할 수 있잖아요? 반봉건이라는 단어 대신에 좀더 포괄적으로 '근대적'이라는 말을 쓴 것이고, 반제라는 말 대신에 좀더 적극적인 개념으로 '민족적'이라는 말을 쓴 거죠. 그런 것이 늘 염두에 있었어요. 그리고 무엇보다 반제·반봉건 하면 너무 색깔이 확 드러나서 스스로의 입지가 좁아들기도 하고요.

김윤태   그러면 내용적으로는 반제·반봉건을 목표로 했던 임화의 '민주주의 민족문학론'과 별반 차이가 없는 듯한데요?

염무웅   결국 이어진다고 볼 수 있죠. 그러나 나는 임화를 통해서 문제의식에 도달한 것이 아닙니다. 사실 나는 임화를 상당히 뒤늦게 읽었는데, 지금도 임화에 대해서는 모르는 게 많아요. 언젠가 그런 글도 썼는데, 1930년대 초까지의 임화는 찬성하기 어렵지만, 1930년대 중반 신문학사를 공부하기 시작한 이후의 임화의 문제의식은 정당하다고 생각합니다. 그걸 정당하게 이어나가야 한다고 생각해요. 임화를 비판적으로 또 발전적으로 계승해야 한다고 생각합니다.

리얼리즘 대 모더니즘의 구도

김윤태 그러면 이제 구체적인 작품 얘기로 넘어가야 할 것 같습니다. 그전에 하나만 더 여쭙겠습니다. 1960년대에 선생님께서 평론활동을 하실 때 리얼리즘 대 모더니즘이라는 구별의식이 있으셨는지요?

염무웅 1960년대까지는 없었어요. 그 점을 설명하기 위해 한 가지 일화를 소개하지요. 내가 글 때문에 치명적인 필화를 입은 것은 1969년 12월호 『시인』이라는 잡지 때문입니다. 시인 조태일이 주관한 시전문지로, 그 잡지를 통해서 김지하·양성우·김준태 같은 시인들이 문단에 나왔지요. 그때 조태일과는 아주 친했어요. 지금도 친하지만 그때는 더욱이나 친했는데, 마지막 1969년 12월호니까 1960년대 시를 정리하는 글을 쓰라고 했어요.

그런데 1960년대를 다 정리하기는 어렵고, 그래서 전통적인 서정이랄까 한국적인 정서를 내세우는 대표로 서정주, 그 다음에 모던하고 실험적인 것의 대표로 송욱, 그 두 사람을 일종의 샘플로 잡아서 시를 읽었어요. 나는 1969년까지 발표된 서정주의 시를 그동안 띄엄띄엄 읽다가 그때 비로소 통독을 했어요. 다들 알다시피 서정주가 지향하는 관념은 미신적인 것도 있고 몽매한 것도 있지만, 읽어보니 시는 굉장히 감동적으로 다가오고 우리 민중의 한을 절창으로 노래했다는 생각이 들더군요. 그래서 서정주와 서정주 계열의 시인들…… 이게 물론 우리가 지향하는 바람직한 근대문학은 아니지만 그러나 버릴 수는 없는 거다 하고 상당히 긍정적으로 평가를 했어요. 반면에 송욱의 시집 두 권, 『유혹』과 『하여지향』은 기대와 달리 아주 실망스러웠어요. 초기작인 「장미」 같은 시는 아주 싱싱한데, 그 이후에 쓴 시들은 도저히 납득할 수가 없더라고요. 장난 같고. 그래서 송욱에 대해서는 통렬한 비판을 가했죠.

그러니까 1960년대 말의 내 생각 속에서 우리 시 내지 우리 문단은 전통적이고 토속적인 정서에 기반한 문학들과, 서구의 실험적이고 모더니즘적인 영향을 받은 두 그룹이 주류이다, 그러나 이제 우리들 젊은 세대에 의해서 그와는 전혀 다른 문학이 자라나고 있다는 의식, 말하자면 서정주 식의 문학도 극복의 대상이고 송욱 식의 문학도 청산의 대상이라는 그런 의식이 있었어요. 1970년대에 이르러서야 이런 의식을 민족문학이라든가 리얼리즘의 개념으로 정리하기 시작했죠.

아까 잠깐 얘기했던 반제·반봉건의 틀을 가지고 1960년

대 후반 문학을 얘기하면서 빠뜨릴 수 없는 것은 소설가 김
정한의 재등장입니다. 그분이 1966년에『문학』이라는 잡지
에「모래톱 이야기」를 발표하면서 문학활동을 재개했는데,
그 김정한과 김수영·신동엽을 비롯하여 1960년대 중반부터
쓰기 시작한 이문구라든가 방영웅·이성부·조태일·신경림
등의 문학을 포괄해서 생각해보면 서정주 식의 문학이나 송
욱 식의 문학이 아닌, 그야말로 민중적이면서도 민족적인 현
실에 바탕을 둔 그런 문학을 머릿속에 그릴 수 있었던 겁니
다. 그러니까 1960년대 말의 상황에서 내가 판단한 구도는
재래적인 복고주의적인 성향, 모더니즘이라고 후에 묶여질
수 있는 서구지향적인 것, 그리고 리얼리즘 내지 민중문학으
로 가게 될 방향의 세 그룹으로 구성돼 있었어요. 리얼리즘
대 모더니즘이라는 루카치적 구도는 1970년대에 들어와 본
격 소개된 겁니다.

김윤태 선생님, 아까 필화라고 하신 건…… 그 글로 인해 무
슨 일이 있었던 겁니까?

염무웅 아, 그때 내가 서울대학교 교양과정부 조교를 하다
가 전임으로 상신됐어요. 단과대학 인사위원회에서는 통과

시인 조태일이 주재한 시전문지『시인』1969년 12월호와
1979년 4월 출간된 염무웅 평론집『민중시대의 문학』.
평론집 표지의 판화는 오윤 작품이며,「서정주 소론」이 실려 있다.

가 되고 대학 본부에 서류만 내면 될 입장이어서 1969년 2학기에는 수원 있는 농대에서 사실상의 전임 노릇을 한 학기 했지요. 그런데 송욱 씨가 들고일어난 거예요. 제 글에다 밑줄을 그어서 청와대에까지 투서를 했다는 얘기를 들었어요. 두세 달 동안 소용돌이에 휘말려 있다가 결국 본부 차원에서 전임발령이 보류됐지요. 그러니까 거의 전임이 다 됐다가 쫓겨난 거죠. 그게 1970년인데, 당시 서울대학교에서 공개적으로 사건화되지는 않았지만 꽤 유명했어요. 이제 30년 가까운 세월이 지나 돌이켜보면 당시 내가 철이 없었던 면이 많았다고 반성되기도 합니다.

김윤태 네, 그런 씁쓸한 일이 있었군요. 선생님의『민중시대의 문학』에 실린「서정주론」인가가 그러면 그 글입니까?

염무웅 글이 좀 아까워서 송욱 부분을 잘라내고「서정주 소론」이란 제목으로 수록하면서 뒤에다 한마디 댓글을 달았죠. 그 일로 학교에서 나온 후 덕성여대에 전임 될 때까지 한 3년은 정말 힘들었어요. 갓 결혼해서 애도 생기고 그랬을 때인데 무척 고생을 했죠. 오기로 버텼달까요? 지금 같으면 못할 거예요.

4·19정신을 누가 계승하는가

김윤태 선생님 말씀을 들으면서 느껴지는 것이, 새로운 민족문학적인 기운이 본격화되는 것은 1960년대 후반부터라 할 수 있겠고, 그 점에서 4·19가 문학사적인 의미를 획득하면서 그 결실로 맺어지는 게 그 무렵이 아닌가 하는, 그런 짐작입니다. 그런데 가령 김승옥의 소설에서 "우리는 4·19세대다"라는 어떤 세대적 정체성 같은 걸 찾는 이도 평론계에 있는 듯한데, 선생님께서 생각하시는 4·19의 문학사적 의의를 간략하게 정리해주시죠.

염무웅 어떤 역사적 사건이든지 입장에 따라 해석은 달라질 수 있는 것 아닙니까? 가령 1789년의 프랑스대혁명도 부르주아계급과 농민계급 가운데 어느 쪽이 더 주동적인 역할을 했다고 보느냐에 따라 다르게 서술될 수 있죠. 흔히 4·19의 역사적 지향을 민주주의와 민족주의로 보지만, 나는 거기에 자유주의도 추가될 수 있다고 봅니다. 서구식 자유주의를 모델로 삼았던 측면도 있을 수 있다고 봐요. 그러니까 4·19를 자신의 정신적 고향이라고 느끼는 사람들 중에는 자유주의적 방향으로 가는 것이야말로 4·19의 계승이라고 느끼는 사람이 있다는 것을 나는 부정하지는 않아요.

그것은 가령 김수영의 문학에 대해서도 마찬가지입니다. 김수영의 문학정신을 기린다고 생각하는 민음사의 '김수영 문학상'이 내가 보기엔 김수영과 다른 길로 가고 있는 것 같은데, 그러나 주관적으로 그들이 김수영의 문학정신을 잇고 있다고 느낀다면 그럴 수도 있겠구나 할 수밖에 없는 것 아닙니까? 그런 점에서 나는 『사계』나 『68문학』을 거쳐 『문지』로 가는 김현 그룹이 나름대로 4·19의 어떤 맥을 잇고 있다고 생각하는 것에 대해서도 일면 수긍합니다.

그러나 내가 보기에는 역시 4·19에서 더 중요한 측면은 민주주의였고 민주주의에 의해 촉발된 민족주의 아닌가 합니다. 그것이 1970년대를 거쳐서 오늘에 이르는 민족문학의 물길을 만들어낸 것이 아니겠는가. 이렇게 보는 것이 타당할 것 같아요. 그런 점에서 나는 1970년대 이후의 민족문학운동이 4·19정신의 적자라고 생각하는 거죠.(웃음)

최인훈과 이호철

김윤태 4·19 얘기가 다시 나왔으니까 자연스럽게 작품 쪽으로 화제를 돌려보지요. 아무래도 최인훈의 『광장』이 제일 먼저 떠오르는데,『광장』이 1960년 11월호『새벽』지에 실린 것으로 알고 있습니다. 이게 처음 본격적으로 분단 현실을 다뤘다는 점에서 요즈음도 많이 평가를 하고 그러는데, 당시에는 어떠했습니까?

염무웅 저는 발표되자마자 읽고 크게 감동했어요. 당시 젊은 세대는『사상계』와 함께『새벽』지도 열심히 구독했거든요. 기성 평론가들 중에서 백철 같은 분은 상당히 호평을 했고, 최인훈과 같은『자유문학』출신의 신동한은 반론을 제기해서 논쟁으로 번지기도 했죠. 이듬해 봄에는 정향사에서 빠진 것 200매를 보태서 단행본으로 출간했는데, 당연히 나는 그것도 샀어. 돌이켜보면『광장』은 분단문제를 이념적 편향에 얽매이지 않고 다루었다는 점에서 작가 자신의 말대로 4·19혁명의 성과라고 해야겠죠. 뿐만 아니라 고난의 시대를 뚫고 가는 한 젊은이의 지적 성장을 다룬 성장소설로서도 의미가 크지요. 그러나 관념적 한계랄까 그런 것도 지적되어야 한다고 봅니다.

김윤태 흔히『광장』을 문학사에서 획기적인 작품으로 평가하기도 하는데, 그에 부합한다고 보시는지요?

염무웅 4·19에 의해 이승만 체제의 억압이 제거된 이후 비교적 자유로운 분위기에서 많은 작가들이 등장했고 또 새 시대의 분위기를 반영하는 작품도 나왔지요. 최인훈의『광장』은 새 시대를 대표하는 첫 작품이라고 볼 수 있다고 생각합니다. 물론 진정으로 새 시대라면 다양한 경향들의 자유로운 경쟁과 공존이 가능해야겠지요.

김윤태 가령 이호철의『소시민』과 비교하면 어떻습니까?

염무웅 『소시민』은 아주 다르죠.『소시민』은 부산 피난시절의 작가 자신이라고 여겨지는 월남한 젊은이의 관점으로 그린 피난수도 부산의 풍속화랄까, 삶의 모습들을 세태소설적으로 묘사한 작품이죠. 분단이나 이념의 문제를 직접적으로 다루지는 않았어요. 물론 분단 현실을 배제하고 이 소설이 성립될 수는 없지요. 이호철과 최인훈은 같은 함경도 출신에 나이가 네 살밖에 차이가 안 나지만, 상당히 다른 경험의 소유자예요. 이호철은 6·25전쟁의 당사자였고 단신 월남한 분단의 피해자입니다. 반면에 최인훈은 학생 신분으로 가족을 따라 월남한 피난민의 하나지요. 그런 점에서 분단과 전쟁을 대하는 태도에 차이가 있을 수밖에 없어요. 최인훈에게는 뭐랄까 일종의 지적 거리가 가능하지만 이호철에게는 생존 자체가 절박한 문제였던 거지요. 그게 문학적 차이를 만들어냅니다.

이호철에게는 초기 단편들 중에 좋은 작품들이 많아요. 「빈 골짜기」라든기 「만조」, 「탈향」 등, 이런 작품들은 분단에 의해 뿌리 뽑힌 젊은이들의 삶과 그들의 감정세계를 아주 절실하게 묘사했죠. 당시 평론가들은 실존주의니 뭐니 하는 유행사조와의 연관 속에서 작품을 읽고 평가했기에 이호철의 초기 단편들은 무시됐지만, 내가 보기에는 6·25 시기의 사회 분위기를 이호철의 작품만큼 실감있게 보여주는 작가는 별로 없어요. 하여튼 『소시민』도 간접적으로 분단문제를 떠나서는 얘기할 수 없지만, 『광장』처럼 직접 분단 자체를 다뤘다고 보기는 어렵지 않은가, 상당히 다른 작품이지 않은가 싶습니다.

김윤태 거기에 보면 노동운동 했던 정 씨에 대한 얘기가 나오지 않습니까? 그런데 작가가 정 씨에 대한 애정을…….

염무웅 글쎄요. 그렇다고 그걸 작가의 노동운동에 대한 의식의 반영이라 볼 수 있을까요? 옛날에 읽은 작품이어서 구체적으로 얘기하기는 어려운데, 작품이 발표되던 1964년의 시점에 작가가 노동운동이나 계급문제까지 염두에 두었으리라고는 생각하기 어려워요. 분단문제는 물론 이호철 문학의 일관된 주제이지만, 그것을 이념의 차원에서 의식적으로 다루기 시작한 것은 1970년대 이후라고 생각합니다. 처음에 짤막한 단편으로 발표했던 걸 장편으로 개작한 『문』이라든가 단편집 『남녘 사람 북녘 사람』이 본격적으로 분단문제를 다루고 있어요. 「판문점」만 하더라도 제목이 주는 문제의식과는 조금 차이가 있죠.

반미문학의 출현

김윤태 1960년대 소설에서 또 하나 주목되는 것이 남정현의 「분지」입니다. 거기에서는 본격적인 의미에서 반미문제가 제기된 셈인데요. 더구나 필화사건까지 당한 작품이고 보면 결코 예사로울 수 없다고 봅니다만…….

염무웅 남정현의 소설이 담고 있는 문제의식은 대단히 중요하다고 생각합니다. 그걸 부정할 수는 없는데, 그러나 솔직히 말해서 나는 그분 소설의 예술적 완성도에 대해서는 늘

회의적인 느낌을 갖고 있었어요. 소설적 형상화라는 말로 요약할 수 있는 밀도랄까, 사람이 살아가는 모습의 구체적 묘사의 측면이랄까, 늘 여기에 걸렸어요. 말하자면 엥겔스가 경향소설을 비판할 때와 같은 비판적 관점을 가지게 돼요. 그러니 물론 남정현 문학의 선구적 측면을 높이 평가하면서 하는 얘기죠.

김윤태 「분지」가 쓰여진 배경에는 반미문제를 그렇게 들고 나올 만한 어떤 계기가 당시에 있었습니까? 아니면 혹시 평지돌출로 나온 겁니까?

염무웅 평지돌출은 확실히 아닙니다. 지금도 지속되는 현실이지만, 수만 명의 미군들이 이 땅에 주둔하고 있으니까 한국인 폭행사건이라든가 양공주 치사사건 같은 것들이 끊임없이 발생하고 있고, 그보다 근본적으로 왜 우리 땅에 외국군이 주둔해야 하는가를 묻는 관점이 있어요. 그러니까 민감한 작가라면 미군이 주둔하고 있고 우리 주권이 제한되고 있고 작전권이 우리에게 있지 않은 현실 앞에서, 이것이 독립국가인지 반식민지인지에 대한 회의가 끊임없이 드는 거고, 더욱이 4·19를 겪었잖아요? 그런 점에서 우리나라의 경

우 반미의식은 자연발생적으로 생성될 소지가 항상 존재한
다고 볼 수 있어요. 오히려 반미의식이 없다면 그게 이상한
일입니다. 정공채(1934~2008)의 장시 「미8군의 차」는 이미
1963년에 발표됐어요. 그러니까 남정현의 「분지」는 결코 평
지돌출이 아니죠. 좀더 높은 수준에 이른 작품의 예로서 가
령 1950년대 하근찬의 소설이나 신동엽의 시에서 그런 면을
찾아볼 수도 있어요.

김승옥의 문학사적 위치

김윤태 1960년대 문단의 총아로 떠오른 건 아무래도 김승
옥이라고 봅니다. 선생님하고는 젊은 시절 함께 동인활동도
하던 분이니 그분에 대해 속속들이 잘 아실 텐데, 등단하자
마자 굉장한 주목을 받았고, 유종호 선생은 "감수성의 혁명"
이라고 호평을 하고 그랬잖습니까? 그런데 한편으론 지나
친 평가라는 견해도 없지 않아 있는 듯하고요. 지난 시절 문
학적 동료로서, 또 엄정한 비평가로서 그를 어떻다고 보십
니까?

염무웅 김승옥이 1960년대 문학의 핵심이라는 건 부정할

수 없다고 봅니다. 다만 최인훈이 그렇듯이 김승옥도 우리
소설사의 어떤 단계를 개막한 하나의 상징이에요. 나는 개인
적으로도 김승옥의 문학사적 의의를 제대로 짚어보고 싶은
욕심이 있어요. 2년 전에 민예총(민족예술인총연합) 문예아카
데미에서 김승옥 소설을 가지고 강의를 한 적이 있어요. 원
고지 20~30장 정도의 강의 노트를 써놨는데, 이걸 구체적인
작품분석에 근거해서 제대로 된 평론으로 만들 작정입니다.
최근에는 『김승옥 소설전집』도 나오고 해서…….

　김승옥의 문체나 문장, 감성에서 뛰어난 점이 있다는 건
의심할 여지가 없습니다. 1950년대 작가들의 답답하고 관념
적인 세계에 진력이 난 독자들에게는 더욱 그렇지요. 하지만
가령 1930년대의 박태원이나 이상李箱의 문장과 비교해도
그렇게 획기적이라 할 수 있을지는 의문이에요. 다른 한편,
작가라는 것은 그가 써낸 작품 전체가 어떤 높이에 이르렀는
가, 이것도 봐야 한다고 생각합니다. 가령 박경리·최인훈·황
석영·박완서·김원일 같은 작가들을 떠올려 보면, 이들은 각
기 다른 길을 가면서도 자신이 가진 재능과 노력을 전면적
으로 투입해서 어떤 우람한 문학세계를 이루어 놓았잖아요?
그런 점에서 김승옥은 재주를 충분히 발휘한 작가가 아니에
요. 미완으로 끝난 게 너무도 아깝지요.

　　그리고 김승옥과 관련해서 흔히 한글세대의 문체와 감성을 거론하는데, 물론 우리가 한글세대인 것은 사실이지만, 이태준의 문장이나 벽초의 문장이 한문세대의 문장인가요? 일본어 세대의 문장인가요? 그렇지 않거든요. 물론 해방 후에 한글로 교육받았지만, 제가 보기에는 벽초의 문장이나 이태준과 정지용의 문장은 한글세대 누구의 문장 못지않게 우리 문장의 맛과 깊이를 보여주고 있다고 생각해요. 오히려 나는 요즘 젊은 작가들의 문장을 보면 이건 우리 문장이 아니라는 생각이 들어요. 무슨 한글세대를 운위할 자격이 없어요. 김승옥의 문장은 어느 면에서 일본 문장의 냄새가 난다고 느껴지기도 합니다.

김윤태　어떤 연구자들은 김승옥의 작품세계를 자본주의적인 산업화와 연관시키기도 하는데, 그건 어떻습니까? 당시 경제개발계획 같은 게 진행되고 했으니…….

염무웅　그건 기계적인 사회과학주의 같은데요. 김승옥이 한창 소설을 쓰던 1960년대 초중반만 하더라도 아직 우리나라는 본격적인 산업화에 진입하기 전이에요. 박정희 정권의 제1차 경제개발5개년계획이 시동된 것은 1963년부터이지만,

자본주의 산업화가 우리 삶의 패턴까지 바꾸기 시작한 건 1970년대부터라고 봐야죠. 김승옥 소설은 굳이 사회사적으로 보자면 도시화 초기이자 이농이 본격화되기 이전을 배경으로 한다고 봅니다. 1960년대 사회에서는 1965년이 하나의 분기점이죠. 한일협정이 타결되고, 월남파병이 되고, 경제개발계획이 본격적으로 가동되고, 그러면서 농민 분해가 일어나고 도시가 비대해지기 시작하고 이렇거든요.

그런데 김승옥 소설의 사회적 배경은 그런 작업이 시작되기 직전이에요. 오히려 김승옥 체험의 핵심은 시골을 떠나 대학생 신분으로 서울로 온 거죠. 노동자나 빈민으로서 도시 변두리로 온 것이 아니라 대학생으로 온 겁니다. 그의 체험의 근본구조는 농촌적인 공동체 정서가 남아 있던 시골로부터 서울이라고 하는 도시로 왔다는 것, 그러나 자본주의화의 결과 이농에 의해서 서울 변두리로 와서 산업예비군으로 편입된 것이 아니라 계층상승의 목적으로 상경한 거죠. 자본주의와 바로 연결시키는 것은 무리라 봐요. 오히려 1960년대 후반부터의 작업으로 박태순의 「외촌동外村洞 사람들」 연작이라든가, 1970년대 초 황석영의 「돼지꿈」이라든가 이런 작품들이 도시화·산업화와 연관된다고 봅니다. 아무튼 김승옥의 문학세계에서 본질적으로 중요한 것은 사회적 변화라기

1960년대 후반. 월간지 『세대』의 심사장에서.
왼쪽부터 홍성원·염무웅·김승옥·박태순·김현.
등을 보이는 사람은 『세대』지 주간 이광훈.

보다 개인적 체험이 아니겠는가, 나는 그렇게 봅니다.

김윤태 결국 김승옥의 소설세계가 농촌공동체에 속했던 사람이 겪은 도시체험의 문학적 형상화라는 말씀이시군요. 혹자는 가령 「무진기행」의 경우 출세한 촌놈의 사회학이라고 보기도 하던데요?

염무웅 그렇게 해설될 측면도 있지요. 그러나 김승옥 또는 김승옥의 주인공들을 출세라는 관점에서 보는 것은 너무 세속적이 아닐까요?

요산 김정한과 시인 김수영

김윤태 앞에서도 잠시 거론되었습니다만, 당시 중요한 작가로 작년에 작고하신 요산 선생님이 계십니다. 1966년에 「모래톱 이야기」로 근 30년 만에 문단에 복귀를 하셨는데, 요산 선생님의 재등장이 우리 소설사에서 어떤 의미를 가지는지를 따져보고 싶습니다. 그것과 관련해서 리얼리즘이라든가 민족문학이란 말도 앞에 나왔는데요. 당시에 혹시 요산 선생님과는 사적인 친분 같은 건 없으셨나요?

염무웅 1950년대 말 백수사 간행『한국단편문학전집』에서
「추산당과 곁사람들」을 읽은 게 그때까지 김정한에 대해 아
는 것의 전부였을 겁니다. 그러다가 그의「모래톱 이야기」가
원응서 주간의『문학』지에 발표됐는데, 마침 나는 그 잡지의
소설월평을 담당하고 있었어요. 당시 나는 아직 제대로 사회
의식이 눈뜨기 전이었고 리얼리즘에 대해서도 상투적인 견
해 이상의 것을 가지기 전이었음에도 불구하고「모래톱 이
야기」를 읽자마자 이건 참 대단한 작품이다 싶어 바로 다음
호에 즉각 호평을 했지요. 어떤 이념이나 이론을 떠나서 작
품 자체에 감동했기 때문입니다. 후에『창비』편집을 하게
되면서 기회 있을 때마다 요산 선생의 작품을 청탁해서 실었
지요.

　개인적으로 요산 선생을 처음 만난 건 1971년 2월 12일이
에요. 날짜까지 정확하게 기억하는 까닭은 그날 집사람이 출
산 때문에 병원에 입원하고 있었거든요. 당시 요산의 사위가
『조선일보』편집국장으로 있어서 그가 한턱 잘 냈지요. 요산
은 고집스런 시골 노인일 거라는 예상과 달리 아주 호탕하고
개방적인 분이더군요. 그 후 요산은 거의 상경 때마다 연락
해서 그가 묵는 피맛골 골목의 단골여관으로 찾아뵈었고 몇
번은 부산에 가서도 만났지요. 부산 동대신동의 낡고 조그만

아파트도 방문했었고요. 요산 선생은 문학적으로뿐만 아니라 인격적으로도 우러러볼 만한 어른이었어요.

아무튼 1960년대부터 1970년대까지 농민문학론이라든가 민중문학론, 리얼리즘론이라든가 민족문학론으로 나아가는 이론적 발전은 그 배후에 김정한 같은 분들의 작품적 실천이 튼튼하게 뒷받침됐기 때문에 가능한 것이었다고 봅니다. 그분의 「수라도」, 「인간단지」, 「지옥변」, 이런 작품들은 나올 때마다 감동을 주었고 나 같은 후배세대의 인간적 또 이론적 성장과정에 큰 가르침을 베풀었다고 생각합니다.

1960년대 후반을 회상할 때 개인적으로 빠뜨릴 수 없는 것은 김수영과의 인연입니다. 신구문화사에 근무하던 시절 원고 때문에 들른 그에게 인사를 드린 것 같은데, 정확한 기억은 없어요. 다만 내 머리에 김수영이 영원히 각인된 날의 일은 지금도 뚜렷이 기억합니다. 아마 1965년쯤이지 싶은데, 제주도에 머물다 올라온 고은 시인과 내 또래 평론가 두엇이 대낮부터 한잔했어요. 그러다 돈이 떨어져 고은의 인솔 아래 어딘가로 몰려갔지요. 오후 네댓 시쯤의 마포구 구수동 김수영 댁. 우리는 바깥에 있고 고 시인은 안으로 들어갔는데, 한참 지나도 소식이 없기에 마당으로 들어섰더니 어둑한 방안에서는 김수영의 목소리만 요란했어요. 하라는 공부는 안 하고 젊은 애들하고 술이나 먹고 다닌다며 고은을 아까부터 야단치고 있었던 거예요. 우리가 방안으로 불려 들어간 뒤에도 김수영의 훈시는 계속됐는데, 나는 어느덧 그의 열변에 차츰 공감하다가 그만 도취되고 말았지요. 그때부터 나는 말하자면 김수영 숭배자가 됐어요. 김수영이 불의의 교통사고로 세상을 떠나기 전 1~2년 동안은 누구보다도 가깝게 만나고 지냈죠. 나보다 꼭 20년 연상인 분인데도 말이에요. 조지훈 하면 마치 오래된 시인 같고 김수영 하면 젊은 시인같이 느끼잖아요? 그런데 두 분 나이가 한 살 차이예요. 거의 동년배죠. 그런데 김수영은 펄펄 살아 있는 젊은이 같은 열정을 가진 분이었습니다. 글도 빛나지만 한잔하면서 열변을 토할 때면 그야말로 황홀했어요. 교육과정이나 집, 학교에서 받은 고정관념이라든가 이런 것들이 그의 곁에서 그의 말을 듣는 동안 가차없이 깨지고 벗겨져 나간다는 느낌을 받았어요. 그를 한 번 만날 때마다 내가 한 단계씩 인간적으로 성장한다고 느껴졌지요.

김윤태 그런데 고은 선생 책을 읽어보니까, 김수영은 굉장히 소심하고 겁이 많은 사람이라고 되어 있던데요? 김수영으로 학위논문을 쓴 김명인 씨도 그가 참 겁 많은 사람이라는 얘기를 했어요.

염무웅 내 경험에 의하면 역사 속에서 진정으로 용기 있는 일을 하는 사람들의 공통점은 겁이 많다는 것입니다. 깡패 비슷하게 껄렁껄렁하고 일상생활에서 거센 체하는 그런 사람들은 정말 용기가 필요할 때 힘든 일은 못 해요. 대개 겁 많은 사람들이 합니다. 진정한 용기는 자기와의 싸움에서 이기는 순간에 발휘되거든요.

김윤태 선생님 말씀을 듣고 보니 딴은 그렇네요. 그럼 김수영과의 일화 중에 기억에 남는 것은 없으십니까?

염무웅 주로 그를 따라 술집에 가서 그의 열변을 듣는 게 일이었죠. 후에 그의 산문을 읽어보고 글과 말이 일치한다는 걸 알았어요. 1966년쯤인가, 문화방송이 인사동 네거리에 있을 때였죠. 박수복이라는 여성이 문화방송에서 PD를 하고 있었어요. 나보다 열 살쯤 위인데, 아주 진보적인 의식을 가진 분이었지요. 후에 드라마 작가가 되어 베를린영화제에서 두 번이나 특별상을 받았어요. 양공주 문제나 원폭피해자 문제를 다룬 드라마였던 걸로 기억합니다. 그런데…….

김윤태 당시에요?

염무웅 아니, 드라마는 1980년대에 와서일 거고요. 아무튼 60년대부터 박수복 씨는 『창비』 팀들과 아주 친하게 지냈죠. 그 무렵 그분은 문화촌에 조그만 아파트를 가지고 있었어요. 1960년대만 해도 아파트가 아주 드물 때였죠. 어느 날 김수영 선생과 그 박수복 씨 아파트에 초대받아 가서 잘 놀고 느지감치 나왔는데, 김수영 선생이 느닷없이 '종3'(당시 종로 3가 뒷골목에 집창촌이 있었으므로 종3으로 약칭)을 가자는 거예요.(웃음) 그 말이 내게는 마치 의형제를 맺자는 뜻처럼 들려요. 두말없이 따라갔죠. 나는 밤새 한잠도 못 자고 못난이처럼 벌벌 떨기만 하고 나왔는데, 김수영은 다음날 새벽 아주 싱싱한 얼굴로 나타나더군요. 광교 네거리 '맘모스'라는 다방까지 걸어가서 커피를 한잔하고 말없이 헤어졌어요. 맘모스는 당시 커피 잘하기로 유명해서, 커피 좋아하는 김현승 시인도 자주 갔지요. 세일러복을 하얗게 입은 여고생들이 재잘거리면서 등굣길을 걷고 청소부들이 빗자루로 길을 쓸고 하던 새벽 풍경이 지금도 눈에 선해요. 김수영 사후死後에 발표된 「성」性이란 작품은 그날의 일이 소재가 됐죠.

이청준, 이문구, 박태순

김윤태 대체로 작가들을 살펴보았는데, 마지막으로 선생님의 동년배 작가들에 대해 말씀해주시죠. 현재 문단에서 누구도 흉내내기 힘든 독특한 자기 세계를 구축하고 있는 이청준이나 박상륭 같은 분들이라든가, 선생님과 역시 개인적인 교분이 있는 박태순 선생 등등…….

염무웅 이청준의 초기 작품들은 대개 읽었지요. 그가 문단에 데뷔할 때는 약간 거들기도 했어요. 60년대 중엽 이대 입구 대흥동에서 동생들과 자취할 때인데, 일요일이면 자주 다방 같은 데서 청준이와 만났지요. 어느 날 그가 단편소설 두 편을 갖고 나와서 읽고 평을 해달라더군요. 며칠 뒤 만나 「퇴원」이 낫다고 하면서 몇 가지 지적도 하고 그랬어요.

김윤태 대학 동기이시죠?

염무웅 그렇습니다. 1965년 무렵인데 나는 졸업 후 출판사에 다니고 있었고 청준이는 학보(학적보유병)로 군대 갔다 와서 아직 재학 중이었죠. 청준이도 넉넉지 않은 형편이었으니 아마 근처에서 가정교사를 하고 있었을 겁니다. 그 「퇴원」이 『사상계』 신인상에 당선됐을 때 내 일처럼 좋아했던 기억이 나는군요. 그런데 차츰 세월이 지나면서 이청준의 문학세계가 나로서는 점점 거리가 느껴졌어요. 뭐랄까, 너무 정신유희적인 쪽 내지 관념적인 도식으로 가는 듯하고, 박정희 군사독재의 엄혹한 현실에서 너무 비켜서 있다는 느낌이 들어요. 어느 때부터인가 그의 중요한 작품들을 내가 못 읽은 것이 참 많아요. 만난 지도 상당히 오래되고…….

이문구는, 1967년이던가 『현대문학』에 발표된 「암소」라는 단편을 읽고 너무 좋아서 엽서를 보냈지요. 『창비』에 소설 한 편 써달라고요. 그가 연희동 누이 집에 살면서 공사판에서 노동을 할 때인데, 소설가로 등단한 직후지요. 곧 그에게서 엽서가 왔더군요. 자기가 힘깨나 쓸 줄 아니 이사할 때 부르면 가서 돕겠다고요.(웃음) 암튼 『창비』 1968년 봄호에 단편 「두더지」를 실으면서 평생의 인연을 맺었어요. 그때부터 자주 만났는데, 바로 그해 월간문학사에 함께 근무하던 여성을 소개한 게 지금의 내 집사람이에요. 그야말로 깊은 인연이죠.

김윤태 이문구 선생과 제일 가까운 친구가 소설가 박상륭이라고 하던데요.

염무웅 이문구한테 박상륭 얘긴 가끔 들었지만 만나지는 못했어요. 아마 박상륭이 사상계사에 근무하고 있어서, 각자 직장일로 바빠서 그랬겠죠. 그런데 「뙤약볕」이라는 단편이 발표됐을 때 내가 『문학』지 소설월평에다 세심하게 평하면서 격찬을 했어요. 그랬더니 이문구를 통해서 들려온 얘기가 내 월평에 큰 격려와 고무를 받았다고 하더군요. 그땐 박상륭도 신인이어서 누구 하나 알아주는 사람이 없을 무렵이었어요. 사실 글 쓰는 사람치고 자기를 인정해주는 데 감격하지 않는 사람이 없죠. 그런데 그 뒤에 나온 긴 소설들은 읽기가 너무 부담스럽고, 요즘은 짧은 글조차 읽기가 어렵습니다. 특이한 문학세계임은 확실한데, 뚫고 들어가기가 아주 어려워요. 그리고 요즘 어느 잡지에 쓴 짤막한 글을 보니깐 곤란하다는 생각이 들 정도로 문장이…….

김윤태 『문학동네』에 실린 글을 말씀하시는 건가 보군요.

염무웅 그런 사람이 한 사람쯤 있는 것이 나쁠 건 없지만, 하여간 나는 짤막한 글이니까 난삽함을 견디면서 겨우 읽기는 읽었는데, 고생한 만큼 얻은 것이 없다는 느낌이 오더라고요. 분명히 말하거니와 박상륭의 문체와 문학세계 그 자체는 존중되어야 하겠지만, 그를 지나치게 높이 평가하는 데는 찬성하기 어렵습니다. 박상륭이 정말 양심적인 작가라면 지난 수십 년 동안 국내에서 갖가지 고초를 겪은 동년배들에 대해 겸손한 존중심을 가져야 한다고 믿어요. 그런데 최근 그의 글에서는 그런 걸 찾아볼 수 없어요. 이래선 안 되지요.

그리고 저와 같은 연배의 작가 중에서 요즘 많이 잊혀진 사람이 박태순입니다. 박태순이나 김승옥, 이청준 모두 학과는 달랐지만 대학 1학년 때 한 교실에서 공부한 동기생들이에요. 학생 때 서대문에 있는 그의 집에도 가본 적이 있는데, 2층 태순이 방으로 안내해서 올라갔더니 타이프라이터로 글을 쓰고 있더군요. 타자기라는 걸 구경도 못 한 사람으로선 눈이 휘둥그레질 밖에요. 암튼 박태순은 1960년대 후반부터 1970년대까지는 좋은 작품들을 많이 썼어요. 「무너진 극장」, 「정든 땅 언덕 위」 등, 이런 작품들은 아까 얘기한 산업화 초기의 도시 변두리 세계를 아마 최초로 본격적으로 다룬 작품일 겁니다.

김윤태 실제로 한때 거기에 사셨다고 들었습니다만, 그곳이

아마 지금 서울 신림동의 '난곡'이라는 데일 겁니다. 박태순
선생의 어느 후기엔가 보니, "난민촌이야말로 나같이 고향
을 잃어버린 사람들의 현실이고, 거기서부터 우리 시대를 조
망해야 한다"는 요지의 말씀을 남겼더군요.

염무웅 취재하러 가서 살았을지 몰라요. 박태순은 원래 황
해도에서 피난 나온 집안이고, 그 아버지가 박우사라는 출판
사 사장이었지요. 우리 같은 시골 출신의 가난뱅이에 비하면
중산층이지요. 그런데 이 친구는 그렇기 때문에 오히려 시골
여행도 많이 다니고 빈민가에도 가보고 그랬어요. 그의 많은
작품들은 자기 삶의 반영이 아니라 공부하고 답사해서 쓴 거
예요. 반면에 아주 초기작은 그렇지 않아요. 데뷔작은 오히
려 그 당시 신세대들의 생태를 다룬 거지요.
　　그런데 박태순이 1970년대를 경과하면서 '자유실천문인
협의회' 활동에 열심히 종사하고, 역사의식이랄까 사회의식
에 본격적으로 눈뜨기 시작하면서부터 소설이 점점 재미가
없어져요. 그게 참 문제예요. 훌륭한 소설가가 되기 위해서
는 분명히 역사의 앞날에 대한 어떤 포괄적 전망 같은 게 있
어야 하지만, 지식으로서의 사회의식은 예술가에게 간섭을
해서 작품을 못 쓰게 방해하는 면이 있는 것 같아요.

최근의 문학적 상황과 세계의 미래

김윤태 이제 어느 정도 마무리를 해야 할 것 같습니다. 많은 시간이 지났습니다. 그럼 요즈음 문학적 상황과 관련해서 몇 가지 여쭙고 끝맺도록 하겠습니다.

우선 최근 선생님의 민족문학론에 대해 여쭙자면, 저는 선생님의 글에서 1990년대에 밀어닥친 세계사적 변환에 대한 아주 곤혹스러운 표정을 읽었습니다. "가보는 데까지는 가보는 수밖에 없지 않겠느냐"라는 말씀을 하셨더군요. 그 글을 읽고 저도 마음이 무척 착잡해지더라고요.

다음으로는 세계 인식지평의 변화와 관련해서 거대이론이 무너지거나 침체된 반면, 새롭게 페미니즘이나 환경론적 시각들이 마치 대안처럼 아주 중요하게 부각되고 있다고 봅니다. 이것들을 정말 대안으로 여기는 분들도 분명 존재하는데, 그것이 불가피한 선택이라는 관점도 있는 것 같고, 단지 시류에 따른 것인 경우도 있는 것 같고……. 제가 생각하기엔 그렇습니다.

염무웅 나는 인류의 장래에 대해서 비관적이에요. 제동장치가 망가진 이 자본주의체제의 진행이 우리의 삶을 어디로 끌고 가게 될지 두려움을 느낍니다. 지난 시절 자본주의에 제동을 걸던 것이 사회주의운동이나 민족해방운동이었는데, 결국 다 자본주의 안에 흡수되어버린 것 같고, 그러니 앞으로 적어도 10년, 20년 동안은 자본주의가 점점 강화될 것이고, 따라서 우리가 지켜오던 민족적인 지향이라든가, 아니 그보다 훨씬 더 원초적인 우리의 생각과 생활, 이런 것이 점점 기반을 잃어버리는 게 아닌가 두려워요. 자본의 논리를 타지 못하는 학문이나 종교, 예술활동도 주변으로 밀려날 거라고 봅니다. 대학에서도 밀려날 거예요.

오늘 아침 신문을 보니까 미국 대학에서 셰익스피어 강의를 안 할 거라고 하던데, 앞으로 그런 추세가 점점 더 강화되지 않겠어요? 그러면 셰익스피어 연구는 누가 하느냐, 누가 할 거예요? 그동안 어느 정도 경제적 여유가 있는 유한계층이 해왔는데, 취직을 목적으로 학교 다니는 사람은 절대 안 하겠지요. 인문학의 암울한 미래를 그것이 보여준다고 봅니다. 그러니까 민족문학이 아니라 문학 그 자체가 설 자리를 잃어가고 있다는 느낌이에요. 우리의 정신활동이 물질적 기능으로 전화되면서, 물질적 기능으로 치환될 수 없는 전통적 인문사회적 활동들은 급속도로 쇠락하지 않겠는가 하는 생각이 들어요. 우리의 경우 그것이 지난 백여 년 이상 지속되어온 민족운동의 위상에도 심대한 타격을 가하리라고 봅니다. 그런 비관적인 생각이 들어요.

물론 전체적인 방향에 그런 우려를 갖는다는 뜻이죠. 자본주의의 손아귀에 완전히 장악될 수 없는 작은 영역들이 많이 있기는 합니다. 문학으로 예를 든다면 시장영합적인 장편소설 말고 작지만 혼신의 정신이 들어가 있는, 길이나 원고료로 평가될 수 없는 것들이 있죠. 그런 것은 사라질 수는 없어요. 여러 방면에 여러 가지 방식으로 존재할 겁니다. 그리고 그런 것들이 불씨처럼 남아 있다가 자본주의 세계에 균열이 생기면 불을 일으키는 불씨가 될 거라고 생각하는데, 그렇기는 하지만 당분간은 그런 불씨들이 자본주의 전체와 맞설 만한 커다란 힘으로 다시 살아나리라고 예상하기 어렵지 않겠는가 그런 생각을 해요.

그리고 페미니즘적인 것, 생태주의적인 삶, 이런 것들이 있지요. 나는 사실 페미니즘은 잘 모르기도 하거니와, 거기에 양가적인 감정을 느껴요. 한마디로 가정파괴적인 요소가 있는 것 같고……(웃음) 물론 여성해방과 남녀평등의 대의에는 두말없이 찬성합니다. 그러나 오늘날 페미니즘 운동이 사회에 가져온 결과를 볼 때에는 걱정되는 것도 많아요.

김윤태 대서사 담론의 대안으로서 작금의 페미니즘 이론을 인정하기 어렵다는 말씀이신가요?

염무웅 아니, 이론의 문제가 아니라 생활의 문제입니다. 어떤 이론적 주장을 한다면 그것은 매일의 실제 생활에서 실천한다는 걸 전제로 하잖아요? 말로는 옳은 소리 하면서 실제 행동이 그와 동떨어져 있는 걸 나는 참을 수 없습니다. 그런데 나의 문제는 매순간의 생활실감이 주장에 늘 못 미친다는 거고 그 점에 가책을 느낀다는 겁니다. 가령 『녹색평론』이란 잡지가 있죠. 거기서 하는 일은 그냥 일반적인 생태주의와는 구별하고 싶어요. 『녹색평론』은 어떤 근본적인 시각을 가지고 있어요. 다만 내 구체적 삶이 거기에 못 따라간다고 여겨지거든요.

김윤태 저는 한편으론 그 근본주의적인 시각이 우려되기도 하던데요?

염무웅 그러나 그렇게 근본주의적이기 때문에 원천에서부터 다시 생각해보는 일을 가능하게 합니다. 저는 『녹색평론』을 100퍼센트 지지하지는 않아요. 그렇지만 그걸 읽을 때마다 원천에서부터 내 삶과 문학, 모든 것을 다시 생각해보게 돼요. 그런 점에서 『녹색평론』은 이 시대에 있어 우리 사회의 빛과 소금이라고 생각합니다.

김윤태 저도 김종철 선생이 쓴 창간사를 교양과목 시간에 학생들에게 읽히곤 했는데, 학생들도 그런 문제에 대해 너무 둔감한 것 같더라고요. 심지어 자연과학자들 가운데는 과학기술혁명이 환경파괴로부터 우리를 구원해줄 거라고 굳게 믿고 있는 이들도 있는 듯합니다.

염무웅 『녹색평론』의 지향 중의 하나가 농업적 세계관이랄 수 있잖아요? 농업공동체를 이상적으로 보는 것이죠. 그런데 『녹색평론』에 서평도 실렸지만, 『녹색세계사』라는 책을 보고 놀란 건 환경파괴가 본격화된 것이 신석기혁명, 즉 수렵과 채취 위주의 구석기시대의 삶으로부터 농업과 목축을 중심으로 하는 신석기시대의 정착생활로 전환되면서라는 거예요. 땅을 논밭으로 일구어 잡초와 수목을 다 제거하고 식용식물만 자라게 하는 농업이야말로 자연스러운 생태적 조건에 가장 반反한다는 겁니다. 그러니 이건 『녹색평론』보다 훨씬 근본적인 차원인 거죠. 다시 말하면 문명의 요소를 다 포기하고 짐승의 수준으로 후퇴해야 생태계와 더불어 자연수명을 누릴 수 있다는 것 아니에요? 그러나 구석기시대와 같은 수렵과 채취의 방식으로 돌아가는 건 절대 불가능합니다.

김윤태 엄청난 견해네요. 그런데 김종철 선생의 경우 그 생태적 관점에서 기왕의 리얼리즘에 대해 비판적 시각을 견지하고 계신 것 같은데요? 백낙청 선생님이나 선생님과는 일정한 거리가 느껴지는데…….

절제와 검손, 관용과 청빈

염무웅 1970~80년대의 리얼리즘론을 고스란히 견지하는 사람이 지금 누가 있겠어요? 사실 문제는 문학론의 범위를 훨씬 넘어서고 있어요. 진정한 문명적 대안이 나와야 하고 그 안에서 문학도 길을 찾을 수 있을 텐데, 중요한 것은 남다르게 비상한 정신력을 가진 사람이나 철저한 종교적 신념을 가진 사람들만 믿고 따를 수 있는 그런 것이 아니라 평범한 보통 사람도 과도한 희생 없이 마음으로 공감하고 생활 속에서 실천할 수 있는 것이어야 한다는 점입니다. 비근한 예로

『녹색평론』에서 늘 주장하듯이 자동차, 그걸 포기할 수 있겠는가? 나 개인은 기꺼이 포기하겠어요. 그러나 천만 대에 이른 자동차들 가운데 자발적으로 포기에 동참하는 숫자가 얼마나 될까요?

자동차뿐만 아니라 우리의 주거환경을 보세요. 지금 시골 벽촌까지 전부 기름보일러입니다. 산골짜기에 있는 조그만 암자에까지 기름보일러가 들어갔어요. 나무 때는 집도 적고 석탄 때는 집도 드물어요. 작년에 우리의 기름 수입량이 230억 달러였고, 금년에는 300억 달러에 육박한답니다. 기름 수입량이 세계 4위예요. 아파트는 기름을 때더라도 열 손실이 적은데, 시골집들은 열 손실이 엄청나요. 기름보일러를 때도 추워요. 그리고 전부 수세식 화장실인데, 소변 보고 한번 누르면 물이 확 내려가잖아요. 그 물을 어떻게 만듭니까? 아파트식으로 변해 있는 우리의 주거구조, 이거 얼마까지 유지할 수 있을까요? 기름도 물도 몇 년 후에 고갈될지 모르잖아요. 자동차와는 전혀 다른 측면에서 아파트를, 아니 아파트뿐만 아니라 우리의 모든 생활환경을 살펴보면 지금과 같은 방식은 결코 지속가능한 것이 아님은 분명하지요. 음식도 마찬가지고 모든 것이 다 그래요.

최근에 읽은 책 중에 깊은 감동을 받은 것이 권정생 선생의 『우리들의 하느님』인데, 권정생 선생이 주장하는 가능한 대안은 좁은 방에서 옛날처럼 가족이 몸 비벼가면서 가난하게 사는 길밖에 없다는 겁니다. 그런데 문제는 그 권정생 선생의 옳은 답을 우리가 받아들이지 못한다는 데 있어요. 누가 실천하겠어요? 그러니까 사는 데까지 살아보는 거지요.

김윤태 오늘날 자본주의의 욕망구조는 크게 부풀려져 있는데, 그게 겸손과 절제만으로 과연 극복될 수 있겠는가 하는 의문이 들기도 합니다만⋯⋯.

염무웅 겸손과 절제. 가난을 일상화하고 험한 음식을 먹고 일상적으로 불편을 감수하고 늘 병균에 노출돼 있어야 하고⋯⋯ 그래서 자연적으로 인구조절이 되고⋯⋯. 그런데 우리의 일상적 생활감정이 그걸 받아들이지 못하잖아요. 설사 내 개인은 그렇게 하더라도 옆에 있는 가족과 친구들이 그걸 방해하고 거절하지요. 아니, 가족과 친구 탓을 하는 것도 잘못된 거예요. 내가 먼저 시작하면 되는데 그게 잘 안 돼요. 고통을 견디는 힘이 허약하다는 걸 스스로에게 절실히 느낍니다. 육신의 힘뿐 아니라 정신의 힘도.
　그런데 오늘의 문학은 절제와 겸손, 관용과 청빈의 삶에 기여하기보다 그 자체가 욕망을 분출하는 형식으로 변해버린 것 아닌가 느껴집니다. 우리 모두 목소리를 낮추고 말을 아낄 필요가 있어요. 지금 문학의 위기가 거론되는데, 그것은 바로 우리 삶의 기반이 허물어질지 모른다는 근본적 위기의 징후입니다. 미래는 어떤 모습으로 다가올 것인가, 아무도 확답을 못 할 겁니다. 분명한 것은 커다란 불안이 우리를 감싸고 있다는 겁니다. 참으로 두려울 뿐입니다.

김윤태 네. 오랜 시간 동안 좋은 말씀해주셔서 대단히 고맙습니다. 아직도 선생님께 듣고 또 함께 나누고 싶은 이야기가 많이 남아 있습니다. 아쉽지만 끝을 맺을까 합니다. 감사합니다.

—『작가연구』1997

4월혁명을
돌아보며

대담자 김윤태 • 문학평론가

일시 2002년 3월 29일

장소 서울 마포구 용강동

혁명이냐 의거냐

김윤태 선생님, 오랜만에 뵙습니다. 창비 웹매거진에서 '4월 혁명과 한국문학'이라는 주제로 선생님과 대화를 나누었으 면 하는 제의를 받았습니다. 선생님과는 몇 년 전에 '1960년 대와 한국문학'이라는 주제를 가지고 『작가연구』라는 잡지 에서 대화를 한 기억이 있습니다. 그것을 토대로, 4월혁명이 라는 주제에 초점을 맞추고 그 이후의 얘기를 나누면 좋겠다 는 생각이 들었습니다. 창비에서도 이번에 『4월혁명과 한국 문학』이라는 책을 기획하면서 거기에 그 당시 4·19를 경험 했던 문학선배 몇 분이 좌담하신 것을 저도 보았습니다. 그 연장으로 생각해서 오늘의 주제에 임했으면 합니다.

그러면 오늘 주제가 '4월혁명과 한국문학'이니까 먼저

4·19의 성격을 진단하고, 저는 4·19 때 겨우 두세 살밖에 안 되었기 때문에 경험했다고 할 수 없고 광주항쟁(5 · 18 민주화운동)을 경험했는데, 저 같은 세대들이 4·19를 어떻게 바라보는가 하는 문제와 관련해서 4·19를 경험한 선생님과 그 후배세대인 제가 그런 문제를 중심으로 얘기를 풀어나갔으면 좋겠다는 생각입니다.

4·19에 대해서는 여러 가지 말들이 많습니다. 한때는 '학생의거'로 격하시킨 적도 있고 특히 5·16 세대들이 그런데, 그 당시 3공화국과 4공화국으로 이어지면서 헌법 전문에도 계속 5·16은 혁명으로 규정하고 4·19를 학생의거로 규정하던 적이 있었죠. 군사정권이 5·16을 부각시키기 위해서 4·19의 의미를 자꾸 축소하려고 했던 데 대해, 김영삼 정권이 들어서면서 4·19를 '혁명'이라고 규정하고 4·19에 대한 재해석을 하고 희생자들의 묘지를 성역화하는 사업을 추진하기도 했습니다.

요즘은 4·19가 혁명이라는 것에, 소수를 제외하고는, 이의를 제기하는 일은 없는 것 같습니다. 또 한편으로는 4·19가 혁명이라고 했을 때 그것이 미완의 혁명이다, 혹은 그 자체로 정치적인 의미에 한정시키려고 하기도 하는데, 그런 것들에 대해서도 두루 살펴볼 필요가 있다고 봅니다. 그런 다음에 문학에 대해서 이야기하기로 하고, 우선 4·19가 가지는 정치사적인 의미에 대해서 편안한 마음으로 말씀해주시기 바랍니다.

염무웅 지금 김윤태 선생이 여러 가지로 짚어주었는데, 물론 우리가 둘 다 문학을 공부하는 사람으로서 정치사적 의의를 제대로 해석하기는 어려울지 모르지만, 4·19가 정치적 사건인 동시에 문화적으로도 중대한 의의가 있고, 또 정치나 문화라는 분야를 떠나서 해방 후 우리 사회에 중대한 매듭이랄까 전환점이 됐기 때문에, 전공을 떠나서 누구나 4·19에 대해 일정한 이해나 관점을 가지는 것은 당연하다고 생각합니다. 지금 얘기하다시피 4·19를 의거라든가 혁명이라든가 이러저러한 이름으로 부르고, 또 그런 부름에 따라 4·19에 대한 각자의 태도나 입장이 차이를 보인다는 것은 우리가 어렵지 않게 알아볼 수 있죠.

그런데 나는 4·19뿐만 아니라 어떤 역사적 사건을 생각할 때 그것을 어떤 층위에서 바라보느냐에 따라서 부르는 이름도 달라진다고 봅니다. 가령 1960년 4월 19일 전후 며칠 동안의 일로 시야를 한정시켜 본다면 분명히 4·19는 의거나 봉기 또는 항쟁이라고 볼 수 있죠. 항쟁이라고 하면 가령

1946년의 10월항쟁이나 1980년의 광주항쟁처럼 유혈적인 사태에 의해 사람들이 죽임을 당했던 비극성으로 볼 때, 4월 19일 자체는 부정선거에 대해 학생들을 중심으로 봉기가 일어났고 그것이 엄청난 유혈사태를 불러왔다는 점에서, 4월 19일의 일 자체는 항쟁이나 의거라는 표현이 부당하다고 보기는 어려울 것 같아요.

그러나 3·15 선거부터 이승만 하야까지, 즉 1960년 초부터 4월 말까지 약간 범위를 넓혀서 그 기간 전체의 사건에 4·19의 명칭을 부여한다면 4·19는 분명히 혁명이죠. 우리 역사상 초유의 일이에요. 대중봉기에 의해서 정권교체를 이룩한 것은 아마 처음일 겁니다. 일본 같은 경우도 대중봉기에 의한 정권교체라는 것은 전혀 없었고, 그런 점에서 4·19는 분명히 혁명이었는데, 그러나 우리가 좀더 시야를 뒤로 물려서 1894년의 동학농민혁명이나 3·1운동, 1980년 전후의 부마항쟁과 광주항쟁, 그리고 1987년의 민주화투쟁까지 연결해서 본다면 하나의 커다란 맥으로 이어지는 민주화의 단계가 있죠. 그런 점에서 본다면 우리가 3·1운동을 3·1봉기나 3·1의거, 3·1혁명이라고 하지 않고 3·1운동이라고 부르는데, 이 개념을 4·19에 적용하면 4·19운동, 4월운동이라고 부를 수 있다고 생각합니다. 이것은 조선 말기부터 오늘날에 이르는, 말하자면 봉건체제를 극복하고 근대적인 민족국가를 형성하고 또 외세의 침략으로부터 위기를 극복하고 통일을 이룩하는 모든 민족사적 과업을 향해서 나아가는 하나의 단계로 4·19를 규정한다는 뜻이죠. 4·19가 그런 앞뒤의 역사적 맥락으로부터 단절된 독립적인 사건은 아니지 않느냐는 겁니다. 이렇게 본다면 4·19는 시각을 어떻게 가지느냐에 따라서 의거나 항쟁으로서의 측면도 있고 혁명이라 부를 수 있는 면도 있고 운동이라고 할 수 있는 측면도 있지 않나 생각합니다.

가령 프랑스대혁명을 생각해본다면, 그것도 1789년 한 해의 사건만 지칭하는 건 아니잖아요? 그 후에 왕정복고가 일어나고 그러다가 1830년에 7월혁명이 있었고 다시 반동이 오고 1848년에 다시 2월혁명이 일어나고 1871년에 파리코뮌이 있었고……. 이런 여러 단계를 거치면서 혁명과 반혁명 간의 역전과 재역전이 거듭되는 과정을 통해 결국은 봉건주의를 극복하고 근대적인 민주국가를 이룩하지 않았습니까? 그런 경우 1789년만 떼어놓고 볼 때 혁명으로서는 실패했고 그 이후 반동에 의해서 왕정복고도 이루어지고 나폴레옹 황제시대도 겪고 했지만, 민주화를 위한 모든 혁명적 사태들의 시발점으로 1789년에 대해서 우리가 '프랑스대혁명'이라고

대문자로 부릅니다. 거의 1세기에 걸친 프랑스인들의 민주화에 대한 노력이 그 출발점이 되는 1789년에 집약되어 있단 말이죠.

그런 점에서 4·19는 4·19 이전의 사회운동이나 이후의 광주항쟁과 6월항쟁, 그 모든 것을 4·19에 집약해서 4월혁명이라고 부르는 것은 조금도 어색할 것 없다고 봅니다. 흔히 4·19가 미완의 혁명이라고 말하는데, 그것은 틀림없는 사실이지만, 세상의 어떤 혁명도 모든 준비를 갖추어 진행된 혁명이란 있을 수 없어요. 수십 년이나 수백 년에 걸쳐 일어난 근본적 변화를 혁명이라 부르는 것 아니겠어요? 그러니까 혁명은 구체적 조건에 따라 때로는 점진적으로 때로는 급격하게 이루어지는 것이고, 그런 점에서 굳이 4월혁명을 미완이었다고 말할 필요조차 이젠 없는 것이 아닌가 생각합니다.

4·19와 5·16

김윤태 4월혁명이라는 명칭에 대해서 여러 가지 이견들이 있는데 좋은 지적을 해주셨습니다. 4·19혁명이 가지고 있는 연속성이라든지 현재적 과제라든지를 생각해볼 때 미완이라는 말이 잘못된 수식어라는 느낌이 듭니다.

그런데 4·19의 성격을 말할 때 민주주의혁명이다, 혹은 민족주의적인 기운이 거기에서부터 새롭게 솟아올랐다는 평가들도 있습니다. 정치제도라는 측면에서 보면 분명히 이승만 정권이 갖고 있는 가부장적인 성격을 무너뜨리고 좀더 민주적인 형태로 가려고 했던 시도였고, 또 한편으로는 4·19를 계기로 해서 통일 논의들이 새롭게 제기되고 그것이 민족의 문제들을 촉발시켜 이후 오늘에까지 이르고 있는데요.

민중사적인 측면에서 보자면 4·19를 계기로 해서 민중들의 진출이 당장은 아니지만 나타난단 말입니다. 그리고 5·16 군사쿠데타로 정권을 장악한 군사정권이 표방한 것도 4·19 정신을 계승한다는 것인데, 그들이 그것을 부분적으로 차용한 측면도 있고, 또 한편으로는 그들이 근대화를 추진해가는 과정에서 민중적인 문제를 촉발시킨 측면도 분명히 있습니다.

지난번 어느 좌담에서 보니까 1960년대를 "4·19와 5·16의 투쟁사다"라고 말씀하시는 분들도 있었습니다. 저는 예전에 어느 글에서 60년대를 이렇게 규정해봤습니다. 4월혁명이 보여주는 참다운 근대화의 정신과 군사정권의 개발독재가 보여준 근대화론 간의 충돌, 싸움이 아니겠는가. 민중의 진출이라는 측면과 관련해서 좀더 보충해주시지요.

염무웅 지금 김 선생의 문제제기 속에 어느 정도 해답이 들어 있다고 생각합니다. 내가 거기에 보완을 한다고 할까요? 역시 역사적인 흐름 속에서 보자는 것이죠. 1960년대는 4·19와 5·16의 충돌의 역사다 하는데, 물론 그렇지요. 그러나 좀더 확장시켜서 이전 시대까지 넓혀봅시다. 8·15 직후 일제가 물러간 뒤 억눌려 있던 민중역량과 민족세력이 폭발적으로 전면에 진출하지 않았습니까? 나는 그 해방시기와 4·19부터 5·16까지의 일 년 정도가 역사상 가장 자유로웠고 사상의 자유가 가장 만개했던 시대였다고 생각합니다. 나는 이승만과 박정희 정권의 억압적 체제에서 소년시절과 청년시절을 보냈기 때문에 나도 모르게 이념적 경직성 같은 것이 아주 내면화되고 체질화돼서 우리 사회가 허용하는 것 이외의 공산주의라든가 다른 사회체제에 대해서 생각한다는 것은 아예 꿈도 못 꾸었어요. 그런 걸 생각하려고만 해도 가슴이 뜨끔하고 걸리는 게 아닌가 싶어서 두려웠어요. 그런데 해방 직후의 자유 속에서는 그런 자기검열이 없고 금지가 없었던 것 같아요. 4·19 이후에도 어느 정도 그랬던 것 같고요. 그런데 그처럼 다양하고 폭발적으로 분출되던 민중적·민족적 역량이 외세와 거기 빌붙은 사대주의 세력에 의해서 탄압을 받고 분쇄됐지요. 그런 흐름의 연장선에서 6·25전쟁도 생각해볼 수 있다고 봅니다.

1960년대를 4·19와 5·16의 투쟁과 갈등의 역사라는 차원에서 본다면, 8·15부터 4·19까지의 역사는 말하자면 민중의 의지와 소망을 대표하는 세력과 그것을 억누르고 이 나라를 다시 미국의 신식민지나 반공보루로 만들려는 세력과의 투쟁의 역사가 아니었겠는가. 적어도 그런 해석이 가능합니다. 그래서 가령 민족주의적인 지향이라든가 민중들의 생존권 요구라든가 이런 정치적 구호들이 조건만 주어지면 언제든 다시 출현하는 겁니다. 통일이라는 민족적 요구만 하더라도 해방시기와 4·19 이후에만이 아니라 6월항쟁 이후 시기에도 새삼스레 활성화되는 거죠. 4·19 직후에 나왔던 "가자 북으로, 오라 남으로"라는 구호가 통일운동이 고조된 1990년대 초에 다시 학생들을 사로잡았던 건 우연이 아니에요. 또 전교조라는 운동단체도 4·19 직후의 교원노조를 계승한 측면이 있죠. 그러니까 87년 6월항쟁 이후의 민주주의적 내지 민중적인 지향들은 이미 4·19 직후에 싹을 드러냅니다. 그러니까 이 나라를 들여다보는 어떤 보이지 않는 큰손이 "이거 안 되겠구나" 해서 5·16을 일으켜 우리의 자주적 운동을 압살

한 것 같아요.

　김 선생이 봤는지 모르겠지만, 최근에 중요한 증언이 나왔습니다. 금년(2002년) 1월 26일자 『동아일보』(대구판)에서 읽었는데, 신문이 나오기 전날인 1월 25일에 무슨 호텔에서 김종필 씨가 전임 장차관들 1백여 명이 모인 '서울포럼'인가를 열고 점심식사를 같이한 모양입니다. 그 자리에서 뭐라고 했냐면, 알다시피 김종필 씨는 원래 내각제를 주장해온 사람이니까, 어떤 기자가 질문을 했어요. "아, 5·16을 일으켜서 내각제를 무너뜨린 분이 새삼스럽게 대통령중심제 대신에 내각제를 주장한다는 것은 모순이 아닙니까?" 여기에 대한 김종필의 대답이 주목할 만합니다. "4·19 이후에 성립된 내각책임제 하의 장면 내각은 우리가 5·16을 일으키지 않았다 하더라도 무너지게 되어 있었다. 그것이 미국의 계획이다. 이런 얘기는 서로 안 하기로 미국 사람들과 약속했는데, 이제 40년이라는 세월이 지났기 때문에 처음 공개한다." 이게 무슨 얘깁니까. 5·16이 났을 당시 미국 대사관이나 미8군 사령관은 박정희의 쿠데타는 곤란하다는 식으로 성명을 냈어요. 그러나 이건 대외용의 외교적 발언에 불과하고 사실은 장면 정권 가지고는 반공주의를 유지할 수 없다는 판단 하에 미국이 민주당 정권을 무너뜨렸다는 것 아닙니까. 미국의 음모에 박정희 같은 사람들이 동원됐다는 것을 김종필 씨가 40년이 지나서 고백한 것이거든요. 이건 매우 중요한 증언이죠. 5·16이 사실은 군인들 몇 사람의 문제가 아니라, 미국의 세계전략이라는 냉전구도 속에서 보아야 한다는 의미예요. 그러니까 4·19에 의해서 이뤄진 민중적·민주적·민족적인 성취는 미국의 입장에서는 방치해둘 수 없지 않은가. 그런 위기감을 느꼈던 것 아닌가 생각합니다.

그러니까 4·19를 전후한 우리 역사는 민족주의와 민주주의라는 측면에서도 바라보아야 하지만, 그와 더불어 이미 19세기부터 이어져오고 있는 민중의 진출과 지배계급의 탄압, 민족의 각성과 외세의 압박 등 다양한 측면에서도 복합적으로 해석되어야 한다고 봅니다.

4월 19일 현장의 경험

김윤태 4·19 혁명의 중요한 면들을 말씀해주셨습니다. 선생님은 4·19혁명 당시 대학교 1학년이었고 개인적으로 현장의 경험들이 있었을 것 같은데요?

염무웅 사실 저는 시골 출신이어서 서울이라는 거대도시에

대해 두려움 같은 걸 갖고 있었어요. 데모의 현장에도 앞장
서지 못했습니다. 그때는 학기가 4월에 시작되었어요. 그래
서 4월 6일에 입학식을 했는데, 당시만 하더라도 학교가 느
슨했어요. 큰 기대를 갖고 학교에 가면 휴강이라, 4·19가 일
어나기까지 교수들 얼굴을 절반밖에 못 봤지요. 그날이 화요
일이었는데, 마침 오전 수업이 없는 날이어서 11시쯤 슬슬
나왔어요. 혜화동에서 버스를 내려 학교로 걸어가려는데, 어
쩐지 분위기가 이상해요. 동숭동 쪽에서 행진을 하고 학교로
돌아가는 동성고등학교 학생들이 보이더군요. 내 하숙집엔
신문도 라디오도 없어 아무것도 모르고 있었던 거예요. 학교
에 오니 운동장엔 띄엄띄엄 학생들이 웅성거리고 강의실은
텅 비었더군요. 그래서 혼자 길을 물어 가면서 원남동을 지
나 창덕궁 네거리를 거쳐 한국일보사 근처까지 갔지요. 그러
자 갑자기 사람들이 엄청 많아지고 더 이상 앞으로 나갈 수
가 없었지요. 안국동 네거리 지금의 우정총국 계단에 서 있
는데, 이미 총 맞은 사람을 트럭에 싣고 의대생들이 흰 가운
을 입고 뭐라고 큰소리를 지르면서 빠르게 지나갔어요. 거리
를 메운 사람들도 박수를 치고 고함을 질렀고요. 하지만 나
는 가슴에서 뜨거운 것이 솟는 걸 느끼면서도, 이제 어떻게
집에 돌아가나 걱정이 들더군요. 며칠 뒤 4월 25일엔 의대

구내 함춘원에서 교수단 데모가 시작됐는데, 그분들이 플래 카드를 들고 의대 정문을 나와 종로 5가 쪽으로 걷기 시작했죠. 다른 학생들 틈에 섞여 나도 뒤따랐는데, 종로 2가에 이르자 거대한 인파가 모이고 아연 혁명적 분위기가 형성되는 것 같았어요. 비상계엄이 선포되고 7시부턴가 통금이라고 해서 나는 황급히 미아리행 버스에 올랐어요. 그리고 다음날 이승만이 하야하고 27일엔 대통령 사직서를 국회에 보내 그 날로 수리됐지요. 이어서 4월 28일에는 이기붕 일가가 자살을 해요. 이건 정말 혁명적 사태의 진전으로서, 우리나라의 경우 다른 어떤 혁명이나 항쟁도 이렇게 신속하게 진행되지는 않았죠. 물론 우리는 즉각 학교로 복귀했고요.

　4·19 직후 대학생들이 큰소리칠 무렵 시내에 나가서 청소하고 양담배나 양키 물건 같은 것을 압수해다가 광화문 네거리에서 태우고 그랬죠. 그것을 '신생활운동'이라고 불렀습니다. 그러고는 얼마 안 돼서 국회에 새로운 헌법이 제안되고 그것이 금방 통과돼서 7월 29일에 총선거를 하게 됩니다. 당시 우리 학교는 방학을 앞두고 평소의 '농촌계몽운동' 대신 '선거계몽운동'을 한다고 지원자를 모집했지요. 나도 거기에 지원했는데, 두 사람이 짝이 되어서 시골 마을로 돌아다니면서 "올바로 뽑자", "막걸리나 고무신에 표를 팔지 말고 우리

를 대표할 수 있는 사람을 찍읍시다" 하는 계몽연설을 했어요. 며칠 동안 그러고 다니면서 밤에는 초등학교 교실에서 잤습니다. 모기에 얼마나 심하게 물렸는지, 지금도 그것만 생생합니다. 『조선일보』 기자 하다가 해직된 후 '두레'라는 출판사를 경영하면서 번역도 하는 신홍범 씨와 내가 짝이 돼서 다녔지요.

돌이켜보면 당시에는 대학이 그렇게 심하게 정치화가 안 돼서 우리 학년들은 굉장히 공부를 많이 했어요. 그 후 나는 대학에서 조교도 하고 시간강사도 하다가 전임이 됐지만 툭하면 휴학하고 휴교하고 이런 적이 많은데, 내가 다니는 동안에는 그렇지가 않았어요. 5·16이 났을 때에도 며칠만 쉬다가 곧 수업이 재개됐고요……. 말하자면 정치가 아직 대학 캠퍼스 안까지는 들어오지 않은 시기였죠. 어쩌면 외국문학 전공학과만 그렇고 정치학과나 사회학과 같은 덴 달랐을지 몰라요. 아무튼 4·19가 개막한 자유로운 아카데미즘의 분위기는 5·16에도 불구하고 대학에서만은 그대로 유지가 됐습니다. 언젠가 쿠데타세력의 제2인자라는 김종필 씨가 학교에 와서 학생들과 제법 기탄없는 토론도 하고 그랬어요. 적어도 5·16 당초에 쿠데타세력은 1970년대에 박정희가 강행한 유신체제와는 아주 다른 사회를 꿈꾼 것이었음이 분명하다고 나는 봅니다. 그러다가 1964년 한일협정반대 데모가 고조되고 계엄령이 선포되면서 대학이 정치에 참여하고 무장병력이 대학에 들어왔지요. 나는 졸업한 뒤였지만 퇴근 후 동숭동 캠퍼스에 가서 마로니에 아래 농성팀에 섞이기도 했어요. 어쨌든 우리가 대학 다니던 1960년대 전반기는 상당히 자유로운 분위기였고, 그래서 그 자유로운 분위기 속에서 형성된 자유의 정신이 우리 일생을 지배한다고 지금도 느끼고 있습니다.

김윤태 저는 개인적으로 대학에 들어와서 4월혁명을 이해하게 됐는데요. 대학을 들어가기 전까지만 하더라도 박정희 정권이 한창 힘을 발휘하던 시절에 교육을 받았습니다. 4·19를 철저하게 학생의거로만 교육을 받았었고 그 이상의 것은 알지도 못했고 알 기회조차도 없었는데, 어릴 때 이런 체험이 있었습니다. 저희 시골집의 골방에 낡은 잡지들을 놓아두었는데, 『신동아』인지 『사상계』인지 모르지만, 거기에 실린 화보에서 경찰이 대학생들 머리를 곤봉으로 내리쳐서 피가 흘러내리는 사진을 봤습니다. 그것을 보고 매우 충격을 받았어요. 그런 어린 시절의 기억을 갖고 있다가 대학에 들어갔는데, 제가 대학에 들어간 것이 1978년도이니까 박정희 군사정권이 말기적 증세를 보이던 시절이었습니다.

그래서 저희들은 대학에 들어가자마자 정치훈련을 받게 되고, 그 과정 속에서 4월혁명에 대한 이해를 새롭게 하게 되고, 문학적으로도 신동엽이라든지 김수영 같은 문인들의 작품들을 접하게 됩니다. 그런 상태에서 저는 대학에 들어가자마자 바로 시위에 참여하고 박정희 정권에 저항하는 것부터 배우게 됐거든요. 그러다가 광주항쟁을 맞이하게 되는데요. 그래서 저희들은 4·19를 체험한 것은 아니고 군사정권에 의해서 4월혁명의 의미도 제대로 알지 못하고 대학에 들어가서야……. 아마 대부분이 그랬을 겁니다. 그때 『창비』를 많이 읽었는데, 『창비』를 통해서 4월혁명을 다시 이해하게 된 세대들이죠.

'4·19정신의 계승'

염무웅 나는 물론 대학생으로 4·19 현장에 있었다고 할 수도 있지만, 그러나 현장에 있었다고 해서 그 사건의 의미를 제대로 파악하느냐 하면 그런 것은 아니고 오히려 그것이 객관적인 이해에 방해가 될 수도 있습니다. 왜냐하면 자기 체험을 통해서만 사태를 바라보려고 하는 편향이랄까 습관 때문에 지나치게 미화하거나 영웅담으로 만들 수도 있고 반대로 "내가 겪어보니까 4·19가 별것 아니었어"라는 식으로 신변적인 사건으로 축소할 우려도 있죠. 방금 4·19 직후 캠퍼스의 자유로운 분위기가 이후 40년 넘는 인생에 결정적인 영향을 주었고 앞으로도 그럴 것이다 하는 이야기를 했는데, 그게 무슨 얘기냐 하면 평소 마음속으로 늘 "나는 4·19의 참뜻과 어느 정도 부합하는 삶을 살고 있는가" 하고 스스로를 향해 자기점검을 해왔다는 뜻입니다. 흔히 '4·19정신의 계승'이라는 말을 하는데, 내 주위의 많은 4·19세대들은 단순한 정치적 구호로서가 아니라 평생에 걸친 삶의 지표로서 그렇게 했어요. 물론 4·19를 팔아서 정계에 진출했던 일부 동년배들 중에는 4·19정신의 배신자들도 많지만요. 그런데 나와는 전혀 성향이 다른 사람들이 후에 "내 정신의 고향은 4·19다"라고 말할 때 "어, 그런가?" 하는 의외의 느낌을 받게 되죠. 그런데 지나놓고 생각해보니까 "아, 그렇겠구나. 내가 생각하는 4·19만이 4·19의 전부가 아닐지도 모르겠구나" 하는 생각이 듭니다. 해석이 독점될 수 없다는 뜻입니다.

김윤태 김승옥 선생도 자기 문학의 정신적 고향을 4·19라고 했습니다.

염무웅 김승옥도 그렇지만, 내가 그 얘기를 하는 것은 1988
년인가에 김현이 평론집(『분석과 해석』, 문학과지성사)을 내면
서 머리말에서 그런 얘기를 한 것이 생각나서입니다. "이 친
구가 4·19와 무슨……. 오히려 4·19와는 반대되는 방향으로
간 사람이 아닌가" 하고 처음에는 의아하게 생각했다가 차
츰차츰 납득을 하기로 했어요. 4·19 안에는 민족주의나 민주
주의 같은 지향과 더불어 봉건주의가 극복된 다음에 나타나
는 자유주의적인 측면, 이것도 4·19가 이 땅에 열어 놓은 하
나의 길일 수 있겠다 하는 것이 인정된 겁니다. 그러면서 또
한편 곰곰이 생각해보면, 김현이 4·19에 대한 신앙고백을 왜
80년대의 시점에 와서야 했느냐 하는 거죠. 이건 이렇게 해
석이 됩니다. 4·19가 가지는 정치적 독성, 즉 사회적 폭발력
이 광주항쟁을 거치면서 많은 부분 해독되어버렸다는 거죠.
이제는 4·19에 대해서 얘기를 하는 것이 광주를 겪은 정치의
광장에서 상대적으로 무해한 상태가 되니까 이제 안심하고
4·19에 대해 신앙고백을 하는구나 하는 야박한 생각이 들더
라고요. 이것은 지나친 얘기일지 모르지만, 하여간 4월혁명
으로부터 20년, 30년의 세월이 지나는 동안에 그보다 더 직
접적이고 더 현재적인 사건들, 광주항쟁이나 6월항쟁 등 이
런 치열한 사건들이 발생하니까 상대적으로 4·19는 역사화

되고 과거지사로 변하고, 그러면서 그것이 가지는 독성은 어느 정도 완화되지 않았나 하는 느낌이 들어요.

한편, 4·19와 연관해서는 김수영이나 신동엽 같은 시인과 더불어 소설가로는 최인훈을 반드시 얘기해야겠다는 생각이 듭니다. 1960년 11월호 월간지 『새벽』에 『광장』을 발표하면서 작가는 4월혁명이 아니었으면 이런 작품을 쓸 수 없었으리라는 '작가의 말'을 했어요. 4월혁명이 열어 놓은 이념적 자유의 공간, 남북을 함께 바라보고 편견 없이 얘기할 수 있는 자유가 주어지지 않았다면 『광장』은 머릿속에서는 썼을지 모르지만 활자화되기는 어려웠을 것이라는 요지의 그 얘기에 나도 전적으로 동의가 되더라고요. 4·19가 가져온 세상의 변화를 그처럼 실감케 한 작품은 없었어요. 남정현 선생의 「분지」나 이호철의 「판문점」 같은 소설도 이승만 정권 때라면 발표하기 어렵지 않았겠나 하는 생각이 들고요. 비평적으로 볼 때도 1960년대에 제일 중요한 이슈가 순수·참여문학 논쟁 아닙니까? 참여문학 논의가 활성화되어서 그것이 비평계의 가장 중요한 화두가 될 수 있었던 토대도 4·19에 의해서 마련된 것이라고 봅니다.

4·19의 소설적 형상화

김윤태 저도 선생님 말씀에 많은 부분 공감하는 바입니다. 그런데 문제는 3·1운동이나 4월혁명에 대한 직접적인 문학적 형상화는 찾아보기 어렵다는 점입니다. 동학농민혁명이나 6·25전쟁에 대해서는 많은 문학적 접근들이 있었는데, 정작 3·1운동이나 4·19에 대해서는 왜 이렇게 손가락으로 꼽을 정도로 부족한가. 그리고 그리 큰 성과들도 없었다 하는 지적을 하는데 그것도 한번 생각해보게 됩니다. 3·1운동이나 4·19는 지식인 주도의 것이었고, 동학농민혁명이나 6·25는 민중적 삶의 실감과 직결되기 때문에 후자가 쉬이 문학적 대상으로 떠오른 것이라는 평가가 있습니다. 3·1운동이나 4·19는 지식인 중심의 정치사적 의미가 강한, 상대적으로 짧은 기간 내에 일어난 사건이기 때문에 오히려 문학적 형상화가 어려운 것이 아니냐 싶은데, 선생님의 생각은 어떻습니까? 저는 수긍이 가면서도, 한편 어떻게 이런 현상이 있는가 하고 생각했습니다.

염무웅 아주 중요한 문제제기입니다. 4월혁명 직후부터 그 뒤 오랫동안 4·19를 기리는 시는 많이 발표된 데 비해 소설은 별로 없어요. 굳이 찾아보자면 전광용의 『창과 벽』, 『젊은 소용돌이』 같은 장편이 있고, 1968년도 『여성동아』 장편소설 모집에 당선된 정영현의 『꽃과 제물祭物』이 있죠. 그 밖에도 틀림없이 더 있을 텐데, 어쨌든 4·19의 현장을 생생하게 그린 작품이 많지 않은 것은 틀림없는 듯합니다. 말씀하신 것처럼 3·1운동을 중심사건으로 다룬 소설도 잘 떠오르지 않아요. 왜 그럴까요? 둘 다 지식인 주도의 정치사적 사건이기 때문일까요? 하지만 가령 3·1운동은 출발에서는 그랬어도 시간이 지나면서 광범한 민중이 참여한 전국적 사건으로 발전했어요. 3·1운동 때 체포된 구속자의 사회적 구성을 보면 결코 지식인운동에 그치지 않았다는 걸 알 수 있죠.

물론 1960년 4월 전후에 있었던 사건으로서의 4월혁명 자체는 분명히 우리 삶의 직접적 현실과는 좀 떨어져 있는 면이 있었던 것 같아요. 서울에서는 4·19가 다 정돈되어서 학생들이 나와서 청소하고 '질서 지키기' 운동 하고 있는 판에 시골에서는 그때야 일어나서 경찰서, 파출소 습격하고 면장 집에 가서 돌 던지고…… 그런 일이 벌어지죠. 4·19를 계기로 4·19와는 직접 관계없는 사회적 불만들이 터져나온 건데, 그러나 따지고 보면 그런 현상들도 4·19와 결코 무관한 게 아니거든요. 그런데 그게 사회의 심층적 변화로 연결되지 못

했어요. 민주당 장면 정부의 미지근한 개혁에 뒤이어 박정희 쿠데타가 혁명에 제동을 걸었기 때문이죠.

소설은 시와 달리 생활의 구체적 장면을 통해 사회현실을 묘사하는 건데, 그 점에서 3·1운동이나 4·19는 소설의 직접적 소재로서는 부적합한 면이 있다고 할 수 있어요. 반면에 일제강점기 노동현장이나 소작쟁의 등은 소설에서 많이 다루어졌고, 1960년대 후반 이후의 농촌과 도시 변두리는 1970년대 소설의 가장 중요한 무대가 되었어요. 문제는 작가들이 그 생활현장이라는 심층을 정치적 사건이라는 표층과 유기적으로 연결시키지 못한 데 있는 것 아닌가 싶습니다.

그런 점에서 가령 박경리의 『토지』는 성공적인 사례지요. 이 작품 제1부는 동학혁명부터 얘기가 시작되지 않습니까? 그러나 동학혁명이나 중앙정계의 움직임 같은 핵심적 현장은 시골 농부들의 대화 등 원경으로 처리됩니다. 서울에서 멀리 떨어진 평사리라는 마을에서 윤보라는 곰보 목수를 중심으로 사건이 전개되고 역사는 저 밖에서 질퍽거리는 소리만 나오고 마을 단위에서는 단지 머나먼 소문의 형식으로만 처리되는데도 우리는 소설에서 역사를 덜 느끼는 것이 아니라 오히려 더 강화된 역사를 봅니다.

4월혁명기념시집『항쟁의 광장』과『학생혁명시집』.
『학생혁명시집』은 신동엽이 엮은 것으로 알려져 있다.

그러니까 내 얘기는 4·19도 꼭 서울시내의 데모 현장을 그리지 않더라도 예를 들면 서울 유학생 아들을 둔 농민의 일상적 삶의 파장을 묘사하는 방식으로 4월혁명에 접근할 수 있다는 겁니다. 그런 점에서 가령 6·25전쟁이나 동학농민 혁명에 비한다면 4월혁명은 아직 충분히 그려지지 않았고, 3·1운동도 그렇지요.

4·19의 자부심과 책임감

김윤태 하지만 3·1운동이나 4·19는 직접적인 문학적 형상화는 양적으로 부족했을지 모르지만, 그 사건들을 계기로 해서 문화의 지형도가 달라졌다, 문학판이 달라졌다는 거죠. 3·1운동 이후에 1920년대 문단의 활성화라든지 4·19세대들이 보여줬던 문학적인 성장과정들이 한국문학의 지형도를 바꿔놓았다는 점을 지적하신 분도 계신데, 그 견해가 아주 재미있다고 생각했습니다.

그와 관련해서 4·19의 문학세대라고 할까요? 저는 세대론 자체에 대해서는 개인적으로 부정적인 생각을 갖고 있습니다. 세대론을 계속 주장하면 순환론에 빠진다고 봅니다. 순환론에 빠지면 논리적으로 더 이상 해명하지 못할 뿐만 아니라, 한편 세대론이라는 것은 왕왕 단절론의 성격을 갖고 있다고 봅니다. 우리는 앞 세대와는 다르다 하는 차별성을 부각시킴으로써 자신의 정체성을 확보하려고 하는, 김현 선생이 꾸준히 주장하는 한글세대론, 즉 김승옥을 대표선수로 내세워서 주장하는 4·19세대론 또는 한글세대론 같은 것들이 바로 그것인데, 어떤 면에서는 단절적인 성격을 갖고 있습니다. 그런 약점이 있지만 세대론으로 바라볼 때 갖는 설명하기 편리한 유용함 같은 것도 있는 것 같습니다. 그래서 저는 세대론 자체는 마음에 별로 안 들지만 4·19세대가 가지는 문학적 성취나 발자취는 살펴봐야 할 것 같다는 생각이 듭니다.

염무웅 3·1운동이나 4·19를 계기로 새로운 시대가 열렸다는 것은 거의 공인된 주장이죠. 하지만 그건 3·1운동이나 4·19의 소설적 형상화가 빈약하다는 것과는 다른 얘깁니다. 암튼 우리 또래들이 문단으로 많이 진출해서 문학사에 어떤 획을 긋고 있다고는 나도 생각합니다. 그러나 '한글세대' 또는 '4·19세대'라는 용어는 조심스럽게 살펴볼 여러 측면을 갖고 있어요. 가령 문단과 학계를 제외한 다른 쪽, 특히 정치 분야에서는 4·19세대라고 자처하는 인물 중에 4·19정신의 참된 계승자라 할 만한 사람이 남아 있지 않아요. 내가 보기엔 4·19세대임을 자처하는 정치가는 대체로 반反4·19적이에요. 우리보다 좀 늦은 세대로서 6·3세대나 민청학련세대 등이 있어서 그 세대마다 학계와 문화계에서 그 나름의 의욕을 가지고 독특한 업적을 이루어나가고 있습니다. 그런데 어쩐 일인지 그 경우에도 정치하는 자들은 대부분 중도탈락이에요. 자기 세대의 정치적 이념으로부터 이탈하고 말아요. 한국정치의 오염의 정도가 어떤지 알려주는 하나의 지표적 현상이에요.

어쨌든 나도 역사의 전진과 후퇴, 그 운동의 과정을 세대론적으로만 설명하는 데는 동의하기 어렵습니다. 현상의 표면이 세대의 교체처럼 보이는 경우에도 심층적으로는 사회구조에 관계되어 있거든요. 물론 내 개인으로만 보면 거듭되는 얘기지만 4·19가 결정적인 계기가 되었던 것이 틀림없고 대학 4년 동안 숨쉬었던 자유의 공기가 평생 나에게 산소를 공급해준다는 것을 스스로 느껴요. 그런 점에서는 4·19세대라는 말에서 자부심과 책임감을 느끼는 것도 사실입니다.

김윤태 선생님께서는 4년간 착실히 공부를 할 수 있었던 것만 해도 다른 세대들에 비해서 행복할 수 있었던 거죠. 선생님보다 한참 후배인 저희만 하더라도 대학을 제대로……. 저는 1978년, 79년 박 정권의 말기적 증세가 보였을 때 제대로 수업을 할 수 없었고요. 그리고 80년, 81년에는 광주항쟁이 있고 전두환 정권이 있고 하면서 공부를 제대로 할 수 없었습니다. 그리고 저희들은 대학을 다니는 것조차 부끄러워서 실존적 존재전이다 결단이다 해서 시위를 주동하여 학교를 떠나버리거나 공장으로도 많이 들어갔습니다. 공부를 하는 것이 사치스럽고 혼자 개인적인 출세나 하려고 하는 것 같아 부끄럽고 괴롭고……. 저는 대학원에 바로 갔는데, 대학원을 가는 일조차도 미안하고 부끄러운 일이 됐던 시대였어요.

염무웅 다행인지 불행인지 우리 때는 아직 거기까지 못 갔어요. 말하자면 사회의식의 미성숙 상태였지요. 아니, 영·독·불 같은 외국문학과가 더욱 그랬을지 몰라요. 민자통(민족자주통일중앙협의회)이라는 조직이 1960년 9월에 결성되고 11월에는 그 지회가 서울대 안에 만들어졌다는 걸 나는 당시에 까맣게 몰랐어요. "가자 북으로, 오라 남으로" 같은 구호를 신문에서 보긴 했지만 그게 어디에서 나왔는지도 당연히 몰랐고요. 알려고도 하지 않았다는 게 정확할 겁니다. 게다가 나는 가정교사로 숙식을 해결해야 할 처지라 딴 데 신경 쓰다간 학업의 유지가 어려웠어요. 또, 당시에는 농활은 있었지만 공활은 없었고 위장취업 같은 건 상상 밖이었지요. 그러니 수업 들어가는 것에 심리적인 부채감이나 압박감을 가질 리 없었지요.

6·3사태는 1964년의 일인데, 그때는 내가 대학을 졸업한 뒤였고요. 그 이전까지는 한 번도 휴교나 휴학을 한 적이 없고 데모 때문에 경찰이 학교 안으로 들어온 적도 없어요. 그래서 대학 4년간 많은 공부를 했지요. 물론 학원감시가 없을 리는 없었겠지만, 박 정권의 정보조직도 아직 미비한 상태였을 테니 피부에 닿는 제약은 느끼지 못했어요. 학교 안에서는 무슨 얘기든지 어느 정도 할 수 있었죠. 서울대 문리대 같으면 그때 정창렬·정석종·송찬식·조동일 선배들이 주도한 '우리문화연구회'도 있었고 '민족주의비교연구회' 같은 것도 있었으니까요. 내 경우에는 그런 선배들을 통해서 해방 직후 간행된 '마분지 책'들, 좌익번역서나 월북작가들 책을 조금씩 접하게 됐지요.

돌이켜보면 결국 그런 경로를 통해서 지난 시절의 진보적 운동이라든가 좌파 이념들이 우리에게 전해졌고 복원 가능성이 열렸다고 말할 수 있을 겁니다. 이것이 1970년대, 80년대에 와서 외국 이념들과 결합되면서 사회주의적 경향으로 다시 살아났죠. 이렇게 생각해보면 우리 세대는 앞 세대, 즉 자유당 때 대학을 다닌 사람들이나 6·3사태 이후 대학생활을 했던 사람들과 비교해서 외풍을 덜 맞은, 학창생활의 본분에 충실할 수 있었던 특이한 행운을 누렸다고 말할 수가 있을 겁니다.

대학의 자유

김윤태 선생님은 참 행복한 세대에 속하는데, 어떤 면에서는 우리 대학사에서 거의 예외적인 경우가 아닌가 싶어요.

염무웅 아마 그럴 거예요.

김윤태 적어도 80년대까지 비춰볼 때 한 번도 그런 세대가 없었던 것 같습니다.

염무웅 기막힌 일이죠.

김윤태 저희 세대들은 불행한 세대라는 생각에 빠져 있었는데, 지금 선생님 말씀을 들으면 적어도 1964년 이후는 박정

희 정권에 의해서 오히려 대학생들의 정치적 훈련이 이루어
지는 시간이 아닌가 하는 생각이 드네요.

염무웅 역설적으로 그렇게 생각할 수 있지요. 내가 느끼기
엔 적어도 1967년경까지는 박정희가 평생 장기 집권하겠다
는 야욕을 품지는 않았던 것 같아요. 내가 지금 재직하고 있
는 대학이 영남대학이고, 영남대학은 다 알다시피 박정희가
대구대학과 청구대학을 강제로 합쳐서 만든 대학인데 그때
사람들 얘기는 박정희 씨가 대통령을 그만두고 은퇴하면 총
장 하려고 만들었다고 했거든요. 그 얘기에 일말의 진실이
있었을 가능성이 있다고 나는 봅니다. 처음부터 종신총통 하
겠다, 즉 처음부터 유신체제를 구상했던가에는 의문을 가집
니다. 1960년대에는 분명히 일정한 자유가 있었어요. 박정
희 자신도 이승만에 반감을 가지고 있었고, 역사적으로 보
더라도 4·19의 정신을 정면 부정할 수 없는 시대였거든요.
“5·16은 4·19의 계승이다”라는 쿠데타세력의 주장은 그 점
을 반영하죠.
　물론 1990년대에 들어와서, 특히 문민정부가 성립되고 냉
전체제가 해체되면서 이념적으로도 자유로워지고 학생데모
도 급격하게 소강상태에 들어서 외관상은 학원이 공부에 몰

두하는 것처럼 변했지만, 더 깊이 들여다보면 실상은 그렇지 않아요. 90년대 이후 최근 십여 년의 대학이야말로 제대로 공부하는 곳이 아니에요. 1980년 광주항쟁 이후 전두환이 정권을 잡고 나서 졸업정원제다 뭐다 하면서 교수들을 학원사찰 요원으로 동원하고 학생들의 동향 보고서 같은 것까지 내게 하면서 총칼로 꼼짝 못 하게 했는데, 그래도 결국 학생들의 데모를 막지 못했고 여전히 시끄러웠지요. 그러나 1990년대 이후에는 외부의 물리적 강압 없이도 돈 때문에, 즉 취직 때문에 학생들이 정말 꼼짝 못 해요. 교수들도 대부분 꼼짝 못 하고요. 이전에 박정희나 전두환이 총칼로 이루고자 했어도 못 이루었던 것을 이제는 자본주의가 폭력 없이 이루어내고 있어요. 딴 세상이 된 것 같아요.

김윤태 저는 1978년도에 문학을 공부하기 위해 대학에 들어갔는데, 그런 면에서 문학공부를 하게 된 것도 4월혁명 성과의 수혜자라고, 수혜자라고 보는 것이 어폐가 있을지 모르겠지만, 그렇게 보고 싶은데 그 과정을 제 경험을 통해서 잠깐 말씀드리자면, 군사정권들에 의해서 대학사회가 스스로 저항문화를 만들어냈고, 그것이 대학사회뿐만 아니라 우리 문학의 전반에서 군사정권과는 일종의 눈에 보이지 않는 전

선을 형성하게 되는 고리들이 되는데요. 문학계에서도 1974
년에 '자유실천문인협의회'가 결성되고 하지 않습니까? 아
까 선생님께서『광장』도 말씀하셨고「분지」도 말씀하셨는
데, 저희가 대학을 들어갔을 때는 우선 역사 쪽에서는 1969
년도인가에 근대기점 논쟁이 있었고, 김용섭 교수의「조선
후기 농업사 연구」같은 데서 제기했던 자본주의의 맹아론,
정석종 교수의 조선후기 계급론에 대한 연구, 이런 연구성
과들에 힘입어서 '내재적 발전론'이라는 것이 유행했었고요.
저희들이 대학에 들어가서 받은 정신적 세례가 바로 내재
적 발전론이었습니다. 그리고 당시 조동일 교수 등이 보여줬
던 탈춤 같은 민속적인 것들에 대한 관심, 이런 것들과 어우
러져서 대학에 써클이 많이 만들어지고 했는데, 물론 그 사
이에 통기타 같은 대중문화적인 요소들도 섞여 있었습니다
만, 그런 내재적 발전론의 분위기, 그래서 탈춤공연 같은 것
을 통해 정치적인 분출을 하면서 자연스럽게 만나게 되는 것
이 문학적으로 김지하였습니다. 커다란 영향력을 준 것은 김
지하의『오적』이었고, 금서로 되어 있었던 신동엽의『금강』
이라든지 김수영의 자기 냉소와 풍자, 치열한 시민정신 같
은 것들이 저희들을 사로잡았던 것들이었죠. 소설로는 아까
1960년대 최인훈·김승옥·이청준·남정현 선생을 지적하셨

고요. 그다음에 방영웅 선생의 『분례기』도 재미가 있었고요. 또 박태순 선생의 작품이 있었죠. 그런 것들로부터 황석영 선생의 「삼포 가는 길」이나 「객지」를 만나게 되고, 윤흥길 선생의 『아홉 켤레의 구두로 남은 사내』라든지 조세희 선생의 『난장이가 쏘아 올린 작은 공』 등은 70년대의 대표적인 성과이고, 이문구 선생의 『관촌수필』도 상당히 많이 읽혔죠. 그래서 문학적으로 보면 1970년대가 상당히 풍성하지 않은가, 거기에는 신경림 선생의 『농무』나 고은 선생도 계시죠. 그래서 어떻게 보면 정치적으로 불우하고 대학생활이 힘들었지만 바로 그런 4·19의 성과 속에서 성장해온 작가들의 정신적 자양분들을……. 저희들은 『창작과비평』과 『문학과사회』도 즐겨 읽었습니다. 선생님이 쓰신 『민중시대의 문학』의 첫 번째 논문인 식민사관에 대한 비판적인 글은 저희들이 세미나 할 때 기본 텍스트로 발제를 하고 했던 기억이 있습니다. 4·19의 성과로서 어떤 정신적 자양분을 받았는가에 대해서 간략하게 말씀드렸는데, 거기에 대해서 지적해주시고 보태주실 것이 있으면 말씀해주십시오.

식민사관의 극복과 자기긍정

염무웅 대체로 동감합니다. 다만, 역사학계의 김용섭·정석
종 두 교수를 거명하셨는데, 내 경우는 그보다 훨씬 더 선배
들인 이기백·이우성·천관우 같은 분들의 논문과 책을 읽고
감명을 받았는데, 그들은 넓은 의미에서 식민지사관을 극복
하고 민족사의 정통성을 회복하자는 점에 공통성이 있다고
할 수 있죠. 그게 내재적 발전론이라는 이론으로 발전되지
않았나 하는데, 1990년대 이후에는 그 내발론에 비판적 입
장이 많이 개진되고 있지 않습니까? 우리의 근대화라는 것
과 외세가 여러 가지 복잡한 역관계랄까 길항관계를 가졌기
때문에 우리 자신의 내부적인 자생적 힘으로 근대화가 이루
어졌다는 설명이나 일본이나 미국, 서양의 힘으로 근대화가
우리에게 선물처럼 주어졌다는 설명이나 서로 상반된 것임
에도 불구하고 둘 다 사태의 일면만 보고 있지 전체를 통일
적으로 설명하고 있지 못한 것은 틀림없다고 봅니다. 우리
나라만 그런 것은 아니지요. 영국이나 프랑스처럼 고전적인
근대화의 과정을 겪은 나라들에서는 내재적 발전론이 진실
에 가깝겠지만, 그 밖의 다른 곳에서는 외래문화의 힘이 근
대를 촉발시키고 그 결과 내부의 축적과 외부의 작용 사이

에 불가피하게 작용과 반작용이라는 갈등과정이 있었을 거예요.

그러니까 우리 경우 내부의 힘과 외부의 충격 사이의 복잡한 연관들 속에서 설명하려고 해야지 양자택일적으로 보려고 하는 것은 다 진실의 일면밖에 못 보는 것이 아닌가. 그런 점에서 내재적 발전론이나 식민지 근대화론이나 다 일면성을 면치 못한다고 할 수 있겠지요.

그럼에도 불구하고 내재적 발전론은 좀더 적극적인 역사적 의의가 있다고 봅니다. 과거 식민지시대나 군사정권시대를 통해서 심화된 민족부정적인, 민족허무주의적인 의식을 재부정하고 우리 민족의 힘에 대한 긍정적 관점을 회복하는 데는 그런 내재적 발전론의 단계를 반드시 겪을 수밖에 없다는 점에서 그렇죠. 식민지시대를 겪은 나라 사람이라면 당연히 자기 민족의 역사와 전통에 대해 관심을 가지고 그 전통에 내재한 적극적 의의를 자기 후손들에게 가르치려고 애쓰게 되는 것 아닙니까. 다만 그것이 지나쳐서 민족주의가 과학을 대체하려고 할 때는 곤란한 것이 되죠. 그러니까 우리 민족이 가져야 할 정신적 자세에 대한 도덕성의 문제와 역사를 정당하게 분석적으로 연구하는 학문의 자세가 혼동되어서는 안 된다고 봅니다. 내재적 발전론은 도덕적 정당성

위에서 과학을 추구했던 노력인데, 우리에게는 반드시 거쳐야 했던 것이었다는 점이죠. 우리가 너무 자기부정적인 관념에 빠져 그것이 내면화되어 있다면 이것은 씻어내야 할 필요가 있는 거죠. 그건 당연한 것 아닙니까? 그리고 오늘 주제가 4·19이니까 얘기합니다만, 4월혁명은 부정된 민족사에 대한 재부정의 계기를 주었다, 이렇게 말할 수 있죠. 다시 말하면 내재적 발전론의 시발점, 즉 식민지사관 극복운동의 출발점이 4·19였다고 볼 수 있다는 겁니다.

6·25전쟁의 체험

김윤태 앞에서 빠뜨린 것이 있는 것 같은데, 4·19세대 혹은 한글세대라는 것을 표나게 내세우는 김승옥 선생이 말씀하시는 것을 보면 자기 문학의 원체험이라고 할까요, 고향이라고 할까요, 그건 6·25전쟁이었다는 지적을 하는데 저에게는 그것이 상당히 흥미롭습니다. 김승옥 선생의 그런 말과 관련해서 아까 『광장』을 말씀하셨는데, 최인훈 선생의 『광장』도 바로 분단과 이념적 갈등과 전쟁을 깔고 있단 말입니다. 4·19세대 작가라고 부를 수 있는 많은 분들, 그 이후에 작품활동한…… 김원일 선생이나 윤흥길 선생이나 그 세대들

도 약간 뒷세대이기는 하지만 6·25를 유년체험으로 겪었단
말이죠. 그런 것이 대단히 의미가 있는 것 같거든요. 어쩌면
4·19세대들의 문학적 성공이 바로 그런 전 시대의 유년체험
이나 우리 시대의 격동 속에서 형성되어 왔던 것들을 생각해
보게 되는데요. 그 이후는 저는 뭐라고 말씀을 드리기가 어
려운데 전쟁이 워낙 큰 부분이어서…….

염무웅 그건 아주 중요한 문제이고 옳은 지적입니다. 김 선
생이 말한 대로 6·25전쟁을 통해서 입은 상처와 결손, 이것
이 우리 세대가 유소년 시절에 겪은 근본체험, 원체험이에
요. 우리보다 선배인 분들, 그러니까 선우휘·오상원·서기원·
이호철·송병수 등은 전쟁에 직접 참가했던 참전세대지요.
반면에 김승옥·이청준·이문구·김원일·윤흥길 등은 열 살쯤
에 전쟁을 겪었어요. 참전세대도 엄청난 희생과 상처를 입었
지만, 그들에게는 경험이 너무 직접적이어서 문학적 형상화
에는 오히려 문제가 있을 수 있어요. 그런데 김승옥을 비롯
한 내 또래들은 6·25 전후에 흔히 아버지를 잃게 됩니다. 나
이가 조금 아래인 김성동·이문열도 비슷한데, 그 결과 전쟁
의 참상뿐만 아니라 한창 예민한 청소년시절에 전후의 가난
과 비참을 겪게 됩니다. 그런데 남정현·최인훈·서정인 같은

작가들은 좀 어중간해요. 그들은 전쟁이 났을 때 열댓 살 소년이어서 참전에서는 제외됐지만, 그렇다고 어린이의 눈으로 전쟁을 보았던 것도 아니죠. 그러니까 최인훈은 전후세대의 막내이자 4·19세대의 맏이라는 독특한 위치에 있다고 할 수 있어요.

4·19세대보다 조금 뒤라고 얘기할 수 있지만 사실 이문열 같은 경우도 그의 원체험은 아주 어린 시절에 아버지가 가족들을 버리고 월북하고, 그래서 형제들과 아주 힘들고 고통스러웠던 어린 시절을 살아야 했던 거죠. 자신의 그 과거 혹은 그 강제된 결손의 고통과 어떻게 화해하느냐, 이것이 이문열의 문학의 핵심적 주제라고 봅니다. 그건 김원일도 비슷한데, 다만 두 사람은 화해의 방향이 정반대라는 느낌이 들어요. 그런 점에서 나는 개인적으로 김원일의 문학적 행보에 주목합니다. 이문구는 또 다른 경우죠. 그의 경우 할아버지와 아버지라는 두 축이 이문구의 정신세계를 찢어 놓고 있다, 그 찢어짐의 긴장 속에서 이문구 문학이 성립한다고 볼 수 있죠. 사실 많은 작가들의 경우 6·25전쟁을 통한 가족과 이웃의 죽음, 온갖 상처와 고통, 이런 게 없었다면 처음부터 아예 문학을 안 했을지도 모르죠.

그런 점에서 김승옥의 발언은 우리 세대의 문학에 대한 극히 중대한 지적입니다. 「건」乾, 「환상수첩」 같은 작품에는 어린 소년의 눈으로 본 죽음, 폐허, 공포의 체험 같은 것들이, 사건의 사회적·역사적 맥락을 모르는 소년의 눈이기 때문에 오히려 더 선렬鮮烈한 모습으로 부각되잖아요? 특히 김승옥의 경우엔 고향이 전남 순천이었기에 6·25 이전에 여순사건의 참혹함을 아주 어린 나이에 목격했어요. 그런 점에서 김승옥의 문학은 어린 시절의 전쟁체험에 대한 4·19세대의 해석이란 차원을 가진다고 할 수 있지요.

김윤태 치유과정이었다고 봐도 되겠죠?

염무웅 그렇죠. 진정한 문학창작은 늘 자기치유를 동반한다고 봐야죠.

김윤태 그런데 저는 국문학을 공부하는 사람으로서 문학사를 공부하다 보면 흥미로운 것이 1950년대 문학을 들여다보면, 자세히는 모릅니다만, 세대별로 보니까 식민지 시대부터 활동해오던 염상섭이나 김동리 같은 작가들이 있고요, 그리고 50년대의 작가들이 있습니다. 염상섭 같은 사람은 전쟁 이후에도 왕성한 작품활동을 합니다. 『취우』驟雨 같은 장편소설을 쓰는데, 전쟁에 대해 초연해요. 전쟁을 피해 갑니다. 그런데 50년대의 신진 작가들은 청년으로서 전쟁을 직접적으로 맞이했고 상처로서 안고 있고 즉자적인 형태로 반응하게 되죠. 절망을 느낀다든지 현실을 냉소한다든지 정신적 상처를 견디지 못하는 형태로 나타나거나 심지어는 이념적 적대의 형태로도 나타나서 반공소설의 형태도 나타나게 되는데요. 그런 것에 비해서 방금 선생님께서 말씀하신 1960년대에 나타난 작가들은 유년 체험으로서 전쟁의 문제들을 어떻게 치유해 나가는가 하는 것은 아주 흥미로운 점으로 볼 수 있을 것 같습니다.

염무웅 염상섭이 소설에서 전쟁을 피해 갔다고 했는데, 나는 그걸 단순히 도피심리로 볼 수는 없다고 생각합니다. 염상섭은 초창기부터 일관되게 정치적 중도주의자였고 이승만 노선에 대해서도 시종 비판적이었어요. 그래서 이승만 정부 수립 뒤에는 정지용·김기림 같은 사람들과 마찬가지로 국민보도연맹에 강제로 가입하는 모욕을 당했어요. 전쟁이 나자 살기 위해 해군 정훈장교가 되기도 했습니다. 사실 6·25가 났을 때 염상섭은 이미 50대의 나이였어요. 그에게 전쟁문학을 기대하는 건 무리죠. 그래도 1950년대 염상섭 소설에는 전쟁의 그림자가 느껴집니다. 김동리는 아주 다르지요. 그는 마흔 전후 한창 나이로서 우익문단을 대표해서 나름 혹독하게 6·25를 겪습니다. 「흥남철수」, 「밀다원시대」는 전쟁상황을 측면에서 또는 배후에서 묘사한 뛰어난 단편이에요. 그러나 어떻든 염상섭과 김동리는 선우휘나 서기원 같은 참전세대와는 다르게 후방에서 전쟁을 경험했고 따라서 다른 문학을 했어요.

그런데 우리가 손창섭·장용학·서기원·오상원 등의 작가들을 흔히 묶어서 얘기하지만, 이분들 간에는 나이가 십여 년 차이가 나요. 전광용이나 장용학 같은 분들은 일제 말부터 6·25를 겪는 동안 십여 년 문단에 못 나오고 지체되어 있다가 자기보다 십여 년 밑의 후배들과 비슷하게 등단했어요. 전광용, 이호철 두 분은 사실 나이 차이가 13년인가 그렇거든요. 그런데도 비슷한 시기에 문단에 나와서 동인문학상을 같은 해에 공동 수상했죠. 두 분 다 함경도 출신이고 비슷한 면도 없지 않지만 사실은 세대적인 감각의 차이가 있어요. 전쟁에 대한 태도랄까 경험의 강도가 전혀 다릅니다. 우리나라의 현대사가 워낙 급박하게 전개돼 왔으니까 세대에 따른 경험의 단층이 심하고 그게 문학적으로도 중요한 차이를 만들어내는 것 같습니다.

김윤태 우리 문학사에서 4·19 문학세대에 또 하나 보태지는 지점이라면 바로 전쟁의 문제를 어떻게 객관화해서 보려고 했는가 하는 것인데, 선생님과의 대담에서 확인할 수 있었던 것 같습니다.

하여튼 4월혁명 이후 42년이 지났는데 실로 엄청난 변화가 있었습니다. 선생님은 훨씬 더 사회적 변화를 실감할 수 있을 것 같은데, 과학기술적인 측면에서만 보더라도 20년 전과는 아주 다른데 40년 전과는 상상을 초월할 정도로 엄청나게 변하지 않았습니까? 문학판도 그동안 굉장히 많은 변화가 있었고 대학의 분위기도 많이 달라졌고요. 지금 우리가 부딪치는 문제들은 4·19혁명이 보여준 것과 큰 거리가 있다고는 생각하지 않습니다만, 그 정신을 이어서 오늘 우리가 소중하게 지켜야 할 것들은 어떤 것이 있는가. 가령 요즘에 와서 흔히 페미니즘이라고도 합니다만, 성의 문제라는 것이 있고, 또 생태–환경 같은 주제들도 있습니다. 적어도 60년대에는 예견도 할 수 없었던 문제들이 지금 불거지고 있습니다. 거기에 대해서 선생님도 많은 생각을 갖고 계신 것 같은데요.

염무웅 말씀하신 대로 4·19혁명 이후 42년이라는 굉장히

긴 시간이 지나갔고, 누구나 실감하다시피 엄청난 사회적 변화가 있어서 40년 전과 지금을 비교하는 것조차 어려워졌죠. 무엇보다 물질적으로 풍요로워지고 절대적 빈곤이 사라지고 민주주의의 기본이 어느 정도 정착이 됐죠. 그리고 우리나라가 세계적으로 가난하고 낙후해 있던 나라에서 이제는 거의 10위권 가까이 가는 경제력을 갖게 되고 사회적으로 안정됐고요. 우리가 많이 발전했다는 객관적 사실은 부정될 수도 없고 부정할 필요도 없고 상당히 자부심을 느껴도 좋지만, 그러나 동시에 풍요로움 속에 있는 텅 빈 듯한 느낌, 뭔가 이것만은 아닌데 하는 상실감이랄까 박탈감 같은 것도 부정할 수가 없어요. 그게 딱히 이것이다라고 말할 수는 없지만, 가령 미국 단일패권 하에 전 세계인들이 물질적인 발전만을 위해 매진하고 있는 듯한 모습이 과연 우리가 갈망해오던 상태인가에 의문이 든단 말입니다. 오랜 세월 인간이 스스로 인간이라고 말할 때 느끼던 품위라든가 인간적인 가치 같은 것이 완전히 외면되고 배척받고 오히려 그런 게 세상을 유능하게 살아가는 데 방해가 된다고 생각하는 시대가 됐단 말이죠. 그래서 인문학 위기라는 논의도 있잖아요? 대학에서 논문발표 수는 많아지고 학생 수도 많아지고 도서관은 늘 꽉 차 있는 것 같지만, 과연 제대로 된 학문이 있는가?

이렇게 본질적인 의문을 제기하고 들여다본다면 사실 학문은 점점 없어지고 미국이 주도하는 신자유주의적 질서가 우리를 점점 빈곤하고 볼품없는 인간으로 만들어가는 것이 아닌가. 이렇게 생각한다면 4·19는 여전히 우리에게 현재적 중요성을 갖고 있다고 생각합니다. 4·19가 내세웠던 정치적 구호는 어느 정도 실현됐다고 하겠지만 그 안에 내재한 진정한 가치, 덜 먹고 덜 잘살더라도 좀더 사람다운 삶을 지향해 나가는 것을 일깨우는 신호로서의 4·19는 아직 우리에게 각성적 역할을 한다고 봅니다. 사회주의운동이나 계급운동 같은 소위 구좌파운동은 사회적 호소력을 대부분 잃어버렸고 계급관계 자체도 다층적으로 변해서 사회를 1920년대처럼 부르주아지계급과 프롤레타리아트 계급의 단순대립으로 보기 어렵게 된 것도 사실이죠. 문제는 여성운동이나 생태문제, 소수자 운동, 기타 신사회 운동이 신자유주의를 극복할 수 있는 대안적 전망을 제시할 수 있겠는가일 텐데, 글쎄요. 문학적으로도 뭔가 가슴을 울리는 작품들이 점점 없어지고 너무 감각적으로만 가는 것 같은데…….

김윤태 얼마 전에 1990년대 문인들의 글을 쭉 읽어봤는데 제가 1960~70년대에 감동을 가지고 읽었던 것처럼 요즘 젊은 사람들의 것은 도저히 읽어내지를 못하겠거든요. 그건 내가 나이를 먹어서 그런 것이 아닌가 싶어 나이 탓을 해봅니다만. 저는 언젠가 재미있는 기사를 하나 읽었는데 누군가가 70년대 작가들과 90년대의 작가들의 어휘수를 비교해봤다고 합니다. 그런데 90년대 작가들의 어휘수가 절반 이하라는 겁니다. 우선 작가들 자신의 어휘력이 현저하게 떨어져 있다는 거죠. 그리고 90년대 작가들을 훑어보면 문체가 상당히 서구화되었다는 것을 부정적으로 보지 않을 수가 없거든요. 내용이나 수준을 떠나서 우선 작가는 언어를 다루는 사람인데 그런 형편없는 어휘력과 문체를 가지고 과연 우리가 오늘의 문학을 말할 수 있겠는가 하는 우려가 들지 않을 수 없습니다.

염무웅 이제 나는 60대에 접어들었고 김 선생은 아직 40대인데, 그러나 그런 차이에도 불구하고 상당히 공통의 독서경험을 가지고 있으니 우리 사이에는 나이 차이가 본질적인 문제가 아니라는 생각이 듭니다. 그런데 요즘 1990년대 이후 젊은 세대의 작가나 독자들은 그야말로 질적으로 좀 다르지 않은가 느껴져요. 우리는 활자문화에 의해서 길들여지고 그것이 제일 자연스러운데 요즘 20대 젊은이들은 우리와는 참 다른 것 같아요. 어휘도 그렇고……. 우리 학생들 글 쓰는 것을 보면 참을 수가 없어요. 또 한자를 너무 몰라서 심지어 "한글전용을 한다는 것이 잘못된 것이 아닌가. 한자교육을 새로 해야 하지 않는가" 하는 생각조차 하게 됩니다. 경제력이나 다른 것은 많이 발전했는데 교육은 날이 갈수록 후퇴해요.

우리 사회가 그래도 사람이 살 만한 세상이 되려면 지금 이 현실에 대한 발본색원하는 반성이 필요하고 우리 각자가, 기득권이라든가 이런 거 다 포기하더라도, 사회의 발본적 개혁을 위해서 보탬이 되는 일을 해야겠다는 생각을 매일 합니다. 요즘은 학교에 가거나 집에 와 있거나 거리를 걸을 때나 신문을 볼 때마다 고통스러워요. 다른 무엇보다도 정치가 거듭나야겠다, 출세주의와 기회주의, 부패와 술수가 판치는 정치의 틀이 근본적으로 달라지지 않으면 다른 분야의 발전이 정치에 발목을 잡히겠구나 하는 생각을 합니다. 하여튼 이런 세상을 만들려고 그동안 글 쓰고 열심히 노력한 것은 아닌데, 기대했던 세상과는 너무 먼 데로 와 있구나 하는 생각이 들어요.

김윤태 시간이 많이 지났습니다. 얘기를 하다 보니 오늘의 사회에 대한 개탄과 우려의 목소리만 선생님과 제가 한 것 같습니다. 그런 우려를 하게 되는 것도 아까 선생님 하신 말씀 중에 4월혁명 이후에 전개한 신생활운동이 아주 의미심장하게 다가온 것과 관련됩니다. 그런 점에서 4월혁명이 가지고 있는 정신적 가치를 발본적 차원에서 오늘에 되새기는 계기가 됐으면 좋겠습니다. 선생님, 감사합니다.

— 창비 웹매거진 2002년 4월

4·19, 유신,
그리고
문학과 정치

대담자 장성규 · 문학평론가

일시 2012년 10월 26일

장소 서울 마포구 망원동

문학과 정치, 그 오래된 질문

장성규 개인적으로는 학부과정 때 『혼돈의 시대에 구상하는 문학의 논리』를 읽고 평론이 단순히 텍스트 분석의 층위에 그치는 것이 아니라, 텍스트를 통해 일종의 '시대정신'을 구축하는 지적 작업을 지향하는 글쓰기가 아닐까라는 생각을 한 적이 있습니다. 이번에 출간하신 산문집 『자유의 역설』도 정치나 사회문제에 대한 '시론'적인 글들을 모은 것이기도 합니다. 이러한 선생님의 작업은 2000년대 후반, 더 구체적으로는 용산참사 이후 문단에서 문학과 정치에 대한 새로운 탐색이 진행되는 상황에도 유용한 참조점이 된다고 생각합니다. 특히 상대적으로 사회현실에 대해 무관심한 것으로 평가되었던 일련의 젊은 작가들이 새로운 방식으로 현실을 탐구하는 경향은 주목할 만한 현상이라고 생각합니다. 그런데 이들의 논의가 의미 있는 성과를 거두기 위해서는 무엇보다 과거의 방식과는 '다른', 변화된 시대적 상황과 현실을 '어떻게' 다룰 것인지에 대한 보다 구체적인 고민이 수반되어야 할 것입니다. 선생님께서는 현재 '문학과 정치'를 둘러싼 일련의 논의를 어떻게 생각하시는지, 그리고 이 문제설정이 진전되기 위해서 필요한 관점은 무엇이라고 생각하시는지 궁금합니다.

염무웅 단도직입적으로 큰 화제부터 꺼내시는군요. 아닌 게 아니라 1990년대 들어 사회주의가 몰락하고 국내적으로 민주화가 진행되면서 문단뿐 아니라 사회 전반에 걸쳐 정치가 후경화後景化한 것이 사실입니다. 더욱이 외환위기의 직격탄을 맞으면서 경제가 정치를 압도하게 됐어요. 어느 면에선 지금도 그렇습니다. 그런데 우리의 시야에 다시 정치를 호출한 것은 이명박 정부의 등장입니다. 이 정부 들어 민주주의의 후퇴, 남북관계의 악화, 경제양극화의 심화 등 정치영역이 심각한 문제적 장르로 떠올랐기 때문이지요. 2009년 용산참사는 이제 이명박 시대의 상징이 되었습니다. 그것은 문학·미술·연극 등 여러 분야의 예술가들에게 자기 존재의 근본을 돌아보게 하는 계기가 됐습니다. 시와 정치, 문학과 정치라는 주제가 토론의 중심으로 진입하게 된 것은 이런 사회적 배경 속에서였다고 생각합니다. 하지만 사실 나 자신은 시와 정치에 관한 최근 문단의 논의를 충실히 따라 읽지 못했습니다. 어떤 부분은 어렵기도 하고 어떤 부분은 충분히 내 감각에 와 닿지 않기도 하고……. 그렇다는 걸 전제로 나름의 소감을 얘기해보겠습니다.

정치사회적 현실과 문학의 관계라는 문제, 좁혀 말해서 시대현실이 미학적으로 어떻게 문학 안에 구현되는가의 문제는 내 비평적 글쓰기의 오랜 주제라고도 할 수 있습니다. 그런데 변화된 시대상황에 대한 새로운 방식의 대응이 필요하다고 장성규 선생이 말씀했는데, 나는 50년 가까이 글을 써오는 동안 현실의 끊임없는 변화와 더불어 현실의 좀체 변하지 않는 어떤 완강함을 오히려 커다란 문제로 느낍니다. 그러니까 현실 속에 있는 변화와 지속의 양면 및 양면 간의 상호관계를 포괄적으로, 따라서 역사적으로 인식하는 것이 중요하다고 생각합니다. 그런데 최근 젊은 비평가들 글에서 흔히 느끼는 아쉬움은 역사적 사유의 빈곤이에요. 현재를 볼 뿐만 아니라 현재 안에 축적되어 있는 과거의 지층을 볼 수 있어야 하잖아요? 오늘의 당면한 문제를 제대로 인식하자면 그 뿌리에서부터 사유를 시작해야 할 터인데, 현상의 표층만 주목하여 선행하는 과정과의 연관을 캐지 않는 것은 현재의 이해 자체에 중대한 결함을 초래할 수밖에 없다고 봅니다.

이와 관련하여 잠시 옛날을 돌아보면, 내가 평론가로 등단한 것이 대략 1963~64년경인데, 당시 문단의 가장 중요한 화두는 외국문학의 일방적 지배에서 벗어나자는 것이었습니다. 1960년대 초만 하더라도 월간『현대문학』과 그 주위의 김동리·서정주·조연현 등 소위 문협 주류파가 문단을 장악하고 있었어요. 그 옆에『자유문학』이 있었지만 오래 지속되지 못했지요.『문학예술』이나『문학춘추』같은 것들도 수명이 짧았고요. 해방 후 분단과정에서 패권을 장악한 보수파 문인들이 1950년대 중반 주도권 장악을 둘러싸고 '자유문학파'와 '현대문학파'로 분열된 결과지요. 웬만큼 알려진 얘기지만 현대문학파는 해방 직후의 청년문학가협회 구성원들이 6·25전쟁 이후 분단체제가 고착되면서 문단의 주도권을 쥐고 한국문인협회와 예술원을 장악하면서 형성된 것이고, 자유문학파는 김광섭·이헌구·모윤숙·이무영·백철 등 현대문학파보다 십여 년 선배로서 해방 후 함께 반공전선에서 싸웠으나 좌파가 사라지자 헤게모니 싸움에서 후배들에게 밀린 사람들이지요.

아무튼 『현대문학』과 『자유문학』을 중심으로 문단이 움직일 때, 이런 기성문단의 낡은 사고에 동조할 수 없는 좀더 젊은 세대의 문인들이 대거 등장합니다. 흔히 '전후문학파'라고 통칭됐어요. 손창섭·장용학·이범선·추식·선우휘·김수영·김춘수·전봉건·신동문 같은 분들은 선배급이고, 오상원·서기원·이호철·최인훈·신동엽·박봉우·고은 같은 분들은 후배급의 전후문인들입니다. 그리고 홍사중·이어령·유종호 등이 이 젊은 세대의 비평적 대변자라고 할 수 있겠지요. 그런데 이때 평단에 크게 영향력을 발휘한 것이 사르트르의 실존주의에 기반을 둔 서구문예이론이었습니다. 당시 젊은 문학평론가들이 서양문학 좀 공부했다는 걸 가지고 우리 문학의 전통을 무시하고 설친 면이 있었지요. 거기에 대한 반작용으로 한국적 전통의 중요성이 강조되었고요. 물론 당시 20대 후반 젊은이들이 문단에 도전장을 던진 것은 의미가 있지만, 전통의 강조도 그 나름 일리가 있었어요. 선배 문인들을 공격할 때 서양문학의 이론을 무분별하게 잣대로 휘둘렀거든요. 거기에 대한 반성으로 기성문단에서 외국의 기준으로 우리 문학을 재단하지 말라고 주장한 것이었는데, 그로부터 50년이 지나서 요즘 평론을 읽으면서 내가 느끼는 것이 아, 이제 내가 기성세대가 됐구나 하는 쓸쓸한 반성입니다.

정치적 강압과 예술적 소외

다시 문학과 정치 얘기로 돌아오면, 결국 우리가 정치라고 할 때 '정치'가 무엇인가가 문제입니다. 대통령선거도 정치 이지만, 용산참사 때 망루에서 숨을 거둔 이들을 보면서 우리가 느꼈던 충격도 정치이고, 여기 이렇게 앉아서 이 시대의 문학을 고민하는 것도 정치적인 의미를 가집니다. 좀 멀리 돌아가서 생각해볼까요? 비슷한 시대를 살아간 시인으로 이상과 윤동주를 떠올릴 수 있어요. 둘은 언뜻 연결이 잘 안되는 전혀 다른 성향의 문인이지만, 조금 생각해보면 두 사람 사이에 근본적으로 상통하는 요소가 발견이 됩니다. 우선 그들이 자기 시대를 진실하게 고민하고 온몸으로 살려고 했던 분들이라는 점에서 그렇습니다, 나는 이상을 진짜 예술가, 거짓 없는 예술가, 제스처를 통해서 자기 시대의 제스처를 거부하고자 도전했던 예술가라고 생각합니다. 1960년대 후반이니까 오래전인데, 그때 내가 이상에 관해 한두 편 글을 쓰면서, 휘경동이던가 제기동이던가 허름한 집으로 찾아가 이상 어머니와 여동생을 만나뵌 적도 있습니다. 얼굴에 주름이 가득한, 삶에 지친 할머니였어요. 이상이 죽은 지 30년쯤 지난 뒤였는데, 그 어머니의 얼굴에는 이상 집안의 찌든 역사가 고스란히 새겨져 있다고 느꼈습니다. 일본에 가서 관헌에게 잡혀 결국 죽음에 이른 것도 그의 곤핍한 인생과 관계가 있습니다. 윤동주 또한 일제 파시즘 권력의 생체실험 대상이었어요. 결국 일본제국주의의 식민지 지식인에 대한 탄압이라는 동일한 매개를 통해 이상과 윤동주는 연결이 됩니다. 같은 경험을 다른 방식으로 겪어 죽음에 이른 셈이지요. 물론 자기 시대와의 비극적 충돌이라는 점에서는 동일하지만, 그러나 그 과정에서 생산된 작품세계는 아주 다릅니다. 그들의 문학 안으로 들어가 논하는 것은 별도의 자리가 필요합니다만.

이런 어설픈 고찰을 통해 말하고자 하는 것은 김수영의 명제에 이미 표명되었던, 실험적인 문학과 정치적 진보성 사이에 왜 모순이 생기는가의 문제입니다. 이상의 문제이기도 하고 김수영 자신의 문제이기도 합니다. 김수영의 산문은 우리의 지성에 속사포처럼 와서 직접적으로 호소하는데, 시는 그렇지 않아요. 4·19 직후의 몇몇 시에는 김수영 특유의 난해성이 사라집니다. 그것은 4·19적 상황의 독특성 내지 긴박성 때문이라고 생각됩니다. 4·19의 혁명성이 약화되는 순간 김수영의 시에는 다시 복잡한 사유의 먹구름이 낍니다. 다른 분들은 쉽게 읽는지 모르지만, 나에게는 무척 어려워 해석에 늘 곤란을 겪습니다. 산문에서의 의미의 선명성이 왜 시에서는 이렇게 불투명한 양상으로 전개되는가? 이게 시와 산문의 표현방식의 차이에 기인하는가? 알다시피 김수영은 "모든 전위문학은 불온하다", "모든 살아 있는 문화는 본질적으로 불온한 것이다"라는 명제를 남겼습니다. 당시 『조선일보』 논설위원이었던 이어령과 논쟁하는 와중에 발표한 「실험적인 문학과 정치적 자유」라는 글에 나오는 거지요. 최근 시와 정치 논의에서도 인용되었던 언급입니다. 시를 쓸 때와 평론을 쓸 때나 정치적 실천을 할 때의 이 괴리…… 그것은 아마 해결불가능일지도 모릅니다.

얼마 전 신용목 시인의 새 시집 『아무 날의 도시』를 읽었는데, 읽고서 의미가 얼른 잡히지 않아서 거듭 읽었어요.(웃음) 물론 신용목의 시는 재미가 있고 뭐랄까 복잡한 퀴즈를 풀 때의 지적 자극을 동반합니다. 잘 모르는 세계를 여행하는 것은 익숙한 곳을 다니는 것보다 으레 재미있잖아요? 사실 우리는 게임을 할 때도 재미를 느끼는데, 그것은 게임의 내용 때문이라기보다는 순간순간 적용되는 게임의 규칙 때문입니다. 어쩌면 게임에는 아예 내용이란 게 없을 수도 있지요. 우리가 음악을 들으면서도 음악의 의미내용을 파악하려는 시도는 하지 않습니다. 물론 〈전원교향곡〉을 들을 때는 제목이 그렇게 붙어 있으니까 전원의 풍경을 상상하기는 합니다. 그러나 사실 그것은 〈전원교향곡〉의 옳은 감상은 아닙니다. 우리는 음악을 들을 때는 소설을 읽을 때나 시를 읽을 때와는 다른 방식으로 접근해야 되지요. 낱말이 의미를 가진 존재이고 그 낱말로 이루어진 문장은 한 덩어리의 의미를 발생시킨다는 차원에서의 의미가 음악에는 없어요. 시는 음악의 상태를 지향한다, 그건 의미의 세계에 저항했던 낭만주의 시인들의 목표였고요.

문학이 의미로부터 절연되는 지점, 바로 그 지점이 문학의 전위성과 실험성을 만들어낸다고 볼 수 있습니다. 그리고 의미로부터 떠날 수 있는 자유를 시인과 예술가들은 가져야 합니다. 어떤 시대, 어떤 사회에서는 예술가에게 이런 자유를 허용하지 않고 특정한 의미를 유발하는 예술만 강요하기도 했어요. 지금도 그런 나라가 있지요. 그러나 정치권력이든 종교권력이든 권력의 그런 시도는 궁극적으로는 절대 성공할 수 없습니다. 의미에 대해 자유로울 수 있는 권리, 그것이 예술가의 기본권입니다. 그러나 예술가를 포함한 모든 인간에게는 권리만 있는 건 아닙니다. 권리를 주장하려면 권리가 어떤 역사적 맥락에서 발생했고 그것을 지키는 일이 때로는 어떤 희생을 요구하는지에 대한 감각도 있어야 합니다. 단적

으로 말해서 예술가는 자유로우면 자유로울수록 시대현실
에 깊이 연루될 수밖에 없다고 생각합니다. 정지용·이상·윤
동주·김수영도 그랬고, 어떤 의미에서는 백석·이용악·서정
주·김춘수도 그렇습니다. 그런데 신동엽의 시를 읽으면 적
어도 김수영적 의미의 난해성은 느껴지지 않습니다. 마치 윤
동주를 읽을 때 이상의 난해성을 느끼지 못하는 것과 비슷합
니다. 그러나 윤동주와 신동엽의 시를 단지 쉽다는 말로 설
명하는 것은 그들이 시에서 행한 사유의 깊이, 세상과 대결
한 자세의 진정성을 외면하는 것입니다. 물론 윤동주나 신동
엽 같은 시인들이 시언어의 혁신에 관심이 적었다고는 말할
수 있겠지요. 그 점에서 이상이나 김수영 같은 시인들과 구
별됩니다. 이상이나 김수영 계열의 시인들은 세상에서 느끼
는 것을 이상한 방식으로 뒤집어요. 나는 그런 것을 '소외된
형식' 혹은 '형식의 소외'라고 부르고 싶습니다. 시인 신용목
에게서도 나는 그런 걸 봅니다. 소외된 형식으로밖에 표현할
수 없는 어떤 지점. 기존의 익숙한 기법으로는 나타낼 수 없
는 체험, 감각적인 것과 이념적인 것 모두를 보듬은 체험 때
문에 그런 소외된 형식을 택하는 것 아닌가 합니다. 김수영
보다 신동엽이 낫다, 윤동주보다 이상이 낫다, 이런 언급은
있을 수 없는 것이고, 다만 그들 내면에 들어 있는 감성의 차

이, 더 과격한 말로 하면 시인들의 영혼의 차이가 있을 뿐입니다. 그런 시대에 그런 문학을 할 수밖에 없도록 그들의 영혼이 명령했던 것입니다.

돌이켜보면 일제시대, 자유당 시대, 유신시대는 금지와 강제의 시대였습니다. 그런 시대에 어떤 사람은 무신경하게 음풍농월을 했고 어떤 사람은 고통의 비명을 내질렀습니다. 당연히 그 모든 게 똑같은 것으로 평가될 수는 없지요. 그런데 세월이 지나서 생각해보니, 그런 정치적·사회적 금기조차 예술의 발전에 기여하는 바가 있었던 것 같습니다. 유럽도 미국도 애초부터 언론자유가 있었던 것은 아닙니다. 어떤 면에선 지금도 아주 교묘한 방식으로 억압하고 통제하고 있어요. 19세기 독문학의 경우 검열 자체가 중요한 연구주제 중 하나입니다. 쉴러, 하이네 모두 검열에 시달렸어요. 국가권력의 위력이 모든 걸 압도하는 시대에 저항적 문인들은 망명과 추방의 운명을 피할 수 없었습니다. 그러다 보니 검열을 통과할 수 있는 글쓰기 기법이 발전하지요. 일제시대, 박정희 시대에도 법의 그물을 의식한 기막힌 표현과 구성이 많습니다. 그런 면에서의 예술적 세련은 정치적 억압의 감수를 대가로 치르고 얻은 희생의 부산물이기도 합니다. 억압의 양면성인 셈이지요. 다시 말해 정치적 억압이 어떤 작가에게는 더 이상 걸음을 떼놓지 못하게 길을 막았고 또 다른 작가에게는 역설적으로 더 큰 예술성을 부여했습니다.

　요약하자면 문학과 정치는 실존과 의식의 분열이라는 병리적 양상으로 설명할 수 있을지 모릅니다. 그것이 소외된 형식, 형식의 소외를 끊임없이 만들어냈어요. 문학사는 때때로 소외 자체를 미학적 성취로 보기도 합니다. 소외 자체를 목적으로 하는 예술적 갈래도 있고요. 아방가르드가 대체로 그렇지요. 카프카의 소설은 존재의 근거를 가질 수 없었던 예술가가 생산한 소외의 극치라고 할 수 있죠. 그러나 개인적으로 나는 그런 소외된 예술의 병리성을 강조하고 싶습니다. 더욱이 시대적 조건 속에서 불가피하게 소외의 형식을 택하는 것과, 자기목적적으로 소외를 의도하는 것, 이 둘은 구별돼야 한다고 생각합니다. 그러니까 나는 후자를 병리적이라고 보는 겁니다. 이렇게 살펴본다면 문학과 정치는 최근 2~3년 사이에 등장한 새로운 주제가 아니라 모습을 바꾸어 시대적으로 반복된 주제라고 생각합니다. 문학과 시대의 원근법에 관한 미학적 긴장은 앞으로도 계속될 것입니다.

4·19 담론의 다면성

장성규 　선생님께서는 4·19가 일어났을 때 스무 살, 대학 1학년이셨습니다. 한국문학사에서 4·19에 대한 논의는 상당히 많이 진행되었습니다. 특히 문학의 영역에서는 고故 김현 선생 등의 자기고백적 진술을 통해 이른바 '4·19세대' 담론이 형성되었고, 이는 곧 김승옥 등의 작품에 의해 명명된 '한글세대'라는 자부심의 표출로 이어진 바 있습니다. 선생님께서도 여러 글들에서 4·19에 대해 말씀해주신 적이 있습니다. 그런데 개인적으로 다소 의문이 드는 것은 정치적 상상력보다는 주로 미학적 성취에 문학적 기준을 두었던 문인들, 예컨대 고 김현 선생님이나 김승옥 선생님 등이 스스로를 4·19세대로 호명하는 부분입니다. 저로서는 다소 의아한 부분이기도 합니다. 저로서는 이분들의 4·19세대 담론이 조금은 정치적인 긴장관계를 소거시킨 채, 주로 문화적인 층위에서의 한글세대라는 정체성만이 강조되는 것은 아닌가라는 점을 비판적으로 음미할 필요가 있다고 생각합니다. 물론 이분들의 문학적 성취는 충분히 인정되어야 합니다만, 어쩌면 이러한 양상은 4·19가 지니는 민주변혁의 성격을 다소 간과한 결과가 아닌가 하는 질문도 가능할 듯합니다. 선생님 역시 대학생 때 4·19를 몸소 체험한 세대에 속하실 텐데, 문단에서의 4·19세대 담론에 대해서는 어떻게 생각하시는지 궁금합니다.

염무웅 아주 중요한 문제를 제기했고 나는 그 의견에 공감하는 바가 많습니다. 돌이켜보면 대학에 입학하고 나서 겨우 2주일 후에 4·19가 일어났습니다. 그 무렵엔 4월에 학기가 시작되었어요. 나 같은 지방 출신 학생들은 아직 서울 지리에도 어둡고 대학생활도 서툴러서 대학생이라는 자각을 제대로 못 가질 때였습니다. 어쩌면 그랬기 때문에 부정선거를 규탄하는 학생데모가 점차 정권퇴진을 요구하는 시민혁명으로 진화되는 과정을 순수한 눈으로, 즉 비정치적인 눈으로 지켜볼 수 있었을지 모릅니다. 어쨌든 이 경험은 우리 동년배에게는 결정적인 것이었어요. 한창 나이에 3·1운동, 6·25전쟁, 6월항쟁을 겪은 세대들이 각자 자기 기억으로부터 벗어날 수 없는 것처럼, 세상에 첫발을 내딛던 시기, 소년에서 청년으로 변하던 시기의 그 경험은 인생 전체에 지울 수 없는 도장을 찍었습니다. 그러나 나는 내가 4·19세대라 불릴 때마다 민망하고 부끄러워져요. 과연 내 삶이 4·19정신에 합치될 수 있는 것인가 자문해보는 기회가 되기 때문이죠.

그런데 언제부터인가 4·19를 통해 자신의 활동에 의미부여를 하는 사람들이 생겨나기 시작했습니다. 그런 일에 앞장선 것은 실은 정치가들이었어요. 나보다 2, 3년 선배인 사람들이 정계에 진출하면서 자신을 '4·19세대'라고 부른 겁니다. 4·19혁명의 정신을 현실정치에서 구현하겠다는 목적으로 그랬다면 당연히 그건 찬양받아 마땅하지요. 그러나 알다시피 '4·19세대'를 자처한 사람들 중에서 진정으로 민주주의를 위해 헌신한 사람이 누가 있는지 나는 기억할 수 없습니다. 개인출세를 위해 4·19를 이용하고는 헌신짝처럼 내버린 것이 자칭 '4·19세대 정치가'들의 행태가 아니었나 생각합니다. 물론 김현의 4·19에 대한 신앙고백을 그와 같은 맥락에서 볼 수는 없지요. 하지만 나도 김현이 자신의 문학적 입장을 4·19의 연속선상에 놓는 데 대해서는 의아하게 여겼습니다. 왜냐하면 내가 보기에 그때까지 김현은 자신의 비평활동을 4·19혁명정신과의 연계 속에서 전개했다고 생각되지 않았기 때문입니다. 중산계급 출신의 세련된 예술지상주의자로서 4·19에 대해 처음 공개적으로 언명한 책 제목처럼 '분석과 해석'은 열심히 했지만, 민주주의의 방향과 시민사회의 윤리에 대해 심각하게 고민한 흔적은 별로 찾을 수 없다고 생각했던 것입니다.

그러나 지금은 그 생각이 조금 변해 있습니다. 거기에는 두 가지 측면이 있는데, 하나는 김현에 대한 내 생각의 측면이고 다른 하나는 4·19에 대한 내 생각의 측면입니다. 김현은 날카로운 감수성의 소유자이고 시에 대한 그의 분석은 정말 탁월하지요. 그리고 엄청난 속독가速讀家였어요. 젊은 시절 함께 놀러 다닐 때, 가끔 같이 서점에 들어가면 서가 앞에서 내가 다섯 장 읽는 동안 김현은 쉰 장은 읽는 것 같았어요. 그런데 정말 놀라운 것은 그렇게 속독하고 나서도 내용을 설명하기도 하고 어떤 부분은 후에 글에 인용하기도 해요. 내 경우 독서를 할 때면 나를 죽이고 책에 최대한 몰입하려고 합니다. 그런데 김현은 달랐어요. 그는 자기에게 필요한 것만 탁탁 뽑아내는 비상한 재주가 있는 것 같았어요. 또, 가령 어떤 때 김현과 이런저런 주제를 가지고 토론을 하고 나면, 나는 그다음부터 이걸 글로 쓸까, 쓴다면 어떻게 쓸까 오래 고민을 하는데, 그 사이에 어느새 이 친구는 써서 발표까지 마친 거예요. 그런 면에서 천재가 아닐 수 없지요. 하지만 그의 글은 내게는 늘 숙성의 과정을 충분히 거치지 않은 발효주같이 느껴졌어요. 어쨌든 분명한 것은 그가 보수우익 성향의 자유주의자라는 점입니다. 그러다가 광주항쟁과 6월 항쟁을 겪으면서 김현의 내면에도 변화가 일어난 게 아닌가 싶어요. 그리고 무엇보다 4·19의 현실적 위상에도 변화가 왔지요. 과거 1960~80년대에는 각 대학들이 4월만 되면 잔뜩 긴장했어요. 4·19에 대해 얘기하는 것은 늘 폭발성을 가졌지요. 그런데 1980년대에 두 엄청난 사건을 겪고 나자 4·19의 위험도는 현저히 줄어듭니다. 4·19에 대해 이야기하는 일이 제도화되고 4·19담론에서 독성이 제거됩니다. 이와 더불어 김현도 4·19에 대해 공공연히 얘기를 시작합니다. 그러나 나 같은 사람은 김현과 전혀 다른 감각의 소유자예요. 오랫동안 4·19를 정신적 고향으로 여기고 마음 깊이 간직해왔으면서도 사랑하는 여자 앞에 선 수줍은 총각처럼 차마 고백의 말을 입에 담지 못했으니까요.

또 하나는 4·19 자체의 의미입니다. 4·19를 역사적으로 어떻게 평가할 것인가? 많은 분들이 민주주의·민족주의·사회주의·통일운동 등의 이념적 지향과 결부해 4·19를 해명했습니다. 물론 그런 논의에 찬성하지만, 그와 더불어 나는 4·19에 자유주의적 요소도 분명히 있다고 생각합니다. 4·19 자체가 3·15 부정선거에 대한 항의에서 시작했다는 걸 잊을 수 없습니다. 절차적 민주주의가 지켜지지 않은 것에 대한 항의가 4·19의 출발이었다는 점에서 4·19는 무엇보다 민주주의에 대한 문제제기입니다. 4·19의 승리와 이승만의 하야 이후에, 즉 민주주의에 의해 열린 자유의 공간 속에서 비로소 그동안 억눌렸던 민족주의·사회주의가 폭발할 힘을 얻은 것입니다. 내가 보기에 4·19정신이라고 하면 단일한 것이 아니라 그런 여러 이념적 요소의 연합입니다. 김현은 4·19의 여러 다양한 요소들 중에서 자유주의를 자기의 것으로 잡아 냈다고 생각합니다.

동인지 『산문시대』

장성규 얘기를 문학 쪽으로 돌려볼까요? 4·19세대 문인들의 대표적인 매체로는 역시 『산문시대』가 주로 언급되는데요, 선생님께서도 『산문시대』 동인들과 인적인 교류가 있으셨을 텐데도 불구하고, 본격적인 동인으로 활동하지 않으신 이유가 있는지요? 그렇다면 『산문시대』와는 다른 문학적 방향을 당시 어떻게 고민하고 계셨는지 궁금합니다.

염무웅 『산문시대』는 4·19를 경험한, 서울대 문리대에 재학 중인 문학도들의 동인지였습니다. 돌이켜보면 1962년에 김승옥이 단편소설 「생명연습」으로 『한국일보』 신춘문예에 당선되고 이어서 그해 3월에 김현이 「나르시스 시론」이란 글

로 『자유문학』 신인평론상에 당선됐습니다. 그러고 보니 올
해가 김현·김승옥이 등단한 지 50주년 되는 해로군요. 김현
은 만 20세, 김승옥은 21세이니 대단한 재주꾼들이었지요.
요즘 만 20세는 아직 대학생이 되지 않을 수도 있는 나이잖
아요? 김승옥은 순천, 김현은 목포가 고향인데, 이들이 여
름방학에 고향에 내려갔다가 같은 해 『조선일보』에 시로 당
선한 최하림까지 뜻을 합쳐 셋이 『산문시대』란 동인지를 만
들어갖고 와서 또 한 번 사람들을 놀라게 했어요. 이 친구들
이 처음에는 계간지를 생각했던 것 같아요. '1962년 여름',
'1962년 가을'이라고 표지에 박혀 있거든요.

　그해 가을인가 겨울인가에 김승옥이 나에게도 동인을 같
이하자고 제의했어요. 하지만 나는 완곡하게 사양했습니
다. 너희들은 이미 등단을 했지만 나는 아직 아니니까, 문단
에 데뷔한 뒤에 함께하겠다고 거절한 것이었지요. 최근 어
디선가 김치수의 회고를 보았더니, 그도 창간작업을 같이하
다가 나와 같은 이유를 대고 빠졌다고 하더군요. 그런데 결
국 1963년에 김치수와 내가 연달아 동인으로 가입했습니다.
그러고 나서 나는 동인지 4호와 5호, 두 회에 걸쳐 「현대성
논고」란 논문을 발표했어요. 요즘 유행하는 '미학적 근대성'
의 성격과 특징을 해명하고자 한 시도였는데, 고백하자면 창

의적인 논문이 아니라 독일어로 된 이론서 몇 권을 읽고 이리저리 짜깁기해서 쓴 글이었어요. 어쨌든 장성규 씨가 잘못 알고 있는 것과 달리 나는 동인이 되었습니다. 1962년에 「후송」으로 등단한 서정인도 동인으로 가입을 했고, 『현대문학』에서 「흑색시말서」란 단편으로 등단한 김성일도 동인이 되었지요. 강호무라고 김승옥의 순천고 동기로 특이한 재능을 가진 소설가도 동인이었고, 독실한 불문학자이자 뛰어난 비평가인 곽광수도 열렬한 동인이 되었습니다.

이렇게 보면 『산문시대』에는 세 층위의 동인이 있었습니다. 김현·김승옥·최하림이 창립동인이자 주동자였고 김치수도 거기에 준한다고 할 수 있지요. 그다음에 곽광수와 강호무와 내가 말하자면 2급 동인입니다. 마지막으로 이름만 걸어 놓고 별로 한 게 없는 사람들이 있습니다. 이렇게 세 층위 중에서 김현은 주류 중의 주류였죠. 아이디어를 내고 제작비를 댔으니까요. 김현은 당시 우리 주변의 젊은 문학도 중에서 유일하게 경제적인 여유가 있었습니다. 그는 친구들에게 술도 사고 밥도 샀고, 동인지 제작비도 내놓은 걸로 알고 있습니다. 그 후 그는 『68문학』이나 『문학과지성』 창간에도 주도적인 역할을 했죠. 보통 『문학과지성』의 전신으로 『산문시대』를 생각하는데 그렇지 않아요. 김현이 그 모든 활동의 주축이었으니까 그렇게 보일 뿐입니다.

사실『산문시대』동인들은 그 후 각개약진을 해서 뿔뿔이 흩어졌고, 김현과 김치수만이 끝까지 동행했습니다. 이청준·김주연·김광규처럼『문학과지성』동인 같은 느낌을 주는 사람들은『산문시대』동인이 아니었고, 반면에 김승옥·최하림 같은『산문시대』핵심멤버는 내내『문지』와 거리를 두었습니다. 사실 초창기『창작과비평』도 잘 들여다보면 내 이름보다 김현·김주연·조동일의 이름이 먼저 필자로 등장합니다. 그러니까 창간 무렵의『창작과비평』은 젊은 작가·비평가들의 연합전선이었던 셈이에요. 그때는『문학과지성』이 아직 생기기 전이었으니까요. 당시『창비』에는 후일『문지』를 주도한 이들도 함께 섞여 있었어요. 흔히 염무웅은『산문시대』에서『문지』로 연결되는 자유주의 노선에 서 있다가 변절해서『창비』로 간 줄 아는데, 그건 전혀 잘못 안 거예요.(웃음)

'한글세대'의 양면성

한글세대라는 말 역시 저는 별로 쓰고 싶지 않아 하는 말입니다. 따져보면 거기에는 양면적인 뜻이 있어요. 처음부터 우리말과 우리글을 배워 읽고 쓰게 된 것은 자랑스럽다기보다 당연한 일이지요. '8·15해방'이란 말을 쉽게들 쓰는데 우리의 어문생활은 8·15에 의해 말 그대로 해방을 맞았지요. 한글이 우리 언어생활의 보편적 수단으로 된 것은 역사적으로 엄청나게 획기적인 사건입니다. 그런데 문제는 소위 한글세대라고 하는 우리 또래가 읽고 쓰기 시작할 무렵의 한글 텍스트는 너무 빈약했다는 것입니다. 그래서 한글세대는 지적인 측면에서는 앞 세대에 비해 오히려 퇴보한 측면도 있습니다.

　일본어를 능숙하게 구사하는 사람들, 우리보다 10년쯤 선배 되는 분들은 초등학교에서 일본어로 공부했고 그 후에도 일본어 독서를 계속할 수 있었습니다. 일본의 근대문학은 (학문의 세계도 마찬가지지만) 내 생각에는 한국문학보다 적어도 한 세대는 앞섰고, 이렇게 앞섰을 뿐만 아니라 제국과 식민지의 관계에서 추론할 수 있듯이 객관적 조건 자체가 비교하기 어려울 만큼 격차가 컸습니다. 따라서 해방 후 우리 앞에 놓인 한글 텍스트는 내용적으로 너무 빈곤했어요. 한글세대는 한글로 읽고 쓰는 건 더 능숙할지 모르지만 사고의 깊이에서는 외국어로 공부한 선배세대를 따라가기 어려워요. 지적인 흡수과정에서, 10대·20대의 학습과정에서 고도의 집중적 훈련을 받지 않으면 그 후의 생산물이 빈약할 수밖에 없어요. 오해받을 소린지 모르겠는데, 20대의 나이에는 적어도 10년 정도 세상 돌아가는 것에 안테나를 접고 학습에 몰입해야 합니다. 물론 그런 다음에는 세상 돌아가는 데 대한 적응훈련을 해야 하고, 그다음에 글쓰기나 강의를 해야 합니다.

그런데 한글세대라고 자칭하는 우리는 대부분 일본어를 못 해요. 어떤 자리에서 들으니까 구중서 선생은 초등학교 2학년까지 일본어를 배워서 어느 정도 읽고 쓸 줄 알았는데, 해방 후 일본어를 아는 것이 무슨 나쁜 것을 아는 듯한 죄의식이 들어서 억지로 잊어버렸답니다. 그에 비해 신경림 선생은 일본말을 잘 읽어요. 신경림 선생은 민족의식이 없어서(웃음) 일본어 지식을 버리지 않은 거죠. 한글밖에 모르는 소위 한글세대에게는 일본어를 통한 지식의 창이 닫힌 겁니다. 영어로 읽으면 된다고 생각할 수도 있겠지만, 영어공부 자체가 고봉을 넘는 거잖아요? 게다가 당시 미군부대에서 흘러나온 것 아니면 책다운 책을 구하기도 어려웠습니다. 거의 금지되어 있었거든요. 우리 세대는 대학생이 돼서야 영어로, 독일어로 행간을 더듬어가며 겨우겨우 넓은 세계와 소통할 수밖에 없었습니다. 1988년 이념도서가 해금되기 이전까지는 마르크스주의 계열의 저서를 갖고 있는 건 불법이었잖아요. 지적인 불구가 될 수밖에 없었던 겁니다. 그런 점에서 한글세대라는 것은 한글로 읽고 쓰는 데 능하다는 의미인 동시에, 지적으로 빈곤한 세대일 수 있다는 의미입니다. 이런 말 했다가 또 얻어맞는 거 아닌지 모르겠네.(웃음) 그렇지만 한글세대가 가진 양면성은 공개적으로는 처음 얘기하는데, 언젠가는 꼭 하고 싶었던 얘깁니다.

독문학 공부에서 무엇을 배웠나

장성규 방금 영어나 독일어로 책의 행간을 읽었다는 말씀을 하셨는데, 선생님께서는 한국문학과 관련된 많은 글들을 발표하시기도 했지만, 동시에 독문학 연구자이기도 하십니다. 1960년대 문학연구에서 외국문학 수용의 문제는 주로 실존주의나 현실참여와 관련하여 불문학 중심으로 진행되어 왔고, 그에 비해 독문학 수용의 문제는 거의 다루어지지 않은 감이 있습니다. 선생님의 평론집『문학과 시대현실』(창비, 2010)에 실린 「생의 균열로서의 서구문학 체험」이나 「시대의 변화 속에서 서양문학연구의 정체성을 생각한다」 등의 글에는 제3세계 국가인 한국에서 독문학을 연구하는 것의 의미가 잘 나타나 있습니다. 대학생 시기 이들 독문학 이론을 통

해 선생님께서 얻으신 것은 무엇인지, 그리고 선생님의 비평
활동에 이들이 미친 영향이 있다면 무엇인지 듣고 싶습니다.
더불어 당시 문단에 독문학이 한국문학과 관련 짓는 양상이
궁금합니다.

염무웅 공부할 때 사제관계는 참 중요합니다. 스승의 학문
적 맥이 어떻게 이어지고 넓어지고 또 뒤집어지는가의 문제
거든요. 바둑에서는 제자가 스승을 이기는 걸 은혜를 갚는다
고 하잖아요? 그런 면에서 한국의 학문세계는 바둑보다 못
해요. 제자가 자기를 넘어서는 걸 용납하는 스승이 별로 없
다는 건 불행입니다. 아무튼 내가 대학에 다니던 1960년대
초의 독문학계는 참 빈약했어요. 일제강점기에 독문학을 제
대로 공부한 분들은 월북하거나 납북되었고, 그래서 원로다
운 원로가 없었습니다. 해방 후 대학에 들어와 6·25전쟁을
거치면서 졸업하고 1950년대 후반 독일에 가서 공부한 곽복
록·지명렬·강두식 선생 등이 교수진이었죠. 내가 입학하던
1960년에 그 교수들은 30대의 젊은 나이였는데, 벌써 대가
취급을 받았어요. 선배들이 없으니까 일찍 교수가 된 건데,
선배들의 압력을 받아가며 공부해야 할 나이에 강단에 서게
된 겁니다. 불행한 일이었죠. 그 후 조금 젊은 이동승 교수가

강사로 나왔고요.

이분들이 가서 공부했던 1950년대 후반의 독일, 즉 서독은 미국의 압도적인 영향 아래 있었어요. 루카치, 브레히트 같은 좌파들을 읽을 수는 있었지만 대학에서 본격적으로 다루지는 못했던 것 같아요. 더구나 한국에 오면 좌파문학 전공자가 교수가 될 수는 없었을 겁니다. 1930년대의 전통적인 독일문예학, 그러니까 프리츠 슈트리히, 에밀 슈타이거, 빌헬름 엠리히 등의 문예학을 공부한 분들이 돌아와서 우리를 가르쳤어요. 교수들이 소개한 것은 한마디로 형식주의적인 문예미학이었지요. 1920년대 러시아 형식주의자들이 러시아 혁명 이후 프라하를 경유해서 프라하학파를 만들고 미국으로 건너가 신비평을 만들었잖아요. 내가 학생시절에 흥미롭게 공부한 사람은 빌헬름 엠리히인데, 그의 방대한 카프카 연구서는 방향은 내재적·분석주의적이었지만 아주 치밀해서 그래도 많은 공부가 됐습니다. 『반항과 약속』이란 평론집도 열심히 읽었는데 그런대로 한동안 심취했어요. 1970년대 초에 이문구가 『월간문학』 편집장으로 있을 때 한두 번 그쪽 독서에 바탕을 둔 글을 쓰긴 했지만, 이후 평론집에 수록하지 않고 그냥 잊어버리고 있습니다. 아무튼 대학에서 공부한 독일문예학의 형식주의를 한국의 비평 풍토에 옮겨심기에는 너무나 기후조건이 맞지 않다고 여겨졌어요.

다른 한편, 나는 대학입학 전부터 한국작품 읽는 걸 좋아했고 대학에 와서도 불문과, 영문과 친구들과 어울려 한국문학에 관해 토론하는 걸 즐겼기 때문에 독문과의 주류적 분위기에 대해 상당히 비판적이었습니다. 우습게도 당시 독문학과 분위기는 한국문학의 현실에 대해 잘 모르는 것을 무슨 자랑처럼 생각하는 경향이 있었어요. 독문학 연구에 깊이 빠져서 한국문학을 들여다볼 틈이 없다면 그건 훌륭하다고 해야겠지만, 내가 보기엔 도대체 문학 자체에 온몸으로 다가서는 자세가 안 돼 있다고 여겨졌어요. 이래저래 나는 독문학에 흥미를 좀 잃었지요. 내가 평론가로 등단한 것이 1964년 신춘문예를 통해서였는데, 그때 우리 문학의 실정으로는 내가 공부한 독문학 이론은 써먹을 데가 없었어요. 물론 아는 체를 할 수야 있었겠지만, 그건 내 체질에 안 맞는 거였고요. 그래서 결국 독문학에 대한 얘기를 별로 안 했는데, 누구던가 내 글에서 외국문학 공부한 흔적이 별로 없다고, 칭찬인지 비판인지, 지적한 걸 보았습니다.

루카치 같은 사람의 책은 뒤늦게 구해서 조금씩 읽기 시작했는데, 1975년 중앙정보부에 잡혀갔을 때 다른 책들과 함께 빼앗겼어요. 아, 그러고 보니 루카치보다 5, 6년 후배로서 젊은 날 부다페스트에서 함께 활동했던 아르놀트 하우저의 『문학과 예술의 사회사』 번역한 일을 빠뜨릴 수 없네요. 1967년부터 백낙청 교수와 공역으로 『창비』에 연재한 건데, 내게는 그 번역이 일이라기보다 좋은 공부였어요. 한 호에 원고지 200장 정도 분량의 번역을 나는 정말 공들여 했습니다. 한 호 번역할 때마다 석사과정 한 강좌 수강하는 것만큼 소득이 있었고 지적으로 성장한다고 느꼈으니까요.

대학공부 중에 또 생각나는 게 있군요. 이동승 교수가 1960년대 초 유학에서 돌아와서 전후 독일문학 강의를 했어요. 그가 소개한 볼프강 보르헤르트의 작품 「문 밖에서」를 읽고는 큰 감동을 받았습니다. 보르헤르트는 20대에 요절한, 전후 독문학의 첫머리를 차지하는 작가였어요. 이동승 교수의 강의로 하인리히 뵐, 잉에보르 바하만, 파울 첼란 같은 젊은 전후세대 문인들의 작품을 알게 됐는데, 그의 열렬한 강의가 큰 자극을 주었습니다. 그러나 이동승 교수도 새로운 문학을 소개하긴 했지만, 그 이념적 배경이나 사회적 맥락을 충분히 소개하진 못했어요. 가령 파울 첼란만 하더라도 오히려 최근 서경식 씨 글을 읽고 새로 알게 된 부분이 많습니다. 첼란은 나치의 박해에서 살아남은 유태인으로서 독일어뿐 아니라 불어로도 시를 쓴 사람인데, 결국 자살을 했지요. 대표작으로 알려진 「죽음의 둔주곡遁走曲」은 집단수용소 굴뚝의 연기를 모티프로 하여 쓰인 통렬한 시로서, 그런 시대적 배경에 대한 충분한 지식 없이, 일종의 모더니즘 시로만 읽었던 것이 정말 아쉽습니다.

유신체제와 지식인 사회

장성규 마침 오늘이 10월 26일이기도 합니다만, 1970년대는 곧 '유신체제'의 시대이기도 합니다. 많은 문인들이 유신체제에 저항했고, 이는 이후 저희 『실천문학』이 만들어지는 토양이 되기도 하였습니다. 선생님께서 직접 체험하신 유신체제와 이에 대한 저항의 과정을 듣고 싶습니다. 더불어 최근 역사학계에서는 이른바 '대중독재'라는 개념을 통해 유신체제를 새롭게 조망하려는 경향이 강하게 대두하고 있는데요, 이에 대한 선생님의 견해 역시 말씀해주시면 감사하겠습니다.

염무웅 대중독재에 대해서는 아는 게 없어서 말씀드리기 어렵고, 반대로 유신에 대해서는 할 말이 많습니다. 우선 말할 수 있는 것은 우리가 아직 유신체제의 그늘에서 제대로 벗어나지 못한 것 아닌가 하는 것입니다. 나는 원래 개인적으로 순진한 문학도였고 아까도 말했다시피 학생시절에는 형식주의 미학의 세례를 받았습니다. 그러다가 거기서 차츰 현실 문제에 관심을 갖게 되고, 현실에 발을 딛은 문학을 하자는 쪽으로 바뀐 셈이에요. 어떤 특정한 사건 하나가 있어서 그렇게 됐다기보다 1960~70년대의 한국사회를 산 사람이라면 누구나 그렇게 되지 않을 수 없는 그런 과정 속에서 차츰 변해가게 된 거지요.

그래도 한두 가지 계기를 들자면, 예컨대 1967년의 동백림사건 같은 것입니다. 당시 나는 신구문화사란 출판사에 근무하면서 평론활동을 하는 한편, 독일로 유학 갈 마음으로 하이디 강이라는 분에게 독일어를 배우고 있었습니다. 그분은 남편인 강빈구 선생이 서울대 상대 교수가 되는 바람에 남편을 따라 전쟁이 끝난 지 10년밖에 안 된 나라에 왔다가 대학에 독일어 강사로 출강했어요. 내가 대학 4학년이던 1963년에 독어회화 강사로 왔는데, 그래서 강의실에서 알게 됐습니다. 아주 예리하고 친절한 분이었어요. 졸업 후에도 나는 하이디 선생이 하는 개인교습을 받으며 친하게 지냈어요. 그런데 강빈구 선생이 동백림사건에 걸려 체포됐고, 그의 서울상대 동기인 시인 천상병도 그 관계로 잡혀가서 고문을 받았습니다. 천 선생은 신구문화사에도 가끔 놀러 와서 친해져 있었습니다. 그게 1967년인데, 하이디 선생과의 독일어 교습을 위해 강빈구 선생 집에 드나든 것도 문제 될까 봐 나는 유학이고 뭐고 다 포기했지요. 강빈구 선생은 그 사건으로 1심에서는 무기, 2심에서는 15년형을 받았는데, 동백림사건 관련자들은 독일이나 프랑스의 항의로 대부분 1년 남짓 후에 풀려났습니다. 하지만 촉망받던 소장학자 강빈구는 영구히 학문을 그만두었고, 부인 하이디 선생은 독일로 추방되었다가 9년 만에 돌아와 외대에 재직하며 한국작품의 독일어 번역에 헌신했고, 천 선생은 알다시피 시인으로 거듭났습니다. 작년에 하이디 선생이 대산문학상(번역부문)을 받게 돼서 실로 45년 만에 강빈구, 하이디 두 분을 만날 수 있었습니다. 길거리에서 우연히 마주쳤다면 못 알아볼 만큼 두 분 모두 늙고 뭐랄까 날카로움이 사라져 있더군요. 만나지 않는 게 나을 뻔했다는 아픔이 전해져 왔습니다.

1969년에도 유명한 간첩사건이 있었어요. 런던과 유럽을 거점으로 한 간첩단사건이라는 건데, 주모자라고 발표됐던 사람 중에서 공화당 국회의원 김규남과 케임브리지대학 교수 박노수는 사형을 당했습니다. 1960년대 중엽 박노수 초청으로 한국 학생 몇이 런던으로 유학을 갔는데, 그중 두 사람이 내 친구였어요. 같은 과 동기가 있었지요. 그를 체포하는 과정에서 여러 사람이 잡혀가 혼났는데, 그때 소설가 이청준도 정보부 분실에 가서 얻어맞았지요. 내게는 그것이 중앙정보부 첫 경험이었어요. 그런 곳에 다시는 가고 싶지 않았는데, 이상하게도 한번 가고 나니 인연이 생겨서 자꾸 갈 일에 걸려들어요. 1971년 대선 때는 민주수호국민협의회 선언에 서명하면서 참여했고, 1974년 1월에는 「개헌청원지지 성명」, 그해 11월에는 자유실천문인협의회 결성에 꽤 중요한 역할을 했죠. 1975년 12월에는 월북시인 시집을 복사해서 갖고 있다는 이유로 일주일이나 남산 지하실에서 취조를 받았습니다. 이런 식으로 점수를 쌓은 끝에 결국 76년 1월 재직하던 덕성여대에서 해임됐어요.

박정희는 1961년 쿠데타로 정권을 잡아 18년간 독재를 했는데, 1960년대의 박정희 체제와 1970년대의 박정희 체제는 소위 10월유신을 계기로 성격이 크게 달라집니다. 1960년대에는 그래도 대통령 직접선거가 존재했고, 형식상 자유민주주의가 살아 있었어요. 원래 5·16쿠데타 자체가 박정희 혼자 한 게 아니라 군부 내 정치지향 군인들의 연합세력이 저지른 거사였습니다. 함경도 출신 군인들과 경상도 출신 군인들이 연합해서 장면 정권을 무너뜨린 거지요. 마치 북한 정권이

항일운동세력의 연합으로부터 출발하여 김일성 직계세력의
단독 정권으로 변질되었듯이 5·16도 처음에는 연합으로 시
작해서 차츰 박정희 개인권력으로 압축돼갑니다. 1960년대
에 빈발했던 반혁명사건은 바로 반反박정희세력의 축출과정
이었죠. 그러한 점진적 권력집중의 마지막 단계에 등장한 것
이 유신체제입니다.

　이 체제의 성격에 관해 여러 가지 설명이 가능하지만, 내
가 보기엔 어떤 공적 목적보다 박정희 개인의 종신집권이라
는 사적 목적을 우위에 둔 체제, 즉 국가의 사유물화입니다.
1971년 당시 김대중 씨가 대선에 나와서 했던 말이, 이번에
박정희가 이기면 총통제로 간다, 선거는 더 없다고 했고, 박
정희도 이번만 찍어주면 다시 안 나오겠다고 공약을 했는데,
유신의 강행으로 정말 그렇게 되어버렸죠.(웃음) 당시 김대
중 씨는 어떤 경로를 통해서였는지 모르지만 총통제 즉 영구
집권제가 준비되고 있다는 정보를 가지고 있었던 것 아닌가
생각합니다. 홍석률 교수는 최근 저서『분단의 히스테리』에
서 미국과 중국을 비롯한 국제관계의 진행과정과 국내정치
의 변화를 연관지어 서술해나가고 있는데, 거기 보면 박정희
의 유신체제 선포와 김일성의 주석제 공포는 무서울 정도로
서로 호응하고 있어요. 한마디로 유신체제는 자유민주주의

의 부정이고 인권유린의 제도화입니다. 이에 따라 그동안 정치권 바깥에 있던 문단, 학계, 종교계 등 지식인집단이 강력하게 정치화되는 계기를 맞았습니다. 언론인들도 그랬죠. 모든 지식인집단이 유신체제를 반대하는 운동에 합류하게 된 겁니다. 아마 역사상 유례가 없는 일일 겁니다.

나는 1976년 대학에서 쫓겨났지만 그래도 문단이라는 또 다른 활동영역을 갖고 있었기에 심적 타격이 덜했습니다. 하지만 교수들 중에는 학교에서 쫓겨난 뒤 병을 얻어 세상을 떠난 분도 있다고 들었어요. 아무튼 그때 쫓겨난 교수들이 1978년에 해직교수협의회를 만들어 반유신운동을 했습니다. 연대 교육학과에 계시던 성내운 교수가 회장이고, 문동환 교수와 백낙청 교수가 부회장이었죠. 1980년 전두환 집권과정에 다시 해직광풍이 불어서 더 큰 규모의 해직교수협의회가 생기는데, 이것과 구별하기 위해서 내가 속했던 것을 '1차 해직교수협의회'라고도 부릅니다. 그러느라 종로 5가 기독교회관의 금요기도회에 참석해서 성명서도 읽었고 전국에서 벌어진 양심수 재판에도 많이 참관했어요. 어쩌다 유치장이나 남산에 가서 공짜 밥도 더러 얻어먹고요.(웃음)

유신체제가 이 나라 정치문화에 끼친 영향과 국민들의 의식에 남긴 상처는 아직 충분히 연구되지 않았다고 생각합니다. 해방되고 70년이 가까워도 아직 일제 식민지 잔재가 온전히 청산되지 않았다면 유신은 일제 잔재가 모습을 바꾸어 되살아난 것이라고 볼 수 있습니다. 그만큼 뿌리가 깊어요. 나치스는 독일에서 정권을 장악하는 과정에서 형식상 국민의 동의를 받아 집권했어요. 아마 그래서 '대중독재'라는 개념이 생겨난 모양인데, 유신체제를 거기다 비교할 수는 없다고 생각합니다. 반대로 스페인의 프랑코는 총칼로 수많은 사람을 죽이고 집권했습니다. 물론 가톨릭을 비롯한 보수계급의 지지도 있었지만요. 박정희는 1961년부터 1972년까지 단계적 과정을 밟아 점진적으로 절대권력을 장악했습니다. 그런 점에서 히틀러와 프랑코의 양면을 적당히 절충한 셈이 아닌가 싶어요. '대중독재'라는 개념이 국민의 동의를 전제하는 것이라고 한다면, 우리의 경우엔 그런 자발적 동의가 없었습니다. 우리의 경우엔 먼저 총칼로 권력을 찬탈하고 그런 다음 강압적 분위기에서 국민투표라는 형식으로 독재를 추인받았습니다. 외관상 대중독재 같지만 대중이 타율적으로 동원된 독재로서 변명의 여지 없는 강제체제일 뿐입니다. 전두환도 박정희의 선례를 따라 먼저 일을 저지르고, 그러고 나서 투표 같은 형식적 절차를 밟았지요.

한국문학, 민족문학, 디아스포라 문학?

장성규 한국 근현대사의 굴절과정에서 형성된 문학적 현상 중 하나가 이른바 '디아스포라 문학'일 것입니다. 선생님께서는 이회성과 서경식 등 재일 디아스포라의 사례를 검토하시면서, '한국문학'(내지는 '민족문학')의 범주 자체를 폐기하기는 어렵다는 입장을 글로 옮기신 바 있습니다. 그런데 자칫 '한국문학'이라는 범주가 멀게는 일제 말기부터 강요된 일본어 창작에 의한 작품들이나, 가깝게는 이회성 등 재일 디아스포라, 혹은 미하일 박 등 재중앙아시아 디아스포라 등의 작품들을 우리 문학의 장場에서 배제하는 결과를 낳는 것은 아닌가 하는 기우가 듭니다. 이들의 디아스포라적 성격이 우리 근현대사의 굴곡을 가장 극명하게 보여주는 사례 중 하나라는 점에서 역설적으로 '한국문학'의 특수성을 잘 드러내는 사례로 볼 수는 없을까요? 예컨대 일제 말기 김사량의 일본어 작품이나 이회성의 일본어 작품, 미하일 박 등의 러시아어 작품을 포괄하기 위해 '한국문학'의 범주를 확장하는 것이 필요하지는 않을까 싶기도 합니다. 한국문학과 민중문학의 내파랄까요. 그런 고민이 필요한 것 같은데요?

염무웅   김사량·김학철·김석범·김은국·이회성·서경식·미
하일 박 등이 모두 경우가 달라서 각각의 실상에 맞는 구체
적 검토를 하고 나서 그 모든 경우를 포괄하는 단일한 개념
을 구성해낼 수 있을지 고민해야 하리라고 생각합니다. 김학
철은 한국어로 창작을 했고 한국문단에서 등단했어요. 물론
마지막 수십 년은 중국에서 살았지만 그건 일종의 망명이었
고요. 따라서 그의 작품을 어떤 개념으로든 우리 문학에 포
함시키는 데는 아무런 문제가 없습니다. 김석범·이회성·김
은국은 각기 일본어와 영어로 창작했습니다. 김은국의 경우
영어로 소설을 쓰면서 그것이 어느 나라 문학에 속할지 의식
했다는 증거가 없습니다. 그런데 이회성은 일본어로 쓰면서
도 자기 작품이 우리 민족문학에 포함되어야 한다고 주장했
어요. 반면에 서경식은 일본어로 다양한 분야의 에세이를 쓰
는 분으로서 바로 디아스포라 문제에 대해서도 날카롭게 파
고드는 이론을 전개했지요. 그는 영어·일본어·러시아어·중
국어 등 외국어로 창작된 우리 동포들의 문학 즉 디아스포라
문학을 '한국문학'이라는 제한된 용어로는 개념화할 수 없을
뿐만 아니라 좁은 의미의 민족문학으로도 다 감싸 안을 수
없다고 했습니다. 한국문학이라고 할 수 없는 것은 대한민국
이라는 범주가 있기 때문이지요. 물론 북한문학도 아닙니다.

김학철은 북한 작가랄 수도 없지만 대한민국 작가도 아니었어요. '한국'을 대한민국의 약칭으로 보느냐, 아니면 '한국사'라고 할 때처럼 대한민국 성립 이전도 포괄하느냐에 따라 다릅니다. 그런가 하면 김석범과 서경식은 부득이 일본어로 글을 쓰게 되었지만, 대한민국과 조선민주주의인민공화국으로 양분되기 이전의 '조선'을 자신들의 정체성으로 삼고 있어요. 그 나름 분단에 저항하는 겁니다. 여하튼 한국문학, 민족문학, 조선문학 등 여러 개념을 어떻게 설정하고 접근하느냐에 따라 그때마다 내포와 범주에 변동이 생긴다고 생각합니다. 한국·민족·조선 등의 개념들 사이에 충돌과 중첩이 발생합니다.

지금 분단시대인데요, 분단을 극복하기 위한 우리의 노력이 한국의 이름으로, 조선의 이름으로, 또 고려의 이름으로, 민족의 이름으로 진행되고 있어요. 그 여러 이름들이 경합을 하고 있는데, 통일이 되었을 때 어떤 이름이 우리를 대표하게 할 것인가. 상해 임시정부를 건설할 때 어떤 이름으로 할 것인가의 문제, 1948년 6월 헌법제정 시에 국호를 어떻게 지을 것인가의 문제와도 연관됩니다. 지금 대한민국이란 이름은 제헌의회 의원들이 새한민국·조선공화국·한국·대한민국 중 투표로 정한 것이라고 합니다. 그런데 나는 투표에 의해

정해지기보다는 분단을 극복하는 데 누가 더 결정적인 기여를 했는가 하는 것이 가장 중요하다고 생각합니다. 어떤 주체가 분단극복에 더 기여했는가에 따라 나라 이름도 정할 수 있어야 합니다.

지금 부득이 민족문학이라고 하지만 그건 어디까지나 잠정적인 이름이지요. 한국문학도 조선문학도 잠정적이기는 마찬가지예요. 다만 한국어로 쓰이지 않은 작품은 어떻게 볼 것인가? 고려시대와 조선시대 한문작품도 민족문학의 범주에 넣듯이, 일본어나 영어로 쓴 작품도 넓게 보아 민족문학의 범주로 넣을 수 있다고 생각합니다. 다만, 언젠가 통일이 되면 그 통일국가의 이름으로 우리 문학의 이름도 정해야겠지요.

한반도의 평화와 통일

장성규 이번에 출간하신 『자유의 역설』 제5부에는 한반도 평화와 통일에 관한 선생님의 생각이 잘 드러난 글들이 실려 있습니다. 선생님께서는 민족주의가 지니는 배타적 위험성에 대한 경계를 늦추지 않으면서도, 민족주의 자체를 폐기할 수는 없다고 주장하고 계십니다. 그리고 한반도 평화의 중요

한 준거 중 하나로 '6·15 남북공동선언'을 들고 계십니다. 그
런데 한편에서는 현재 남북관계의 전개가 결국에는 남한 자
본이나 국가에 의한 점진적인 북한의 흡수통일로 수렴될 가
능성이 크며, 이러한 맥락에서 민족주의적 감성에 기반을 둔
통일담론이나, 혹은 6·15 선언과 같은 국가 주도의 분단체제
변형의 위험성에 대해 경고하는 움직임도 있습니다. 이는 현
재 통일담론을 주도하는 것이 진보적인 운동세력이 아닌, 싼
노동력과 새로운 시장을 노리는 자본이라는 점에서 방증된
다고도 할 수 있을 텐데요, 선생님께서는 이러한 비판에 대
해서는 어떻게 생각하시는지 궁금합니다.

염무웅 한반도의 분단과 통일문제는 내외의 수많은 요인들
이 복잡하게 얽혀 있어서 단순명쾌하게 대답하기 어렵습니
다. 베트남의 통일은 민족해방운동의 연장선 위에서 이룩된
성취였습니다. 남베트남은 프랑스 식민지의 재탕이었다가
프랑스를 계승한 미국의 일종의 괴뢰정권이 돼 있었어요. 따
라서 베트남 통일은 공산세력에 의한 적화통일이라기보다
민족해방세력이 외세의 침략에 승리한 것입니다. 물론 북베
트남에 의한 적화통일의 측면도 있지만, 그보다 외세에 대한
민족세력의 승리였습니다. 독일 통일은 또 다른 경우였지요.

독일은 제2차 세계대전을 일으킨 전범국가로서 연합국들에 분할 점령되었던 것이 분단의 출발이었습니다. 따라서 연합국들 내부의 모순 즉 냉전체제가 해체되자 분단도 해소의 계기를 맞은 겁니다. 흡수통일이라곤 하지만 흡수과정에 강제나 유혈폭력은 없었습니다. 동독 주민들 다수가 자발적으로 독일연방에 들어가기를 선택한 것입니다. 오히려 우리와 비슷했던 것은 오스트리아였어요. 오스트리아는 1938년에 히틀러에게 강제 병합되었고 종전 이후 4개국에 점령되어 10년간 신탁통치를 받은 뒤 1955년에 중립국가인 오스트리아공화국으로 독립했습니다. 독일은 분단 상황에서도 정보와 인적 교류가 활발했고, 동방정책으로 엄청난 원조, 흔한 말로 퍼주기를 했지요.

나는 독일의 경우에서 배울 바가 많다고 생각합니다. 우선 서독은 사회적 시장경제라고 해서 사회주의적 요소가 많이 있었어요. 흡수라면 흡수지만, 아니라면 또 아닐 수도 있어요. 지금 독일에는 동독 공산당의 후신 정당도 있어요. 우리의 경우도 독일처럼 되려면 남북한 각자가 자기의 현 체제를 극복할 여력이 있어야 합니다. 북한은 체제의 변화를 받아들일 리가 없고, 어느 정도 열린 체제라고 하는 남한도 얼마나 받아들일 수 있을지 의문입니다. 반공을 내세우는 수구세력들 하는 짓을 보세요. 지금 형편으로는 독일식도, 베트남식도 어려울 것 같아요. 독일식으로 통일할 수 있다면, 다시 말해 북한 체제를 인정하고 우리 내부에 그들을 연방으로 받아들여 통일할 수 있다면 좋겠지만 지금으로선 기대할 수 없어요.

이런 상태에서는 우선 통일은 생각하지 말고, 교류부터 시작해야 한다고 생각합니다. 교류를 통해 접근을 하고 접근을 통해 서로 변화하고 그리고 그런 변화의 축적을 통해 서로 닮아가야 한다고 생각합니다. 점진적이고 단계적인 과정으로서의 통일전략이고, 승자도 패자도 없는 평화의 길이지요. 통일보다 평화가 중요합니다. 그 점에서 나는 백낙청 교수의 통일론에 찬성하지만, 그것도 사실 이상론에 가깝다는 의구심을 버리기 어렵습니다.

『실천문학』이 사는 길

장성규 선생님께도 잘 아시는 것처럼, 『실천문학』은 1970년대 유신체제에 저항하는 문인들의 노력을 토양으로 해서 1980년대 민족민중문학의 급진적 전개에 중요한 역할을 수행한 바 있습니다. 그러나 2000년대 이후 『실천문학』이 과거와 같은 방식의 문학적 실천을 수행하기는 점차 어려워진 것이 사실입니다. 어쩌면 과거 『실천문학』의 정신은 계승하되, 그 '방식'은 근본적으로 갱신해야 할 시점이 아닌가 싶기도 합니다. 『실천문학』의 갱신을 위한 조언을 해주시면 큰 도움이 될 듯합니다.

염무웅 『실천문학』을 처음 만들 때의 정신을 계승하려다 보니 독자와 문단으로부터 멀어지는 것 같다는 고충이 가슴에 아프게 와 닿습니다. 하지만 그 정신을 버리고 상업주의로 나간다면 그건 『실천문학』이 아닐뿐더러 성공이 보장된 길도 아닙니다. 이 문제는 실상 모든 문학잡지가 다소간에 공통으로 부딪치고 있는 딜레마입니다. 지금 『창작과비평』, 『문학과사회』, 『문학동네』 등의 잡지들이 병립하고 있는데요, 예전에는 그 잡지들 간에 이념적 편차도 뚜렷하고 서로 논전도 있었지만 요즘은 평화공존을 합니다. 어쩌면 내통을 하고 있는지 모를 정도입니다. 그런데 그게 시장질서를 위반하는 담합으로 보이지 않고, 자본이 지배하는 시대에 똑같은 처지의 약자로서 함께 힘을 모아서 강을 건너자는 영세동업자들의 협력 같아 보입니다. 내가 보기에 '창비'는 잡지에서는 창간의 정신을 살리고 출판에서는 어느 정도 상업주의를 받아들이자는 전략으로 가는 것 같아요. 어쩔 수 없는 현실로 받아들여집니다.

1960~70년대의 『창작과비평』 발행은 농담처럼 말하면 독립운동 같은 측면이 있었어요. 독립운동을 하면 찬조금도 들어오고 후원금도 들어오잖아요. 정기구독을 모집하면 열 명, 스무 명씩 정기구독을 연결해주는 사례도 많았어요. 심지어 100명 이상의 정기구독자를 모집해주는 분도 있었죠. 나와 영남대에 같이 재직했던 이수인 교수는 1970년대 말 내가 창비 사장을 맡았을 때, 200명 정도의 정기구독자를 모집해 오기도 했습니다. 그런데 지금은 그런 후원을 기대하기 어렵습니다. 창비는 역사도 오래되고, 상업적 수단도 발전되고, 운도 따라줘서, 이젠 잡지를 낼 여력이 생긴 것 같습니다. 그렇기 때문에 『창비』는 말하자면 진지전을 수행할 힘이 있어요. 반면 『실천문학』은 유격전을 할 수밖에 없죠. 누가 주간을 맡고 편집위원이 되느냐에 따라 목소리의 방향도 변하는 듯합니다. 하지만 어쨌든 『창비』와 『실천문학』은 서로 보완을 해야 하는 관계라고 생각합니다. 적어도 통일될 때까지는 잘 살아남아야 할 텐데요.(웃음) 『실천문학』 운영자, 편집위원, 필자의 희생과 헌신이 없을 수 없다고 생각합니다. 그 희생을 위해서는 믿음이 필요합니다. 역사에 대한 믿음, 미래에 대한 신뢰와 믿음이 있어야 합니다. 이렇게 고생하다가

언젠가 잘되겠지 하는 마음이죠.

　나도 평론가이긴 합니다만, 교수 되고 논문 쓰고 승진하고 정년하기까지 사회는 우리에게 뭔가 끊임없이 요구합니다. 가족들이 요구하는 것도 있고 국가가 요구하는 것도 있고 또 자기의 육신이 요구하는 것도 있습니다. 이런 비본질적인 압박에 끊임없이 시달리는데 그 압박으로부터 어떻게 벗어나느냐, 50년 전에도 30년 전에도 지금도 앞으로도 여전히 문제라고 생각합니다. 좋은 글을 쓰고 그래서 역사에 기여하는 것은 불가의 스님들이 수행하는 것과 비슷합니다. 수행의 과정에서 일어나는 번뇌, 욕망, 잡념을 털고 깨달음에 이르고 진리에 닿으려고 애쓰는 과정이 잡지 만들고 글 쓰는 과정과 크게 다르지 않을 겁니다. 많은 스님들 가운데 오직 한두 분만이 최고의 경지에 이르러 깨달음을 얻는 데 성공함에도 불구하고 그래도 출가자가 줄어들지 않는 것은 사람에게는 본능적으로 해탈의 욕구, 진리에 대한 갈망이 있기 때문입니다. 글 쓰고 잡지 만드는 일도 어떤 점에서는 무상의 행위입니다. 물질적 보상을 바라고 하는 짓이 아니에요. 그래도 글을 발표하고 나서 누군가가 잘 읽었다고 말해주면 그걸로 피로가 풀리고 그렇게 얻은 힘으로 가난을 견디며 글쓰기에서 떠나지 못하는 거죠. 잡지도 마찬가지입니다. 잡지 내느라

지치고 힘들어서 언제까지 할 수 있을까 싶은데, 이번 호 참 좋더라 얘기 들으면 힘이 나지요. 그 힘이 오래가지 못하고 곧 꺼지긴 합니다만,(웃음) 결국 그렇게 해나갈 수밖에 없지 않나 해요. 세상사에 묘수가 없다는 게 세상을 살아본 내 깨달음입니다. 한결같은 마음을 지니는 것, 그게 어려운 일이지요.

—『실천문학』 2012년 겨울호

현실의 위기와
시의 역할

대담자 황규관 • 시인

일시 2013년 4월 16일

장소 경기도 군포시 염무웅 자택

황규관 대담에 응해주셔서 감사합니다. 선생님과 개인적인 일로 뵈었던 인연 때문에 저에게 대담 청탁이 온 듯합니다. 학교 퇴직 후 경산에서 산본으로 올라오신 지 몇 년 되신 걸로 알고 있는데, 학교를 그만두고 더 정력적으로 글쓰기를 하고 계신다는 소문이 파다합니다. 교직에 몸담고 있으면서 글을 쓰실 때 교직과 글쓰기 사이에서 자의식이 어떻게 조화가 됐을까 하는 점과, 요즘 선생님의 건강은 어떠신지 근황이 궁금합니다.

염무웅 우선 건강부터 얘기하지요. 이십여 년 전에 나에게 당뇨가 왔어요. 그 무렵 나는 당뇨라는 병에 대한 지식이 완전 백지상태라서 별로 조심을 안 하고 젊었을 때와 같은 생활방식과 습관을 그대로 유지했지요. 그러다 보니 급속도로 나빠졌어요. 그게 1995년에서 97년 무렵인데, 때로는 학교에서 강의하는 것도 힘들었어요. 학생 때부터 친하게 지내던 친구가 경북대학교에 있었는데, 이름이 「친일문학론」을 쓴 임종국 선생하고 한자까지 똑같아요. 그 친구가 나를 강제로 끌고 병원으로 갔어요. 혈당을 재보더니 의사가 깜짝 놀라면서 그냥 놔두면 큰일 난다며 입원을 시키더라고요. 일주일 남짓 입원을 했는데, 그때부터 인슐린도 맞고 약도 먹고 합니다. 하지만 알다시피 사람의 습관이란 하루아침에 바뀌는 게 아니잖아요. 조심을 한다고 하면서도 여전히 술 마시고 늦게 자고 그러다가 심한 등산에 나서기도 하는 생활을 계속했어요. 점점 나빠질 수밖에요. 그 무렵 서울에서 신경림 선생과 몇 분이 대구 경산까지 나를 만나러 오셨더라고요. 죽기 전에 얼굴이라도 봐야겠다는 취지로 오셨던 게 아닌가 짐작했지요.(웃음) 결국 안 되겠구나 싶어 담배도 끊고, 술도 대폭 줄이고, 운동도 등산 대신 매일 산보로 하면서 삶의 자세를 크게 바꾸었죠. 그러고 나서 회복기간이 지금까지 지속되는데, 주위에서 나를 지켜본 사람들은 상당히 감탄을 해요. 당뇨란 게 낫는 병이 아닌데, 그래도 잘 관리를 해서 지금 이만큼 됐다고요. 요즘은 매일 산보하고 책 읽고 글 쓰는 70대 중반 노인의 일상을 살아갑니다.

황규관 꽤 오래 투병을 하신 셈이네요.

장사하는 곳으로 타락한 대학

염무웅 그런 셈이죠. 이런 개인적인 측면과 더불어 중요한 게 있는데, 1990년대 중반부터 몰아닥친 대학현실의 변화입니다. 그 무렵 김영삼 대통령이 오스트레일리아에서 열린 무슨 회의에 갔다 오더니 갑자기 '세계화'를 국정지표로 제시했어요. 그 구호와 더불어 대학사회에 구조조정 바람이 불기 시작했습니다. 효율성이 떨어지고 경쟁력이 약한 부문들은 퇴출되거나 주변으로 밀려나게 됐지요. 대학사회도 중앙집중이 강화되면서 분과학문들의 자율성이 무너지고 그 결과 지방대학에 찬바람이 불기 시작했어요. 인문학의 위기가 대학사회의 주요 화두로 떠올랐지요. 내가 재직한 독문과를 비롯해서 철학과나 불문과 같은 인문학 내지 기초학문 학과들은 위축일로를 걷게 됐고요. 이런 추세 속에서 살아남기 위한 몸부림으로 강의내용 자체가 변질이 돼요.

적어도 1990년대 중반까지는 어느 정도 전공강의가 가능했어요. 학생들이 따라오건 말건 말이죠. 1980년에 내가 처음 영남대에 갔을 때만 해도 독문과 40명 입학정원 중에서 열 명 정도는 독문학을 공부하러 들어온 학생들이었어요. 따라서 수업시간이 그런대로 재미가 있었어요. 고등학교에서 독일어 안 배운 학생들도 입학한 뒤에는 전공수업을 따라오는 시늉을 했어요. 그러나 1990년대 중반을 지나면서 분위기가 싹 달라지더군요. 독문학에 아무 흥미를 못 가진 학생들이 대부분이라는 게 실감돼요. 독일어 자체에 아예 취미가 없어요. 그러니 도대체 학과 이름에 걸맞은 강의가 될 수 없어요. 명색이 독문과면 그래도 독일어 텍스트를 좀 읽어야잖아요. 『젊은 베르테르의 슬픔』 같은 작품은 독일어로 읽고 졸업해야 독문과 출신이라고 할 수 있잖아요. 나는 시골에서 고등학교를 다녔음에도 『독일인의 사랑』 같은 소설을 이미 독일어로 읽었어요. 그런데 요즘은 거의 모든 대학 학부에서 아예 전공강의가 안 되는 거예요. 인문학부 교수로서 문학평론을 하는 사람의 입장에서 보면, 학교에서의 강의를 위해 이 책 저 책 보는 것과 자기가 쓰고 싶은 글을 쓰기 위해 책을 읽는 것이 어느 정도 일치해야 하는데, 그게 원천적으로 안 되는 거예요. 수업준비를 위해서는 내가 별로 관심도 없고 잘 할 줄도 모르는 걸 들여다봐야 돼요. 그러다 보니까 학교생활이란 게 날이 갈수록 재미가 없어졌어요.

황규관　대학 교수직이 서비스직이 되어버린 거네요.

염무웅　서비스직이라면 서비스직이지만, 그보다도 나로서는 사기 치는 것 같은 느낌이었어요. 내가 하고 싶은 이야기를 해서 몇 학생들이 나를 따라준다고 해도 그들의 인생을 내가 책임질 수는 없잖아요? 세상에 대해 정직하고 비판적인 의식을 갖고 살면 사회에 적응하기가 어려운 법인데, 내가 이 말을 해야 하나 말아야 하나, 학생들 앞에서 강의할 때마다 끊임없이 그런 자의식에 시달리게 돼요. 학생들의 사회적응에 필요한 말을 하는 것이 옳은지 아니면 내가 정당하다고 믿는 바를 말하는 것이 옳은지, 대체 어떤 것이 그들의 삶에 필요한 것인지 갈등을 안 할 수가 없었어요. 낮에 학교에 가서 하는 일하고 집에 돌아와서 원래부터 내가 해오던 읽고 쓰기하고의 괴리가 심해지고 점점 학교가 싫어져요. 카프카가 낮에는 보험회사 법률고문으로 일하고 저녁에는 글 쓰는 이중생활을 했는데, 나도 원치 않으면서 그렇게 되어갔지요. 그러다가 퇴직을 해서 생업으로부터 해방되고 나니까 얼마나 자유롭고 편한지 모르겠어요. 당연히 현직에 있을 때보다 더 많이 읽고, 더 자유롭게 생각할 수 있게 됐죠. 나를 꽉 묶고 있던 결박상태에서 풀려난 해방감을 느낍니다. 동료나

1996년 6월 체코 여행 중 프라하의 카프카 생가 앞에서.

후배들 중에는 정년퇴직하기 전에 이미 그만둔 경우도 더러 있어요. 충북대 철학과 윤구병 교수와 영남대 영문과 김종철 교수는 더 뜻있는 일에 매진하기 위해 교수직을 던졌지요. 얼마 전 문학평론 하는 정남영 교수를 만났는데, 그 사람은 정년이 10년 가까이 남았음에도 퇴직을 했대요. 그런데 퇴직의 이유가 통렬합니다. 공부하고 싶어서 그만뒀다는 거예요. 기가 막히잖아요? 대학교수라는 게 이제 공부를 방해하는 직업으로 변한 겁니다. 다른 분야는 모르지만, 인문학은 요컨대 혼자 책 읽고 생각에 잠기는 게 기본업무잖아요. 그러니까 정말 공부하고 싶은 교수들 중에는 재직 20년을 넘기고 나서 퇴직하는 사람들이 요즘 드물지 않게 나타나는 거예요. 연금은 받아야 먹고사니까.(웃음) 한마디로 대학이 공부하는 곳 아닌 장사하는 곳으로 타락한 겁니다.

황규관 교직에 있다는 자의식과 비평가로서 글 쓰는 이의 자의식이 문제가 아니라 김영삼 정부 때 도입된 신자유주의 바람 때문에 더 힘드셨겠네요.

염무웅 내 경우는 건강문제까지 겹쳐서 더 그랬지요. 그런데 생각해보면 김영삼 정부의 세계화 구호 이전부터 대학교육은 변질되기 시작했어요. 가령 전두환 정권 때도 졸업정원 제니 뭐니 해서 홍역을 치렀는데, 과거의 전통적인 아카데미로서의 대학이 산업사회의 경쟁체제에 편입되어 거기 적응하기 시작한 건 훨씬 오래전부터예요. 어떻든 1995년의 세계화, 1998년의 외환위기, 이런 고비를 만날 때마다 대학이 한 걸음씩 더 악화된 건 사실입니다. 여기에다 이명박 정부가 등장하고 이주호 씨가 교과부 장관 하면서 경쟁체제는 더 본격화했지요. 교육뿐만 아니라 사회의 전 영역이 자본의 운동과정 속에 종속적으로 포섭돼버렸어요.

황규관 저도 비슷한 얘길 들은 적이 있는데, 얼마 전에 노동시 관련해서 작은 모임이 있었거든요. 비정규직 노동자들이 계속 늘어나고, 20대 청년들이 아르바이트나 비정규직으로 살고 있거든요. 노동조건이 이렇게 악화되는데 왜 자신들이 처한 조건에 대해서 글쓰기라든가 발언들이 없는가? 이를테면 왜 노동문학의 흐름들이 끊어졌는가 하는 얘기들을 했었는데, 어느 분이 했던 말이 기억나요. 대학교육 자체에서 젊은 청춘들을 체제에 맞게 세탁을 하고 내보낸다고요. 아까 선생님이 말씀했던 것처럼 사회나 세계에 대한 비판의식을 가지라고 선생님의 윤리의식에서는 말해줘야 하는데 못 했다고 하셨잖아요.

염무웅 아예 못 한 건 아니지만, 하면서도 내면에 갈등이 있었던 거죠. 학생들을 고생길로 인도하는 건 아닌가 하는 자의식에서 벗어날 수 없었던 겁니다.

황규관 지금은 아예 노골화돼서 학생들이 대학을 졸업하고 나서도 같이 살아야 하는 사회나 공동체에 대한 공감대나 사회의식 같은 것들이 사라지고 자기 생존에만 매몰돼서 자기 표현도 안 되는 것 아니냐고 진단하는 분들도 있더라고요.

염무웅 학교에서나 가정에서 아이들에게 무엇을 어떻게 가르칠 것이냐, 부모로서나 교수로서 뭐라고 말을 할 것이냐. 사실은 말 안 해도 애들이 다 알아요. 그러니까 교수가 현실에 대해 비판적인 의식을 가지라고 가르치든 반대로 현실을 잘 파악해서 거기에 적응하라고 가르치든, 중요한 건 인간이 동물인지라 어떻게 적응해야 낙오하지 않고 살 것인가를 어느 정도 본능적으로 안다는 얘깁니다. 아무리 선생이 학교에서 불의에 타협하지 말고 저항하라고 말을 한다 하더라도 세상 자체가 이렇게 경쟁사회인 한에는 "선생님, 그런 소리 하지 마세요" 이렇게 나오지, "네, 그렇습니까?" 이렇게 나오지 않는다는 거예요. "그런 낡은 소리 하시려면 학교 그만두세요" 이런 말이 나올지 몰라요.(웃음) 나 자신을 돌이켜보더라도 1950년대나 1960년대에 우릴 가르친 선생님들이 훌륭해서 우리가 비판적인 생각을 가지게 된 건 아니에요. 선생이 무슨 가르침을 준 것이 아니라 사회현실 자체가 배움의 터전이 된 거죠. 현실이야말로 가장 큰 스승이에요.

1950년대의 지적 풍토 속에서

황규관 선생님 책을 그전에도 거의 다 읽은 기억이 나요. 예전에 작가라는 출판사에서 책을 내신 적이 있었죠. 그건 빼먹고 못 읽었다가 이번에 다시 한 번 읽었어요. 제 독서가 중구난방이긴 한데, 제 기억으로는 선생님께서 학교를 졸업하고 문단에 나온 다음 하우저의『문학과 예술의 사회사』를 백낙청 선생님과 함께 번역을 하면서 공부를 굉장히 많이 했다고 하신 내용이 기억이 납니다. 그래서 1960년대, 선생님이 젊으셨을 적의 지적 성장과정이랄까, 신구문화사와『창작과비평』같은 커뮤니티들하고 어떤 교류가 있으셨는지 듣고 싶습니다.

염무웅 내 경우 인간 형성에 큰 영향을 받은 것은 사실 고등학교 때예요. 돌이켜보면 1956년 말경 중학 졸업을 앞두고 마지막 방학을 맞았는데, 그때 우리 집에 대학입시 보러 온 학생이 하숙을 들었어요. 그런데 그 사람이 문학청년이어서 문학책, 잡지책을 여러 상자 가지고 왔어요. 나로서는 그렇게 책을 많이 가진 사람을 처음 보았지요. 서류전형으로 고등학교 합격이 되어 있었던 터라 서너 달 동안 부담 없이 그의 책을 빌려 읽었지요. 나는 중학생 시절에도 방학이면 문화원에 다니면서 『삼국지』, 『수호지』를 탐독하고 이광수·김내성의 소설에 심취했었는데, 그 하숙생을 통해서 오상원·추식·선우휘 같은 젊은 세대 작가들을 알게 되고 특히 손창섭의 단편집 『비 오는 날』에서는 커다란 충격을 받았어요. 그때부터 『사상계』를 정기구독 했는데, 누구보다 함석헌 선생의 글에 깊은 감명을 받았지요. 얼마 후 함석헌 선생의 『성서적 입장에서 본 조선역사』라는 책도 빌려다가 읽고 또 읽으면서 강한 영향을 받았다고 느껴요.

황규관 어떤 측면에서 충격을 받으셨나요? 제가 손창섭 소설은 별로 읽어보지 않았지만, 신문에 연재한 걸 본 기억은 있습니다.

염무웅 1960년대 들어 손창섭 소설은 급격하게 긴장을 잃어버리지요. 대부분 신문에 연재한 통속소설이니까요. 하지만 1950년대의 손창섭 소설은 그렇지가 않아요. 지금 다시 읽으면 어떨지 모르겠는데, 당시 고등학생인 내가 읽기에는 너무 충격적이었습니다. 이광수의 「사랑」이나 김내성의 「청춘극장」에 심취해 있던 내게 손창섭 소설의 암울한 세계는 문학의 새로운 개념을 보여주는 것이었어요. 개인적으로 보기에 그것은 함석헌 선생의 예언자적인 목소리하고 정반대되는 세계였지요. 한편, 당시 우리나라 문단과 지식인 사회에서는 서구의 실존주의 사조가 크게 유행을 했어요. 김동리 같은 작가가 「실존무」實存舞란 단편소설을 발표한 것, 그 작품을 계기로 문단에서 실존주의 논쟁이 벌어진 것은 그 시대의 풍경이 어떠했나를 알려주는 에피소드지요. 1957년인가 『사상계』에 안병욱 선생이 「현대사상강좌」를 연재했는데, 내가 실존주의에 대해 얼마간 알게 된 건 그 연재가 출발점이었어요. 이 무렵 나는 이어령 비평의 애독자이기도 했고요. 그런데 마침 그 무렵 프랑스 소설가 알베르 카뮈가 노벨문학상을 받아서 실존주의 유행을 더욱 부채질했는데, 당시의 나로서는 카뮈의 소설 「전락」轉落이 너무 어렵고 재미가 없더군요.

『산문시대』를 거처 문단으로

황규관 김현, 김승옥 선생님 만나서『산문시대』를 함께하신
건 대학생 시절이죠?

염무웅 그렇죠. 대학에 입학하고 나서 두어 주일 뒤에 4·19
를 맞았는데, 이승만 하야 뒤에야 제대로 수업이 시작됐어
요. 영문과·독문과·불문과 신입생 60명이 한 교실에서 매일
수업을 듣게 되니 고등학교 교실 비슷한 분위기였지요. 그
래서 학과 구별 없이 친해졌어요. 그런데 놀랍게도 그 교실
에서 문인이 여럿 배출됐지요. 첫 테이프를 끊은 건 김승옥
인데, 1962년도『한국일보』에 소설이 당선된 거예요. 이어
서 3월엔가 김현이『자유문학』에 신인평론으로 당선됐고요.
김승옥은 순천, 김현은 목포 출신인데 그 친구들이 고향 내
려가 여름방학을 보내더니 2학기가 되자『산문시대』라는 동
인지를 만들어갖고 올라왔더라고요. 그해『조선일보』에 시
로 등단한 최하림과 셋이서요. 얼마 후 김승옥과 김현은 나
에게도 같이 동인을 하자고 했는데, 나는 가정교사 같은 것
하느라고 글을 쓸 여유도 없고 해서 다음에 하겠다고 거절했
지요. 하지만 그들과 자꾸 어울리다 보니 결국 동인으로 가

입했죠. 1963년『산문시대』4호와 5호에「현대성논고」라는 장편논문을 연재하다 중단했어요. 요즘 흔히 쓰이는 말로 하면 '근대성 논의'라고 할 수 있는데, 예술적 모더니티가 유럽 현대문학사에서 어떻게 형성이 되고 그 본질이 뭐냐를 따진 글입니다. 실은 나의 독창이 아니라 그 무렵에 읽은 문예학자나 예술사가들의 독일어 책을 내 나름으로 베껴서 짜깁기한 거죠.(웃음)

그 무렵 나는 완전히 서구중심적인 모더니즘 미학이론에 경도돼 있었어요. 그러면서도 다른 한편으로는 함석헌 선생을 비롯한 민족주의적 독서의 영향을 잊지 못해서 한동안 절에 다니면서 불교 공부도 하고 학교에서는 정신분석학 이론 강의를 듣기도 했지요. 두 주일에 한 번씩 삼선교에 있는 정각사라는 절에 가서 동국대학 김동화金東華 교수의 불교강의 들은 게 인상적으로 남아 있네요. 1964년『경향신문』에 당선된 문학평론「최인훈론」은 ──그 글의 제목은「에고의 자기 점화自己點火」였어요── 정신분석학이나 불교 공부를 최인훈 소설분석에 활용해본 겁니다.『광장』은 다들 아는 유명한 소설이지만, 내가 특히 좋아하는 최인훈 초기작품은 중편소설「가면고」와「구운몽」인데 아주 실험적인 소설이에요. 이 작품들은 최인훈의 문학세계 중에서도 좀 소외된 편이지요.

1967년 12월 21일자 『서울신문』 문화면.
그해 하반기 문단 월평을 김수영 선생과 분담하여 집필했다.

하여간 평론당선이 계기가 돼서 심사위원인 이어령 선생의 소개로 신구문화사라는 데 취직을 했죠. 1964년 2월, 졸업도 하기 전에 출근했어요. 요즘은 신구문화사가 잊혀진 출판사가 됐지만 1950년대 후반부터 1970년대 초까지는 정음사나 을유문화사를 압도하는 인문출판사였어요. 우리 소위 4·19세대에게 강력한 영향을 끼친 『세계전후문학전집』이 바로 신구문화사의 것입니다. 4·19에 의해서 열려진 새로운 시야를 대표하는 출판물이라고 할 수 있어요. 문학도건 아니건 1960년대에 대학 다닌 사람치고 한두 권씩 안 읽은 사람이 없을 겁니다. 아무튼 신구문화사는 그 전집의 상업적 성공에 힘입어 본격적으로 문학출판에 나서게 되고 그 덕분에 나도 거기 취직이 된 거지요. 그런데 내가 처음 출근해서 한 일은 카드 정리와 소설 읽기였어요. 당시 신구문화사에서는 일제강점기 잡지들을 중앙도서관, 국회도서관, 연·고대 도서관을 다니면서 목록화해서 카드로 만들어 놓았어요. 그리고 그 잡지들에서 단편소설들을 원고로 베껴 놨더라고요. 그런 카드와 원고가 상자로 수십 개가 있는데, 매일 출근해서 하는 일이 카드를 장르별, 작가별로 분류하고 정리하는 것과 베껴 놓은 소설원고를 읽는 거였죠. 무척 따분할 수 있는 일인데, 나는 공부 삼아 일에 몰두했지요. 따지고 보면 그건 국문학과 대학원생이 해야 할 일이었던 거예요. 그 기회에 나는 일제강점기 소설들을 상당수 체계적으로 읽었어요. 신구문화사에서는 '한국소설전집' 같은 걸 내려고 기초자료를 조사해 놓은 건데, 민중서관에서 36권짜리 『한국문학전집』이 먼저 나와버렸어요. 그래서 계획이 변경되었죠. 그 결과로 출간된 것이 『현대한국문학전집』 18권인데(서재에서 책을 찾아 꺼내며), 이게 그건데 혹시 봤는지 몰라요.

황규관 저는 신구문화사 책을 보기는 했어도 읽은 적은 없습니다.

염무웅 아, 그래요? 세대차이라는 게 뭔지 실감되네요. 이 전집을 1965년부터 1967년 사이에 18권으로 만들었는데, 월부로 많이 팔렸어요. 책을 전집 형태로 출판해서 할부로 판매하는 방식을 개발한 것도 신구문화사지요. 아무튼 『현대한국문학전집』은 오영수·박연희·유주현·장용학·손창섭 등 해방 이후 등단한 작가들부터 최인훈·김승옥 등 4·19 전후에 등단한 작가들까지의 작품을 모은 거죠. 마지막 권은 시집인데, 역시 해방 후 등단한 시인 52명의 대표작을 모은 거고요. 그런데 작가가 갖고 온 작품을 그냥 실은 게 아니라 출판사 측에서 좋은 작품을 가려서 뽑고, 뒤에다 평론가들에게 부탁해서 작가론과 작품해설을 붙였어요. 그런 편집실무를 맡은 게 나였는데, 덕분에 해방 후 작품도 어느 정도 체계적으로 읽었어요. 그래서 신구문화사에 딱 4년 근무하는 동안에 일제강점기부터 해방 이후 1960년대 초까지 중요한 작품들을 많이 읽게 되고, 그게 문학평론가로서 기초훈련이 되었습니다.

황규관 출판사에서 한국문학 공부를 하신 거네요. 학교에서는 독문학을 하신 거고요.

염무웅 그런 셈이죠. 암튼 그 일 하면서 많은 작가, 평론가들하고 인사를 나눴어요. 이호철, 서기원 같은 분들은 이전에 김승옥 따라서 황순원 선생 댁에 세배 갔다가 인사를 나눴지만 김수영, 남정현, 신동엽, 그 밖에 여러 분들은 신구문화사에서 사귀었어요. 그러니까 1960년대 중반에 벌써 다수의 선배 문인들을 알았어요. 그게 후에 『창비』 편집자로서 활동하는 데 밑천이 되었죠. 신구문화사에 근무하는 동안 제일 가깝게 지낸 분은 시인 신동문 선생이에요. 신구의 편집고문으로 계셨지요. 신 선생은 인품이 좋아서 주위에 늘 사람들이 모였어요. 소설가 이병주, 홍성유 씨도 가끔 왔고 김관식, 구자운, 천상병, 고은 같은 분들은 자주 들락거렸어요. 김수영 선생은 번역 일거리를 얻기 위해서 왔던 것 같고요. 백낙청 교수도 신동문 선생을 만나러 처음 신구문화사에 들렀을 거예요. 『창작과비평』을 창간하고 난 직후일 텐데, 광고를 얻으러 온 게 아닌가 합니다. 당시 『창비』는 책 광고만 싣는다는 원칙을 갖고 있었거든요. 그런 연고로 나하고도 처음 인사를 나누었고, 얼마 후 백 교수한테서 『문학과 예술의 사회사』 번역을 부탁 받았지요. 내 이름이 번역자로 『창비』에 처음 등장한 게 1967년 봄호니까 번역을 의뢰받은 건 아마 1966년 늦가을쯤 되지 않았을까 싶군요.

신구에서 창비로

황규관 『창비』가 신구문화사에서 만들어졌었죠?

염무웅 아니, 처음엔 문우출판사 이름을 빌려서 창간됐어요. 그러다가 1967년 겨울호부터 일조각으로 옮겼지요. 그때는 『창비』가 200페이지 정도밖에 안 되고 하니까 처음엔 백낙청 교수 혼자서 하다가 일조각으로 옮길 무렵 백 교수

청으로 나도 편집에 참여했지요. 그러니까 백 교수가 대학에 근무하면서 『창비』 일을 했듯이 나는 신구문화사 근무하면서 틈을 내어 교정도 보고 청탁하는 일도 거들고 그랬어요.

황규관 잡지만 만드는 거였으니까요.

염무웅 그렇죠. 그러다가 나는 1967년 말로 만 4년의 신구문화사 생활을 접었어요. 원래의 내 목표는 대학에 자리잡는 건데 그때 마침 석사논문을 끝냈거든요. 생활대책이 좀 막연했지만 과감하게 사표를 냈어요. 다행히 이듬해 3월부터 서울대학교 교양과정부 조교로 취직이 됐죠. 그런데 백낙청 교수는 1969년 여름호까지 『창비』를 발행하고서 박사학위 논문을 마무리하러 미국으로 떠났어요. 그래서 통권 15호부터는 발행인 신동문 이름의 독립된 잡지사 '창작과비평사'가 탄생했지요. 편집은 내가 책임지기로 했고 제작과 판매는 신구문화사가 맡아주기로 했고요. 결국 신구문화사의 방 한 칸에 얹혀 지내는 신세가 됐어요. 그런데 내 입장에서 제일 곤란한 건 원고료 문제였어요. 원칙을 말하면 발행인이 감당해야 할 몫이었지만, 그렇게 되지 못했거든요. 당시 창작과비평사의 위상이 아주 묘했어요. 독립된 잡지사인 측면이 있는

가 하면 신구문화사의 자회사인 측면도 있었으니까요. 아무
튼 나는 원고료를 제대로 지불하지 못하는 상황 때문에 고생
이 많았어요. 필자들에게 낯을 들기 어려웠고 당연히 원고청
탁도 힘들었죠.

황규관   대학에서의 문학공부하고는 방향이 아주 달라졌
네요.

염무웅   그러나 돌이켜보면 대학에 들어와 서구문학에 경도
되었던 것이 오히려 외도의 기간이 아니었나 생각되기도 합
니다. 사실 내가 청소년이었던 1950년대의 지적 풍토는 그
야말로 척박했어요. 6·25전쟁으로 모든 게 쑥대밭이 되어버
린 데다가 이념적으로 경직된 상태였으니까요. 더구나 내가
자란 시골에서는 제대로 된 독서가 원천적으로 불가능했어
요. 나보다 대여섯 살 선배인 분들은 초등학교에서 일본어를
공부했고, 따라서 일본어로 번역된 사상서·문학서를 읽을
수 있었죠. 최초의 한글세대라고 자랑하는 우리 또래는 따지
고 보면 한창 독서열에 불타는 청소년기를 문화적 공백상태
에서 보낸 셈이에요. 이건 아주 중요한 세대론적 문제제기입
니다. 서구의 명작들이 세계문학전집으로 번역되기 시작한

1969년 11월 12일, 시인 신동문(오른쪽)과 함께.

건 1950년대 말쯤으로 기억되는데, 그때 형편으로는 책을 살 돈이 없었지요. 대학에 들어와서는 도서관을 많이 이용했지만, 이번에는 아르바이트 때문에 시간이 없었고요.

여하튼 『창비』와의 첫 인연은 『문학과 예술의 사회사』 번역 일이었어요. 지금은 널리 알려진 책이죠. 나는 아주 열심히 번역에 매달렸어요. 번역작업을 통해 문학예술과 사회 현실의 연관성에 관해 공부를 많이 한 셈이에요. 물론 그전에도 해방 직후에 출판된 '마분지 책'들을 통해 마르크스주의 이념을 접할 순 있었지요. 4·19 이후 내가 다닌 대학에서는 일부 학생들 사이에서 월북작가 책이나 마르크스 번역판이 공공연히 돌아다녔어요. 하지만 나 자신은 그런 데 관심을 가질 여유도 없었고 정치적으로도 순진한 편이었지요. 그런데 1968년 대학 조교가 되면서 부득이 학생운동 현장을 따라다니게 됐어요. 조교니까요. 그 무렵 대학에서는 교련반대 데모, 삼선개헌반대 데모를 심하게 했어요. 어떤 때는 공릉동 학교에서 출발해서 중랑교를 거쳐 청량리까지 걸어간 적도 있어요. 그때만 해도 최루탄을 쏘고 그러지는 않았으니까 청량리까지 나갈 수 있었겠지요. 이런 경험을 통해 나 같은 순수문학도도 현실을 적극적으로 사유의 대상으로 삼을 수밖에 없게 된 거죠. 동대문 헌책방에서 구입한 마르크

스나 레닌, 마오쩌둥의 번역판들이 새로운 눈으로 읽히기도
하고요.

지하수처럼 흘러온 해방의 이념

황규관 아, 마르크스·마오쩌둥·레닌 책들도요.

염무웅 내 생각에 8·15 직후 이른바 해방시기는 역사상 언
론자유가 가장 활발했던 시기일 겁니다. 분야에 따라선 수
준도 아주 높았어요. 가령, 국문학자 고정옥의 『조선민요연
구』 같은 책은 60년이 훨씬 지난 오늘까지 그 분야에서 그
것을 능가할 만한 업적이 나왔다는 얘기를 나는 못 들었어
요. 마오쩌둥의 『신민주주의론』도 정음문고에서 읽었는데,
번역이 기가 막히게 잘됐어요. 번역자가 김일출이라는 분인
데, 누군지 모르겠어요. 해방시기의 출판 수준은 1988년 해
금 이후에 와서야 비로소 어느 정도 복원됐다고 생각합니다.
1960~70년대에는 동대문이나 인사동 고서점에서 구한 일
제강점기나 해방 직후의 이념서적들로 겨우 갈증을 때웠어
요. 물론 월북작가들 작품도 있었고요. 서점 주인들 중에는
책의 내용을 잘 모르고 싸게 팔기도 했지요. 그러니까 1950

년대 이후 반공 냉전체제의 억압이 지속됐음에도 불구하고 일제강점기 카프라든가 해방 직후 문학가동맹의 업적과 지향이 그냥 소멸되지 않고 민족문학 전통의 일부로 지하수처럼 흘러왔던 거예요. 사회과학을 전공한 분들 중에서도 백남운이니 전석담이니 김석형이니 하는 월북학자들의 책을 읽고 그 이론을 오늘의 현실에 맞게 계승하는 일을 했다고 봐야죠. 나 자신은 고등학생 때 이병도의 『국사대관』國史大觀을 읽은 적이 있었는데, 그와 전혀 다른 시각에서 쓰인 전석담의 『조선사교정』이란 문고판 책을 읽고 감탄했어요. 그렇게 머리에 쏙쏙 들어올 수 없더군요. 그런 점에서 볼 때 1980년대의 마르크시즘 열풍은 유럽을 통해서 새삼스럽게 들어온 측면도 있지만, 그런 면과 더불어 일제강점기부터 해방 직후까지의 연면한 축적이 이념적 자유 분위기 속에서 다시 지표 위로 올라왔다고 봐야 할 겁니다. 아무튼 이런저런 상황들이 복합적으로 작용해서 1960년대 말쯤 되면 나는 지난날 『산문시대』 시절하고는 문학에 대해 상당히 다른 입장을 갖게 됐지요.

황규관 지하수처럼 흘러왔던 우리의 지성사를 선생님은 간접적으로 경험을 하신 거죠? 선생님 평론을 읽어보면 주로 식민주의를 극복한 근대국가의 완성이 선생님이 말씀하시는 근대화의 요체인 것 같아요. 식민주의의 잔재들이 켜켜이 쌓여 있었고, 그것이 억압적인 요소로 작용을 했고, 민족이 분단이 됐고, 근대화된 민족국가의 형성이 안 된 것이 젊은 시절에 각인된 것 같거든요. 젊은 사람들 입장에서는 근대문명에 대해 상당히 반발심 같은 게 있거든요. 선생님께서는 그런 역사적 경험 때문이겠지만 근대 문제에 대해 비판적인 생각을 갖고 계신데, 예를 들어 통일문제 같은 경우는 젊은 세대들의 말을 들어보면 굳이 통일을 해서 살아야 하느냐는 수용양상이 있습니다. 선생님은 통일을 해서 근대를 완성해야 한다고 생각을 하시나요?

근대적 민족문학의 수립이라는 과제

염무웅 좀 돌려서 대답해보겠습니다. 나는 젊어서 역사학자들 책을 많이 읽은 편인데, 이기백·천관우·이우성·김용섭·강만길 선생 같은 근대사 연구자들의 책에서 영향받은 바 컸습니다. 재작년인가 창비에서 이우성 선생 전집이 나왔어요. 그분이 1925년생이니까 벌써 구십이 가까운 연세죠. 전집을 받고서 여기저기 펼쳐서 좀 읽어보았습니다. 그 글들을 읽으면서 느낀 건 내가 발표 당시에 읽었는지 어쨌는지 기억은 없지만, 아무튼 언젠가 읽은 듯하다는 친숙함이 있어요. 기독감旣讀感이란 말이 있는지 없는지 모르겠는데, 젊은 날 내 역사의식의 형성에 이우성 선생 같은 분들의 글이 작용했다는 걸 인정할 수밖에 없구나 하고 감회가 새로웠어요. 그 다음 세대가 나보다 3~4년 정도 위인 정창렬·송찬식·정석종 같은 사학자들이에요. 이기백·이우성 세대가 1940년대에 대학을 다닌 분들이라면 정창렬·송찬식 세대는 1950년대 후반에 대학을 다닌 분들이죠. 그런데 그들의 학문적 과제와 목표, 이념은 식민지사관의 극복이라고 할 수 있어요. 내 경우 식민지사관의 극복이라는 말은 대학교 졸업할 무렵에야 알게 됐지만, 고등학교 때 읽었던 책에도 실은 그런 내용들이 담겨 있었던 겁니다. 그러니까 내 직속 선배세대의 식민지사관 극복론이 내게는 결정적인 영향을 주었어요. 나는 그 역사관을 이광수 이후 한국 근대문학을 읽고 해석하는 작업에 원용해보려고 했던 거지요. 그런 의도를 내 비평작업의 목표로 설정한 것이 근대적 민족문학의 수립이라는 과제였어요. 그것이 1970년대에 내가 가지고 있던 비평이념이었는데, 그런 입장에서 이광수의 「민족개조론」으로 대표되는 민족허무주의와 해방 후 서구 추종에 급급했던 모더니즘적 태도를 비판했던 거죠.

황규관 저도 청소년기에 그런 얘기를 들었어요. 조선놈들은 안된다는.

염무웅 게으르고 분열적인 민족성 때문에 당쟁이 그칠 날이 없었고 조선왕조의 몰락이 불가피했으며 따라서 외래 선진문물의 수용을 통해 조선의 근대화를 이룩해야 한다는 얘기는 사실 이광수 이전에 일본인 관학자들이 식민지 침탈을 합리화하기 위해 만들어낸 침략사관입니다. 거기에 반대한 것이 넓은 의미의 민족사관이고요. 그 뿌리에는 신채호 선생 같은 분이 있고, 또 마르크스주의 방법론을 활용해서 우리 역사의 주체적 전개 과정을 해명하고자 했던 백남운 같은 사회경제사학자들이 있지요. 해방 후 한국의 민족사학은 그런 토대 위에서 발전한 거라고 볼 수 있어요. 우리 세대의 사고방식에 깊은 영향을 끼친 이론 중에 가령 자본주의 맹아론이라고 있는데, 18세기 조선경제 내부에 이미 자본주의가 싹트고 있었다, 일제의 침략이 없었다면 스스로의 힘으로 자본주의가 형성되어 주체적으로 근대화가 됐을 거라는 이론이지요. 일제의 식민지 침탈에 의해서 변질되고 왜곡된 역사를 바로잡자는 게 식민지사관 극복론이란 말이죠. 이런 게 다른 분야까지 확대되면…….

황규관 근대문학의 기원론도 거기서 나온 거죠.

염무웅 그런 셈이죠. 18세기의 평민문학, 그러니까 사설시조라든가 판소리계 소설 같은 것들은 전형적인 중세문학이 아닌 동시에 아직 근대문학이라 부르기에도 미흡한, 다시 말해 근대문학으로의 전환의 초기적인 양상이라고 보았던 거죠. 요컨대 근대가 싹은 텄지만 외세의 침략에 의해서 제대로 자라지 못하고 짓밟히거나 왜곡돼서, 결국 남의 식민지가 됐다는 거죠. 젊은 날의 내 공부와 연관시켜 얘기해본다면 나의 이념적 목표는 근대라는 개념을 통해서 중세 봉건체제의 극복이라는 내용을 담고자 한 거지요. 근대라는 게 뭡니까. 서양으로 말하면 귀족계급, 우리로 말하면 양반계급, 즉 상층계급의 지배로부터 시민계급이나 민중계급이 주도하는 사회를 만드는 게 근대잖아요. 요컨대 나는 민중이 주인이 되는 세상을 근대로 설정했던 거예요. 다만, 우리나라는 반공체제가 심하고 색안경으로 보는 사람들이 많으니까 반제·반봉건이라는 말은 못 썼지요. 그 대신 내세운 말이 민족이고 근대였어요. 양반계급의 지배를 극복하고 다수 민중이 스스로 지배하는 실질적인 민주주의를 완성하자는 식으로 발언한 거지요. 근대적 민족국가의 형성, 그리고 그에 상응하는 근대적 민족문학의 수립이라는 목표를 설정했던 겁니다.

지금 돌이켜보면 책상 앞에서 구상한 하나의 도식일 수 있다고 자기반성이 됩니다. 하지만 오늘날 다들 민족주의를 넘어서야 한다고 하는데, 물론 옳은 소리이기는 하지만, 반외세나 반제적인 측면이 용어를 달리할 필요는 있지만 내용이 근본적으로 바뀌어야 한다는 생각은 할 수 없어요. 보세요. 실제로 우리가 지금도 미국의 지배를 받고 있고, 또 사실상 계급지배 현상은 오히려 강화되고 있잖아요. 삼성공화국이라는 말이 있는데, 그 말이 증명하듯이 박정희 군사독재시대보다 자본지배 현상이 더 강화됐음에도 불구하고 계급을 타파해서 더 평등한 사회를 만들자는 담론은 반대로 대중적 영향력이 오히려 더 위축됐어요. 자본의 지배, 계급의 지배는 물질적 지배만이 아니라 이념적 지배, 감정적 지배까지 포함하고 있어요. 자본의 정치사회적 헤게모니가 지금처럼 강고할 수 없어요. 지배의 기술은 날로 더 발전하는데 저항의 기술은 오히려 퇴보하고 있는 게 아닌가 하는 생각이 들어요.

이런 기술적 지배체제에 대항하기 위해서는 민중의 영혼을 사로잡아 격동시키고 그것을 물질적 대항 역량으로 전화시킬 수 있는 새로운 전략적 설계와 전술적 용어의 개발이 절실하게 필요합니다. 그걸 못 하고 있는 게 안타깝긴 하지만, 그렇다고 해도 나는 저항의 원칙 자체는 달라질 게 없다고 생각합니다.

북한체제의 근원에 있는 것

황규관 지금도 민중들이 이중 삼중으로 착취당하는 구조가 제국의 문제와 국가권력의 문제, 그리고 자본의 강화된 지배 구조에 기인하고 있는 것 같습니다. 상황이 선생님 말씀처럼 더 악화되면 악화됐지 나아지지는 않았다는 건 알고 있는데, 통일문제에 대해서는 젊은 세대들이 감성적으로 받아들이기가 좀 그렇다는 겁니다.

염무웅 다 알려진 얘기지만, 서정주 시인은 해방 후에 해방이 이렇게 일찍 올 줄 몰랐다는 말을 했습니다. 서정주 같은 사람에게 해방은 너무나 뜻밖이고 갑작스러웠던 거지요. 식민지체제가 끝나는 순간까지 서정주를 비롯한 많은 사람들은 체제 내부에 매몰돼서 전혀 그 바깥을 상상할 줄 몰랐어요. 그런데 지금 우리나라 사람들 다수는 분단체제 외부에 대한 상상력이 마비되어 있어요. 갑작스럽게든 점진적으로든 언젠가 통일이 이루어진다면 이렇게 통일의 날이 올 줄 몰랐다고 말할 사람들이 또 엄청나게 많을 거예요. 지금 우리 삶을 옭아매고 있는 수많은 왜곡현상들, 북핵이니 전쟁위기니 하는 것들도 다 분단체제의 일부입니다. 매일같이 현상을 경험하면서도 현상의 근원을 보려고 하지 않는 것, 이것이 우리 시대의 문제의 핵심이라고 생각합니다. 전쟁을 두려워하고 양극화를 극복하려고 하면서도 그런 과제들이 통일문제와 어떻게 연결되어 있는지, 그런 것들과 내 삶이 무슨 상관을 맺고 있는지 따져보려고 하지 않는다면 그건 지적 나태이지요.

황규관 통일이라는 개념보다 평화라는 개념으로 젊은 세대들의 생각이 바뀌지 않았을까요?

염무웅 바뀌는 건 좋아요. 하지만 둘은 동전의 양면입니다. 뗄 수가 없는 거예요. 통일 없이는 평화도 없고 평화 없이는 통일도 없다는 인식이 근본입니다. 나는 현재의 북한체제에 대해 상당히 비판적이에요. 지금의 상황에서 이런 소리 해선 안 될지 모르지만, 솔직히 말해서 현재의 북한체제는 궁극적으로는 해체에 가깝게 변화돼야 한다고 생각합니다. 그러나 현실적으로 북한 해체는 곧장 전쟁으로 연결될 우려가 있어요. 이게 끔찍한 딜레마예요. 분단시대의 동독과 지금의 북한은 그 점에서 완전히 달라요. 물론 과거의 서독도 지금의 남한과 달랐지요. 과거 서독은 사민당의 빌리 브란트 같은 분이 동방정책을 통해 동독을 지원하고 동독에 접근했고, 뒤를 이은 헬무트 슈미트 정부와 기민당의 헬무트 콜 정부도 브란트의 동방정책을 적극적으로 계승했어요. 그 결과 통일을 이루었죠. 그리고 결정적인 게 고르바초프의 협력이었어요. 이 과정에서 소련과 동독의 군부세력은 통일을 방관하고 인정했어요. 하지만 한반도에서 그런 일이 전개된다면 북한의 집권─무장세력은 절대로 가만히 있지 않을 겁니다. 나는 사실 북한체제가 남한의 이승만 정부 못지않게 초장부터 잘못된 길로 들어섰다고 생각합니다. 김일성이 만주에서 항일독립운동을 한 건 사실이지만, 그러나 김일성 무장부대는 독립운동에 참가한 여러 세력들 중 하나이지 유일한 것은 결코 아니었습니다. 해방시기 북한 지도부는 김일성 세력 이외에도 중국과 소련에서 독립운동에 참여했던 투사들과 국내 공산주의 운동가들, 그리고 조만식을 대표로 하는 기독교 세력과 남한에서 월북한 공산주의자와 민족주의자들 등 다양한 분자들로 구성되어 있었어요. 그런데 그들은 그 후 어떻게 됐습니까. 오직 김일성 직계세력만 권력의 핵심으로 남게 됐고 홍명희·백남운 등 일부 온건한 개인들만 숙청을 면했어요. 조국의 해방을 가져온 것이 김일성 수령 한 사람의 공적이라고 하는 건 역사의 왜곡입니다. 그런데 오늘의 북한체제는 김일성 유일해방론 위에 구축되어 있어요. 다른 모든 독립운동세력은 차례로 배제되거나 격하됐어요. 심지어 상당수는 처형되기도 했고요. 나는 사실의 근거가 박약한 일부 과장된 역사야말로 오늘 북한체제가 안고 있는 모순의 원천이라고 봅니다. 우리나라가 일제로부터 해방된 건 수많은 독립지사들의 희생과 헌신이 쌓이고 쌓여서지만 직접적으로는 솔직히 말해 연합군이 제2차 세계대전에서 승리했기 때문 아니에요?

황규관 객관적인 사실이 그렇습니다. 통일과 평화가 맞물려 있다는 게 이상적이긴 한데요. 제가 40대 중반 넘어오니까 북한이라는 그늘이, 분단체제라서 그런지 모르겠는데, 우리의 무의식을 굉장히 좀먹었구나 하는 생각이 듭니다. 젊어서는 책을 통해서만 읽었지 감각적으로 못 느꼈는데, 40대가 넘어가니까 분단돼 있다는 현실 자체, 즉 잠깐 휴전된 상태가 대한민국의 사회적·문화적인 면에서 무의식을 좀먹은 상태구나 하는 걸 많이 느끼겠더라고요. 광기 같은 거나 비이성적인 것들이 보여요. 제가 늦돼서 그런지 모르겠는데, 제가 걱정하는 건 선생님들이 주창하고 문제의식을 가졌던 게 언제부턴가 세대론적으로 단절됐다는 생각이 많이 들어요. 그걸 40대들이 해줘야 하는데, 아무래도 40대는 불안정해서 새로운 조류가 나타나면 쓸려 가더라고요.

북한체제와의 공존은 가능한가

염무웅 내가 잘 모르는 얘기를 조금 더 하면, 북한 정권 초기에는 중국 연안에서 활동하던 사람들, 소련에서 온 사람들, 국내의 공산주의자 등 여러 운동가들이 연합해서 국가건설 운동에 나섰다고 봅니다. 그런 상황에서 점령군 소련의 지지가 없었으면 33세 김일성이 정권을 잡을 가능성은 아주 낮았다고 생각합니다. 물론 김일성의 정치적 역량이 탁월했던 건 사실인 것 같아요. 아무리 소련이 적극 밀었다 하더라도 수많은 정적들과의 치열한 경쟁에서 최후의 승자가 된다는 게 보통 능력이 아니거든요. 뿐만 아니라 김일성은 단지 소련을 등에 업는 데 그치지 않고, 그 후 중·소 사이에서 능숙한 줄타기를 통해 중국과 소련 어느 쪽에도 종속되지 않는 독립적 지위를 확보했습니다. 북한에서 '주체'를 유난히 강조하는 건 이런 역사의 산물이지요. 이건 대단한 거예요. 그런데 문제는 그 과정에서 완벽한 개인지배체제를 만들어낸 겁니다. 소위 수령유일체제가 그것이죠. 그게 대략 1960년대 말인데, 그때부터 김정일의 활동이 시작되고 그 결과 일종의 신정체제神政體制가 성립돼요. 역사상 거의 유례가 없는 체제입니다. 북조선의 국호는 엄연히 '민주주의인민공화국'이라고 명기되어 있는데, 현재의 북한에서는 민주주의적 요소도 공화국의 요소도 찾아보기 쉽지 않다고 나는 생각합니다. 어떤 독재체제도 물질적 권력을 장악하는 것 이상의 심리적·정신적인 일원성一元性까지 추구하지는 않는 법인데, 북한은 극단까지 밀고 나간 것 같아요. 1930~40년대 일본 천황제 하의 군국주의 체제도 이렇게까지 지독하지는 않았어요. 조선이나 중국의 왕조체제도 북한의 유일체제처럼 엄청나지는 않았고요. 조선왕조 시대에도 안 듣는 데서는 왕의 욕도 한다는 속담이 있었잖아요. 그런데 북한은 이른바 최고존엄에 대해 안 듣는 데서도 욕을 하면 안 되는 체제입니다.

북한 내부에서만이 아니라 북한 밖에서도 최고권력자에 대한 비판은 용납을 못 하는 거예요. 남한에서 욕하는 걸 용납 못 하잖아요. 김정일이나 김정은에 대해 뭐라고 비난을 하면 북에서 사죄하라고 합니다.(웃음) '사죄'라는 건 정치적 용어가 아니라 종교적 용어입니다.

이런 체제를 어떻게 해야 하느냐. 남북이 어떻게 공존할 수 있느냐. 내 생각에는 남한 자체가 더 정의롭고 평등한 사회로 진화하면서 그 영향에 의해 북한체제도 조금씩 더 자유롭고 다원적인 사회로 변화해 나가는 길밖에 없지 않나 싶습니다. 전쟁은 남북한 공멸이니까 옵션에서 제외해야 되잖아요? 김대중, 노무현에 이어서 이명박이 대북화해정책을 그런 식으로 지속해서 남북이 교류하면서 적대감을 완화시키고 점진적으로 변화를 이끌어 나갔으면 어땠을까요? 백낙청 교수의 분단체제론이나 '2013년체제론'에 보면 그런 말이 나오지요. 남북이 교류하고 화해하고 점점 접근해가다가 어느 시점에 이르러, 이 정도면 이제 여기서부터는 통일이라고 선언한다는 거죠. 그게 바로 통일이라는 겁니다. 북한체제가 모순에 가득차고 문제가 많지만 꾹 참고 교류하고 협력하는 동안 우리도 달라지고 저쪽도 달라지게 하자는 거예요. 비유를 하자면 남북 간에 이쪽에 있는 물과 저쪽에 있는 물 사이에 삼투작용이 일어나서 북한 것이 남으로 새어들고 남한 것이 북으로 새어가서 두 체제 간의 수압의 격차가 사라지게 해야 된다는 거지요. 전쟁 나면 한반도 전체가 폐허로 됩니다. 남한의 극우세력이 원하듯이 흡수통일이 되면 해결될 것 같지만, 결코 그렇지 않아요. 남북 어느 쪽도 결정적 승리란 게 절대 될 수 없어요. 6·25가 통일전쟁이었다고 하지만 결과적으로 적대감만 더 심화되고 내재화되어서 오히려 통일과 멀어진 거예요. 60년 전에도 그랬고 지금도 그렇습니다. 남북의 기득권세력은 본질적으로 이해관계가 일치합니다. 이들이 하자는 대로 하는 건 민족이 몽땅 망하는 길이에요.

황규관 선생님이 말씀하시는 것처럼 역사가 부디 이성적으로 흘러가면 좋겠습니다. 지금 북한체제는 우리에게도 엄청난 재앙의 씨앗인데, 대한민국 사람들 모두가 동의하고 공유하는 건 불가능하겠지만 아직도 그걸 받아들이지 않는 사람이 반 이상은 되는 것 같아요. 굉장히 무서운 현상이지요.

염무웅 지금까지 국민들의 절반쯤은 북한과 교류하면서 평화롭게 공존해야지 하고 원했었다면, 최근의 긴장국면을 보내면서, 특히 북쪽 매체를 통해 흘러나오는 북한 기관들의 거침없는 전쟁불사 발언을 보면서 열 사람 중에 일곱 사람은 정서적으로 반북反北이 된 것 같아요. 실체적 전쟁위협은 미국과 남한이 하는데 우리 국민들 귀에 들리는 건 북한의 언어적 전쟁위협뿐이니, 우리의 현실인식이 뒤틀릴 수밖에 없어요. 참 걱정입니다.

황규관 이제는 문학 얘기를 좀 여쭤볼게요. 선생님이 『실천문학』에서 대담을 하실 때, 시대적인 현상과 상호작용을 하면서 불가피하게 발생하는 소외의 형식과 의도적인 소외의 형식이 있는 것 같은데 후자는 좀 병리적인 거라고 본다는 말씀을 하셨어요. 일면 이해가 가는데, 또 한 가지는 창작자의 입장에서 보자면 의도적인 소외의 형식, 기존에 시인이 자기가 걸어왔던 형식에서 다시 소외를 발생시켜서 또 다른 형식을 발견하려고 하는 건 창작자의 고투이기도 하거든요. 기우이길 바라는데, 문학의 유행이라든가 자기 내면이 그런 형식을 창출해가는 게 아니고 의도적인 창출은 문제가 있긴 있거든요. 요즘 선생님이 보시는 시에 있어서 그런 점에 대해 말씀을 듣고 싶습니다.

문명의 위기와 시의 역할

염무웅 솔직히 말해서 새로운 시들에 대해 잘 모르겠어요. 젊은 시인들의 시집을 읽어보려고 애쓰기는 하는데, 뭐랄까 늘 두터운 유리벽 바깥에서 안을 들여다보는 안타까움에 사로잡히곤 합니다. 내가 도저히 뚫고 들어갈 수 없는 세계 앞에 서 있는 것 같아요. 그래도 문학을 공부하는 입장에서 이걸 어떻게 해석하고 어떻게 받아들일 것인가를 끊임없이 궁리하기는 합니다. 그런데 선명하게 머리에 쏙 들어오면서 이거다 하고 잡히지는 않아요. 생각을 이렇게도 해보고 저렇게도 해보는 것 중에 한 가지 떠오르는 걸 얘기해볼게요.

인간의 오랜 역사를 보면, 시라는 게 언제부터 있었는지는 모르지만, 아득한 옛날부터 인간이 글로 썼든 말로 읊었든 시를 창작하고 그걸 공동체와 더불어 공유하면서 살아왔잖아요. 남들 앞에서 낭송하는 것이든 혼자 허공을 향해 중얼거리는 것이든 시는 여하튼 말의 한 형식이에요. 아주 특수한 형식이긴 하지만요. 그러나 아무리 특수한 언어형식이라 해도 어쨌든 사람들은 시에 담긴 뜻과 느낌을 알아듣고 감성적으로 또는 지적으로 거기에 반응을 했지요. 시든 그림이든 또는 음악이든 작품을 대할 때 이게 무슨 뜻이냐, 무엇에 관해 말하고 있는 거냐 하고 묻는 건 평범한 사람의 당연한 질문입니다. 바흐나 모차르트의 협주곡, 베토벤의 교향곡도 수백 년 전 조선왕조 시대의 사람들이 들었다면 이게 무슨 소리지, 하면서 그 괴이함에 당황했겠지요. 그래도 만약 계속 들려와서 귀에 익으면 나쁜 소리는 아니다, 잡음과는 다르다, 들을 만하다, 결국 그렇게 받아들여졌을 것 같아요. 그러니까 잡음이 아니고 귀에 쾌감을 주는 악음樂音으로 결국엔 수용됐을 거란 말예요. 그런데 20세기 들어와 쇤베르크 같은 현대음악가의 작품을 들으면 내 경우 그게 도저히 안 돼요. 그림도 20세기의 추상화는 그런 상식적 이해의 수준을 넘어서요. 역사적으로 새로운 예술이 등장할 때마다 일종의 스캔들이 생기고 신구논쟁이 있었지만, 이번 것은 20세기에 나타난 특수한 현상 같아요.

그런데 예술에서만 그런 현상이 벌어졌냐 하면 그렇지가 않아요. 인간과 자연에 대한 이론적 탐구의 영역, 즉 학문의 세계에서도 이런 현상이 나타나요. 가령 아인슈타인의 상대성이론이라든가 양자역학, 불확정성이론 같은 것들, 프로이트의 정신분석이론, 소쉬르의 언어이론, 이런 것들이 약속이나 한 듯이 거의 동시에 출현합니다. 이건 결코 우연이 아니에요. 이제 우리의 일상적 감각이 인지하는 세계, 우리의 상식적인 세계관은 믿을 수 없게 된 거예요. 일상적 감각을 넘어서는 전혀 다른 상상력을 동원하지 않으면 안 되는 세계가 펼쳐지게 된 거지요. 우리 인식의 영역이 감각적 한계를 초월한 거예요. 미시적으로는 물질의 구조를, 거시적으로는 우주의 법칙을 이해하려다 보니까 그렇게 되기 시작한 것 아닌가 싶은데, 하지만 옛날에도 사람들이 우주를 안 본 건 아니에요. 별을 보면서 인간의 운명을 점치는 역학이라는 게 있었고, 우주와 인간의 마음이 하나의 원리에 의해 움직인다는 걸 설명하는 철학도 있었어요. 그런데 망원경이라는 관측도구가 발달하여 별들의 운행을 정밀하게 관측할 뿐만 아니라 운행의 원리를 수학적으로 계산할 수 있게 되면서 그냥 육안으로 별을 바라보는 일은 천체물리학이 아닌 동화의 영역이 됐어요. 우주의 운행원리와 인간 운명의 연관성을 깨달으려는 노력은 거의 미신이 됐고요. 우리의 삶과 직결된 각종 질병에 대한 우리의 관점도 그렇지요. 현미경의 개발로 미생물학·세균학·방역학이 발달하면서 질병의 개념이 달라졌잖아요. 세계는 이제 우리가 가시적·경험적으로 아는 것들의 총체가 아니게 됐어요. 이를테면 만져지면 존재하는 것이고 안 만져지면 존재하지 않는 그런 세계가 아닌 거예요. 수많은 비존재들이 존재의 영역으로 진입해서, 이제 그것들을 관측

하고 입증할 수 있게 된 거예요. 그리고 그런 새로운 과학적 발견에 기초한 수많은 문명의 도구가 19세기 이후 오늘까지 우리 삶을 질적으로 바꾸었거든요. 우리의 시각적 경험이라든가 감각의 세계 전체가 인류가 생겨난 뒤 수십만 년 동안 겪어오면서 무의식 속에 축적된 것들과는 다른 질서가 생긴 거죠. 우리가 알 수 없는 시가 생겨난 것이 시만의 문제가 아니라 인간활동의 전 영역에 걸쳐 일어난 근본적 전환이에요. 그러니까 나 같은 사람이 그동안 익숙하게 사용해오던 감각기계들은 너무 낡은 구형舊形이어서 새로운 현상을 제대로 인식하지 못하는 게 아닌가 싶어요.

황규관 기술문명이 발전하고 복잡화됨에 따라 감각할 수 있는 능력들이 향상돼서 발생한 문제라는 거죠?

염무웅 그냥 향상된 정도가 아니라 질적으로 달라졌다고 봐야죠. 우리의 감각적 한계를 넘어선 거예요. 오늘날 자연과학에서 양자나 전자, 더 나아가 쿼크나 힉스 같은 초소입자의 존재를 특수한 실험방법을 통해서 이론적으로 입증은 하지만 우리의 감각은 그런 존재를 짐작조차 할 수 없죠. 그러니까 현대시의 세계도 분명히 근거가 있는 건데, 그동안 길들여진 우리의 감각으로는 그 근거가 인지되지 않고 따라서 수용이 잘 안 되는 거예요. 실험실에서 원자핵의 질량이나 속도를 측정하는 것처럼 오늘날 시를 감상하는 새로운 방법이 개발되지 않으면 나같이 낡고 굳어진 감각을 가지고서는 뚫고 들어갈 수 없어요.(웃음)

예술적 실험의 의의와 한계

황규관 선생님께서는 독일문학을 가르치는 걸 업으로 삼으셨잖아요. 독일 시에서도 그런 현상이 나타나나요?

염무웅 물론이죠. 훨씬 더 오래전에, 1920년대부터 다다이즘이나 초현실주의가 생길 무렵에 아주 특이한 실험이 많았어요. 하지만 그건 한때의 실험으로 지나가고 말았죠. 과학적 실험이라는 건 그 결과로 원자폭탄을 만든다든가 전자제품을 만들어서 우리의 생활을 파괴하거나 도움을 주지만 시는 그런 게 아니거든요. 시나 그림이나 음악은 우리의 일상생활과 더불어 살자는 거지, 단순한 실험대상으로 머물 수는 없는 거예요. 시를 교묘하게 쓰는 실험을 해서 다른 어떤 걸 만들 수는 없잖아요.

황규관 문학장 내에서 자기 위계와 위치 같은 건 만들어낼 수 있겠죠.

염무웅 그렇겠죠. 하지만 그건 시 쓰는 사람들끼리의 문제이지, 일반인들의 삶에 영향을 끼치는 문제라곤 할 수 없죠. 하지만 물리학을 전혀 모르는 일반인들도 전기와 전자제품을 쓰고 원자력의 위험을 느끼고 삶에 영향을 받잖아요. 그러니까 다른 거죠.

황규관 제 입장에서는 선생님이 말씀하신 기술문명의 고도화가 우리의 감각기능을 확장시키고, 그로 인해서 우리의 내면이나 영혼을 바꿔낼 수 있다는 건 충분히 공감이 됩니다.

염무웅 과학의 발전이 인간의 감각을 확장한다거나 이상비대하게 만든다든가 해서 그동안 무심하게 봤던 것을 예민하게 느끼고, 그런 감각변화에 따른 새로운 예술현상들이 나타나는 건 어쩌면 자연스럽다고 할 수 있어요. 18세기 말 19세기 초 유럽에서 낭만파라는 젊은이들이 등장했을 때 선배 문인인 괴테가 이 후배들을 '병든' 예술가라고 비판을 했어요. 낭만주의자들의 이론을 보면 오늘날의 포스트모더니즘과

흡사한 게 참 많아요. 예컨대 노발리스나 프리드리히 슐레겔 같은 사람들의 산문이 그렇습니다. 자세히 따질 여유는 없지만, 요컨대 넓은 의미의 주관주의 예술론이에요. 객관적 현실 속에서 받아들여지고 객관적 현실을 개선하는 데 관여하는 예술이 아니라 예술가의 독특한 주관 속에서만 논의되고 의미를 갖는 예술을 지향한 거죠.

하여간 나는 오늘의 시에 대해서는 유보적이에요. 배척하는 건 아니지만 지지하는 것도 아니고 좀 지켜보자는 쪽이죠. 인간의 감각이 어디까지 거기에 적응할 수 있는가를 실험한다는 점에선 물론 의미가 있어요. 19세기 후반 인상파가 등장했을 때도 파리 화단에 난리법석이 났다지요. 관객들을 모독하고 조롱하는 거라고. 하지만 얼마 지나지 않아서 인간의 시각이 거기에 적응을 했어요. 나는 유럽을 여행할 때 미술관을 꽤 많이 찾았는데, 고전미술이나 종교화 같은 것들만 보다가 인상파 그림 앞에 서면 그렇게 반갑고 편할 수 없어요. 이미 우리의 시각이 인상파에 길들여진 거죠. 어두운 방에 들어가서 처음에는 아무것도 안 보이다가 얼마 지나 눈이 거기에 적응을 해서 보이기 시작하는 것처럼요. 오늘날 난해시라는 것들에 대해서 우리가 어느 정도 시간이 지나면 거기에 적응하고 길들여질 수 있는 정도의 난해성인지 영구히 거기에 적응이 안 되는 난해성인지 아직은 잘 모르겠어요. 이상의 시는 1930년대에만 난해시였던 것이 아니라 지금도 여전히 난해시거든요. 그러나 물론 이상의 실험이 무의미한 건 아니라고 봅니다. 그는 자기 나름의 어떤 극한까지 갔고, 거기까지 가기 위해 자기 인생을 희생으로 바쳤어요. 그런 점에서 이상은 순교자입니다. 적당한 선에서 기존 체제에 굴복하고 순응한 여타의 속물들과는 근본적으로 다른 사람입니다.

황규관 개인적으로 저도 요즘 어려운 시들을 보면서, 어려운 건 어려운 거니까, 상당히 왔다 갔다 하는 편이거든요. 한편으로는 자기 동의를 안 시키려고 애쓰는 긍정적인 측면도 있었고요. 또 한 측면으로는 사회와 이 세계에서 탄생한 예술들이 대부분의 사람들에게 전달이 되지 않고 감흥을 주지 못하는 건 뭔가 싶었는데, 이건 단순히 예술의 문제가 아니고 문명의 문제일 수도 있겠구나, 문명을 통해서 인간 자체가 계속 변해가는 과정에서 나온 게 아닌가 하는 점을 새삼스럽게 느꼈습니다. 지난 금요일에 민족문학연구소에서 올해의 작가상으로 백무산 시인을 선정했거든요. 술자리에서 노동의 문제라든가 하는 걸 두고 술 취한 김에 서로 중언부

언 주고받았던 기억이 나요. 자본주의 사회에서 노동의 문제와 시의 문제, 노동의 문제와 예술의 문제에 대해 개인적인 고민이 많아요. 예를 들어 우리나라에서 벌어지는 노동자들의 비극적인 시태時態를 단순명료하게 짚어서 설명할 수는 없지만 한 가지 분명한 건 김영삼 정권 때 세계화라는 물살이 들어오면서 일상과 문화 자체가 모두 자본에 장악돼버렸거든요. 공장 외에는 어떤 커뮤니티나 친목회도 없고 여가를 활용할 수 있는 공간이 없잖습니까? 공장이 붕괴되기 시작하면서 아주 진퇴양난에 빠진 거죠. 노동과 시, 노동과 예술에 대해 선생님께서 조언이나 고언을 해주셨으면 합니다.

시는 최악의 시대에 최전선을 맡고 있다

염무웅 그 문제에 대해 얘기할 거리가 많지는 않은데, 과거 노동운동이 사회변혁운동의 중심이었던 시대, 말하자면 혁명이 가슴을 뛰게 만들었던 시대가 실체로서 존재했었는데, 이제는 산업현장 자체가 대부분 동남아시아 같은 저임금지대로 빠져나갔잖아요. 그나마 있는 노동자들도 비정규직이 되고, 노조가 크게 힘을 쓴다고 하는 몇몇 대기업노조는 상당히 귀족화되어 노동운동의 진정한 주체로서는 결격사유가 많은 것 같고요. 그렇다면 어디에 희망이 있는가 하는 건데, 신문에 보니까 협동조합이나 사회적 기업을 얘기하더군요. 과거 노동이 차지했던 공간을 대안적인 조직이나 공동체 운동으로 대체해보려는 노력으로 이해는 되는데, 아직은 다들 단자화되고 개인적으로 흩어져서 그저 몇몇 사람들이 애쓸 뿐 뚜렷한 전선을 만들어내지 못하는 것 같아요. 그러나 그러면서도 다음 세대에게 이 세상을 이대로 물려줘서는 안 되겠다는 공감은 있단 말예요. 다들 뭔가가 있어야겠는데 이거다 싶은 건 찾아지지 않는 절박함과 공허감 같은 걸 가지고 있는 것 같아요. 나는 더 밑바닥으로 내려가야, 더 이상 내려갈 수 없는 데까지 내려가야 그때 비로소 땅바닥을 박차고 올라가는 힘이 생겨나지 않겠는가 생각하고, 아직 거기까지는 못 간 게 아닌가 하는 느낌이 들어요. 어쩌면 그렇기 때문에 시의 역할이 더 막중하다는 생각도 합니다. 그건 시인들이 과거 노동의 사회적 역할을 떠맡겠다고 나선다는 뜻이 결코 아닙니다. 전선이 파괴되고 중심이 사라진 이 삭막한 시대에 그 삭막함을 느끼는 일이라도 할 수 있도록 남겨진 게 시가 아닌가 여겨지기 때문입니다. 그렇다면 시는 최악의 시대에 최전선을 감당하고 있다고 말할 수 있어요. 다만 어떤 이론적인 파악능력에 의해서가 아니라 시 본연의 감각작용

faterial 258)

에 의해서 그럴 수 있다고 생각합니다.

황규관 선생님 말씀처럼 바닥까지 가게 되면 사실 이 사회가 풍비박산이 날 정도가 되지 않을까 싶어요. 사실 노동자들만 자살하는 게 아니고 학생이나 청년세대들, 자영업 종사자들이 자기 삶을 방기해버리는 풍조가 있을 정도면, 저는 이게 바닥이라고 느껴지거든요.

염무웅 글쎄요, 더 이상 잃어버릴 게 없는 정도까지 왔느냐, 그렇지는 않은 것 같아요. 내 생각엔 아직 사람들이 잃어버릴 게 조금씩은 남아 있는 것 같아요.

황규관 아직 판돈이 안 떨어졌다는 거죠.(웃음)

염무웅 6·25전쟁 때처럼 최소한의 식생활 이외의 모든 걸 버리고 가족들끼리 결속이 돼서 목숨만은 지키자 하는 그런 게 마지막 선인데, 아직 그렇지는 않다는 거죠. 밥그릇하고 식량 조금하고 겨울에 덮을 이불하고만 남기고 싹 없어져도 목숨만 건지면 된다는 데까지는 아직 멀었고, 한참 더 가야 돼요. 성형외과 병원들이 성업하고 있고, 과외로 먹고사는 사람들이 숱하게 많고, 신문에 관광지 소개하고, 인천공항에서 출국자가 계속 늘고……. 나는 어떤 부류의 사람들이 출국하는가를 조사해볼 필요가 있다고 봐요. 일 년에 한두 번씩 외국관광 여행을 다녀올 만한 사람들이 주로 누구이고 그들의 사회적 구성이 어떻게 되어 있는지 알 수 있다면 바닥까지의 거리를 가늠할 수 있을 겁니다.

황규관 우리 사회가 아직 바닥까지는 조금 남았다는 게 선생님의 진단인 것 같은데, 분명히 한 귀퉁이는 무너지고 있지 않습니까?

염무웅 그건 그래요. 거기엔 동의합니다. 그렇다면 우리 사회의 어느 귀퉁이에선가 폭동이 일어나야 해요. 봉기가 일어나야지요. 그렇잖아요? 어차피 죽을 판인데. 물론 자살하는 사람도 있지만, 자살을 할 바에야 들고일어나야 할 거 아녜요?

황규관 (웃음) 제가 지금 읽고 있는 책이 『봉기』거든요. 이제막 읽기 시작했는데, 인상적인 대목이 금융자본주의가 오면서 기호와 정보의 흐름으로 체제가 바뀌면서 산업자본, 즉 전통적인 부르주아들이 지배했던 시대를 넘어서고 있다는 거예요. 거기서 필요한 게 시적 언어다, 기호와 정보 체제로 세계를 정복하고 있으니까 거기에 맞서 역할을 할 수 있는 게 시적 언어라고 하는 거죠. 귀퉁이가 무너져 가고 있는, 노동자라든가 학생들이라든가 많은 사람들이 자기 삶을 포기하는데 거기에 문학이나 시가 무기력하거든요. 능동적인 대응이 되지 않고, 고발하거나 사태를 재현하거나 하는 정도에서 더 나아가지 못하고 있는 것 같아요. 매우 어렵고 힘든 질문이긴 한데, 어떻게 이걸 표현해내야 하는지 참 어렵거든요.

염무웅 그렇게 망가져 가는 현실을 온몸으로 느끼는 사람이 그 느낌을 그 시대의 가장 절실한 언어로 표현했을 때 그건 분명히 다른 사람에게도 그대로 전달될 수 있을 겁니다. 사실 문학이 현실을 반영한다고 하지만, 더 엄정한 의미에서는 시 쓰기가 성취됨으로써 미지의 영역에 있던 현실이 의미의 영역으로 옮겨 오는 거예요. 그래서 시인을 가리켜 입법자 또는 예언가라고 하잖아요? 현실이란 사실 무정형이에요. 현실 자체가 스스로 의미를 가지고 있는 게 아니고, 시인이 거기다 의미를 부여하는 거죠. 보통 사람들은 무심하게 사는

데 시인은 심한 고통을 느끼고 거기에 언어를 부여하는 작업을 하는 거죠.

황규관 그런 작업 자체가 궁극적으로 시의 정치일 수 있겠네요. 단순히 현실에 대해 반응해서 재현하고 기록하는 차원이 아니고, 예언자적인 시가 나옴으로써 현실을 의미화하고 현실을 재편성할 것을 촉구할 수 있는 기능이 있다는 말씀이시죠? 그러려면 작가들이 막연하게 독서경험과 골방체험을 하는 것만으로는 충분치 않을 수 있다고 생각하거든요. 이명박 정부 들어서서 작가들이 상당히 정치적인 발언들을 많이 했는데, 제가 사석에서 들은 얘기이긴 하지만 작가들의 자기현시나 자기과시 욕망도 있지 않느냐는 지적도 있어요. 작가도 사람이니까, 작가도 자기 욕망에 의해 자기 내면에 고여 있는 걸 표현하고 고발할 수도 있지요. 순수하게 도덕적인 면에서요. 또 한 가지는 자기가 노출됨으로써 누군가한테 시선을 받고 있다는 건 당연히 느끼는 거잖아요. 거기서 여러 가지 딜레마가 생기는 건데, 선생님 보시기에는 어떻습니까? 작가들의 정치적인 행위라든가 정치적인 발언과 노출에 대해 우려 섞인 시선과 기대 섞인 시선이 혼합돼 있는데요.

실존적 선택으로서의 정치행위

염무웅 현각이라는 미국인 스님이 쓴 『만행』이라는 책을 나는 아주 재미있게 읽었어요. 그 스님이 1980년대 초에, 레이건 정부 초기지요, 그때 대학생으로서 굉장히 열심히 싸우는 운동권이었대요. 요즘 우리나라에서는 대학생 데모라는 게 거의 사라졌지만 1990년대 중반까지만 해도 데모가 많았잖아요. 현각 스님도 하버드대학 시절에 그랬나 봐요. 레이건 정부에 맞서 돌 던지고 싸우다가 어느 순간 내가 지금 뭘 하고 있는 건가 하는 생각이 들었대요. 그때부터 내가 왜 대학에 왔으며, 대체 어떤 종류의 사람인가 하는 의문에 사로잡히게 됐다는 거지요. 그런 의문을 갖기 시작하면서 그는 데모 현장을 떠나요. 그리고 의문을 풀기 위해 온갖 노력을 기울입니다. 책도 읽고 불교 선승이나 신부를 찾아가기도 하고요. 하지만 어디서도 시원한 대답을 못 들어요. 스즈키라는 유명한 일본인 불교학자에게 강의도 듣고요. 하지만 그래도 의문이 안 풀려요. 그러다가 숭산崇山이라는 한국 스님이 서툰 영어로 설법하는 걸 듣게 됐는데, 이거다 싶은 게 확 오더래요. 그래서 숭산 스님의 제자가 되어 결국 머리를 깎았다는 거죠. 현각의 집안은 원래 가톨릭이에요. 그런데 현각의 경우에는 삶의 매 과정에 어떤 필연성이 느껴져요. 데모를 한 것도 그의 내면적 요구에 의한 것이었고, 계속되는 데모 속에서 상투화된 운동방식에 회의를 느낀 것도 그 나름으로는 절실했던 거지요. 현각의 입장에서는 그의 선택 하나하나가 절실함의 연속입니다. 하지만 레이건 정부에 반대해서 싸우던 사람들이 몽땅 다 현장에서 사라져버리는 것은 절대 바람직한 현상이 아니죠. 다수는 여전히 데모를 하되, 그중 몇 사람은 자기 나름의 깨달음을 얻기 위해서 데모 현장에서 사라질 수도 있고 도서관으로 갈 수도 있어요.

우리가 과거 박정희·전두환 정권에 반대해서 데모할 때도 도서관에서 공부하면서, 데모하는 사람이 못 한 공부 몫까지 대신 내가 더 열심히 공부해서 저 데모하는 사람들의 희생을 갚겠다, 이렇게 생각하는 사람이 있을 수 있다고 믿어요. 하나의 길만 있는 건 아니잖아요. 물론 도서관에 앉아 있던 사람들 중에는 데모가 공부하는 데 시끄럽게 방해된다고 생각하면서 혼자 고시 공부해서 출세한 사람도 있고, 반대로 데모에 앞장섰던 사람들 중에도 그 경력을 발판으로 학생회장하고 국회의원 하면서 출세한 사람도 있어요. 그러니까 일률적으로 뭐라고 말을 할 수가 없는데, 20세기 대표적인 지식인으로서 버트런드 러셀이나 사르트르, 오늘날의 촘스키 같은 분들은 인류의 양심으로 무슨 사건이 있을 때마다 발언을 하잖아요. 우리가 그걸 보면서, 이 사람 또 나왔네, 그 소리 또 하네, 그러질 않거든요. 그 사람들이 새로운 사건에 대해서 발언할 때마다 그 사람들의 생각이 발전하거든요. 그냥 상투적으로 한 소리 또 하는 게 아니라 세계의 움직임을 정신을 똑바로 차리고 바라보면서 세계의 움직임에 대해 창의적으로 대응해 나가는 거예요. 사르트르의 행동의 과정은 사르트르의 사상의 발전과정을 반영하는 거라고 나는 봅니다. 촘스키의 언어학과 그의 정치비판이 무슨 연관이 있는지는 잘 모르겠지만, 틀림없이 뭔가 있을 거예요. 그런 사람들이 존경스럽잖아요. 어려운 시대의 선구적이고 예언적인 지식인들이 했던 역할을 냉소적으로 바라보는 건 문제가 있다고 생각해요. 모든 스님들이 수경 스님처럼 현장에서 사라진다면 이건 절망일 거예요. 수경 스님은 그럴 수가 있지만 다른 스님들조차 모두 그렇게 사라지면 안 된다는 얘기죠. 백낙청 교수의 정치적 발언에 대해서도 비아냥거리는 사람들이 있습니다. 일면 그렇게 볼 수도 있지요. 자기 분야에 더 집중해야지 하고 생각할 수도 있다는 거죠. 그러나 오늘과 같은 이런 시대에 현실에 밀착하여 행동하고 발언하는 것은 지식인으로서 피할 수 없는 실존적인 선택입니다.

황규관 마지막으로, 앞으로의 계획 같은 건 어떻습니까?

염무웅 뭐 계획대로 되나요? 요즘은 건강을 위해 부지런히 산보하는 것과 책 읽고 글 쓰는 게 일인데, 얼마나 더 할 수 있을지 모르죠. 예전에 어떤 선배가 그러데요. 70대 중반까지는 글을 쓸 수가 있다고. 책은 그보다 더 읽을 수 있겠지만, 아무튼 정신을 똑바로 차려서 남들이 읽기 괴로운 글은 쓰지 말아야죠. 아직은 자신을 객관적으로 볼 수 있지 않은가 자부합니다. 착각인지 모르지만요. 그런데 세월이 금방 가더라고요. 정년퇴직한 지 벌써 7년차예요. 이제 몇 년 있으면 80대가 돼요. 끔찍하죠. 그때까지 살아 있을지 모르지만, 죽음을 잘 맞이하는 마음을 가지려고 해요. 건강이 더 나빠져서 죽음이 다가오더라도 편안하고 기꺼운 마음으로 받아들여야지, 하고 자신을 설득하고 있어요. 공자님이 70의 나이에 대해 뭐라고 했느냐면, 마음먹은 대로 행동해도 그것이 법도에 어긋나지 않는 상태라고 했어요. 하고 싶은 대로 하는데 도리에 어긋나지 않는다는 건 보통의 경지가 아니에요. 아무나 그렇게 될 수야 없겠지만, 최소한 따라가려고 노력은 해야겠죠. 괴테가 중년 이후에 한 말 중에 체념이라는 말이 많더라고요. 학생 때『빌헬름 마이스터의 수업시대』를 읽고 체념이라는 말이 많은 데 불만스러워 했어요. 체념이라니? 그런데 나이가 드니 체념이라는 말이 아주 설득력 있게 다가와요. 너무 건강해지려고 하는 것도 욕심이고, 너무 좋은 글을 쓰려고 하는 것도 욕심이 아닌가, 어느 시점에서 단斷해야지 하고 자주 다짐합니다. 주어진 분수에 맞게 살아가는 게 중요하죠. 그래서 마음을 가라앉히는 공부를 하려고 노력합니다. 몸과 마음은 하나니까, 거의 매일 한두 시간 산보를 하는데, 산보하는 동안 자기를 달래는 공부를 해요. '행선'行禪이라는 말이 있잖아요? 걸으면서 마음을 다독입니다. 전쟁이 닥치든 죽음이 닥치든 담담하게 받아들였으면 하는 게 희망이죠.

황규관 선생님의 희망사항과 관계없이 저희들은 조금 더 비평활동을 해주셨으면 하는 바람이고요. 오늘 긴 시간 동안 귀한 말씀을 많이 해주셔서 감사합니다.

—『리얼리스트』 통권 8호 (2013년 6월)

이오덕
다시 보기

대담자 **이주영** • 아동문학가

일시 2014년 2월 25일

장소 경기도 군포시 염무웅 자택

이주영 선생님, 안녕하십니까?

염무웅 예, 반갑습니다.

이주영 이오덕 선생님하고는 상당히 오랫동안 교류를 하셨고, 직접 만나서 같이 말씀도 많이 나누신 걸로 알고 있고, 편지도 가장 많이 보내셨더라고요. 그래서 이오덕 선생님에 대해서 몇 가지 말씀을 듣고 싶어서 왔습니다. 이오덕 선생님하고 처음에 만나신 과정은 어떻게 되시나요?

이오덕 선생과의 첫 인연

염무웅 아마 1974년쯤일 텐데요. 이오덕 선생을 만나기 전에 이오덕 선생 글을 먼저 읽었어요. 그때, 정확한 날짜는 모르겠는데 73년 말이거나 74년 초거나 이 무렵에『안동문학』이라는 잡지가 나왔어요.

이주영 예, 지금도 나오고 있습니다.

염무웅 아, 그렇습니까? 그 뒤론 다시 못 봤는데. 하여튼 그『안동문학』에서 우연히 이오덕 선생 글을 읽었어요. 그때만 해도 옛날이어서 지금은 유명한 소설가가 된 김주영 씨라든가 그 밖에 여러 문인들이 안동에서 활동하고 있었습니다. 그분들이『안동문학』을 보내줘서 거기에서 이오덕 선생 글을 본 게 아닌가 싶어요. 근데 저는 아동문학 전공자도 아닌데다가 1970년대 전반기까지만 해도 우리나라 문단에서 아동문학의 위상이 그렇게 높지 않아서…….

이주영 예, 그랬죠.

염무웅 그래서 저는 아동문학에 대해 관심도 별로 없을뿐더러 좀 불만스럽게 생각하고 있었어요. 그런데 이오덕 선생 글을 읽는 순간 굉장히 신선한 충격이 오고, 이분의 글을 받아서 제가 관여하는 잡지에 실어야겠단 생각이 들더군요. 그때 저는 『창작과비평』의 편집책임자였거든요. 그래서 이오덕 선생님한테, 그때 무슨 조그만 학교 교장으로 계실 때인데…….

이주영 예, 그때 삼동초등학교 교장으로 계셨지요.

염무웅 네, 편지를 써서 『창비』가 어떤 뜻을 가진 잡지인지 소개하고 글을 부탁했지요. 그때만 해도 『창작과비평』이란 잡지가 그렇게 시골구석까지 널리 알려진 잡지는 아니었거든요. 그렇게 해서 처음 발표한 글이 1974년 가을호에 실린 평론 「시정신과 유희정신」입니다. 아주 유명한 글이 됐죠. 돌이켜보니까 그때 이오덕 선생님이 직접 원고를 들고 오셨던 거 같아요. 창비 사무실로요. 그래서 처음 인사를 드렸죠. 그때 창비는 당시의 수송초등학교, 지금의 종로구청 건너편에 있는 신구문화사란 출판사의 방 한 칸을 빌려서 잡지를 내고 있었어요. 발행인은 신동문 시인인데, 신동문 선생은 신구문화사의 편집고문 겸 『창비』 발행인으로 이름을 걸고 계셨고, 백낙청 교수는 그때 미국에서 박사논문을 끝내고 온 지 오래지 않을 때였죠. 저는 천도교회관 건너편에 있던 덕성여대에 재직하고 있었고요.

이주영 지금도 덕성학원은 그 자리에 있습니다.

권정생과 이원수

염무웅 제가 거기 전임이었지요. 신구문화사하고 멀지 않은 거리니까 수시로 왔다갔다 했어요. 저녁때는 으레 글쟁이들이 모여들어 한잔하고 그러던 시절이었죠. 이오덕 선생님이 그리 오셨어요. 그래서 처음 뵀지요. 「시정신과 유희정신」은 역시 기대했던 대로 정말 좋은 글로서 이오덕 선생을 대표하는 아동문학평론 중의 하나 아닙니까. 그야말로 아동문학의 물길을 바꿨다고 할 수 있는, 우리나라 아동문학사에 남을 만한 글이지요. 그걸 싣고 너무 좋아서 바로 이어서 그다음호에도 부탁을 드려서 「동시란 무엇인가」를 실었죠. 근데 아시다시피 『창비』는 계간지이고 지면이 그렇게 많은 잡지도 아니에요. 그러니깐 한 필자의 글이 연달아 나오는 건 특별한 예외로서 거의 그런 일이 없었어요. 아무튼 그 후로도 일 년에 한 번 정도 글을 실었어요.

그러다가 백낙청 교수는 1974년 말 '민주회복국민회의'

선언 때문에 대학에서 파면이 되고 저도 76년 초에 교수재임용제도에 의해 학교에서 해직이 됐어요. 이 무렵에 창비는 신구문화사로부터 독립한 잡지사 겸 출판사가 되었죠. 사무실도 따로 차렸고요. 그 뒤에는 이오덕 선생이 더 자주 오셨어요. 서울 오시면 늘 한번씩 들렀으니까요. 잘 아시겠지만 이오덕 선생은 아주 부지런하신 분이고 또 일을 위해선 아주 헌신적이니까 창비에 오시는 것도 아동문학운동의 일환으로 생각하셨을 겁니다. 언젠가는 권정생 선생도 달고 오셨더군요. 아마 창비아동문고를 시작하고 나서 얼마 안 됐을 때였을 겁니다. 권 선생이 원고를 갖고 모처럼 상경하신 거였지요. 권정생 선생은 건강 때문에 먼 출타를 못 하시는데, 그런데도 보호자로서 잘 동무해 오셨어요. 아마 권정생 선생으로서는 서울나들이가 십 년에 한 번쯤 있을까 말까 했을 겁니다.

이주영　그렇죠. 80년대 말에 또 한 번 오셨으니까요.

염무웅　예, 그랬군요. 창비로서는 그때 들르신 게 아마 권정생 선생의 유일한 방문이 아니었던가 싶어요. 하지만 이오덕 선생은 자주 오셨지요. 창비아동문고를 내는 과정에서 백낙청 교수나 저에게 말하자면 편집자문 역할을 하신 셈이에요. 아까도 얘기했듯이 우리는 아동문학계에 대해 모르는 게 많았거든요. 이렇게 되면서 이원수 선생하고도 아주 친해졌어요. 어딘가에 보면 이원수, 이오덕, 백낙청, 저 이렇게 창비 사무실에서 찍은 사진이 있어요. 아시는지 모르지만 이원수 선생은 이오덕 선생하고 기질적으로 상당히 다른 분이에요. 이오덕 선생은 좀 재미가 없는 분이고, 아주 근엄하고, 노는 것도 절대로 안 하고 일에만 몰두하고……. 그러니 재미가 없죠. 이원수 선생은 그렇지가 않아요. 얼마나 재밌는지 몰라요. 아주 노는 것도 좋아하고 술도 잘하시고요. 술집에 어쩌다 따라가면 아가씨들하고 얼마나 격의 없이 웃고 즐기시는지, 젊은 서생이었던 저로서는 부럽기 짝이 없었어요.

이주영 네, 이원수 선생님은 술집에서 노래도 잘하시고, 술집 아가씨들하고도 편하게 잘 노시고 그러셨지요.

염무웅 예, 노래도 잘하시고. 그래서 저는 이원수 선생 만나 얘기하고 술집 따라다니는 게 훨씬 재밌더라구요.(웃음)

이주영 그때부터 이원수 선생님하고도 어울리셨군요.

1977년 2월, 수송동에 있던 창비 편집실에서.
왼쪽부터 염무웅·백낙청·조태일·이오덕·이원수. (사진은 창비 제공)

염무웅　이원수 선생은 아주 개방적인 분이었어요. 남녀를 불문하고 또 노소를 불문하고 아무 거리낌 없이 즐겁게 어울리셨어요. 그게 쉬운 일이 아니거든요. 이원수 선생은 1911년생이니까 창비에 가끔 들르실 때 벌써 60대의 나이인데도 아들 또래인 저를 조금도 가리지 않으셨어요. 그래서 내가 저 나이가 돼서 나보다 20년 30년 어린 젊은 후배들하고 저렇게 나이를 초월해서 친구처럼 즐길 수 있을까 그런 생각이 들더군요. 그런 건 이원수 선생께서 몸으로 가르치신 거죠. 근데 이오덕 선생은 그렇지가 않아요. 늘 근엄한 얼굴이고 언제든지 토론할 준비가 돼 있고……(웃음)

이주영　(웃음) 문제가 있다고 생각하면 어느 자리에서나 말씀하실 준비가 되어 있는 분이었지요.

염무웅　네, 그래요. 그런데 사람이 토론만 하고 살 순 없잖아요. 좀 웃기도 하고 농담도 하고 이래야 하는데. 이원수 선생은 연세가 훨씬 더 위인데도 거리낌 없이 농담을 하고 웃고 재미있게 노시고……. 반면에 열너덧 살 아래인 이오덕 선생은 아주 진지한 얼굴이어서 약간 코믹한 대조를 이루지요.(웃음)

아동문학의 물길을 바꾸다

이주영 아까 이오덕 선생님이 쓴 「시정신과 유희정신」이 어린이문학 현대사에서 물꼬를 바꿔주었다고 말씀하셨는데.

염무웅 물길이라고 했지요.

이주영 네, 물길을 바꿔주었다는 말씀을 하셨는데. 그걸 좀 더 자세하게 말씀해주시면 어떨까요.

염무웅 글쎄요. 저는 아동문학은 이오덕 선생이나 이원수 선생, 권정생 선생 때문에 조금 읽었고, 본격적으로 공부해서 제대로 책임 있는 말을 할 정도까지는 못 됩니다. 그렇다는 걸 전제로 인상비평처럼 말해본다면, 그 이전까지의 아동문학은 대체로 상업주의에 물들어 있었던 거 아닌가 싶어요. 어린이한테 팔아먹으려고 쓰는 작품이 다수고요. 이오덕 선생이 그전부터 늘 동심천사주의라는 말로 비판한 거 있잖아요. 어린이를 공연히 미화하는 그런 경향을 확 바꾼 거잖아요. 살아 있는 인간으로서의 어린이, 생활하는 존재로서의 어린이, 삶과 밀착된 어린이, 억지로 아름답게 꾸며내지 않고 생활을 있는 그대로 진솔하게 표현하는 문학으로서의 어린이문학으로 확 들어올린 게 이오덕 선생의 큰 역사적 업적이지요.

그런데 생각해보면 일반문학, 즉 보통의 성인문학에서는 그런 '삶의 문학'이 오래전부터 있어왔는데, 1970년 전후의 현실변화에 대응하여 새로운 모습으로 나타난 거죠. 예를 들면 1970년 전후에 신경림 시인의 『농무』라든가 황석영 작가의 『객지』같은 작품들은 우리 문학사에 획기적인 의의를 가진다고 봅니다. 알다시피 그 무렵 우리나라는 박정희 정권의 압축적 근대화정책으로 심각한 사회적 변화를 겪고 있었고 정치적으로도 자유와 인권이 크게 억압되고 있었잖아요? 그런데 당시의 주류문학은 이러한 현실을 외면하고 있었거든요. 신경림의 시와 황석영의 소설은 바로 그 억압적 현실을 살아가는 민중의 생활과 감정을 다룸으로써 기성문단에 충격을 준 거죠. 물론 그들에 앞서 1960년대에는 요산 김정한 선생이나 김수영·신동엽 시인 같은 분들의 활동이 있었음을 잊어서는 안 되겠지요.

이런 흐름에 비추어볼 때 아동문학계는 여전히 아주 구태의연한 상태에 머물러 있었다고 봐야겠지요. 이오덕 선생의 평론집 『시정신과 유희정신』은 말하자면 한국 아동문학의 이러한 침체와 안일에 대한 치열한 도전의 감행이라고 할 수 있습니다. 아전인수 격의 발언인지 모르겠지만, 『창비』지면을 통해 이오덕 선생이 마치 단기필마로 적진에 뛰어들듯이 평론활동을 전개하고 또 창비로서도 '아동문고'라는 기획을 통해 종래와는 다른 성격의 작품을 묶어내기 시작함으로써 한국 아동문학의 물길을 바꾸었다고 생각합니다. 그리고 이렇게 비평의 방향이 달라지니까 거기에 호응하는 작품들이 쓰여지기 시작하는 거예요. 중요한 건 사실 작품 자체잖아요. 새로운 의식을 가진 재능 있는 신인 아동작가들이 많이 나왔지요. 권정생 선생 같은 분은 이런 흐름 속에서 부각될 수 있었지요. 그 밖에도 다른 후배 작가들이 많이 나와서 이제 1980년대 이후에는 오히려 옛날식의, 꿈같은 소리나 하는 그런 아동문학보다는 오히려 이오덕 선생이 주장하고 권정생 선생이 모범을 보인 문학세계가 더 주류가 되고 있는 형편이잖아요. 그렇게 큰 전환이 일어나는 것은, 이오덕 선생이 이론으로 앞장서고 권정생 선생이나 그 밖에 다른 후배 작가들이 거기에 동참하고 힘을 합쳐서 아동문학계가 방향 전환을 하게 됐다, 이렇게 생각합니다. 아동문학 전환의 단초를 연 분이 이오덕 선생이다, 그렇게 말할 수 있지 않을까요.(웃음)

이주영 전체 문학사 흐름에서 어린이문학이 이오덕과 권정생을 기점으로 어떻게 변화·발전했는가를 정리해주신 거라고 생각합니다.

예술은 이론 이전의 감수성

염무웅 그 뿌리는 사실 따지고 보면 일제강점기로 소급할수 있습니다. 가령, 카프라는 조직의 테두리 안에서 생활현실을 중시하는 아동문학을 한 분들도 있었거든요. 그 방면에 아마 본격적으로 연구한 분들이 있을 거예요. 오래전 이야긴데, 나는 이원수 선생이 해방 직후에 간행한 동시집 『너를 부른다』를 읽고 깜짝 놀랐어요. 우리나라 동시의 역사에서도 우뚝 솟을 만한 뛰어난 시집이에요. 이오덕 선생은 평론도 쓰셨지만 동시도 많이 쓰셨는데, 솔직히 말해 동시는 좀 교훈적이어서 감동이 적어요. 예술작품에는 번뜩이는 요소가 있어야 맛이 있잖아요? 이론은 사후적인 설명이지만, 예술은 이론 이전의 감수성의 발현이거든요. 그런 점에서 보면 이오덕 선생은 이론가이자 운동가이고 이원수 선생은 예술가예요. 예술가라는 게 꼭 자기 예술을 이론적으로 설명해야 되는 건 아니지요. 예술가는 그냥 좋은 작품 쓰는 걸로 그칠 수도 있어요.

이주영 그렇지요. 설명은 평론가들이 하면 되는 거죠.

염무웅 근데 이오덕 선생은 창작자라기보다는 평론가에 가까워요. 이오덕 선생의 동시나 이런 걸 읽으면 자기 이론에 맞춰서 쓴 것 같다는 느낌이 좀 있어요. 그런데 이원수 선생의 『너를 부른다』 같은 걸 보면 이건 정말 예술이에요. 그러니깐 이원수 선생의 동시나 동화나 이런 건……. 6·25전쟁 이후 수십 년은 반공냉전시대였잖아요. 이데올로기적인 억압의 시대였죠. 그러니깐 우리나라 문학사, 특히 아동문학사로서는 일종의 공백기랄까 암흑기랄 수 있는데, 공백의 양쪽을 연결해주는 역할을 한 게 저는 이원수 선생 같은 분이다, 이렇게 생각하고 있어요. 그리고 이원수의 역할을 이론의 영역에서 수행한 것이 이오덕이다…….

이주영 이원수 선생님이 실천한 예술을 이론으로 정리한 게 이오덕이고, 또 그 이론을 권정생 선생님이 작품으로 이었다고 보시는 거군요.

염무웅 예, 그렇죠. 권정생 선생은 단순히 물길을 이은 데 그친 게 아니라 그 물길에 문학적 깊이와 넓이를 더했다고 볼 수 있어요.

이주영 권정생 선생님 동시도 좀 보셨나요?

염무웅 많이는 아니고 조금 봤지요. 권정생 선생은 뭐……. 저는 그냥 아동문학가라는 측면에서뿐만이 아니라 다른, 『빌뱅이 언덕』이라는 책에 제가 짤막하게 발문을 썼는데요, 그냥 아동문학가란 차원을 뛰어넘는 훌륭한 분이란 느낌이에요.

이주영 권정생 문학에 대해서도 조금 더 말씀해주시면 좋겠습니다.

염무웅 글쎄요. 하여간 권정생 선생은 참 훌륭하고 생각만 해도 저절로 감동이 오는 분이에요.(웃음)

이주영 (웃음) 한마디로 '훌륭하다' 뭐 그 말씀밖에는 하실 게 없으세요?(웃음)

염무웅 아동문학의 테두리를 훨씬 벗어나는, 흔히들 이야기하죠. 성자와 같은 느낌이 든다는 그런 측면이 있잖아요.

이주영 선생님도 그렇게 느끼셨군요.

염무웅 네. 그러면서도 아주 자유로운 분이죠. 불치의 질병, 말할 수 없는 가난, 이런 여러 가지 세속적인 제한, 좁은 테두리 안에 갇혀 살면서도 거기 얽매이지 않은 광활한 정신세계를 가졌던 분이에요. 이오덕 선생하고는 그 점에서 좀 달랐어요. 이오덕 선생은 좀 너무, 뭐랄까요, 늘 긴장해 계시다는 느낌을 줬지요. 그럴 수밖에 없는 시대를 살았기 때문이에요. 자기를 꽉, 그렇게 긴장하지 않으면 유지할 수 없는 시대를 살았잖아요. 일제 말부터 분단과 6·25전쟁, 이런 숨막히는 시대에 조금만 느슨한 정신을 가져도 어떻게 이 질곡을 온전히 견디겠어요. 이오덕 선생에게는 시대의 긴장이 체화되어 있는 셈이에요. 그러나 권정생 선생 경우에는 그와 달리 아주 편해요. 아주 편안하고, 자기를 그렇게 긴장시키지 않으면서도 높은 정신적 해방이랄까 자유를 이루신 분 같아요. 이원수 선생 앞에 있으면 마음이 편안해지듯이 권정생 선생도 아주 편안한 분이에요. 편안하면서도 속되거나 이

2007년 5월 20일 경북 안동, 권정생 선생 영결식.
왼쪽부터 김용락·문정현 신부·염무웅.

런 것도 아니고 아주 고귀한 편안함을 주시는 분이지요. 예를 들면 우리가 뭐 간디라든가 톨스토이라든가, 역사에 남는 위대한 분들 있잖아요? 그런 분들과 정신의 어떤 높이에 있어서 비슷하다는 생각이 들어요. 이오덕 선생 경우는 그럴 수 없는 불행한 시대를 산 분이지요. 너무 자기를 옥죄면서 살았어요. 올곧은 길을 가기 위해 잠시도 방심할 수 없는 생애를 살았던 분이라는 점에서 이오덕 선생은 사실 좀 안됐죠. 만약 자유롭게 마음을 열었다면 이오덕 선생은 허물어졌을지도 모르죠. 시대의 간난을 뚫고 나올 수 없었을지도 몰라요.

이주영 그 시대를 살아낸 이오덕 선생님의 자리가 달랐으니까요.

염무웅 네. 각자 자기 자리에서 자기 식으로 사는 거죠. 어떡합니까.

이주영 아주 중요한 말씀을 해주셔서 고맙습니다.

염무웅 글쎄요.

이주영 어린이문학을 하는 후배들한테 하고 싶으신 말씀 해
주시죠.

스승을 올바르게 계승하자면

염무웅 글쎄요. 아동문학은 제가 그렇게 전문가도 아니면서
후배들에게 뭐라고 이야기하는 건 좀 외람된, 과분한 얘기 같
군요. 이오덕 선생한테 배울 걸 배우되 선배를 선배답게 모시
는 건 그 선배를 넘어서는 거잖아요? 바둑을 둘 줄 아시는지
모르겠는데, 바둑을 두는 사람들한텐 스승을 이기는 것이 스
승에 대한 제자의 보은이라는 말이 있어요. 조훈현의 애제자
가 이창호였잖아요. 이창호가 꽤 오래전에 조훈현을 이겼죠.
이제는 이창호도 30대가 되면서 기운이 빠져서 훨씬 더 후배
들에게 밀려나고 있지만 한창 활약할 때에는 스승인 조훈현
을 이겼지요. 그럴 때 조훈현이나 바둑계에서 뭐라고 했냐면
"스승의 은혜를 갚았다" 이렇게 표현했어요. 그게 스승의 은
혜를 갚는 길이고 스승으로부터 배움을 계승하는 길이죠. 무
조건적인 추종을 하면 안 된다고 난 생각해요. 그러니까 이원
수고 이오덕이고 권정생이고, 존경하고 배우되 그 경지를 넘
어설 생각을 해야 된다고 봅니다. 추종하는 데 그치면 이원수

이전, 이오덕 이전으로 후퇴하는 것밖에 안 남아요.

이주영 선생님 말씀처럼 이원수·이오덕·권정생을 스승으로 배우되, 그 문학을 넘어서는 어린이문학가들이 많이 나올 수 있도록 노력하겠습니다. 그런데『이오덕 일기』에 보니 1975년에 중앙정보부에 끌려갔던 사건이 나오던데, 선생님이 주범이셨지요?(웃음)

염무웅 아, 그거요?(웃음) 이오덕 선생은 일기에다 그런 얘기도 꼼꼼하게 기록하셨군요.(웃음) 그때 저는『창작과비평』편집에 몰두하고 있었으니까 일기고 편지고 안 썼어요. 유신체제 하에서는 무슨 일로 잡혀가면 일기나 편지 때문에 괜히 여러 사람이 다치기 때문이죠. 하여튼 아까도 이야기했듯이 제가 덕성여대 전임으로 있을 땐데요, 1975년 여름방학이었죠. 그 무렵 신동문 선생은『창작과비평』발행인 하다가 그만두시고 단양 남한강가 어딘가에 내려가서 농사를 짓고 계셨어요. 방학을 맞아 저는 휴가 삼아 신동문 선생 농막에 가서 이틀 밤을 자고 그러고는 거기서 이오덕 선생 댁으로 갔죠.

이주영 네, 그때 삼동초등학교 계셨지요.

염무웅 춘양이라는 곳을 아십니까?

이주영 그럼요. 갔다 왔습니다.

염무웅 아, 그러세요? 제가 그 춘양에서 초등학교를 졸업했습니다.

이주영 아, 춘양이 고향이세요?

염무웅 아니요. 고향은 아니고. 원래 고향은 강원도 속초인데, 속초가 38선 이북이잖아요. 제가 네 살 때 8·15해방이 돼서 그해 말인지 이듬해 초인지에 월남을 했죠. 태백산맥을 따라 내려오다가 장성이라는 곳에서, 그 후 장성과 황지가 합쳐져서 오늘의 태백시가 됐죠, 그 장성에서 한 2년쯤 살다가 1948년 봄에 경북 봉화군 춘양으로 이사를 왔어요. 초등학교 3학년 때 6·25가 났고요. 휴전된 다음해에는 또 엉뚱하게 충남 공주로 이사를 가서 중학생이 됐지요. 공주는 읍 소재지에 불과하지만 교육도시고 문화도시예요. 난리를 피해서 아무 인연도 없는 춘양에 왔다가 자식들 교육시키려고 아무 인연도 없는 공주로 간 거지요. 춘양서는 6년 남짓을 살았어요.

근데 마침 이오덕 선생이 춘양 가까운 곳, 봉화군 명호면 삼동초등학교에 계신다는 거예요. 그래서 반가운 마음에 먼저 춘양 둘러보고 명호면으로 찾아갔어요. 버스에서 내려가지고 등산하듯이 한 시간은 걸어 올라갔을 겁니다.

이주영 아주 꼭대기에 있죠. 버스길에서 20리는 될 겁니다.

전기도 전화도 없는 곳에서

염무웅 네, 가보니까 교실이 세 개가 붙은 교사가 있고 운동장이 있더군요. 두 학년이 한 교실씩 썼던 것 같아요. 그리고 한쪽 구석에 교장 사택이라는 게 하나 있구요. 그 교장 사택에서 하룻밤 잤지요. 그런데 전기도 안 들어오고 전화도 안 되고 그런 곳이에요. 그래서 촛불 켜놓고 저녁 얻어먹고 달빛 보면서 운동장 걷고……. 그러면서 "이 선생님, 전기도 없고 전화도 없는데 불편하지 않으세요?" 그랬더니 "아이, 무슨 말씀이세요. 얼마나 편한지 몰라요" 그러시는 거예요. 무엇보다 전화가 없으니까 교육청이나 이런 데서 번거롭게 지시하고 명령하고 이러지 못하니까요.(웃음) 뭘 지시하려면 그곳까지 산길로 걸어서 찾아와야 하잖아요. 그래서 굉장히 자유롭고 참 좋다 그러세요. 참, 꿈같은 이야기죠. 그런 이야기 하면서 하룻밤 즐겁게 보내고 다음날 아침에 떠나면서 이오덕 선생님 책꽂이, 저는 누구 집에 가든지 책꽂이를 꼭 살펴보는 버릇이 있는데, 거기 보니깐 이용악 시인이 해방 이후에 『이용악집』이라고 그동안 쓴 시들을 모아서 낸 시집이 있어요. 나로선 처음 보는 시집이었죠. 그리고 오장환 시인이 번역한 예세닌 시집도 있더군요. 꼭 좀 보고 싶었어요. 그래서 그걸 빌려 가지고 왔지요. 그때 제가 덕성여대 국문과 교수이면서 출판부장인데, 요즘 젊은이들은 알 수 없는 게 뭐냐면 요즘은 으레 복사하는 거 아주 간단하잖아요. 근데 그때는 우리나라에 복사가 막 시작되고 있었어요. 대학에 겨우 복사기 한 대가 들어왔는데, 그것도 극히 불량한 원시적인 복사기였어요. 청색복사라는 걸 아시는지 모르겠는데.

이주영 잘 모르겠는데요, 청색복사는.

염무웅 그게 뭐냐면, 집 팔고 사고, 집 새로 지었을 때…….

이주영 아, 청사진.

1975년 8월 6일, 경북 봉화군 명호면 삼동초등학교에서.
왼쪽부터 석우 스님·이오덕·염무웅.

염무웅 예, 청사진 같은 것. 그거보다 조금 나은 거예요. 그런데 복사기를 출판부가 관리하도록 돼 있었어요. 담당직원한테 시집 두 권 복사를 부탁하니, 양면복사를 하라 그러데요. 그래서 두 부씩 복사했죠. 예세닌 시집은 신경림 선생 드리고 이용악 시집은 백낙청 교수를 드리고, 나머지는 제가 갖고요. 물론 원본은 이오덕 선생님 돌려드리려고 그랬고.

근데 그때가 아주 험악한 시절이었어요. 작가들도 저항운동에 나섰고요. 자유실천문인협의회가 출범한 지 일 년쯤 됐을 때였죠. 그래서 그 무렵 정보부 끄나풀들이 주요 문인들 뒤를 쫓아다니고 그랬어요. 그런데 신경림 선생이 버스에서 시집을 깜박 빠뜨리고 그냥 내리셨는데, 미행하던 정보원이 그걸 가지고 간 거죠. 월북작가 시집이니까 정보부에서는 옳다구나 잘됐다, 그동안 말썽부리던 문인들 혼낼 기회다 하고서 잡아들이기 시작했어요. 날짜까지 기억나는데, 1975년 12월 2일이었어요. 마침 외부강의를 마치고 오후 다섯 시쯤 천도교회관 건너편 학교로 들어가려는데, 웬 사람이 다가와서 신원을 확인하고는 잠깐 좀 이야기할 게 있으니 가자고 그래요. 그렇게 해서 남산 중앙정보부 지하실로 끌려갔어요. 일주일 남짓 조사를 받았죠. 처음 그런 데 잡혀갈 때는 왜 잡혀가는지 모르는 게 제일 불안하지요.

이주영 그렇겠죠.

염무웅 근데 몽둥이찜질 할 듯이 한참 딱딱거리고 나서 이
것저것 묻기 시작하는데, 차츰 다름 아닌 책 문제라는 게 드
러나더군요. 살았구나, 안심이 됩디다. 그건 별것 아니니까
요. 터무니없이 북쪽하고 관계를 엮어 뒤집어씌우려는 게 아
니면 되잖아요? 그동안 민주화운동의 말석에서 여기저기 서
명도 하고 성명서도 발표하고 그랬는데, 그런 것에 대해서
가 아니라 책 복사를 문제 삼는 것도 안심되고요. 그래서 아,
이건 사실대로 말해도 문제가 없겠구나 싶어 이야기했죠. 그
일로 백낙청 교수와 이오덕 선생이 차례로 잡혀 오셨어요.

　끝나고 나오면서 그쪽 사람들한테 들으니까 이오덕 선생
잡으러 갔던 중앙정보부 직원들 둘이 갔다 와서 이 선생을
상당히 존경하게 됐다 그래요. 아, 이런 깊은 산중에서 아동
교육을 위해 헌신하는 분도 계시구나, 이분은 참 훌륭한 분
이다, 이렇게 감동을 했다 그래요.(웃음) 아무튼 그때 우리들
몇 사람뿐만 아니라 이런저런 명목으로 많은 문인과 민주인
사들이 잡혀갔어요. 이문구 씨는 그 무렵 『월간중앙』에 『오
자룡』인가 하는 소설을 연재하다가 한두 구절이 문제가 되
어서 일주일 남짓 들어와 고생했고. 미술평론가이자 이화여

대 교수였던 김윤수 선생은 「김지하 양심선언」을 복사해서
돌렸다 해서 감옥살이까지 했지요. 많은 지식인들이 이런저
런 명목으로 잡혀가서 일주일 내지 열흘씩 혼나고 나왔어요.
말하자면 협박한 거죠. 조용히 있어라. 너희들이 그런다고
세상이 바뀌냐, 겁박을 한 거예요.

이주영 　이오덕 선생님이 평소 책을 잘 안 빌려주시는데 어
떻게 선생님께는 빌려주셨군요.(웃음)

염무웅 　그 사건 이후 안 빌려주게 되신 게 아닐까요?(웃음)
지금 생각해도 억울하고 아까운 건 애써 모은 옛날 책들을
빼앗긴 거예요. 국문학에 관해서, 일제시대 문학사나 이런
것에 관해서 그래도 좀 체계적으로 공부하고 글도 더 쓰려
고 없는 돈 털어서 사 모은 것이었는데, 불기소처분 대가로
포기각서를 쓰라더군요. 그렇게 책을 뺏기고 나니깐 맥이 탁
풀리고⋯⋯. 일제시대 문학공부를 그래서 한동안 못 했어요.
하고 싶은 의욕이 없어졌어요. 저에게는 큰 손실이고 타격이
었죠.

대구에서의 교류

이주영　대구에 영남대 교수로 계실 때도 이오덕 선생님과 교류가 있으셨겠네요?

염무웅　물론이죠. 제가 1976년 초에 덕성여대에서 해직됐는데, 유신체제가 붕괴되자 해직교수들 복직이 허용됐어요. 덕성여대에 돌아가는 게 원칙이지만, 저는 그때 왠지 서울을 떠나고 싶었어요. 박정희가 죽었으므로 의당 민주화가 될 거라고 믿었던 거고, 십여 년 운동에 종사했으니 이제 시골 조용한 데 가서 공부에 좀 몰입해보자, 그런 순진한 생각이었어요. 마침 영남대학교에서 오라고 그리더군요. 그래서 1980년 2월에 아예 대구로 이사를 했지요. 3년인가 세를 살다가 봉덕동에 아파트를 사서 이사를 갔어요.

이주영　거기 봉덕동 이오덕 선생님 댁에서 미리내아파트가 보이더라구요.

염무웅　예, 제가 살던 아파트에서 일반주택 쪽으로 5분 남짓 걸으면 이오덕 선생 댁이 있었어요. 거기서 4년 정도 살면서 자주 왕래를 하게 됐죠. 이오덕 선생은 경북 산골 여기저기 근무하셨는데, 주말에 오실 때가 있고 안 오실 때도 있었어요. 이오덕 선생 사모님은 대구 시내에서 교직에 계시면서 거기 사시니까 우리 집사람하고 아주 친해졌어요. 우리 애들도 그 집 애들하고 친해지고요. 그 이오덕 선생님 댁 가보셨나요?

이주영 예, 가봤습니다. 대구 가면 몇 번 자고 오기도 했고요.

염무웅 아, 그러셨군요. 저는 이제 1987년에 아버지를 모셔야 될 일이 생겨서 서울로 도로 이사를 왔어요. 저는 주중에는 대구 있고 주말엔 서울 집으로 가는 고단한 생활을 했지요. 너무 힘들어서 아버지 돌아가신 뒤에 대학 다니는 아들들은 남겨놓고 막내만 데리고 다시 대구로 왔어요. 아무튼 사모님하고 우리 집사람은 요즘도 가끔씩 전화도 하고 그런가 보더라고요.

이주영 이오덕 선생님이 보내신 편지는 갖고 계십니까?

염무웅 어딘가 있을 텐데, 어디다 보관했는지 모르겠어요.

여러 번 이사를 하다 보니……. 옛날 편지들 중에는 혹시 뭔가 걸릴까 봐 버리기도 했고요.

이주영 혹시 나중에 찾으시게 되면 저한테 좀 주시면…….
(웃음) 제가 수집을 하고 있거든요.

염무웅 예, 그럴게요.

이주영 선생님이 이오덕 선생님께 보낸 편지는 지금 무너미에 다 있어요.

염무웅 아, 그래요?

이주영 그래서 그걸, 아드님이 선생님께 한번 여쭤보고 싶다고 했어요. 그런 걸 어디 발표해도 되는지, 아니면 나중에 자료집이나 책으로 엮어도 될지. 이오덕 선생님이 가장 많이 받으신 편지가 선생님 편지예요.

염무웅 아, 그래요?(웃음) 물론 책에 싣거나 발표해도 되지요. 하지만 제가 젊을 때 보낸 거라 철없는 내용도 많을 것 같기는 합니다만. 저도 보고 싶은데요. 이오덕 선생님 편지는 글이 좋잖아요. 글씨도 좋고. 그리고 이 양반이 너무 부지런 해가지고 편지도 길게 쓰시고. 근데, 전 답장을 일일이 하기가 아주 힘들었어요.(웃음) 그래서 전 짧게 인사만 썼던 것 같은데요.

이주영　아니에요. 제가 보니깐 선생님도 길게 쓰신 편지가 많아요. 문학에 대한 이야기도 많이 쓰시고. 제가 볼 때는 선생님 편지만 추려서 묶어도 문학론이 되겠던데요?

염무웅　아, 그래요? 저는 뭐라고 횡설수설했는지 모르겠는데요.(웃음)

이주영　아무래도 그땐 젊었으니까 막 쓰셨겠죠.(웃음) 그러면 그건 제가 나중에 사본으로 만들어 드릴게요. 선생님도 이오덕 선생님한테서 받으신 편지를 한번 찾아봐 주세요.

염무웅　예, 찾아볼게요. 마지막 무렵의 편지는 지금도 분명히 기억납니다. 이오덕 선생님이 무슨 책을 내셨어요. 권태웅 동시에 관한 본격적인 평론을 쓰셨죠?

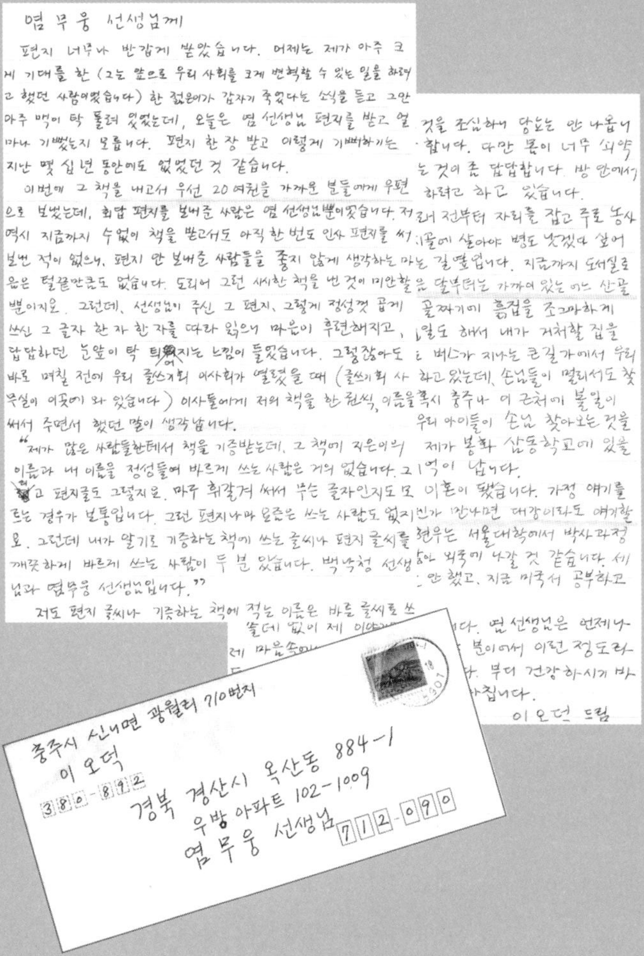

염 무 웅 선생님께

편지 너무나 반갑게 받았습니다. 어제는 제가 아주 크게 기대를 한 (그는 앞으로 우리 사회를 크게 변혁할 수 있는 일을 하려고 했던 사람이었습니다) 한 젊은이가 갑자기 죽었다는 소식을 듣고 그만 아주 맥이 탁 풀려 있었는데, 오늘은 염 선생님 편지를 받고 얼마나 기뻤는지 모릅니다. 편지 한 장 받고 이렇게 기뻐하기는 지난 몇 십 년 동안에도 없었던 것 같습니다.

이번에 그 책을 내고서 우선 20여권을 가까운 분들에게 우편으로 보냈는데, 회답 편지를 보내준 사람은 염 선생님뿐이었습니다. 저 역시 지금까지 수없이 책을 받고서도 아직 한 번도 인사 편지를 써 보낸 적이 없으니, 편지 안 보내준 사람들을 좋지 않게 생각하는 마음은 털끝만큼도 없습니다. 도리어 그런 시시한 책을 낸 것이 미안할 뿐이지요. 그런데, 선생님이 주신 그 편지, 그렇게 정성껏 곱게 쓰신 그 글자 한 자 한 자를 따라 읽으니 마음이 후련해지고, 답답하던 눈앞이 탁 트이지는 느낌이 들었습니다. 그렇잖아도 바로 며칠 전에 우리 글쓰기회 이사회가 열렸을 때 (글쓰기회 사무실이 이곳에 와 있습니다) 이사들에게 저의 책을 한 권씩, 이름을 써서 주면서 했던 말이 생각납니다.

"제가 많은 사람들한테서 책을 기증받는데, 그 책에 지은이의 이름과 내 이름을 정성들여 바르게 쓰는 사람은 거의 없습니다. 그 편지글도 그렇지요. 마구 휘갈겨 써서 무슨 글자인지도 모르는 경우가 보통입니다. 그런 편지나마 요즘은 쓰는 사람도 없지요. 그런데 내가 알기로 기증하는 책에 쓰는 글씨나 편지 글씨를 깨끗하게 바르게 쓰는 사람이 두 분 있습니다. 백낙청 선생님과 염무웅 선생님입니다."

저도 편지 글씨나 기증하는 책에 적는 이름은 바른 글씨로 쓰

쓸데 없이 제 이야기

려 마음속에

것을 조심하니 당뇨는 안 나옵니
합니다. 다만 몸이 너무 쇠약
는 것이 좀 답답합니다. 방 안에서
하려고 하고 있습니다.
2년 전부터 자리를 잡고 주로 농사
시골에 살아야 병도 낫겠다 싶어
는 길옆입니다. 지금까지 도서실로
은 달부터는 가까이 있는 어느 산골
골짜기에 흙집을 조그마하게
일도 해서 내가 거처할 집을
는 버스가 지나는 큰길가에서 우리
하고 있는데, 손님들이 멀리서도 찾
혹시 충주나 이 근처에 볼일이
우리 아이들이 손님 찾아오는 것을
제가 봉화 삼동학교에 있을
기억이 납니다.
이혼이 됐습니다. 가정 얘기를
신가 만나면 대강이라도 얘기할
정우는 서울대학에서 박사과정
함이 외국에 나갈 것 같습니다. 세
만 했고, 지금 미국서 공부하고

니다. 염 선생님은 언제나
분이어서 이런 정도라
다. 부디 건강하시기 바
랍니다.
이오덕 드림

충주시 신니면 광월리 710번지
이오덕
380-892

경북 경산시 옥산동 884-1
우방 아파트 102-1009
염무웅 선생님
712-090

2001년 5월 16일 이오덕 선생이 보낸 편지.
말년의 건강과 가정형편 등이 꽤 상세히 언급되어 있다.

이주영 예, 쓰셨습니다.

염무웅 나중에 이오덕 선생님이 '우리글 바로 쓰기' 쪽에서
더 많이 활동하셨잖아요, 아동문학 평론보다는. 그래서 오래
간만에 평론을 쓰신 게 참 반가워서 편지를 드렸지요. 그랬
더니 이오덕 선생님이 제 편지를 받고 아주 기분이 좋으셨나
봐요.(웃음) 그건 지금도 똑똑히 기억납니다.

이오덕 시대에 대한 안타까움

이주영 오랜 시간 정말 감사합니다. 끝으로 이오덕 선생님
께 드리는 말씀 한 말씀만 해주시면 고맙겠습니다.

염무웅 1987년 대구 봉덕동을 떠난 뒤에는 이오덕 선생을
만날 기회가 아주 적어졌지요. 돌아가실 무렵에도 언제 한
번 가 뵈어야지 벼르기만 하다가 아쉬움을 남겼습니다. 생각
해보면 이오덕 선생은 참으로 훌륭한 분이지요. 올바른 일을
위해 평생 동안 몸과 마음을 바쳐 헌신하셨어요. 여전히 이
오덕 선생님을 존경합니다. 하지만 이오덕 선생님의 어느 부
분에 대해서는 동의하기 어려운 부분도 없다고 할 수 없어

요. 그걸 이렇게 설명할 수 있을 텐데요. 한마디로 저 자신이 좀 달라진 것이라고요. 젊어서 저는 이오덕 선생님과 비슷하게 좀 경직되게 살았어요. 왜냐하면 그 시대가 그랬기 때문이지요. 박정희나 전두환 시대에는 여유라는 게 있을 수가 없잖아요. 그러니까 타락한 부패정권과 싸워야 한다는 생각에만 꽉 차 있었고 다른 걸 돌볼 여유가 없었죠. 문학에서도 전투적인 의식이랄까 의지를 가진 문학이 아닌, 소위 음풍농월에 가까운 이런 시나 작품은 보기만 해도 화가 나고 그랬어요. 그런데 차츰 세월이 지나면서 달라지는 것은, 나하고 다른 생각을 가진 사람들이 참 많다는 것을 발견하게 되고, 이 다른 생각들과 어떻게 공존해야 지상의 평화가 가능하겠는가, 이런 쪽으로도 생각이 움직여요. 생각이 다르고 체질이 다른 사람들과 더불어 살 수 있는 지혜, 그런 기술, 공존의 기술이랄 수 있는 것. 그런 것에 대한 생각을 좀 하면서, 아, 이오덕 선생님이 바른 길을 가시긴 했지만 그러나 이오덕 선생님이 자기와 다른 종류의 사람들에 대해서 좀더 마음을 열고 보듬어주었더라면, 그러면 이오덕 선생님 자신도 더 큰 인물이 될 수 있었을 텐데, 하는 생각이 들었어요. 선생님은 너무, 뭐랄까요, 늘 보면 각박함이 좀 있었어요. 글이나 사람 모든 면에서요. 물론 그것은 이오덕 선생 개인에 대해서라기보다 이오덕 선생이 살았던 그 시대에 대한 안타까움이지요. 저는 내세를 안 믿는 사람이지만, 믿는다고 가정하여 내세 어딘가에서 만난다면, 이오덕 선생님은 참 훌륭하게 온 힘을 다해서 한 생을 사셨다, 하지만 이오덕 선생님은 너무나도 불행한 시대를 사셨다, 이렇게 위로를 해드리고 싶어요.

이주영 예, 고맙습니다. 말씀 나누면서 청년 같다는 느낌이 많이 드는데요. 요즘 청년들, 아이들한테도 한 말씀 해주세요.

염무웅 글쎄요. 요즘 젊은이들 보면 참 안타깝기도 하고 안 쓰럽기도 하고, 좀 너무 주눅이 들어 있는 거 같아서 안타까워요. 요즘 취직이 어려워서 그런다고들 하지만 내가 젊은 시절이었던 1960년대 초 대학 다닐 때도 요즘 못지않게 취 직도 어려웠고 세상 살기가 힘들었어요. 저는 가정교사 안 하면 대학을 다니기 어려웠을 거예요. 4년 내내 가정교사 하고 아르바이트 하고 살았으니까요. 대학 졸업하고도 취직이 힘들었는데, 그래도 그렇게 걱정하지 않았어요. 뭐 어떻게 되겠지 이런 생각을 했고, 하고 싶은 걸 하겠다는 생각으로 살았는데, 요즘은 취직인지 취업인지 여기에 꼭 목이 매달 려 사는 거 같아요. 이런 제기랄, 이렇게 종처럼 살아서 무슨 놈의 인생을 사는 거냐는 생각, 왜 하지 않을까요? 자유롭게 인생의 주인이 되는 자기 삶을 살아야지, 이렇게 어딘가에 매달려 끌려가는 노예 같은 삶은 거부해야 하잖아요? 자유와 저항의 정신을 가지고 자기 삶의 주인이 되라고 권하고 싶군요.

—『개똥이네집』2014년 6~8월호

정치적 억압과
글쓰기의 자유

한국작가회의 40년사를 돌아보며

대담자 백지연 • 문학평론가

일시 2014년 7월 15일

장소 서울 종로구 운니동 덕성학원 소회의실

백지연 오늘 이 자리에서는 1970년대 자유실천문인협의회 창립을 전후한 무렵, 선생님의 문학적 활동과 당대의 문학적 흐름을 돌아보려고 합니다. 선생님께서는 계간 『창작과비평』의 발행인을 맡으셨으며, 유신헌법의 개정을 요구하는 문인들의 성명서 발표에 참여하고 자유실천문인협의회(이하 '자실'로 줄임) 결성에 직접적으로 관여하셨지요. 자실 재건 이후에는 민족예술인총연합 이사장, 민족문학작가회의 이사장을 맡아 문학예술의 장에서 실천적인 활동을 지속해 오셨습니다. 지금 한국작가회의가 있기까지의 긴 역사를 돌아보며 여러모로 전해주실 말씀이 많을 듯합니다.

먼저 자유실천문인협의회의 출발로부터 이야기를 시작하려고 하는데요. 자실의 탄생은 1960~70년대 본격화된 근대화의 격랑 속에서 지식인들이 펼쳐온 담론생산과 실천활동의 맥락 속에 있다고도 할 수 있을 듯합니다.

기성문단의 분열과 전후문인협회

염무웅 좋은 지적입니다. 우선 나는 우리 문학사에서 자유실천문인협의회가 평지돌출로 갑자기 나타난 것이 아니라는 점부터 강조하고 싶군요. 오랜 역사적 축적과정이 있지만, 가장 중요한 계기는 4·19가 갖는 전환기적 의미에서 찾아야 한다고 생각합니다. 남북분단과 6·25전쟁을 거치면서 휴전선 이남 대한민국의 질서는 극우 냉전체제에 완전히 포획되었고, 김동리·조연현 등이 주도하는 문협(문인협회) 체제가 문단을 지배하게 됐어요. 물론 김동리·서정주·조연현 등, 그 개인들의 문학세계는 나름으로 의미가 크지만, 이들이 주도한 순수문학의 이념은 한국문단의 다양한 목소리를 억압하는 기제로 작용했어요. 이러한 주류문단에 약간의 파열음이 생기는 게 대략 1955년 무렵이라고 나는 봅니다. 두 가지 측면에서 그렇게 볼 수 있는데, 첫째는 기성문단의 분열이지요. 1954년 예술원법이 만들어지고 1955년 예술원이 출범하는데, 이를 계기로 조연현과 김동리가 주도했던 문인협회와 김광섭·이헌구 등이 주도한 자유문학자협회(자유문협)로 문단이 양분된 것입니다. 사실 문협과 자유문협 사이에는 이념적 차이가 있을 게 없어요. 두 단체의 뿌리를 캐고 보면 해방 직후 좌익에 대항하여 공동전선을 폈던 전조선문필가협회와 조선청년문학가협회인데, 6·25전쟁 전후 좌파가 사라지자 이제 문단 패권을 둘러싸고 둘로 갈라진 거지요. 다른 하나의 측면은 6·25전쟁을 겪고 나서 상처 입은 젊은 세대들이 문단에 진출하여 기성문인들과는 전혀 다른 목소리를 내게 된 것입니다. 이른바 전후문학의 등장이지요.

이런 흐름이 4·19를 통해 촉발되었다고 얘기했지만, 실은 이미 1950년대 말에 그런 기운이 표면화됩니다. 가령, 평론가 이어령은 「저항의 문학」이라는 글을 써서 김동리 등의 기성문단을 공격했어요. 종로 거리에서 4·19데모가 한창 진행 중인 걸 목격하면서 이어령은 신구문화사 편집실에 앉아 "저 지나가는 젊은이들의 목소리를 담는 그런 문학을 해야 하고 그런 목소리를 담는 책이 필요하다"라고 말했습니다. 그때 신구문화사에서 출간한 『세계전후문학전집』(1960~1962)은 그런 점에서 상징적인 의미를 갖는다고 봅니다. 장정과 내용도 이전에 나왔던 책들과 완전히 달랐어요. 제2차 세계대전 이후 등장한 작가들의 작품만으로 꾸려졌거든요. 당시 대학생이었던 우리 세대에게는 아주 신선한 충격이었습니다. 『한국전후문제작품집』도 물론 신진작가 중심으로 꾸려졌어요. 이와 관련하여 4·19 이후 결성된 전후문인협회(전후문협)라는 단체도 주목할 필요가 있지요. 요컨대 4·19를 역사적 분수령으로 해서 김동리 중심의 구시대 문학은 퇴조하기 시작했어요.

백지연 전후문인협회의 구성원이 궁금하네요. 어떤 분들이었나요?

염무웅 내가 이 단체의 이름을 처음 안 것은 『한국전후문제작품집』(1960)과 『한국전후문제시집』(1961)에서였습니다. 거기 보면 서기원·오상원·이호철·최상규·송병수·김동립·최인훈 등의 소설가와 박성룡·성찬경·박희진·고은·민재식 등의 시인들이 자기 약력에 전후문협 회원이라고 밝히고 있고, 특히 신동문과 구자운은 간사라는 직책까지 밝혀 놓았어요. 대부분 1930년대 초에 출생한 분들이니까 당시 서른살 전후의 젊은이였지요. 무엇보다 그들이 문협이나 시인협회가 아니라 전후문협에 소속해 있다는 걸 대외적으로 천명했다는 점이 눈에 띕니다. 그런데 최근 인터넷에 검색해보니 더 자세한 기록이 나오더군요. 그 무렵의 보도(『경향신문』1960. 5. 25)에 따르면 1960년 5월 28일에 11명 회원을 발기인으로 해서 창립총회를 가졌습니다. 앞에 열거한 분들 이외에 홍사중·이어령·유종호 등 평론가들도 함께했더군요. 몇 차례 정기총회도 가졌고, 특히 1961년 5월에는 25~26일 이틀에 걸쳐 제3회 문학강연회를 개최한다는 기사도 있어요(『경향신문』1961. 5. 15). 첫날은 박이문(「문학상의 현대인간상」), 민재식(「시와 현실」), 이문희(「문장론」) 등이, 그리고 다음날은 이어령(「현대에 있어서의 문학적 상황」), 신동문(「시작과 체험」), 최인훈(「현대인과 소설」) 등의 강연이 예고돼 있습니다. 그런데 기사가 나간 바로 다음날 5·16쿠데타가 일어나고 계엄령이 선포돼 아마 행사를 치를 수 없었을 겁니다. 어쨌든 전후문협은 4·19를 계기로 각성한 젊은 문인들이 기성문단과 다른 목소리를 내고자 했던 최초의 집단적 시도로서 주목되어야 합니다.

4·19세대의 청년문학가협회

그다음에 이어진 것이 청년문학가협회(청문협)입니다. 해방 후 김동리 주도로 만들어진 조선청년문학가협회와 우연히 이름이 같아요. 알다시피 1962년 이후 서정인·김승옥·이

근배·정현종·이성부·조태일·이청준·이문구·조세희·박태
순·윤흥길·김현 등 더 젊은 세대가 속속 대거 등장합니다.
나도 이때 등단했지요. 전후문학 다음의 세대, 즉 4·19세대
라고 불리는 사람들이 1960년대 초중반에 걸쳐서 등장한 겁
니다. 김승옥·김현을 중심으로『산문시대』동인지 활동도 있
었고, 조동일·임중빈이 중심이 된『비평작업』동인지도 나왔
어요. 이런 흐름들이 하나의 단체로 모인 것이 말하자면 청
문협입니다.

　내가 보관하고 있는 청문협 관계 유인물을 보면, 총무대표
간사 이근배, 섭외간사 임중빈, 기획간사 조동일, 출판간사
염무웅, 권익간사 김광협, 시분과 간사 이탄, 소설분과 간사
김승옥, 평론분과 간사 김현 등으로 조직이 짜여 있습니다.
등사판으로 자료집을 만들어 공개적인 세미나도 두세 번 했
어요. 지금도 기억나는데, 1966년인가 조선호텔 근처 어느
빌딩 지하공간을 빌려서 문학토론회를 열었습니다. 그게 제
2회 세미나였지 싶은데, 나는 유현종의 단편「거인」을 비판
적으로 검토하는 발제를 했고 구중서 씨가 반대토론을 해서
꽤 치열하게 논쟁을 벌였어요. 그걸 계기로 나는 구중서 형
과 친해졌습니다. 그런데 1960년대 후반에 이르러『창작과
비평』을 비롯한 문학매체들이 생기고 이념적으로도 분화가

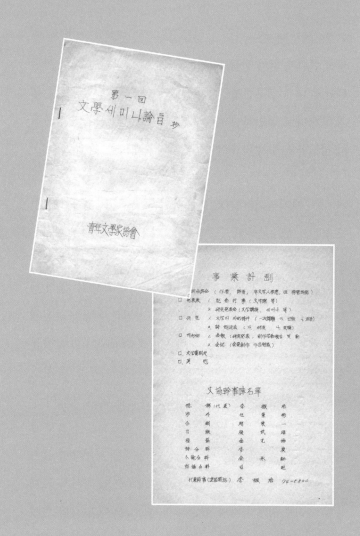

청년문학가협회의 유인물「제1회 문학세미나 논지」.
청문협 간사진의 명단도 들어 있다.

이루어지면서 청문협도 유명무실해지게 되지요. 여하튼 정치적 연관을 떠나 한국문단사의 맥락에서 본다면 4·19 이전 문단에 나온 전후문협 세대와 4·19 이후 등장한 청문협 세대가 하나로 결합하여 한국문학의 새로운 주체를 형성하고자 시도한 운동이 자유실천문인협의회라고 볼 수 있어요.

백지연　당시 간첩사건과 관련하여 청년문학가협회가 고초를 겪기도 했다는데요.

염무웅　1967년의 동백림사건 다음해에 통혁당(통일혁명당)사건이 일어났어요. 짐작컨대 박정희 정권은 은밀히 삼선개헌을 기획하면서 이에 대한 저항을 미리 잠재우기 위해 공안정국을 조성하려고 했던 게 아닌가 합니다. 아무튼 그 사건으로 많은 사람들이 구속되고 재판을 받았는데, 임중빈이 주도한 청문협이 통혁당 산하조직이라고 당시 신문에 크게 보도됐어요. 『동아일보』 1968년 8월 24일자를 보면 1면 톱으로 "통일혁명당 간첩단 타진"이라는 제목으로 기사가 크게 나고 조직도표까지 나와 있습니다. 공산주의에 입각한 현실 비판과 문학활동을 했다는 거예요. 하지만 다른 건 몰라도 적어도 청문협이 통혁당 산하조직이라는 건 터무니없는 날

조입니다. 임중빈이 청문협을 주도하지도 않았을뿐더러 '청년문학가협회'라는 이름 자체가 여러 후보들 가운데 토론을 통해 채택된 거였어요. 어느 서늘한 봄날 밤 덕수궁 잔디밭에 둘러앉아 명칭 문제로 떠들던 것이 지금도 기억납니다.

개헌청원운동과 문인간첩단 사건

백지연 다양한 계기들을 통하여 자발적으로 문학인들의 모임이 결성되고 집합적인 목소리가 터져나오게 된 흐름들을 읽을 수 있군요. 이어서 1970년대 전반은 문인간첩단 사건, 민청학련 사건, 인혁당 사건이 터지면서 다수 문인들과 학생들이 구속되고 사형 및 중형을 선고받는 참혹한 비극들이 벌어졌습니다.

염무웅 1971년 4월에 대통령선거가 있었습니다. 박정희와 김대중이 맞붙은 역사상 가장 뜨거운 선거였을 겁니다. 그때 김재준 목사, 이병린 변호사, 천관우 선생, 세 분이 대표가 되어 민주수호국민협의회(민수협)를 결성하고 「민주수호선언」民主守護宣言을 발표했어요. 60명 서명자 중 문인이 12명이나 된다는 게 주목할 일입니다. 내 생각에 문단에서 민수협을

주도한 분은 이호철 선생이고 적극 도운 분은 남정현 선생이
아닌가 합니다. 이호철 선생은 민수협 운영위원까지 맡았었
죠. 당시 『창비』는 제가 편집을 책임지고 있었는데, 지금의
종로구청(당시 수송초등학교) 건너편에 있던 출판사 신구문화
사의 방 하나에 책상과 소파를 놓고 혼자 앉아서 교정 보다
가 사람들 오면 만나고 그랬어요. 내 기억에는 이호철, 남정
현 두 분이 함께 창비 사무실로 서명을 받으러 왔어요. 그래
서 창비에 모이던 문인들은 대부분 서명했지요. 나로서도 정
치적인 의미를 가진 단체에 참여한 것은 그때가 처음입니다.
참고로 「민주수호선언」에 서명한 문인 명단을 밝히면 박두
진·이호철·남정현·박용숙·최인훈·구중서·한남철·김지하·
조태일·방영웅·박태순·염무웅 등입니다.

백지연　1974년 1월 7일 이호철 선생님의 주도로 문학인들
61명이 「개헌청원지지성명」을 발표하여 중부경찰서로 연행
된 사건이 일어났고, 곧이어 '문인간첩단 사건'이 일어났습
니다. '문인간첩단 사건'은 문학운동 결성체가 출발한 직접
적인 계기라고 할 수 있을 듯합니다. 이때 백낙청 선생님이
진정서를 쓰고 많은 문인들이 서명에 참여했는데, 조연현 주
도의 '한국문인협회'와 '국제펜 한국본부'에서도 개인 자격

으로 많은 문인들이 서명에 응했다고 들었습니다. 문학적 경향을 가리지 않고 많은 문인들이 이처럼 뜻을 같이했다는 것은 매우 중요한 의미가 있을 것 같습니다.

염무웅 네, 거기에 이르는 과정을 조금 얘기해보지요. 1972년이 중요한 해입니다. 그해 「7·4남북공동성명」이 발표되고 10월유신이 선포되었으니까요. 국제적으로도 베트남전쟁에서 미국의 승산이 없는 것이 확실해지자 닉슨이 중국을 방문해서 냉전해체의 방향으로 가기 시작했고요. 유신 직후 한동안 정국이 얼어붙었다가 1973년 가을부터 유신반대 학생데모가 일어나기 시작했고, 이와 더불어 장준하 선생을 중심으로 개헌청원운동이 시작됐어요. 문인들 사이에서도 가만히 있을 수 없다는 논의가 일어났습니다.

1974년 정초였는데요. 백낙청, 한남철, 나, 몇 사람이 미리 의논을 하고서 이호철 선생 댁에 세배를 갔습니다. 그리고 문인들도 개헌청원지지성명을 냅시다, 이호철 선생이 연장자이시니 앞장을 서십시오, 그랬던 것 같아요. 이 선생이 흔쾌히 응낙을 하고 백낙청, 한남철, 나, 이렇게 셋이 나눠서 문인들 서명을 받았습니다. 그런 다음 동숭동 백 교수 연구실에서 먹지에 대고 성명서를 썼어요. 그때만 해도 요즘 같은

1971년 4월 18일 하오 3시 이병린 법률사무소에서 제4차 소위원회를 개최하고 規約 決議文을 심의통과하였다.

會員을 다음과 같이 확정하고 청년단체 대표가입문제는 대회결성후 수리 할 것을 결정하였다.

民主守護宣言

우리는 눈앞에 닥쳐온 이번 四月및 五月의 選擧가 우리나라 民主主義 死活이 걸려있는 重大한 분수령이라고 판단하고 이 선거가 民主的이며 公明正大한 것으로 一貫되도록 良心的인 모든 國民이 적극적으로 發言하고 參興하는 것이야말로 祖國의 엄숙한 명령이라고 믿어 여에 民主守護의 汎國民運動을 發議하는 바이다.

民主主義의 根幹은 선거에 있고 선거의 要諦는 國民의 意思가 不當한 제약없이 正當하고 흐르게 反映되는데에 있다. 그러나 닥쳐온 이번 선기에서도 民主選擧·公明選擧는 매우 위험할 정도로 짓밟혔는지 모른다는 우려와 그徵候는 벌써 濃厚하게 나타나고 있는 것이다. 비록 政治人은 아니나 우리가 國民의 一人으로 坐視하지 못할 理由가 여기에 있다.

첫째 民主主義的인 諸權利와 諸秩序가 日常에 있어 保障되어 있지 않은 지 오래이며 그러한 狀態는 선거운동기간에 들어와서도 다름없이 지속되고 있다 言論, 出版, 集會, 示威 結社 등 國民의 基本的인 權利는 死活의 緊 숫에만 남아있을뿐 情報政治와 行政的인 아맹과 경찰적에 의하여 기능이 停止되어 國民의 自由에 관한 한 우리 民主主義의 아 상태에 와있다. 國家의 日常的인 判斷에 기조직사상을 제외 教義가 전전긍긍, 너무도 발발을 못하고 있는것이 端的으로 고 있다. 우리는 國民의 이 기본권을 우리의 힘으로

둘째, 良心이라는 이름의 金力이 厚顔無恥하게 난무하 動의 獨食不均等을 비롯한 官权의 介入이 限度的으

~4~

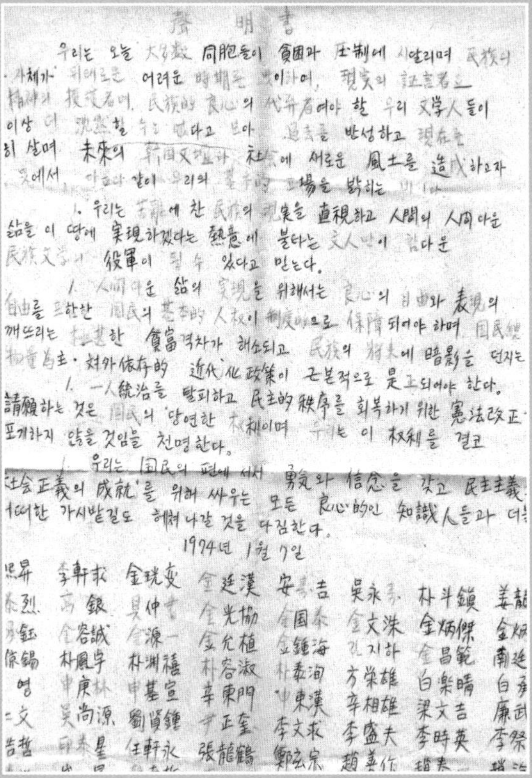

聲明書

우리는 오늘 大多數 同胞들이 貧困과 壓制에 시달리며 民族의
자체가 위태로운 어려운 時期를 맞이하여, 現實의 証言者요
精神의 擁護者여, 民族的 良心의 代弁者여야 할 우리 文學人들이
이상 더 沈黙할 수는 없다고 보아 過去를 반성하고 現在를
히 살며 未來의 韓国文學과 社会에 새로운 風土를 造成하고자
에서 다음과 같이 우리의 基本的 立場을 밝히는 바이다.

1. 우리는 苦難에 찬 民族의 現實을 直視하고 人間의 人間다운
삶을 이 땅에 實現하겠다는 熱意에 불타는 文人만이 참다운
民族文學의 役軍이 될 수 있다고 믿는다.

1. 人間다운 삶의 實現을 위해서는 良心의 自由와 表現의
自由를 포함한 国民의 基本的 人权이 制度的으로 保障되어야 하며 国民總
깨뜨리는 極甚한 貧富격차가 해소되고 民族의 將來에 暗影을 던지는
物量爲主·対外依存的 近代化政策이 근본적으로 是正되어야 한다.

1. 一人統治를 탈피하고 民主的 秩序를 회복하기 위한 憲法改正
請願하는 것은 国民의 당연한 权利이며 우리는 이 权利를 결코
포기하지 않을 것임을 천명한다.

1. 우리는 国民의 편에 서서 勇気와 信念을 갖고 民主主義
社会正義의 成就를 위해 싸우는 모든 良心的인 知識人들과 더불
어떠한 가시밭길도 헤쳐나갈 것을 다짐한다.

1974년 1월 7일

昇 李軒求 金珖燮 金廷漢 安壽吉 吳永壽 朴斗鎭 姜龍
烈 高銀 吳仲 金光協 金国泰 金文洙 金炳傑 金炳
鈺 金容誠 金源一 金允植 金鍾海 김지하 金昌範 南廷
錫 朴鳳宇 朴淵禧 朴容淑 朴泰洵 方榮雄 白樂晴 白
영 申庚林 申基宣 辛東門 申東漢 辛相雄 梁文吉 廉武
文 吳尚源 劉賢鍾 尹正奎 李文求 李盛夫 李時英 李祭
哲 印泰星 任軒永 張龍鶴 鄭玄宗 趙善作

1974년 1월 7일 문인 61명의 이름으로 발표한

「개헌청원지지성명」 먹지 성명서. 글과 글씨는 백낙청.

복사기는 남의 나라 얘기였죠. 방학이니까 학교에 아무도 없어서 비밀유지에는 좋은데 난방이 안 돼서 얼마나 추웠던지, 덜덜 떨던 생각이 납니다. 그 먹지 성명서가 지금 나한테 한 장 남아 있어요.

그런 다음 1월 7일 오전 10시 명동성당 건너편에 있는 코스모폴리탄 지하다방에 30여 명이 모여서 성명서를 낭독했지요. 그러자 안수길 선생을 비롯한 참석자 아홉은 곧장 중부경찰서로 연행되었죠. 근데 그것이 직접적인 계기가 됐는지, 아니면 정부에서 미리 준비를 해왔는지 모르지만, 문인들의 성명 발표 바로 다음날, 그러니까 1월 8일에 긴급조치 1호가 발동됐습니다. 악명 높은 긴급조치시대가 열린 거죠.

문인들 61명은 성명 다음날부터 차례로 다 남산에 잡혀갔어요. 자기들 사는 구역의 경찰서를 거쳐서 갔지요. 나는 그때 수유리에 살았는데 도봉경찰서를 거쳐 남산에 갔죠. 그런데 실은 탄압이 거기서 그친 게 아니었어요. 사실 그때까지만 해도 문인들 저항운동은 거의 김지하 하나뿐이었는데,「개헌청원지지성명」을 계기로 이제 하나의 조직을 이룬 것처럼 보이게 됐잖아요? 그러니 당국으로서는 이걸 그냥 놔둘 수 없다고 생각했을지 몰라요. 성명서 대표인 이호철 선생이 1월 14일 서빙고 보안사로 잡혀갔고, 한 달 뒤 2월 25일에는 김우종·임헌영·장백일·정을병 등과 함께 국가보안법 위반혐의로 구속됩니다. 일본에서 발행되던 재일동포 잡지『한양』을 걸고넘어졌는데, 신문에는 "문인간첩단 체포"라고 크게 났어요. 참, 말도 안 되는 사건이었죠. 사실『한양』은 총련 아닌 민단계 잡지였고, 그동안 백철·조연현 등 문단원로들도 거기에 글을 썼고 일본 가면 대접도 받고 그랬답니다. 그러니 이건 완전히 뒤집어씌운 거예요. 재판 때마다 문인들이 법정으로 몰려가서 방청을 하고 진정서를 내고 그랬어요.

돌이켜보면 그때 재판정은 문인들에게 일종의 정치학습 교실이 되었어요. 이 재판과정을 통해 문인들이 간첩 사건이라는 것의 실체를 많이 알게 됐고, 동시에 그걸 계기로 이심전심 연대하여 비판적 문인조직을 만들 수 있는 심리적 기반이 형성되었으니까요. 이때 민청학련 사건과 인혁당 사건도 일어났어요. 김지하는 또 감옥에 들어갔고요. 이호철 선생은 10월 말쯤에 석방됐는데, 이렇게 해서 자실이 출범할 수 있는 분위기가 마련됐다고 생각합니다.

언론인·해직교수·문인들의 연대

백지연 당시 문인들의 모임이 언론인, 해직교수의 모임과

연대했던 과정도 중요한 것 같습니다. 검열과 억압 때문에 모임을 갖는 공간을 찾기 쉽지 않았을 텐데요.

염무웅 문인들 입장에서 피부로 가장 가깝게 느낀 것은 언론자유운동입니다. 언론·출판의 자유 없이 문학은 존립할 수 없으니까요. 1974년 10월 24일 『동아일보』 기자들의 「자유언론실천선언」이 나오고 이어서 다른 신문사에서도 비슷한 선언이 이어졌지요. 문인들의 「자유실천선언」은 따지고 보면 언론자유선언에 직결된 표현의 자유를 선언한 것이에요. 당시 국제펜대회를 앞둔 한국펜본부 정기총회에서도 평론가 김병걸 선생이 대표제안한 「표현의 자유에 관한 긴급동의안」을 만장일치로 채택했습니다. 그 긴급동의안에는 김지하 석방요구가 들어 있는데, 유신체제 하에서 공식기구가 김지하 석방요구를 결의한 것은 아마 그게 유일할 겁니다. 1974년 11월 18일 『동아일보』는 그 사실을 문화면 톱으로 보도했어요. 문인들이 「자유실천선언」을 하고 데모에 나선 것은 같은 날 사회면에 2단으로 보도됐고요.

한편, 긴급조치 아래서 학생들이 많이 감옥에 들어가니까 그들의 부모, 주로 어머니들이 구속자가족협의회를 만들어 종로 5가 기독교회관에서 기도회를 열었어요. 이때 열린 금요기도회가 굉장히 중요합니다. 문인, 언론인, 해직교수들, 그리고 탄압받는 노동자들이 함께 모일 수 있는 공간이 없었는데, 금요기도회를 계기로 이제 그런 모임의 공간이 생겨난 것이에요. 나도 1976년 학교에서 해직된 뒤부터 금요기도회에 자주 갔어요. 경찰들이 입구에서 지키고 있었지만, 출입을 막진 않았지요.

암튼 1974년 11월 18일 광화문 네거리에서 발표한 「자유실천문인 101인 선언」을 계기로 자실이 결성됐는데, 알다시피 1970년대에는 자실에 따로 사무실이 없었죠. 이시영이나 송기원이 가방을 들고 다니면 그게 사무실이었어요.(웃음) 그런데 각기 따로 놀던 사람들이 다 같이 모여서 정보를 교환하고 자기주장을 하고 성명서를 발표할 수 있는 마당, 그곳이 바로 금요기도회가 열리던 기독교회관이었던 거예요. 한 시간 반 정도는 예배를 보고, 예배 끝나고는 광고시간을 빌려서 이 단체 저 단체가 나와서 성명서도 읽고 광고도 합니다. 누가 감옥에 들어갔고 누가 지금 몸이 아프다, 이런 소식을 전달했어요. 나도 거기서 성명서를 몇 번 읽었어요. 지금 기억나는 걸로는 1977년 12월에 자실과 해직교수협의회가 연합해서 공동성명서를 냈는데, 그걸 읽었지요. 당시 자실 회원과 해직교수를 겸한 사람은 김병걸·백낙청·염무웅 정도가 아니었나 싶군요. 1970년대까지만 하더라도 비판적 성향의 젊은 문인들이 요즘처럼 대학 교수사회에 진입하기 전이라는 걸 상기할 필요가 있습니다.

그러고 보면 유신체제는 원치 않게도 각 분야의 지식인들을 연결시키고 또 지식인과 민중운동을 결합시키는 적극적 작용을 한 측면이 있었습니다. 가령, 연세대에서 해직된 성내운 교수는 원래 교육관계 관료 출신의 학자였는데 이 무렵에는 문인들과 더 자주 어울리고 특히 시 낭송에 일가를 이루었어요. 문익환 목사는 늦깎이 시인이자 성경학자인데, 운동권과 두루 관련을 맺어 하나의 고리 역할을 했고요. 그래서 그랬는지 모르지만, 1970년대 유신체제 하에서 우리들은 직장에서 쫓겨나고 감옥 가고 하면서도 별로 주눅 들지 않았어요. 우리들 주위에는 이상하게도 일종의 활기랄까 미래에 대한 낙관적 기운 같은 게 흘렀어요. 그 점이 요즘과 극명하게 대조됩니다. 요즘 젊은이들은 대부분 취업에 목을 매고 있을뿐더러 아주 위축돼 있잖아요?

백지연 자유실천문인협의회가 세대와 경향을 다양하게 아우르는 성격을 갖고 있었다는 말씀이 매우 중요하게 들립니다. 한국문학사를 바라보는 데 있어서도 중요한 시사점을 주는데요. 보통 문학사 연구에서 1960년대 문학을 바라볼 때 새로운 세대의 출범, 4·19세대 문학으로 한정하는 시각이 적지 않은데 이러한 통합적 시야가 긴요하다고 생각됩니다.

염무웅 1950년대에 출발한 전후세대 문학과 연결해서 파악하는 관점이 중요하다고 봅니다. 더 나아가서는 일제강점기부터 양심을 지켜온 원로문인들과의 연속성을 회복하고자 의식적으로 노력한 점도 주목해야 합니다. 자실의 구성에서도 그런 점을 확인할 수 있는데요. 김정한·안수길·황순원·박두진·오영수 선생 등 문협 주류가 아니면서 그 나름의 양식과 양심을 지켜온 선배 문인들을 자실의 전사적前史的 위치에서 파악하고 그분들과 결합하려고 늘 애를 썼어요. 이것도 아주 중요한 사실입니다.

자유실천문인협의회의 인적 구성

백지연 자유실천문인협의회의 초창기 인적 구성이랄까요, 그런 것에 대해 좀더 이야기해주시면요.

염무웅 초창기 자실 선언에 참여한 문인들을 보면 이문구의

1970년대 말경 명동성당에서 열린 문학강좌를 마치고
자유실천문인협의회 문인들과 함께. (사진은 한국작가회의 제공)

역할이 제일 컸다고 봐야 하고, 다음에는 창비 쪽에 드나들던 문인들이 상당히 많은 것이 사실이죠. 이문구는 김동리의 제자로 문협 기관지 『월간문학』과 그 후 창간된 『한국문학』 편집장으로서 계파를 초월해서 넓은 인맥을 관리하고 있었어요. 여기서 한 가지 눈에 띄는 사실은 이 무렵 문협 주류의 새로운 분열입니다. 1970년대 초에 문협 이사장 자리를 놓고 김동리와 조연현이 다시 대립하게 된 거예요. 치열한 선거전 끝에 조연현이 이사장에 당선되자 김동리가 나와서 따로 『한국문학』을 창간한 거죠. 그래서 김동리계의 문인들은 이문구의 권유에 따라 자실에도 적잖이 가담했어요. 물론 특정 그룹에 속하지 않은 개인들의 참여도 꽤 있었습니다. 문학이라는 게 본질적으로 무슨 조직활동은 아니니까요. 물론 고은·박태순, 이분들의 열정과 헌신은 대단히 중요하죠. 그런데 그들도 어떤 조직을 대변한다고 볼 순 없어요. 그런 측면에서도 이문구는 큰 역량을 발휘했지요. 그는 개인의 문학적 성향이나 명성 따위에 구애받지 않고 사람이 됐다 싶으면 누구나 무조건 끌어들였지요.(웃음) 이문구가 작고했을 때 작가회의, 문협, 펜클럽 세 단체가 합동으로 장례식을 치렀는데, 이런 일은 전무후무할 겁니다. 이문구는 좋은 작품 써서 이름 내는 작가들만 모이는 그런 엘리트주의를 거의 증오

하다시피 했어요. 사람이 무던하면서도 문단에서 소외된 문인들 뒷바라지하는 걸 체질적으로 좋아했지요. 사실 이문구 자신은 뛰어난 작가이면서도 항상 자기만 못한 소외된 작가들 편에 서려고 했어요. 문협 이사장 선거 때도 이문구가 김동리의 운동원으로 절대적인 역할을 했고, 자실의 출범과정에서도 조직 동원에서는 이문구가 제일 큰 역할을 했다고 생각합니다. 그런 면에서 이문구는 정치가였어요.

이런 사실을 문단사적으로 어떻게 해석할 수 있을까요. 조연현을 중심으로 한 세력이 1970년대 초에 문협을 장악하자 김동리를 따르는 사람들은 『한국문학』 주위에 모였는데, 그건 1950년대 중반 문협과 자유문협의 분열에 이은 주류 보수문단의 제2차 분열이라고 할 수 있어요. 그러니까 김동리 계열이 소위 참여파 문인들과 결합함으로써 자실의 인적 구성이 이루어진 것이다, 이렇게 보는 하나의 시각이 가능할 겁니다. 『창비』 가까운 문인들과 소위 참여파는 겹치는 부분도 있지만 구별해야 할 것도 많다고 할 수 있고요. 반면에 자실 같은 조직활동에 끝내 참여하지 않은 사람들은 주로 『문학과지성』 쪽이죠. 특이한 경우가 평론가 김병익 씨인데, 그는 『문지』의 중심이면서도 글과 행동을 통해 시민적 책임을 견지하려고 애써왔어요. 아무튼 자실 내부에서도 고은이나 박태순은 조직가라기보다 앞장서 싸우는 투사들이고, 그에 비하면 이문구는 뒤에서 일하는 조직가인 셈이죠.

백지연 1974년 11월 15일 문인들이 모임을 갖고 「101인 선언」을 작성했던 그때의 이야기 중 개인적으로 간직하는 특별한 일화가 있으신지요.

염무웅 그게 펜클럽 총회가 열리기 전날인데, 고은·이문구·조태일·박태순·황석영 등 여러 사람이 청진동에 모여서 11월 18일(월요일)에 결행할 일을 최종점검하고 맡은 바를 분담했지요. 내게는 선언문을 쓰는 임무가 주어졌는데, 유감스럽게도 내게 지금 선언문 원본이 없고 원본을 보관하고 있는 사람도 없다고 합니다. 역사적 자료가 될 수 있다는 데엔 아무도 생각이 미치지 못했던 거지요. 그런데 성명서 발표 전날, 그러니까 11월 17일 밤에 나는 리영희 선생을 종암동 댁으로 찾아가 우리들 계획을 간단히 설명하고 외신의 취재를 부탁했어요. 개인적으로 비밀이 유지될 만한 미국이나 일본 기자들에게 현장취재를 부탁한다고요. 그 당시는 몰랐는데 나중에 들으니 그때 리영희 선생은 우리가 광화문 비각 앞에서 성명서 읽고 데모하고 잡혀가는 광경을 거리 건너편에서 지

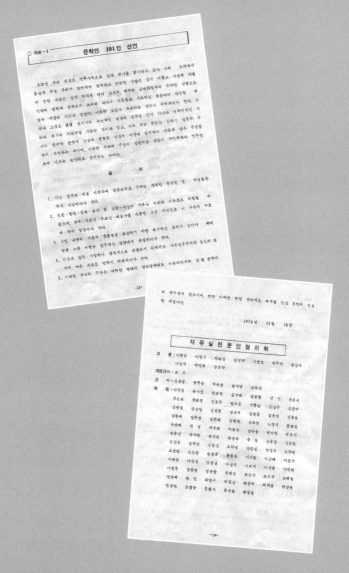

1974년 11월 18일 광화문 네거리에서 발표한
「문학인 101인 선언」 전문(자유실천문인협의회 1984년 회의 자료집에서).

켜보셨다고 하더군요. 리 선생과 친한 외신기자들도 와서 취재를 했다고 하고요. 그땐 정신이 없었으니까 건너편을 바라볼 여유가 없었지요. 부탁은 했지만 실제로 외신기자들이 나올 줄은 몰랐거든요. 이건 그동안 한 번도 얘기 안 한 에피소드입니다.

자실과 해직교수의 연대활동

백지연 「문학인 101인 선언」은 학생운동, 언론, 종교에서의 조직적 운동의 흐름이 문인들의 실천운동과 연계를 이룬다는 점에서도 중요하다고 봅니다. 당시 문인들과 해직교수협의회와의 공조 사례도 포함해서요. 관련하여 1977년 담화문을 발표하고 1978년 발족한 해직교수협의회 이야기도 듣고 싶습니다.

염무웅 유신체제 하에서 처음 해직된 교수는 김병걸, 백낙청 두 분이었습니다. 1974년 말 '민주회복국민회의' 선언에 참여했기 때문이지요. 두 분은 국립대 교수여서 결국 해직됐어요. 백낙청 교수는 사표를 거부했기 때문에 파면되었고 김병걸 교수는 강제로 사표를 제출한 걸로 알고 있습니다. 교수와 문인들의 정치참여가 활발해지자 박 정권은 대학사회를 좀더 강력하게 통제하기 위해 1975년 9월 정기국회에서 교수재임용 제도를 입법화했어요. 그리고 이듬해 새 학기에 처음 적용했지요. 그때 전국에서 300명 이상의 교수들이 해직됐다고 합니다. 그중 정치적인 이유로 해직된 교수는 20명 내외일 거예요. 나머지는 사학재단 쪽에서 자기들 눈에 벗어난 사람을 자른 거지요.

다들 알다시피 1970년대 후반이 되자 박정희 체제는 더욱 경직되어 점점 파국의 내리막을 향해 굴러떨어집니다. 해직된 교수들 입장에서는 무엇보다 대학이 병영화되는 현실을 안타까워했어요. 그래서 보다 못해 1977년 12월 2일 구속학생 석방과 복교, 구속된 민주인사들의 석방과 공민권 회복, 그리고 해직교수 복직을 요구하는 「민주교육선언」을 발표하기에 이릅니다. 지금 나한테 선언문 원본이 있는데요, 김동길(연세대), 김용준(고려대), 김윤수(이화여대), 김찬국(연세대), 남정길(전북대), 노명식(경희대), 백낙청(서울대), 안병무(한신대), 염무웅(덕성여대), 이계준(연세대), 이우정(서울여대), 한완상(서울대) 등 13명이 여기에 참여했어요. 교육운동의 역사라는 관점에서 여기에 바로 이어지는 것이 1978년 6월 27일 소설가 송기숙 교수를 중심으로 전남대 교수 11명이 발표한 유명한 「우리의 교육지표」 선언입니다. 그 때문에 그 교수들이 전원 해직되고 구속됐어요. 흔히 '교육지표 사건'이라고 부르는 게 그것이지요. 1980년 광주항쟁의 씨앗 중 하나가 뿌려진 사건입니다.

소설가 김정한의 문학사적 위치

백지연 자실을 둘러싼 문인들의 모임과 조직이 당시 지식인들의 사회적인 저항운동들과 다각도로 연결되어 있다는 것을 실감하게 하는 일화입니다. 문단 내부에서도 어떤 경향에 특별히 속하지 않은 분들이 자실에 함께하셨다는 것도 거듭 중요한 대목이고요. 작가회의의 이후 확대방향과도 관련되는데요. 요산 김정한 선생님과 자실과의 인연, 아동문학가 이오덕 선생님과의 인연도 그런 점에서 새삼 되짚어볼 만합니다.

염무웅 김정한 선생은 꽤 오랫동안 작품을 쓰지 않다가 1966년 10월 『문학』이라는 잡지를 통해 문단에 복귀하지요. 당시 『문학』의 주간은 번역가 원응서 선생이었는데, 그분은 황순원 선생과 고향도 같고 아주 단짝이었어요. 『문학』은 여러 면에서 1950년대 후반의 『문학예술』에 이어지는 문예지입니다. 그곳에 김승옥, 김현, 그리고 나도 꽤 들락거렸어요. 당시는 아직 계간지가 아니라 월간지 시대였어요. 마침 그 즈음 나는 『문학』에 소설월평을 쓰고 있었는데, 김정한 선생의 단편 「모래톱 이야기」를 읽고 깜짝 놀랐어요. 1930년대에 김동리·박영준·정비석 이런 분들과 비슷하게 등장한 작가로 알고 있었고, 1950년대 말 백수사 간행의 세 권짜리 『한국단편문학전집』에 실린 「추산당과 곁사람들」을 읽은 기억밖에 없었거든요. 「모래톱 이야기」를 읽고 너무 좋아서 격찬을 하는 평을 썼지요. 그것이 김정한 선생과 인연을 맺게 된 계기예요. 그 후 내가 『창비』 편집에 관여하면서 더욱 각별한 인연을 맺게 됐지요. 김정한 선생을 처음 만난 날짜까지 기억나요. 우리 첫아이를 낳느라고 집사람이 진통중이어서 병원에 대기하고 있는데, 마침 김정한 선생 쪽에서 연락이 왔어요. "내가 서울을 가니까 나와라, 만나자." 그때 김 선생 사위가 『조선일보』 편집국장이어서 그가 아주 좋은 술집을 잡아놨더군요. 나는 양주라는 걸 먹어본 적이 없을 땐데, 독한 술인 줄 모르고 주는 대로 받아먹다가 얼마나 취했는지.(웃음) 그 후부터는 김정한 선생이 상경하면 대개 연락이 돼서 만나뵙곤 했어요. 좀 경직된 분이 아닐까 예상했는데 웬걸, 아주 호탕하고 개방적인 분이었어요. 몇 번 부산에 가서도 뵙고

1978년 9월 부산 성지곡공원에서 김정한문학비 건립식을 마치고.

그를 따르는 소설가 윤정규 등 문인들과도 어울렸지요.

하지만 이런 개인적 인연보다 더 중요한 것은 우리 문학사에서 김정한 선생이 갖는 독특한 위치입니다. 그는 1930년대의 참여문학과 1970년대의 참여문학을 민족문학의 이름으로 잇는 거의 유일한 고리이기 때문입니다. 4·19 이후 십여 년간 참여문학이론이 치열하게 진행되지만 구체적인 작품의 생산은 토론의 열기에 미치지 못했잖아요? 그러다가 1970년대로 넘어오면서 좋은 작품들이 쏟아져 나왔지요. 역사적 차원에서 중요한 의미를 갖는 것은 1970년 전후의 시기에 일대 문학사적 전환이 이루어지고 있고 그 전환이 뛰어난 작품의 생산으로 표현되고 있었던 사실입니다. 신경림의 「농무」와 황석영의 「객지」 같은 작품의 발표는 전환의 징후이자 하나의 상징적 사건입니다. 그런데 1960년대로부터 1970년대로의 과도기에, 그러니까 신경림과 황석영의 본격 활약 직전에 김수영·신동엽·이호철·최인훈 등의 문학과 더불어 해방 전 세대인 김정한의 역할이 존재한다고 봅니다. 말하자면 참여문학론의 여러 쟁점들이 민족문학론이라는 하나의 담론으로 수렴되는 과정에서 1970년 전후 김정한의 소설작업이 하나의 모범사례로 제시된 거지요. 민족문학의 1970년대적 개념을 구성해가는 과정에서 하나의 실천적 기

초가 제공되었다는 말입니다. 김정한은 일제강점기에도 카
프에 가담한 적 없이 조직 외곽에 있으면서 카프 노선에 비
판적인 동조를 했어요. 1930년대의 김정한 소설을 보면 카
프 노선의 기계적·교조적 추종에 대한 비판적인 견해를 읽
을 수 있어요. 그는 특정한 정치적 노선보다는 넓은 의미에
서 문학의 사회적 책임이라든가 작가의 양심이라든가 하는
것을 중시하는 분이라고 할 수 있죠. 식민지시대의 저항문학
과 해방 후 민족문학과의 살아 있는 연결지점이 김정한이었
던 거예요. 그런데 그는 처음엔 자실에 관여하지 않다가, 6월
항쟁 이후 작가회의로 재출범하면서 회장을 맡으셨고, 그 후
에는 명예회장으로 계셨어요. 댁이 부산이니까 자주 오시지
는 못했지만요.

백지연 그런데 우리가 지금까지 배우고 익혀온 문학사 속에
서 작가 김정한의 위치는 그 정도로 부각되거나 연구되고 있
지는 않은 듯합니다.

염무웅 김정한의 경우만은 아니지요. 나는 우리 문학사에
대한 연구와 평가가 아직 많은 부분에서 왜곡되어 균형을 잃
고 있다고 봅니다. 카프의 역사적 위상도 그런 사례지요. 카

프를 한편으로 계승하고 다른 한편으로 극복해야 하는데, 그 냥 무조건 이데올로기 차원에서 비판 또는 부정하거나 단순한 역사적 사실로서 도식적으로 연구하는 아쉬움이 있어요. 당대의 사회현실과 관련지어 카프에서 무엇을 계승하고 무엇을 극복할 것인가, 그러한 점을 역사적으로 밝혀야 할 텐데요. 반면에 사회현실의 문제와 절연된 상태에서 자기 예술의 세계에만 칩거한 순수주의 문인들에게는 과잉해석이 이루어지는 느낌도 있어요.

이원수, 이오덕, 권정생

백지연 김정한 선생님의 작가회의 참여를 둘러싼 일화에서 선생님이 말씀하신 작가회의가 담고 있는 역사성, 또 문학사 속에서의 위치가 명확히 드러나는군요. 더불어 이오덕 선생님 이야기도 듣고 싶습니다. 마침 최근에 월간 『개똥이네집』 (2014년 6~8월호 참조)에서 이오덕 선생에 대한 기억들을 선생님께서 인터뷰로 복원해주셨는데요, 흥미롭게 읽었습니다. 선생님께서 월북시인 시집을 이오덕 선생님께 빌려 보며 인연이 시작됐다는 이야기도 재미있고요. 이원수 선생님, 권정생 선생님 등 당대 아동문학의 이야기도 나오는데요.

염무웅 이원수 선생님은 참 좋은 분이에요. 예전에『창비문화』라는 팸플릿 잡지가 나왔는데 거기 보면 이원수, 이오덕, 백낙청, 나, 조태일까지 함께 찍은 사진이 실린 적이 있지요. 창비아동문고를 활발하게 내던 시절인데, 이원수 선생도 사무실에 가끔 오셨어요. 넓은 의미에서 보면 김정한과 이원수는 장르는 달라도 정신은 통하는 분들이라고 생각합니다. 고향도 서로 멀지 않고요. 이렇게 문학적 양심을 바르게 지켜온 선배들의 정신을 우리 후배들이 창조적으로 계승하려는 노력도 문학운동의 중요한 과제라고 생각합니다. 아무튼 이원수 선생이 자유롭고 활달한 분이었다면 이오덕 선생은 아동문학운동을 바로 세우는 데 몰두해서 오직 일에만 매달리는 분이셨어요. 그런 점에선 좀 경직되고 엄격하고, 뭐랄까 좀 재미가 적었지요. 권정생 선생은 건강 때문에 사람들과 잘 어울리지 못하고 늘 조심조심 살아야 했지만 정신은 아주 개방적이고 자유로운 분이었고요. 내가 보기에는 한국의 아동문학은 1970년대에 이론가로서 이오덕, 창작가로서 권정생이 등장함으로써 커다란 전기를 맞아 일대 부흥을 이루게 되었던 게 아닌가 짐작합니다. 1990년대 이후 우리 아동문학이 훌륭하게 꽃을 피우게 된 데는 특히 이오덕 선생의 헌신적 노력이 디딤돌이 됐다고 보아야겠지요.

백지연 지금까지 여러 이야기들을 모아보면 자실이 있기까지의 전사가 더욱 잘 그려지는 듯합니다. 이와 관련하여 선생님께서는 1960년대의 문학 현장에서 벌어졌던 문학의 현실참여를 둘러싼 비평적 논쟁들이 구체적 작품의 뒷받침을 받지 못하는 한계를 지녔지만 결과적으로는 1970년대의 풍요로운 창작의 성과로 연결되는 자양분이 되었다고 보시는데요(「문학의 현실참여」, 네이버 강좌 '문화의 안과 밖' 2014. 5. 17. 참조), 이 지점에서 문인들의 현실참여 운동이 갖는 역사적·문학사적 의미를 종합적으로 짚어보았으면 합니다.

문인의 조직활동과 창작의 자유

염무웅 우리가 글 쓰는 사람으로서 작가회의라는 단체의 구성원이 되어 있다는 게 무엇을 의미하는 것이냐. 이 문제를 근본적으로 숙고해봐야 한다고 생각합니다. 뻔한 얘기지만 글 쓰는 일 자체는 개인이 혼자 하는 것이지 조직활동은 아니잖아요? 그렇지만 창작의 노고를 감당하는 개인은 사회에서 절연된 존재가 아니죠. 고독한 창작의 순간이라 하더라도 거기에는 글 쓰는 개인의 인생이 총체적으로 스며들어 있게 마련입니다. 그 복잡한 얽힘을 우리는 명징하게 의식할 필요가 있습니다. 작가회의라는 조직 안에서 실무적으로 책임 있는 자리를 순번대로 맡기도 하고(누군가는 공익근무라고 부르더군요), 또 세상이 요구하면 거리에 나가 데모를 하거나 성명서를 읽거나 그 밖에 양심의 명령에 따른 실천행동을 안 할 수 없는 게 이 시대의 작가지요. 하지만 그런 활동 중에도 그 자체가 창작과는 구별되는 일이라는 자의식은 가질 필요가 있다고 생각합니다. 좀 심한 얘기일지 모르지만, 정말 좋은 세상이 되어 모두가 자유롭고 고르게 잘사는 세상이 되면, 작가회의 같은 단체는 없어져도 좋다는 생각을 할 수 있어야 된다고 나는 봅니다. 억압적이고 고통스러운 세상이니까, 힘을 모아서 창작의 자유, 발표의 자유 등 기본적인 자유를 보장받기 위해 또는 그것을 쟁취하기 위해 함께 싸우는 투쟁을 그만둘 수 없는 거지요. 이웃의 고통에 대한 감수성이 없다면 문학은 원천적으로 존재할 수 없는 것 아닙니까? 이 시대의 현실 속에서 할 일이 있으니까 작가회의라는 조직이 있는 것이지만, 오랜 시간 동안 그렇게 싸워서 정말 좋은 세상이 이룩된다면, 그때는 작가회의를 해산하고 각자 글 쓰는 일에만 몰두할 수 있지 않겠어요? 허허, 물론 이건 좀 이상론에 가까운 얘깁니다.

1960년대에 김수영·신동엽·최인훈·이호철 등 뛰어난 작가들이 활동했고 1970년대에 들어서면서 고은·신경림을 비롯한 황석영·김지하·조태일의 좋은 작품이 나왔는데, 그 작품들이 어떤 조직이나 단체활동 때문에 나온 건 아니지요. 자실이 출범해서 오늘의 작가회의까지 활발하게 활동을 이어온 것과, 이런 좋은 작품들이 나온 것을 연결지어서 어느 것이 원인이고 어느 것이 결과라고 할 순 없다고 생각합니다. 그 둘 다가 뿌리내리고 있는 현실이 근본바탕으로 되어 있는 거지요. 내 식으로 말하면, 민중역량의 성장이 작품으로도 표현되고 작가조직으로도 나타났다고 할 수 있지 않을까 생각합니다.

또 다르게 본다면 1960년대부터 70~80년대를 지나는 과정이라는 게 농촌공동체 사회로부터 본격적인 산업사회로 변해가는 시기잖아요. 1960년대 전반까지만 하더라도 농촌에 인구가 너무 많은 것이 문제였어요. 1950년대나 1960년대 초의 시사교양 잡지들을 보면 농촌의 과잉인구가 늘 중요한 사회적 이슈였어요. 봄이면 으레 보릿고개니 절량농가絕糧農家니 하는 기사가 신문에 났으니까요. 그 후 지금까지 반세기 동안의 사회변화는 우리가 직접 경험했다시피 가히 혁명적이었지요. 이른바 압축적 성장을 한 것인데, 이 과정에서 민중역량도 크게 자라고 사회를 바라보는 입체적인 시선들도 마련되었습니다.

지난 반세기 우리 민족문학의 작품적 성과는 눈부시다고 해야 할 텐데, 여기서 우리가 생각해야 할 것은 그런 문학적 업적과 자실의 활동이 어떤 연관을 맺고 있는가 하는 문제입니다. 내가 보기엔 민중의 삶이라는 마그마가 조세희를 통해서, 윤흥길이나 황석영을 통해서 분출되기도 하고 또 자실이라는 조직을 통해서 나오기도 한 것이지요. 요컨대 자실이 없었더라도 좋은 작품은 나왔을 거예요. 그런 작가들 중에는 자실 활동에 적극적인 사람도 있고 그렇지 않은 사람도 있어요. 그러니까 자실이 있었기 때문에 1970년대 이후 문학이 꽃피었다, 이렇게 말하는 것은 오만이고 자기도취일 수 있다는 겁니다.

1980년대로 오면 문학과 현실 간의 그런 관계가 잘 나타나요. 1980년대는 문인들의 사회적 발언이 더 뜨겁고 거세어진 시대였잖아요. 그런데 그 시대의 작품들은 발언의 강도에 비해 예술적 완성도가 오히려 많이 떨어져 보입니다. 적어도 내게는 그렇게 보입니다. 왜 그럴까요? 이게 무얼 의미하는 현상일까요? 운동이 문학을 지배하려 했기 때문이에요. 다른 말로 관념이 예술 위에 군림하려 했기 때문이지요. 작품은 자유로워야 제대로 나오는 거라고 봅니다. 완전히 자유로운 정신 속에서 작가들이 자기 마음대로 써야 좋은 작품이 나오는 거예요. 1980년대를 풍미했던 운동의 틀이나 운동이념에 너무 얽매인 작품은 얼마 지나지 않아 낡아버리고 휴지통 속으로 들어가게 돼 있어요. 1980년대를 그리워하는 사람들에게는 공감하기 어려운 얘기일 수도 있겠지만, 나는 그렇게 생각합니다.

백지연 어떻게 보면 60년대의 이론적인 치열한 논쟁들이 당대보다는 70년대의 창작성과의 거름이 된 것처럼 80년대도 그런 것이 아닐까요. 저 자신이 90년대 문학을 출발점으로 비평활동을 시작해서 그런지는 몰라도,(웃음) 80년대의 과격하고도 급진적인 이론투쟁들이 사실은 90년대의 다양한 창작성과로 연결되는 자양분이 된 것은 아닌지요. 어쨌든 80년대 이야기로 넘어오면서 자실 재건과 관련된 이야기를 해볼 수 있겠습니다.

자실 재건과 지식인연대의 확산

염무웅 1980년대의 과격한 이론투쟁에 대한 백 선생의 변호에 수긍되는 점이 있습니다. 사실 나는 마르크스주의나 주체사상 원전을 별로 읽은 것도 없고 거기에 기반한 이론투쟁도 많이는 못 봐서 일종의 인상비평을 한 데 불과합니다. 하여튼 나는 6월항쟁 이후의 자실 재건사업에도 별로 깊이 관여를 못 했어요. 돌이켜보니 10·26으로 박정희가 사망하고, 그해 12월 말경 성내운 교수와 몇 사람들이 주동이 돼서 해직교수협의회·자실·동아투위·조선투위 등 단체들이 연합성명을 발표했어요. 계엄을 해제하라, 민주화 일정을 밝혀라 등등의 요구를 내걸었죠. 그래서 여러 사람들이 하룻밤 종로서 유치장 신세를 졌는데, 며칠 후에 동아투위 이부영 씨만 구속됐어요. 그런 가운데서도 해직교수들은 차츰 복직이 허용되는 분위기였습니다. 나에게도 덕성여대에서 다시 오라는 연락이 왔는데, 나는 결국 대구 영남대학교를 선택했어요. 1970년대 십 년을 거리에서 보낸 셈이라 이젠 서울을 떠나 조용히 공부에 전념해야겠다고 작심한 거죠. 그런데 웬걸, 5·18이 일어나고 전두환 체제가 들어섰어요. 난 지방에 있어서 1980년 봄의 소용돌이에서 얼마간 비켜나 있었지만, 서울에 있던 분들은 그해 5월 초에 134인 성명서를 냈고 그 결과 많은 교수들이 해직됐지요. 1차 해직교수협의회 인원은 20명이 채 안 됐는데, 2차 해직교수협의회는 아마 100명도 넘을 겁니다. 1980년 여름은 아주 안 좋았어요. 비도 자주 오고 날씨도 썰렁했어요. 대학마다 군인들이 점령해서 교직원들도 신분증을 보여야 출입할 수 있었고요. 문인들뿐만 아니라 학생들, 선생들, 언론인들 모두가 쫓겨나고 잡혀가고……. 완전히 숨죽이고 있던 시절이었지요.

그러다가 1983년쯤 돼서 서서히 움직임이 시작되죠. 김근태 씨가 민청련(민주화운동청년연합)을 만들었고 학생들이 꿈틀거리기 시작했지요. 그런 기운에 힘입어 자실이 재건되고, 사무실도 구하고. 그때부터가 말하자면 6월항쟁의 준비기간이라고 볼 수 있지요. 그 가운데 나하고 직접 관련된 사건은 출판사 창비의 등록취소였습니다. 그래도 감동적인 것은 전국 대학가에서 즉각 취소철회 요구가 서명운동의 형태로 벌어진 거예요. 천 명이 훨씬 넘는 대학교수들이 창비를 위해 서명에 참여했습니다. 이건 역사적으로 상당히 중요한 의미가 있습니다. 아전인수 격의 얘기지만, 창비는 1970년대에 있어 비판적 지식인집단의 상징이고 문학과 언론을 매개하는 고리와 같은 존재인데, 그 창비를 살리자는 운동에 수많은 대학교수들이 동참했다는 것은 한국 지식인운동의 역사에 새로운 장을 연 거라고 할 수 있어요. 게다가 이때의 창비 살리기 서명운동은 1987년 4·13호헌조치 반대운동의 예행연습과 같은 역할도 했습니다. 바로 그런 것들이 6월항쟁의 준비과정이 됐다고 나는 봅니다. 아울러 '민주화를 위한 전국교수협의회'의 결성에도 모태가 됐고요. 그러니까 또다시 아전인수 식으로 말하면 1970년대의 교수─지식인운동에서 뿌려진 씨앗은 1980년대 들어 창비 살리기 운동과 호헌철폐운동이라는 성장기를 거쳐 6월항쟁으로 꽃을 피웠다, 이렇게 볼 수 있다는 겁니다. 그때 나도 대구지역에서 직·간접 루트를 통해 백여 명 교수들의 서명을 받았던 걸로 기억합니다.

백지연 창비 등록취소 반대서명운동에는 일반 시민들의 참여도 많았던 것으로 알고 있습니다. 문인들이 문화부 장관을 찾아가기도 했고요. 그래서 1986년 8월에 '창작사'로 등록이 살아났지요. 그다음에 87년 6월항쟁 이후에 노태우가 당선되고 민주화 조치가 되면서 『창작과비평』도 복간되고 출판사 이름도 '창작과비평사'로 되살아났어요.

염무웅 그랬지요. 어쨌든 이 과정에서 1987년 9월 17일 자실이 민족문학작가회의로 확대 개편됐습니다. 6월항쟁 직후지요. 자실이 작가회의로 되는 과정과 창작과비평사가 없어질 뻔하다가 기사회생하는 과정, 이것들이 서로 맞물려 진행되었다는 사실을 눈여겨볼 필요가 있습니다. 그런데 나 자신은 6월항쟁 이후 자유화의 분위기가 생기자 처음으로 여권이라는 걸 내서 외국엘 나갔습니다. 학교에서 처음으로 안식년(공식적으로는 연구년이라고 부르죠)을 얻어 한 학기 동안 독일에서 지낸 겁니다. 따라서 작가회의 재건사업에도 참여하지 못했고 연말의 대통령선거에서도 비켜나 있었어요.

아무튼 아까도 얘기했지만, 돌이켜보면 그렇게 억압적인 시대였는데도 젊어서 그랬는지 세상물정을 몰라서 그랬는지, 별로 주눅이 들지 않고 지냈어요. 1970년대는 뭔가 신나는 일이 많고 활기 넘치는 삶을 살았던 시대로 내 머릿속에 입력돼 있어요. 나만 그랬던 건 아닐 겁니다. 유신체제의 억압에 겁먹지 않고 활발하게 살았던 것, 그게 운동의 지속성을 보장하고 민주화를 가능하게 해준 힘이었다고 생각합니다. 학교나 신문사에 있다 쫓겨난 사람들인데도 이제 무얼 먹고 사나 이런 걱정 별로 안 했어요.(웃음) 그러고 보니 해직기자, 해직교수들이 글 쓰고 출판사 차리고 이래서 오히려 정권의 의도와 반대로 지식인연대가 광범하게 이루어지는 파급효과를 발휘했지요.

백지연　선생님께서는 1993년부터 3년간 민예총 공동의장

과 이사장을 맡아 직접적인 사업과 행정에도 관여하셨는데
요. 이때『민족예술』의 발행인이기도 하셨습니다. 작가회의
와 민예총과의 관계, 이를 둘러싼 당시 문학예술운동의 실천
적인 활동들을 간결하게 되짚어보면 좋겠습니다.

민족예술인총연합 활동

염무웅 다들 알다시피 일제시대부터 1960~70년대에 이르
기까지 여러 예술분야들 중에서도 문학이 제일 선도적인 장
르였고, 현실에 대해 비판적인 발언을 하는 것도 주로 문학
쪽이었습니다. 글을 쓰기 위해선 필기도구만 있으면 되니까
물질적 폐허 위에서도 창작이 가능하다는 점에서 다른 장르
보다 유리한 면이 있는 셈이죠. 하지만 실은 미술·음악·연
극·영화 쪽에도 일제강점기부터 강력한 진보적 전통이 있
어요. 다만 냉전체제 하에서 숨어 있었던 거죠. 내가 알기엔
1970년 전후 미술계에서 김윤수·김지하의 영향으로 새로운
움직임의 씨가 뿌려지고 1980년 '현실과 발언'(현발) 동인의
결성으로 싹이 텄다고 할 수 있을 것 같습니다. 이 과정에서
중요한 역할을 한 미술인이 오윤이라고, 소설가 오영수 선생
의 아들이에요. '현발'의 출범은 한국의 최근 미술사에서 하

나의 혁명적 사건입니다. 1984년인가 현발 동인들이 대구에 와서도 전시회를 열어, 지역예술운동에도 자극을 주었지요. 그 무렵 민주화운동의 뜨거운 열기 속에서 예술장르마다 비판적·저항적 미학실험들이 분출했어요. 특히 걸개그림이나 민중가요는 6월항쟁 과정에서 핵심전위의 역할을 했다고 볼 수 있습니다. 이런 경험을 하면서 여러 예술분야들이 하나의 깃발 아래 모여야겠다, 그런 생각들이 자연스럽게 생겨났지요. 그게 1988년인데, 이 모임을 위해 가장 헌신적으로 활동한 사람은 김용태 씨라고 알고 있습니다. 소설가 황석영, 소리꾼 임진택, 연출가 문호근, 춤꾼 이애주, 영화감독 이장호와 정지영 등도 함께했고요. 그렇게 해서 1988년 말에 '민족예술인총연합'이라는 연대조직이 결성되었지요. 약칭 민예총이라고 했던 이 조직 산하에 처음에는 민족문학위원회, 민족춤위원회, 민족미술위원회, 이런 식으로 위원회를 두었어요. 내게는 민족문학위원회 위원장이 맡겨지고 사무총장이 신경림, 사무처장이 김용태, 공동의장은 고은·김윤수·조성국 등으로 출범 멤버가 꾸려졌습니다.

민예총이 뜨고 나서 1989년 1월 일산에 있는 어느 연수원에서 한 200명 가까운 예술가와 활동가들이 모여서 1박 2일 세미나를 했어요. 그 토론회에서 내가, 그동안 여러 장르들 간에 이론적 교섭이 별로 없었으니 각 분야의 비평가들이 모여서 공동의 문제를 같이 공부하고 토론하는 특별위원회 같은 걸 만들자고 제안했어요. 그래서 만들어진 것이 '민족미학연구소'였습니다. 다음해부터는 민족미학 여름학교, 겨울학교를 개설했는데 그게 의외로 성공을 해서, 1992년에는 '문예아카데미'로 승격하게 되었지요. 임홍배·이병훈·고영직 등이 차례로 간사 일을 했고요 내가 초대 교장을 맡았는데, 아무튼 당시의 민주화 분위기를 타서 그랬는지 강사들도 열심이었고 수강생들의 호응도 뜨거웠어요. 그런 와중에 1993년 초 나는 광주의 강연균 화백과 함께 민예총 공동의장으로 선출됐어요. 그러고 한 달쯤 지나서 김영삼 정부, 이른바 문민정부가 들어섰지요. 지금으로선 실감하기 힘들지 모르지만, 당시 우리들 주변엔 드디어 민주정부를 가지게 됐다는 환희감이 제법 있었어요. 그래서 민예총도 이제 제도권 안으로 들어가서 정부지원도 받고 합법적인 활동을 하자는 논의가 활발했습니다. 여러 단계의 토론과 의견수렴 과정을 거친 끝에 1993년 9월 사단법인 민예총의 창립대회를 가졌습니다. 여기서 나는 초대 이사장으로 뽑혔어요. 나로선 여러모로 감당하기 힘든 직책이었는데 어쩌다가 일이 그렇게 꼬였어요.

1988년에 결성된 민족예술인총연합의 1990년 신년기자회견 모습.

그런데 작가회의 쪽에서는 제도권 안으로 들어가는 것에 대한 회의론이 많았습니다. 제도권 안으로 들어가서 법인화되고 정부의 재정지원을 받게 되면 구속이 많다, 활동의 자유가 제약된다, 그런 생각을 가진 분들이 적지 않았지요. 하지만 알다시피 민예총은 법인화됐음에도 정부 지시를 무조건 따르거나 하지 않고 당당하게 독립적인 목소리를 냈어요. 이런 민예총의 경험을 배경으로 작가회의는 상당한 진통을 겪고 난 뒤 1995년에야 법인화가 됐지요. 물론 작가회의도 법인화됐다 해서 본연의 자세를 잃은 적은 없고요. 지금도 작가회의는 때로는 문화예술위원회 지원을 거절해가면서까지 정부를 비판하기도 하잖아요? 따라서 문제는 법인화 자체가 아니라 내부민주주의를 통해 자실 이래의 비판적 전통을 어떻게 지켜나가느냐일 것입니다. 아무튼 나는 1995년 말로 민예총 이사장 임기를 마쳤는데, 후임은 구중서 선생이었지요.

돌아보면 5년 남짓한 민예총 경험을 통해 나는 인접 장르의 예술가·활동가들과 많은 접촉을 가지고 여러 가지 배울 수 있었습니다. 문학은 글 쓰고 책 만드는 게 기본이라 원칙적으로 혼자 하는 작업이고 특히 비평은 일종의 지적인 작업입니다. 나 자신을 들여다보더라도 글쟁이에게는 누구나 어

1993년 8월 중국 옌지에서 민족문학원 준공식을 마치고.
왼쪽부터 정해렴·김학철·염무웅·이문구·이근배.

1993년 중국 상하이, 옛 홍구공원 루쉰 동상 앞에서.
왼쪽부터 정해렴·손춘익·이호철·염무웅·조태일.

느 정도 개인주의적인 요소가 있는 것 같아요. 하지만 미술이나 연극, 영화는 상당히 달라요. 전시와 공연은 미적 감각을 지닌 사람들의 협동작업·공동작업에 의존하지 않을 수 없어요. 두레정신이라고 할 만한 것 없이는 작품이 안 되는 경우가 많습니다. 6월항쟁 같은 운동의 고조기에 문학보다 미술이나 연극, 노래가 전위적 역할을 맡는 것은 어쩌면 당연합니다. 그런 점에서 1980년대 이후 문학이 소위 딴따라들의 '노는 문화'를 만나면서 문학 자체에 질적 변화가 생긴 측면을 면밀하게 살펴볼 필요가 있다고 생각합니다. 문학이 골방에서 광장으로 나온 거니까요. 그런데 이명박 정부가 들어서고 나서 민예총이 급전직하 추락한 것은 이유 여하를 떠나 참 안타까운 일입니다. 그것은 건강한 민중예술의 퇴출을 뜻하는 현상입니다.

희망이란 낱말을 입에 올리며

백지연 작가회의 이사장을 맡으실 때 가장 큰 일은 남북작가대회 개최였을 텐데요. 어떤 일화들이 있는지요? 덧붙여 그 외에도 선생님께 개인적으로 가장 기억에 남는 일이 있다면 무엇일까요?

염무웅 작가회의 이사장 맡게 된 경위부터 얘기하면, 현기영 선생이 이사장을 하다가 노무현 정부 출범으로 문예진흥원 원장으로 가면서 남은 일 년 임기를 맡을 사람으로 내가 선택된 거예요. 그게 2003년 2월쯤일 겁니다. 그러다가 2004년 초의 총회에서 다시 이사장으로 선출되고 겸해서 정관개정을 했는데, 이른바 사무총장 체제로의 전환이지요. 이사장 중심체제에서 사무총장 중심체제로 정관을 바꾼 겁니다. 그래서 회원들 직접선거로 김형수 씨가 초대 사무총장으로 선출됐는데, 그의 헌신적인 노력으로 성사된 최대의 업적이 민족작가대회입니다. 작가회의의 긴 역사 중에서도 가장 빛나는 업적이라 할 수 있을 겁니다. 내 개인의 일생에서도 몇 개 손꼽을 만한 중대사였고요. 2005년 7월 20일부터 평양에서 사흘, 백두산에서 하루, 묘향산에서 하루, 이렇게 5박 6일 동안 지내면서 북녘 작가들을 만나 함께 식사하고 토론하고 교류한 것은 그 사실 자체가 굉장한 역사입니다. 그때 참여한 남쪽 작가들 다수는 민족이니 통일이니 하는 것보다 사실은 북한이 어떤 곳인가 궁금해서 동행했을 거예요. 그래서 기대와 다르다고 실망한 이들도 적지 않았던 것으로 압니다. 어떤 점에서 그건 당연한 반응일지 몰라요. 관광 가듯이 가면 실망할 수밖에 없어요. 하지만 뜻을 가지고 간 사람들에게는 북녘 땅을 밟는 것, 북녘 하늘을 보고 그곳 공기를 숨쉬는 것, 그리고 북녘 작가들과의 만남 자체가 너무나 귀중하고 감격스러웠어요.

내가 「금강산으로 떠나며」라는 짤막한 수필에도 썼는데, 이 민족작가대회 결의사항 중 하나로 '6·15민족문학인협회'를 결성한다는 것이 있습니다. 그래서 다시 북으로 갔습니다. 2006년 10월 30일 금강산에서 남북 작가들 100여 명이 모여서 시낭송도 하고 이러면서 6·15민족문학인협회를 결성했어요. 그런데 그때 무척 곤혹스러웠던 게 금강산으로 떠나기로 된 날을 얼마 앞두고 북한에서 핵실험을 한 거에요. 풍계리의 제1차 핵실험이지요. 당연히 가느냐 마느냐가 고민되는 상황이었지요. 결국 가기로 결단을 내리고 갔고, 그리고 1박 2일 행사를 무사히 마치고 돌아왔어요. 그리고 6·15민족문학인협회 명의로 『통일문학』이라는 잡지도 두 번인가 세 번 냈지요. 그것도 민족작가대회의 결의사항 중 하나였습니다. 남북의 잡지 편집위원들이 함께 남북 작가들의 작품들을 교환해서 읽었는데, 서로 '용납할 수 있는'(웃음) 작품들을 뽑아서 실었지요. 김형수와 정도상이 편집회의를 위해 여러 번 개성에 다녀왔고 나와 김재용 교수도 두어 번 갔었어요. 출판사는 따로 없고 아마 작가회의 이름으로 냈을

2005년 7월 20일, 민족작가대회 참석차 평양으로 떠나면서
인천국제공항에서 출발 성명을 낭독하고 있다.

2005년 7월 민족작가대
회를 위해 북한방문 중,
묘향산 보현사 경내에서
배창환 시인과 함께.

2006년 10월 31일, '6·15민족문학인협회' 결성식 다음날
금강산 삼일포에서 북측 집행위원장인 장혜명 조선작가동맹 부위원장과 함께
왼쪽 두 번째부터 김형수·장혜명·염무웅.

2007년 개성에서, 『통일문학』 편집회의를 마친 남과 북의 문인들.

거예요. 이명박 정부가 출범하면서 2008년 2월에 마지막 호를 냈고, 그 뒤로는 알다시피 남북 작가들의 연락 자체가 불가능해졌어요.

백지연 마지막으로 작가회의 40주년에 부쳐 후배들에게 하시고 싶은 말씀이 있으면 들려주십시오.

염무웅 글쎄요, 자실이 출범하던 40년 전과는 세상이 너무 달라져서 무슨 말을 해야 할지 모르겠군요. 다른 세상에서는 다른 삶의 길을 찾아야 하리라 봅니다. 그게 무엇인지, 그런 게 있기나 한 것인지부터가 고민거리입니다. 만약 그런 게 있다면 그건 그때그때의 객관적 조건에 적응해가면서 우리 각자가 최선을 다해 찾는 수밖에 없겠지요. 삶에서나 문학에서나 만인에게 두루 통하는 정답이란 건 없다는 게 내 생각입니다. 사람마다 능력과 체질이 다를뿐더러 시대마다 다른 바람이 불어요. 인습과 통념을 깨고 대담하게 앞으로 나가는 진취적인 사람도 있어야 하지만, 반면에 낡고 오래된 것들 속에서 마음의 평안을 얻는 데 익숙한 사람도 그 자리에 남아 있을 권리를 가져야 합니다. 결국 사람은 자기만의 길을 스스로의 힘으로 찾아가는 거예요. 다만, 시든 소설이든 또

평론이든 공공연하게 글을 쓴다는 행위는 세상 안에서, 세상과의 관계 속에서, 그리고 세상을 향해 하는 작업이잖아요? 바로 이 지점에 작가회의 같은 공공활동의 독특한 위상이 있는 거겠죠. 앞으로 다시 40년이 흘렀을 때 여전히 작가회의라는 단체가 있을지, 그건 물론 아무도 알 수 없지요. 요즘 같은 캄캄한 시대가 계속된다면 당연히 있어야 되겠지요. 하지만 그렇다면 그건 너무도 암담한 미래입니다. 나는 우리 작가회의가 현실에서 역사로 옮겨가게 될 해방의 날을 학수고대합니다. 그런 날을 위해 우리가 능력껏 헌신해야 하고요. 그런 뜻에서 억지로 희망이란 낱말을 입에 올리면서 내 말을 끝내지요.

— 한국작가회의, 『증언: 1970년대 문학운동』, 2014

경험적
비평의 길

대담자 김수이 • 문학평론가·경희대학교 교수

일시 2016년 1월

장소 대산문화재단 사무실

정체성을 묻는다

김수이 선생님, 안녕하세요? 반세기가 넘게 한국문학 현장에서 활동해오신 선생님과 마주 앉으니 어떻게 이야기를 풀어나가야 할지 조금 긴장이 됩니다.(웃음) 먼저, 선생님께서 갖고 계신 여러 정체성, 즉 문학평론가, 외국문학 학자, 번역가, 편집자, 대학교수 등의 정체성이 선생님의 평론활동에 어떤 영향을 끼쳤는지 여쭙고 싶습니다.

염무웅 지적하신 정체성 문제를 자기점검 삼아 차례로 얘기해보겠습니다. 제가 외국문학 중에서도 독일문학 공부로 이 바닥에 입문한 건 사실입니다. 그런데 중요한 변수는 1960년대 초의 한국적 상황이에요. 당시에는 독일어 텍스트도 구하기 어려웠고 그나마 특정한 경향의 작품들만 소개됐어요. 학교에서는 고전주의나 낭만주의 문학을 주로 다루었고, 기껏해야 모더니즘 이론가들의 책만 볼 수 있었죠. 1963년 동인지 『산문시대』에 발표한 「현대성논고」란 논문도 부끄럽지만 한스 제들마이어나 후고 프리드리히 등의 책을 요약해서 짜깁기한 거였어요. 그런 분위기에서 석사학위 논문은 노발리스를 썼고요. 그러다가 1966년 말 아르놀트 하우저의 『문학과 예술의 사회사』 번역에 착수하면서 문학과 사회의 내적 연관성에 대해 눈을 뜨기 시작했지요. 당연히 그런 각성은 나의 비평활동에도 영향을 주지 않을 수 없었습니다. 독문학도로서 강의도 하고 번역도 하는 것과 한국문학 작품을 읽고 평론을 쓰는 것 사이에 불가피하게 존재하는 정체성의 분열을 의식하고 그것을 극복하려고 노력하게 되었달까요?

그런데 대학을 졸업할 무렵 문학평론이 신춘문예에 당선되고 출판사·잡지사에서 편집자로 일하게 되면서 변화가 생겼습니다. 사실 원래 계획은 유학을 가서 독문학 공부를 좀 제대로 해보려는 것이었는데, 뜻을 이루지 못했어요. 그 대신 1968년부터 1979년까지 『창작과비평』의 편집자로서 한국문단의 현장에 깊숙이 개입하게 되었죠. 아시겠지만 이 기간은 박정희 독재가 기승을 부리던 때라 문학활동은 자연 저항운동을 겸하게 되었고, 그 여파로 대학에서 쫓겨나기도 했습니다. 그러다가 10·26으로 박 정권이 무너지고 나서 내 생활은 크게 달라졌어요. 1980년 3월 대구 영남대학교에 발령을 받아 2007년 2월 정년퇴직하기까지는 아주 단조로운, 또 어떻게 보면 게으른 나날을 보낸 셈입니다. 그러나 1960년대부터 지금까지 반세기 동안 변함없는 게 있다면 그것은 독문학도로서의 직업과 문학평론가라는 본업 사이의 갈등이에요. 잡지 편집자로서 문단현장에 관여하는 문학운동가의 역할에도 남다른 매력을 느끼는데, 다만 우리나라에서는 편집자가 사회적 대우도 박하고 따라서 평생의 직업이 되기도 어렵다는 문제가 있어요.

김수이 편집자 경험을 조금 더 말씀해주세요.

염무웅 대학을 졸업할 무렵인 1964년 2월에 신구문화사란 출판사에 입사해서 4년을 근무했는데, 당시의 신구문화사는 지금의 창비와 민음사를 합친 것만큼 중요한 문단적 위치에 있었어요. 민음사나 창비가 생기기 전이고 본격적인 문학 출판사가 아직 없을 때였죠. 신구문화사에서 처음 맡은 일은 수십 개 상자에 담긴, 국립도서관, 연·고대 도서관 등에서 채

록한 일제시대 잡지의 목차 카드를 장르별·작가별로 정리하는 거였어요. 다음에는 원고지에 필사해 온 일제시대 소설을 읽는 거였죠. 목록에는 월북작가의 작품도 당연히 함께 있었는데, 그것들을 읽고 정리하는 일, 그러니까 국문과 대학원에서 할 일을 월급 받아가면서 한 셈이었지요. 공부가 많이 됐어요. 아무튼 그걸 기초로 일제시대 잡지에 실린 작품들 목록을 만들었죠. 후일 『국어국문학사전』(1973) 집필에도 참여했는데, 사전 뒤에 실린 「한국 현대소설 목록」은 그때 내가 만든 거였어요. 1965년에 시인 신동문 선생이 신구문화사 편집고문으로 들어온 후에는 『현대한국문학전집』 18권을 2~3년 동안 같이 만들었지요. 전체 기획과 섭외는 신동문 선생이 맡고, 작품을 읽어서 선별하고 해설을 청탁하는 일은 내가 했어요. 전집은 해방 직후 등장한 오영수·장용학·김춘수부터 황동규·김승옥까지의 주요 작가들을 수록했는데, 원고를 갖고 오는 작가들을 만나고 그 원고를 읽어 해설을 청탁하고 하는 것이 당시 내 업무였어요.

경험적 비평의 토대

김수이 대학시절과 편집자 경력이 모두 선생님의 '경험적

비평'의 토대가 된 셈이네요.

염무웅 그런 셈이지요. 신동문 선생 얘기를 안 할 수가 없는데, 그는 1960년대 문단에서 김수영과 대비될 만한 중요한 인물이에요. 사실 당시 김수영은 지금과는 문학적 위상이 많이 달랐어요. 오늘날 백석이나 김수영은 좀 과도한 조명을 받고 있다는 느낌이 있는데, 그건 그들이 뛰어난 시인들이 아니라는 뜻이 아니라 그들이 자기 시대의 사회적 조건을 벗어난 평지돌출의 존재가 아니라는 뜻입니다. 아무튼 나는 개인적으로 말년의 김수영 선생과 아주 가까웠어요. 그의 추종자였다고 할 수도 있죠. 그는 술집 같은 데서도 입만 열면 시 얘기이고 문단과 사회에 대한 비판이었어요. 나는 어느 자리에서든 그의 도도한 열변에 취했지요. 반면, 신동문은 문학 얘기를 입에 담은 적이 거의 없어요. 인품이 너무 좋아서 그의 주위에는 늘 사람이 모였죠. 이병주·이호철·천상병·구자운·고은·박재삼·최인훈 등 뭔가 의논하러 오거나 술값을 얻으러 오곤 했어요. 김수영도 번역 일거리 얻으러 가끔 왔지요. 당시 나는 20대, 신동문은 30대 후반이었는데, 김승옥·김현 등이 나를 만나러 오니까 신구문화사는 김동리·조연현 등 문협 주류에 비판적인 젊은 세대 문인들의 살롱이 되었어

신동문과 김수영.

요. 물론 60년대 문단의 중심은 조연현의 『현대문학』이었지만, 그 바깥에 있는 전후세대 젊은 문인들의 집합처는 신구문화사였어요. 이런 준비과정의 바탕 위에 70년대 『창비』나 『문지』 같은 계간지 전통이 마련됐다고 할 수 있어요. 신동문이 없었다면 그 이후 문단의 전개과정은 달라졌을지 몰라요. 그런 뜻에서 나는 1960년대 문학사를 기술할 때엔 신동문의 숨은 역할에 주목해야 한다고 생각합니다.

김수이　신구문화사에서 한국문학 작품을 섭렵하고, 한국문단의 현장감각을 생생히 익히신 거군요.

염무웅　직업상의 업무였을 뿐 아니라 흥미로운 일이었으니까 열심히 했던 거죠.(웃음) 당시 문단에는 1930년대에 활동하던 비평가들이 사라진 자리에 전후세대의 젊은 비평가들이 새로 등장했어요. 30년대의 최재서는 친일로 망가지긴 했지만 실력 있는 비평가였고, 임화는 말할 것도 없죠. 김기림도 뛰어났고요. 백철·김환태·안함광·김문집 등도 나름 공부한 사람들이에요. 1930년대 비평의 수준과 깊이는 6·25전쟁을 겪으며 파괴되었는데, 1970년대에 와서야 유종호·김우창·백낙청 등을 통해 복구되기 시작했다고 봅니다. 그런데 그들은 모두 영문학자 출신들이죠. 거기엔 뭔가 문제가 있어요. 김윤식·최원식 등 국문학 전공자들이 참여함으로써 한국의 비평문학은 비로소 바람직한 균형을 이루게 됐다고 할 수 있죠. 그런데 2000년대 이후엔 외국문학 전공자의 비평 참여가 급격하게 줄고 국문학도 일색이라는 인상이에요. 하지만 서양문학 공부는 반드시 필요한 일입니다. 문학이든 뭐든 국경선 안에만 갇혀 동종교배에 머물면 쇠퇴하게 마련이니까요. 서구의 문학과 철학에는 아직 우리가 배울 게 많아요. 배우면서 그것들과 대결해야 해요. 기계적으로 받아들여서 숭배해서는 안 되지만요. 학문하는 자세에서는 일본한테서도 배울 게 많습니다. 어느 분야나 비판적 수용이 필요합니다.

현실과 미학의 분기점은 어디인가

김수이 외국문학과 한국문학의 긴장감을 말씀하시는 선생님의 요지는 '균형감각'인 듯합니다. "체험들의 심미적 조직화"(「내면의 진실과 시적 성취」, 『혼돈의 시대에 구상하는 문학의 논리』, 1995)라는 표현에서 단적으로 드러나듯, 선생님께서는 문학의 리얼리티와 미학성을 함께 강조해오셨는데요.

염무웅　내가 학생 때 공부한 독일문예학은 마르크스주의 미학과 대척점에 있는 형식미학이었어요. 작품의 형식적 요소와 미적 가치를 내재적으로 분석하는 형식미학은 사실 아리스토텔레스부터 시작된 거지만, 의식적 운동의 모습을 갖춘 건 1910년대의 러시아 포멀리즘(형식주의)이라고 봐야겠죠. 그런데 혁명 이후 러시아의 많은 지식인과 이론가들이 서방세계로 망명했어요. 이런 배경에서 나온 르네 웰렉의 책이나 특히 볼프강 카이저의『언어예술작품』은 작품의 형식적 분석에서는 놀랄 만했어요. 하지만 예컨대 독일어 운율에 느낌이 없는 우리로서는 이해가 쉽지 않았지요. 그래도 어쨌든 그때 공부한 형식미학 영향은 내게 계속 남아 있다고 느껴집니다. 문학작품은 사회문제를 다루되 미학적 완결성을 추구해야 한다고 생각하는데, 그 생각의 출발점은 대학시절 공부한 형식미학에 있습니다. 왜 어떤 작가의 작품은 현실문제를 열심히 다루는데도 미학적으로 빈곤한 결과에 이르는지, 즉 현실과 미학의 분기점은 어디인지, 이게 내 최고의 관심사예요.

김수이　그동안 비평활동을 해오시면서 작가와 작품에 대한 평가가 달라진 경우는 없는지요? 한 작가에 대해 두세 번 평론을 쓴 경우도 적지 않으신데요.

염무웅 그렇기도 하고 아니기도 해요. 가령, 윤동주는 저항시인으로 이름이 높았지요. 그래서 젊은 시절 윤동주론을 쓰면서 주로 저항시인의 증거를 찾으려고 노력했어요. 그런데 통념과 달리 즉물적 차원에서의 저항의 흔적이 그에게서는 잘 나타나지 않았어요. 한참 지난 뒤에야 나는 윤동주의 시적 깊이를 가늠하자면 다른 틀이 필요하다는 걸 깨달았지요. 백석 같은 시인의 경우에도 흔히 하지 않는 방식으로, 가령 임화의 시선으로 바라볼 필요가 있다는 생각을 합니다. '임화가 옳다'가 아니라 백석의 감추어진 그림, 그가 무의식중에 숨기는 것을 임화를 통해서 찾아 읽자는 거죠. 역광逆光을 통해 대상의 뒷면을 관찰해보자는 겁니다.

김수이 반세기가 넘게 한국문학 현장에서 수많은 작가와 작품들, 사건들을 지켜보셨는데요. 그동안 한국문학은 얼마나 발전했다고 보시는지요?

염무웅 엄청 발전했다고 생각합니다. 무엇보다 우리말이 많이 발전했어요. 이광수·염상섭 시대의 작품을 읽어보면 우리말이 문학 언어로서 아직 미숙하고 초보적인 상태에 있었음을 알 수 있어요. 장구한 세월 한문의 지배가 계속되었고 우리말 문학은 주로 구비적인 형태를 취했기 때문에 부득이 했다고 할 수 있습니다. 요컨대 1900년대는 한국어가 근대적인 문학 언어로 막 출발하는 단계에 있었어요. 이광수는 염상섭이나 김동인보다 훨씬 능숙한 언어를 사용했어요. 한국어를 문학적 언어로 연마하는 과정에서 이광수는 개척자적인 공적을 이룩했다고 생각합니다. 정치적인 실수나 죄과는 분명하지만요. 서정주도 마찬가지예요. 서정주는 우리의 자랑으로서가 아니라 우리의 상처로 끌어안아야 한다고 생각합니다.

김수이 서정주를 우리의 자랑이 아닌 상처로 끌어안아야 한다는 말씀이 마음에 와 닿습니다. 최근 젊은 시인들의 시에 대해서는 어떻게 생각하시는지요? 무슨 말인지 읽어낼 수 없다는 비판이 있기도 한데요.

젊은 시인들의 시에 대하여

염무웅 최근에 이상의 「오감도」 연작을 원효의 『대승기신론소』大乘起信論疏 같은 유식불교唯識佛敎의 이론을 기반으로 분석한 박사학위 논문을 심사하면서 「오감도」를 다시 정독해

봤어요.「오감도」는 단순히 무의미한 말장난인가, 아니면 너무도 깊은 의미를 갖고 있어 접근 불능의 경지인가, 쉽게 판정이 안 되는 세계예요. 김수영의 시도 상당 부분 그래요. 그런데 이상과 김수영은 두 사람 다 뛰어난 산문가예요. 이상의 산문에는 동시대의 다른 문인들보다 훨씬 날카로운 유머와 아이러니, 예민한 언어감각이 살아 있어요. 이상의 산문들이 그의 시를 믿게 만듭니다. 김수영의 경우에도 시를 읽든 산문을 읽든 삶의 본질에 대한 악전고투의 고뇌를 거친 끝에 이런 게 나왔구나, 믿게 하는 데가 있어요. 그러니까 그들의 시를 충분히 이해하지 못함에도 불구하고 그 배후에 심각한 '의미'가 있다는 것을 믿지 않을 수 없는 거예요.

그런데 요즘 젊은 시인들은 어떤가. 좋게 말하면 그들 나름으로 최선을 다해 시의 극한에 다가가려 하고 그런 노력이 난해성으로 나타난다고 봅니다. 하지만 나는 그들에 대해 이상이나 김수영의 경우와 같은 믿음을 아직 못 갖고 있습니다. 옥석이 섞여 있어서 내 능력으로는 일일이 가려내기 어려워요. 얼마 전 평론가 신형철이 신용목과 이문재의 시집에 붙인 해설을 읽고 감탄했는데, 거기 보니까 내가 미처 이해 못 한 것이 잘 설명되어 있더라고요. 나하고 다른 세대니까, 삶의 현장과 문학에 대한 감각을 그들끼리 공유하니까 상호

간 저절로 이해되는 측면도 있겠구나 생각했어요. 그런 점에서 난 요즘 젊은 시인들의 시에 대해서는 말할 자격이 없어요. 하지만 어쨌든 그들이 너무 문학에만 파묻혀 있는 건 아닌지, 사회과학 공부도 하고 세상을 향해서도 열려 있어야 하는 건 아닌지 걱정되기는 합니다. 문학을 치열하게 하기 위해서도 문학이 세계의 다른 부분과 어떻게 연결되어 있는지 다방면적으로 사색할 필요가 있습니다. 문학에만 너무 오래 눈을 고정시키면 맹목이 될 수도 있어요.

김수이 선생님께서 오래 관여해오신 창비가 올해 50주년을 맞습니다. 최근 신경숙 표절 사건과 창비의 대응에 대해 생각하신 바가 많을 듯합니다.

염무웅 누구나 알듯이 작년 한때 몹시 시끄러웠는데, 뭔가 억눌렸던 감정들이 이 기회에 폭발한 것 같다는 느낌이 들었어요. 마치 세상에 대한 불만을 여기다 모두 쏟아 놓는 듯했어요. 어쨌든 풀긴 풀어야 하는데 그걸 여기다 풀었달까요? 너무 속된 해석인가요? 그런데 창비가 신경숙 표절 사태에 대응하면서 자꾸 토를 단 것은 공연한 긁어 부스럼 같았어요. 신경숙 씨가 의도적으로 베낀 건지 아니면 노트에 적어

놓았던 걸 무심코 활용한 건지는 하느님만 아시는 거고, 따라서 고의성 여부는 문제의 핵심이 아니라고 생각합니다. 결과적으로 부분표절이 있다는 건 분명한 사실이고요. 그러나 그렇다고 해서 신경숙의 모든 문학적 업적을 매도하는 것은 악의적이라고 봅니다. 다른 한편, 창비가 문학권력의 일부임에는 틀림없지만, 많은 문학권력 중의 하나일 뿐이에요. 사실 권력 현상은 이 세상 어느 곳에서나 작동하는 세계 구성의 보편적 원리라고도 할 수 있습니다. 어쨌든 나는 솔직히 말해서 창비가 신경숙의 작가적 윤리성에 대해 책임져야 할 이유는 없다고 생각합니다. 작가는 언제 어디서나 스스로 자기책임 하에서 창작하는 사람 아닌가요? 그렇기 때문에 작가는 독립적 정신의 소유자로 존중받는 것이지요. 문학동네가 신경숙을 팔아서 상업화에 앞장섰다고 비난하는데, 그것도 지나친 억지예요. 어떤 출판사든 돈을 벌어야 유지되잖아요? 또 신경숙이 실력에 비해 너무 높게 평가되었다고 하는 사람들이 있는데, 말이 되는 얘기이긴 하지만, 그건 평론에서 따질 비평적 주제예요. 다만, 남진우 씨가 과거 다른 작가들의 표절에 대해 했던 것처럼, 신경숙의 작품에 대해서도 같은 기준으로 냉정하게 대하지 못한 것은 유감입니다. 또한 가지, 신경숙 특유의 우회적인 화법을 사람들이 이해하지 못한 측면도 있어요. 정홍수 씨가 지적했듯이, "쇠스랑으로 내 발등을 찍고 싶다"는 말은 신경숙으로서는 뼈아픈 반성이고 더할 나위 없는 자기 잘못의 인정이에요. 신경숙은 매우 감성적이고 비유적인 방식으로 한국어를 사용하는데, 대중 독자들의 감각은 단순하고 직설적인 언어에 익숙하죠. 그런 면에서 작가와 독자 사이에는 언제나 일정한 갭이 있게 마련인데, 그 점도 신경숙에게는 불리하게 한몫했다고 봅니다.

삶이 있는 한 문학도 없어지진 않겠지만

김수이 최근 대학에는 '사업' 바람이 거세게 불고 있습니다. 인문학과를 줄이거나 없애고, 공대 중심으로 가자는 것인데요. 이러다가는 국문학과마저 몇 군데만 남고 사라지지 않을까 두렵습니다.

염무웅 큰일이지요. 이럴 수는 없어요. 인문학이 쇠퇴하는 걸 넘어, 한국의 정신문화 전체가 야만의 상태로 돌아가는 것 아닌가 걱정이에요. 이래서는 민주사회가 유지될 수 없어요. 민주주의가 작동하려면 국민들이 일정한 지적 수준에 이르러야 하고, 사회에 대해 합리적으로 판단하고 토론하는 장이 살아 있어야 하는데, 그 기초가 무너지고 있어요. 조선왕조 시대에도 이렇지는 않았다고 생각합니다. 문자를 모르는 백성들도 사람의 도리를 지켜야 한다는 걸 무의식중에 배워서 알고 있었어요. 지금 그런 기반이 무너지는 거예요. 흔히 유럽이나 서양에서 도덕이 무너졌다고 하지만, 그렇지 않아요. 그들에게는 그들 나름 정신적 기반과 질서가 있어요. 우리는 지금 인문학의 생사만 문제가 아니라, 마음의 터전 자체가 붕괴되고 있어요. 부자·부부·친구·이웃 등 공동체의 모든 인간관계가 무너지고, 삶이 파괴되고 있어요. 미국이나 유럽도 신자유주의가 휩쓸고 있지만, 한국처럼 극단적이지는 않은 것 같아요. 인문학도 오히려 보호하고 있어요. 일본도 그렇고요. 사적 차원에서 당장 필요 없는 공부를 먼 후일을 위해 공적으로 뒷받침하는 것이 국가의 기능 중 하나라고 봅니다. 지금 한국에서는 기업가든 정치가든 모두 당장 써먹을 게 아니면 없애버리려고 하죠. 이러다가는 한국이 머잖아 망할 거예요.

김수이　이런 현실에서 문학의 미래는 어떻게 될까요? 문학은 어떤 미래를 향해 가야 할까요?

염무웅 인간의 삶이 있는 한 문학이 없어지지는 않을 겁니다. 하지만 삶 자체가 종말을 향해 가는 느낌이에요. 말세적인 증거들이 많아요. 개인적으로 이제 벌써 70대 중반이라, 내 개인의 종말이 가까웠기에 인류의 종말도 근접해 있다고 느끼는지는 모르겠는데, 나는 유물론자로서 죽으면 물질로 돌아간다고 생각하고 그걸 당연하게 받아들입니다. 좋은 글을 써서 이름을 남긴다는 생각은 정권을 잡겠다거나 부자가 되겠다는 것과 마찬가지로 관념론적 허욕입니다. 지구가 멸망하는 판에 그런 게 무슨 소용이에요.

김수이 평균수명이 빠르게 늘어나는 지금, 사회적으로 '노년의 미학'의 정립이 필요하지 않을까요.

염무웅 노년에는 나름의 겸손함에 이르러야 하는데, 참 어려워요. 나이 들어 머리가 숙여지는 분이 점점 드물어져요. 예전에도 훌륭한 분은 많지 않았지만, 퇴계·다산 등 전통적 선비들의 노년의 모습은 정말 훌륭했어요. 그런데 내가 노년에 가까워져 보니 나이 들면 오히려 편협해지고, 자잘한 욕심도 많아지고, 용기가 줄어든다는 걸 느껴요. 좋은 노인이 되는 건 각고의 노력이 필요한 일이에요. 나를 돌아보며 매일 생겨나는 욕심·비겁·편견 등을 스스로 밖으로 드러내서 의식화하려고 합니다. 그렇게 하면 줄이고 없앨 수 있으니 까요. 심리학에서도 트라우마를 끄집어내서 없애라고 하잖 아요.

김수이　창밖에 올해 처음으로 함박눈이 펑펑 내리고 있네요. 왠지 좋은 예감이 듭니다. 선생님, 오랜 시간 좋은 말씀 감사드립니다.

—『대산문화』 2016년 봄호

산책자의
시선

대담자 김용락 • 시인

일시 2016년 9월 12일

장소 서울 서교동 창비학당 이사장실

속초, 춘양, 공주, 서울

김용락 최근 『농민신문』에 선생님의 고향, 출생과 유소년기
에 대해 쓰셨더군요. 많은 사람들이 알고 있겠지만, 독자들
을 위해서 간단하게 선생님의 어린 시절과 성장과정에 대해
말씀해주십시오.

염무웅 그 신문에서 고향 얘기를 쓰라고 해서 나는 고향다
운 고향이 없는 사람이라고 했더니, 그럼 그 사연을 쓰라고
해서 썼지요. 강원도 속초에서 태어났으니까 속초가 고향이
지만, 네댓 살 때인 8·15 직후 월남했어요. 속초가 38선 이북
이거든요. 아버지는 속초에서 조금 북쪽, 고성군 토성면 도
원리에서 나셨는데, 젊은 시절 공부한다고 일본 갔다가 공부

는 못 하고 돈을 좀 벌어 와서 속초에서 사업을 하고 결혼을 해서 나를 낳았지요. 꽤 성공적인 사업가였다고 합니다. 그러니까 북한체제를 피해서 월남을 택했겠지요. 월남 광경이 어렴풋이 기억되는데, 속초에서 야밤에 밀항선을 타고 내려와 이른 새벽 주문진에 닿았어요. 훤히 밝아오는 부둣가에서 카빈총인가를 멘 미군의 무표정한 얼굴을 보았지요. 장성(지금의 태백)에서 2년쯤 살다가 1948년에 경상북도 봉화군 춘양이라는 곳으로 이사를 해서 초등학교에 입학했고 6·25전쟁을 겪었습니다. 거기서 6년을 살았어요.

그 춘양이 나한테는 아주 인상이 깊어요. 전쟁을 겪었기 때문이기도 하지만, 또 감성과 교양의 바탕이 거기서 형성되지 않았나 싶기도 합니다. 태어난 고장의 자연적·문화적 환경은 인간의 품성이나 감성이 형성되는 데 결정적인 영향을 준다고 생각돼요. 어떤 데서 태어나서 자랐냐는 게 사람됨의 원바탕 같은 역할을 한다고 생각합니다. 농촌, 어촌, 광산촌, 대도시와 소읍 등 어디에서 태어나 자라느냐가 사람됨의 빛깔을 결정한다는 뜻이지요.

속초는 내가 태어나던 1940년경은 지금 같은 관광도시가 아니라 그냥 어촌에 불과했습니다. 하지만 그 환경의 영향을 받기에는 나는 너무 일찍 떠난 거예요. 그래서 나는 속초를

"젖먹이 때 잃어버린 엄마 같다"고 표현했지요.

춘양은 태백산 아래 산골 오지입니다. 우리가 처음 이사 갔을 때는 2층집도 하나 없었어요. 춘양목春陽木으로 유명하다는 건 후에 알았지요. 하지만 유서 깊은 안동문화권에 속해 있어서 내가 어렸을 때만 해도 상투 틀고 두루마기 입은 노인들이 흔히 목격되는 곳이었습니다. 6·25 무렵의 춘양은 절반쯤은 여전히 왕조시대의 봉건적 유풍이 살아 있었어요. 서당도 있었으니까요. 또 하나, 춘양의 특성은 6·25를 겪으면서도 주민들 내부에 심각한 갈등이 없었다는 겁니다. 그때 전국 도처에서 좌우익 간에 수많은 죽임과 죽음들이 있었잖아요? 월남가족인 우리가 무사히 6·25를 넘긴 건 돌이켜보면 춘양의 은덕이에요.

한편, 나는 서당에도 좀 다니면서 한문을 배웠지요. 그런 분위기에서 나도 모르게 어떤 영향을 받았을 거라 생각합니다. 보수적인 기질이랄까, 유교적인 정서가 내 무의식 속에 깔려 있다는 자각이 가끔 듭니다. 또 어려서부터 나보고 어른들이 점잖다는 소리를 하곤 했는데, 나는 그게 싫었어요. 그런데 싫으면서도 어른들의 칭찬에 맞추려고 노력하는 자기가 또 있어서, 그게 내적 갈등이 되었지요.

6·25가 끝난 이듬해, 그러니까 1954년 봄에 충남 공주로

이사를 해서 중학교에 들어갔지요. 아버지가 내세운 명분은
자식들 교육이었지만, 숨은 원인은 아버지의 동생, 그러니까
내 작은아버지 때문이 아닌가 합니다. 작은아버지는 아버지
보다 열 살 가까이 나이가 아랜데, 월남을 거부하고 속초에
남았다가 인민군 따라서 월북을 해버렸어요. 아버지는 집안
을 책임진 장남으로서 사업가 스타일인 반면, 작은아버지는
8·15 직후의 풍조에 따라 좌익이 되었던 것 같습니다. 그러
니까 아버지가 휴전 이후 고향 속초로 돌아갈 수 있었음에
도 오히려 아무 인연도 없는 먼 고장으로 이사한 것은 가족
의 월북 사실이 드러날 게 두려워서가 아니었나 짐작해요.
연좌제가 시퍼렇게 살아 있던 시절이었으니까요. 자식들을
위한 것이었죠. 실제로 공주는 대학이 있는 교육도시이기도
했고요.

1950년대의 공주는 인구 3만이 넘지 않는 작은 도시였지
만 상하수도시설, 전기, 학교, 극장, 서점 등 여러 가지 기반
시설들이 갖추어져 있는 문화도시였습니다. 나의 성장과정
으로 볼 때 춘양에서 공주로 이사한 것은 농촌봉건사회에서
근대사회로 올라선 것과도 같았습니다. 내가 중·고등학교
다닐 때 우리 집에는 늘 공주사범대 학생들 한두 명이 하숙
을 했는데, 그들과 한방을 쓰면서 지적으로 자극을 받는 면

이 있었던 것도 같아요.

당시 공주문화원은 자그마하고 책도 많지는 않았지만, 방학이나 주말이면 거기 가서 정음사판『삼국지』,『수호지』라든가 기타 여러 가지 번역판을 읽을 수 있었습니다. 중학생 때는 이광수·김내성 등의 통속소설, 고등학생 때는 손창섭·장용학·오상원 등의 전후문학 작가에게 심취해서 열심히 읽었어요. 당시만 해도 고3에 올라가서야 입시공부를 시작했지요. 그 이전에는 얼마든지 읽고 싶은 책을 읽었어요.

고2 때 공주사대 졸업반으로 교생 나왔던 조재훈 선생을 만나 많은 책을 빌려 본 것도 내게는 잊을 수 없는 추억입니다.『사상계』에 발표되는 소설과 논설에도 깊이 빠져들었고요. 그러고 보면 공주에서의 생활은 외면적으론 단순했지만 지적으로는 마치 스펀지가 잉크를 빨아들이듯 왕성한 흡수력을 지닌 황금시절이었습니다. 그런 점에서 오늘날 우리나라 중·고교 학생들은 참 불쌍합니다. 인문학적 사고의 기초를 닦아야 할 시기에 인성의 황폐화에 내몰리고 있는 게 아닌가 싶어요. 한 인간의 성장과정에서 하이틴 시절은 지적으로 가장 호기심이 많고 감성이 예민한 때인데, 무슨 죄수처럼 억눌려 살고 있잖아요? 입시 스트레스에서 해방된다면 청소년들은 훨훨 날아오를 겁니다. 고등학생들에게 읽고 싶

은 것을 맘껏 읽도록 해서 스스로에게 길을 찾도록 하는 것
이 절대 필요합니다. 지금 같은 입시감옥에 넣어두면 그게
죄수이지 생명 가진 인간이랄 수 없어요.

돌이켜보면 내 인생의 성장과정에는 춘양-공주-서울이
라는 삼 단계가 있습니다. 대학입학은 세 번째 단계로의 진
입인데, 입학하자마자 4·19가 일어난 게 결정적인 사건이었
지요. 그런데 대학 다니는 4년 동안에는 캠퍼스에 데모가 별
로 없었어요. 졸업하고 난 뒤에, 그러니까 1964년 봄부터 한
일회담반대 데모가 본격적으로 시작됐어요. 그때부터는 거
의 매년 대학가에서 데모가 벌어지고 툭하면 휴교령이 선포
되기도 하고 그랬지요. 아마 그때부터 30년 동안 대학은 학
문활동의 본산이기보다 민주화운동의 현장이 됐다고 해야
할 겁니다. 그러나 5·16 초기에는 군사정권의 영향이 아직
대학캠퍼스까지 미치지 않았습니다. 김종필이 와서 강연하
고 토론도 하는 비교적 자유로운 분위기였어요. 특히 서울문
리대는 경성제대의 잔재가 남아 있어서였는지 아주 자유로
운 분위였습니다. 그 4년 동안 숨쉰 자유의 공기가 내 일생을
지배해왔다고 말할 수 있을 거예요.

학문적인 측면에서도 '마분지 책'이라고 부르는, 월북작가
들과 월북학자들의 책이 공공연하게 나돌아 다녔습니다. 적

어도 캠퍼스 안에서는 독서와 토론 등에 제한이 없었고 사상의 자유가 있었어요. 물론 나는 전공이 서양문학이어서 소위 이념서적들을 별로 읽지 않았지요. 아무튼 나는 대학졸업 후 사십여 년간 조교, 시간강사, 교수를 다 거쳤지만 내 학생시절 같은 이념과 사상의 자유를 다시는 맛보지 못했습니다.

박정희 정권 자체만 하더라도 삼선개헌 이후로는 개인독재로 갔지만, 그전에는 정권 안에 자유민주주의 그룹도 있었고 약간의 사회주의 성향을 가진 인사도 섞여 있었다고 봅니다. 내가 대학 다니던 시절에는 대학과 군사정권 사이에 직접적 충돌은 없었습니다. 어쩌면 대학이 군사정권의 시야 바깥에 있었든가, 아니면 군인들이 대학에 대해 아는 것이 없었든가 해서 상대적으로 대학이 자유를 누릴 수 있었던 건지 모르지요. 그게 우리 세대에게는 긍정적인 영향을 끼쳤다고 할 수 있습니다.

서울, 대구, 경산, 군포

김용락 선생님 말씀을 들어보니 4·19 전후의 대학가와 정치상황 등이 선명하게 이해되는데요. 저희 세대는 4·19를 책에서만 배웠고, 5·16 이후의 정치적 상황 역시 사료를 통해 이해했는데, 선생님 말씀을 들으니 훨씬 실감이 납니다. 그러니까 선생님께서는 공주에서 보낸 중·고교시절 문학적 교양과, 대학에서 맛본 자유에 대한 소감 등이 어우러져 평생을 자유랄까 이성적 사회체제에 대한 모색을 글로 써왔다고 할 수 있을 것 같습니다. 그 과정에서 '민중문학'에 대해 선구적 입장을 정초하기도 하고 또 사회적 저항을 통해 해직교수가 되는 곤란을 겪기도 하셨고요. 그리고 나서 대구 영남대에 부임해 오셨는데 20년 이상을 근무하시다가 정년퇴임을 하고 서울 인근(경기 군포시)으로 이주하셨는데요……. 대구 생활과 서울 생활에 대해 말씀 좀 해주시지요.

염무웅 영남대에서 27년 근무했어요. 1980년 2월에 발령을 받아서 2007년 2월 말에 정년퇴직을 했으니까요. 나로서는 그런대로 안정된 생활을 한 셈이죠. 반면에 영남대 오기까지는 우여곡절을 많이 겪었어요. 대학원에서 석사 마친 후 서울대에서 조교하다가 1969년에 전임으로 상신되어 수원 있는 농대에서 실제로 한 학기 교양독일어 강의를 했었지요. 그러다가 탈이 나서 쫓겨나고 그러다가 또 우연한 인연으로 덕성여대에 전임이 되어 4년을 근무했어요. 그게 박정희 유신체제 초기였는데, '자실'을 비롯한 민주화운동 참여 때문

2006년 12월, 영남대학교 퇴임 기념 고별강연.

에 1976년 초에 해직됐지요. 그래서 4년간은 창비에서 주간
도 하고 사장도 하다가 박정희가 죽고 나서 복직이 허용됐어
요. 처음 대구 내려올 때는 이제 민주화가 될 테니 나는 그동
안 못 한 공부를 좀 해야겠다, 이런 심산이었지요. 하지만 알
다시피 전두환 신군부가 등장하고 세상은 더 시끄러워져, 공
부에 전념할 엄두가 나지 않더군요. 쫓겨난 동료교수나 기자
들과 술자리가 많을 수밖에요.

그럭저럭 27년이 지나갔네요. 퇴직하고 일 년 남짓 더 살
다가 2008년 봄에 경기도 군포로 왔습니다. 처음엔 대구 시
내 살다가 경산으로 이사했는데, 학교가 가깝기도 하고 무엇
보다 건강 때문이었어요. 1990년대 초에 당뇨가 왔어요. 나
는 당뇨라는 것에 대한 개념이 없었어요. 당뇨가 의심된다는
말을 듣고도 술 마시고 밤새 글 쓰고 격렬한 등산을 하며 지
내다 보니 어느 날부턴가 갑자기 살이 빠지며 못 견디게 피
로하고 괴로워지더군요.

어느 날 동료교수가, 대구 경남타운 건너편 가톨릭 수녀들
이 하는 병원이 있는데 그곳으로 강제로 데려가서 혈당을 재
봤더니 측정불가라고 나왔어요. 너무 높아서 말이죠. 그래서
친구한테 잡혀서 경북대 병원에 갔지요. 당장 입원을 하라더
군요. 일주일간 입원을 했습니다. 그게 아마 1997년일 겁니

다. 치료를 시작하자 여러 합병증이 와서 굉장히 고생을 했습니다. 그때부터 생활습관을 조금씩 바꾸기 시작했죠. 생활습관이라는 게 정말 중요해요. 하루하루 어떤 태도로 사느냐가 삶의 질을 결정합니다. 그런데 사람은 아주 작은 습관도 바꾸기가 무척 어렵습니다. 아무튼 담배 끊고 술을 대폭 줄이고 매일 얼마씩 걷고 밤늦게 책상 앞에 앉지 않고 친구들 덜 만나고……. 이렇게 절제된 생활을 10년 정도 하고 나니까 차츰 원상회복이 되었습니다. 그럴 무렵에 퇴직한 거지요. 퇴직 시기와 건강회복 시기가 거의 맞물렸어요. 강의를 할 동안에는 글을 쓰기가 쉽지 않았습니다.

김용락 저도 생각나는 게 있습니다. 기억하실지 모르겠지만 당뇨 때문에 한창 고생하실 때 선생님께서 나는 아무래도 어머니 체질을 닮았는가 보다, 어머니가 예순에 돌아가셔서 나도 그런 게 아닌지 모르겠다는 말씀을 하셔서 깜짝 놀랐지요. 저뿐 아니고 당시 대구에서 선생님 주변에 있던 후배들이 무척 걱정과 염려를 했습니다. 선생님께서 지금 이렇게 건강하게 되신 데는 당시 후학들의 간절한 기도 빨도 있었을 거예요, 아마.(웃음)

염무웅 한창 건강이 나쁠 무렵 서울에서 신경림 선생과 몇 분들이 경산으로 오셨더군요. 아마 얼굴이라도 마지막 보자는 뜻이 아니었나 짐작했지요. 그런데 누구나 병을 앓고 나면 얻는 게 좀 있어요. 육신의 한계랄까 이런 게 느껴지고 질병을 통해 내 몸에 관철되는 자연의 법칙에 순응하는 것을 배우게 됩니다. 교만이 있을 자리가 줄어드는 거지요. 인력으로 안 되는 게 있구나. 노력으로 되는 게 있고 발버둥 쳐도 안 되는 게 있구나……. 이런 깨달음이 와요. 괴테는 후기 작품에서 '체념'이라는 말을 자주 했는데, 젊은 시절 나는 그걸 좋아하지 않았어요. 그런데 병을 겪고 고비를 넘어보니까 체념이란 단순히 강한 힘에 굴복하고 투항하는 것을 뜻하는 것이 아니라 세상의 구조와 법칙을 터득하여 거기에 적응하면서 자신과 화해하는 것임을 깨닫게 됐어요.

요즘 생활에 대해서 말한다면 '퇴직 후'가 나로서는 굉장히 자유로워요. 영남대만 그런 건 아니고 지방대의 인문학과들이 공통적으로 부딪치는 문제가 있는데……. 1980년대만 해도 독문과 학생 중 3분지 1은 문학공부를 좋아해서 온 학생들이었는데, 1990년대 이후 점점 그런 학생이 줄어들었어요. 따라서 수업시간이 점점 재미가 없어졌죠. 교실에서 무언가를 가르친다고 하는 것이 교수인 나에게 심한 자격지심을 갖게 만들었습니다. 학생들에게 아무짝에도 필요 없는 얘기를 해주면서 돈을 받아먹는구나 하는 생각이 들었거든요. 학교에서 강의하는 것과 집에 와서 보고 싶은 책 보고 글 쓰고 하는 게 서로 분리된, 일종의 이중생활을 하고 있다는 자의식이 들었어요. 그런 생활을 박차고 나가는 게 정직한 거였겠지요. 하지만 나는 그렇게 투철하지 못했어요. 퇴직을 하고 나니 그런 괴로움에서 해방된 거예요. 물론 수입은 절반으로 줄었지만 막내 데리고 아내와 더불어 사는 데는 연금으로 충분하고도 남습니다. 이렇게 되니 건강도 많이 나아지고요.

나는 산책하며 생각하는 게 습관이 됐습니다. 원래는 당뇨 때문이었죠. 암튼 책을 읽고 나서는 대체로 걷습니다. 발로 땅을 밟고 걷는 것이 인간의 두뇌를 활성화시킨다는 말을 들은 적이 있는데, 나는 그걸 몸으로 실감합니다.

자만은 추락의 시작

김용락 지금 대담을 하고 있는 이 자리는 창비학당 이사장실인데, 요즘 어떻게 지내시는지요? 선생님께서는 요즘 잡지나 신문에 말 그대로 노익장을 과시하듯 비평과 칼럼 등

많은 글을 쓰고 계시는데 집중력과 건강은 어떻게 유지하시는지요? 비결이 있으신지요?

염무웅 내가 글을 많이 쓴다고 김용락 선생이 느끼는 건 김 선생이 나를 좋아해서 내 글을 열심히 찾아 읽어준다는 뜻이지요. 아무튼 방금 얘기했듯이 근년에 별다른 잡념 없이 읽고 쓰는 데 어느 정도 몰두하는 건 사실입니다. 체력이 좋았던 젊은 시절에 딴 데 신경 쓰는 걸 좀 줄이고 이렇게 살았어야 했는데…… 하는 후회도 좀 듭니다. 아무튼 오십여 년 글을 써보니까 글을 쓰는 데 있어 뭐가 중요한가를 약간 알게 되는 것 같아요. 첫째는 끊임없는 지적 축적과 글을 계속 쓰는 훈련이 필요합니다. 간단히 말해서 끊임없이 읽고 써야한다는 거죠. 다음으로는 글에 대한 감각 즉 사물에 대한 감각을 어떻게 신선하게 유지할 것인가, 이게 관건입니다. 상투적인 이야기 같지만 젊은 필자들의 새로운 글을 읽고 새로운 사람들을 만나서 이야기를 하고, 그리고 어디에 가든 또 누구와 어울리든 소년과 같은 눈으로 보고 받아들일 줄 아는 열린 마음이 필요합니다. 돌이켜보면 젊은 날 잡지 일에 붙들려 많은 사람들 만나 술 마시고 떠들고 하느라고 읽고 쓰는 일을 소홀히 했고 그 점이 후회도 되는데, 다시 생각해보면 그게 단순한 허송세월만은 아니었구나 하고 느껴집니다. 무슨 일을 하든 필요한 건 상시적인 자기성찰이에요. 10년 20년 글을 써서 이름이 좀 났다고 만족하는 순간 퇴보를 합니다. 좋은 글은 한번 썼다 해서 그 수준이 늘 유지되는 게 절대 아닙니다. 자만하는 순간 추락이 시작됩니다. 자기 문장을 항상 타인의 눈으로 읽을 필요가 있어요.

김용락 글은 한번 잘 썼다고 해서 그 수준이 계속 유지되는 게 아니라 공부를 하지 않으면 퇴보하고 곧 추락한다는 말씀이 제게는 깊은 울림으로 다가오는데요. 자칫 자만하기 쉬운 정신들에 대한 강력한 경고의 말씀 같습니다. 저뿐 아니라 후배들이 깊이 새겨야 할 말씀 같습니다. 선생님 연세에도 쉬지 않고 늘 새롭게 갱신하려는 그런 자세가 좋은 글을 쓰는 비결이 아닐까 짐작해 봅니다.

요즘 『경향신문』에 연재하고 있는 「염무웅의 해방 70년, 문단과 문학 시대정신의 그림자」가 문단 안팎에 화제인 걸로 알고 있습니다. 저도 선생님 연재물을 열독하고 있습니다만, 가끔 페이스북 공간에서도 이 글에 대한 반응을 볼 수 있더라고요. 평론가 김명인 교수도 선생님의 작가연대 구분에 동의한다는 식의 글을 올리기도 했던데요.

저도 가장 최근 글인 연재 9회째 글을 보면서 두 가지 점이 특히 눈에 들어왔습니다. 김수영 시인의 시론이 날카롭고 예리한 면이 있지만 그 난삽성 때문에 문단 안에서의 논의로 그친 점이 있다는 언급이나, 흔히 1960년대 대표 작가로 '감수성의 혁명'으로 불린 김승옥에 대한 평가가 인상적이었습니다.

저도 개인적으로는 김수영의 시론이 전체적인 맥락에서는 이해되지만 부분 부분에서는 너무 모호하거나 말이 안 되는 게 많다는 점이 불만이었고…… 김승옥은 우리 문단에서 과대평가된 대표적인 작가라고 평소에 생각해왔습니다. 이 글을 연재하시면서 느끼는 소회나, 이 글의 의의에 대해 말씀해주십시오.

문단사와 문학사는 어떻게 연결되는가

염무웅 『경향신문』은 1946년 9월에 창간됐으니까 70주년이 됐지요. 신문사 측에서 나와 유홍준 교수 등이 문화 쪽을 네 파트로 나눠서 기념 에세이 같은 걸 써달라고 하기에, 그러면 내가 뭘 할 수 있을까 생각했더니, 1960년대 이후의 한국문학을 문단현장에서 경험한 사람이 별로 남아 있지 않다는 생각이 들어서 쓰기 시작했어요. 내가 문인들을 만나기 시작한 건 『산문시대』라는 문학동인에 참여한 1963년이에요. 김승옥은 1962년 신춘문예에 당선됐는데, 그 친구는 사교성이 있어서 사람들을 잘 사귀었어요. 그 무렵 김승옥에게 이끌려 황순원 선생 댁에 세배를 갔어요. 명동 건너편 회현동 집이었지요. 오유권·서기원·이호철 등 30대 문인들을 거기서 만났지요. 이호철 선생과는 그 자리에서 친해져 오십여 년 친교를 이어왔는데, 안타깝게도 최근 돌아가셨지요.

나는 1964년 신춘문예에 당선된 이후 신구문화사, 창비 등 문학전문 출판사나 잡지사에서 편집자로 일해왔기 때문에 1960~70년대 문단에 대해서 비교적 잘 아는 편이죠. 김용락 선생과 마찬가지로 사람 사귀는 것을 좋아하는 편이기도 하구요. 그런데 그게 장단점이 있어요. 책 읽고 생각할 시간은 분명히 손해를 보지요. 하지만 책 읽는 것만 가지고 문학에 대한 이해가 온전해지는 건 아니에요. 문인들을 만나서 술 마시고 떠드는 것도 문학적 감성의 교류, 즉 문학공부라고 할 수 있습니다. 비유하자면 논밭에 나가서 농사의 현장을 살펴봄으로써 밥과 반찬이라는 결과물이 지닌 미각의 근원에 대해 더 이해가 깊어지는 것과 비슷하달까요?

요즘은 『경향신문』 연재하느라 회고록 종류의 책과 글들을 많이 읽었습니다. 염상섭·박종화·김팔봉·김동명·유진오·백철·모윤숙·김동리·박남수·조연현·오영진·고은 등. 그런데 짐작하는 바와 같이 회고록이라는 게 변명이나 자기합리화가 많아요. 따라서 잘 읽을 필요가 있습니다. 그런데 문단에서의 일화는 많은데, 그런 문단 분위기로부터 왜 이런 작품 또는 저런 작품이 산출되었는지에 대한 이야기는 별로 없어요. 문학사와 문단사가 분리되어 있는 겁니다. 나는 그 당시의 정치사회적 동향과 문단 분위기를 기술하면서, 그런 시대적 조건으로부터 왜 이런 작품이 태어났는가, 그 연결고리를 찾아보고자 했습니다. 하지만 지면 제한도 있고 하다 보니 뜻한 대로 됐는지 모르겠어요. 그건 읽는 사람이 평가할 몫입니다.

다른 한편, 이걸 쓰기 시작하면서 예전에 읽었던 작품을 새로 읽어보기도 합니다. 최근에 읽은 작품들은 염상섭·김동리·최인훈·서정인·김승옥·박태순 등인데, 읽어보면 다 그렇지는 않지만 그동안의 고정관념이 깨지는 걸 느낍니다. 읽는 나의 안목이 달라진 면도 있고 세상의 변화가 다르게 읽을 것을 요구하는 측면도 있어요.

김승옥은…… 예전에 많은 독자들이 김승옥에게 홀딱 빠졌었지요. 물론 나도 그랬고요. 지금 읽어도 여전히 뛰어난 요소가 많습니다. 그러나 동시에 스무 살 남짓 젊은이가 쓴 작품답게 치기라고 느껴지는 요소도 많아요. 50년도 더 지나 70대 중반 노인의 눈으로 읽어서 그런가 싶기도 합니다. 전혜린을 다시 읽어보면 어떨지. 전혜린도 전설적인 문필가로 알려져 있지만, 지금 읽어보면 우스운 측면도 많을 겁니다. 그가 독일 뮌헨에서 유학하고 돌아와 슈바빙 어쩌고를 많이 떠들어 1960년대 가난한 청년들에게 꿈을 자극했지요. 나는 전혜린보다 딱 30년 뒤에 슈바빙 거리를 몇 달 걸었는데, 전혜린이 퍼뜨린 신화가 뮌헨에 실재하는 현실공간이라기보다 전혜린의 내면에만 존재했던 아름다운 공허라는 느낌을 지울 수 없었어요. 김승옥의 소설은 그와 다른 실체성을 가지면서도 독자들의 상상 속에 미학적 신화를 만들어내는 측면이 있다고 생각됩니다. 하긴 그런 게 각박한 시대에 소설이 하는 일 중의 하나인지도 모르죠.

아무튼 6·25전쟁으로 인해 폐허가 되고 감성이 거칠고 무디어진 상황에서 김승옥 같은 작가가 나와 새로운 세계를 선보였을 때, 당시로서는 '감수성의 혁명'이라는 평가를 받음 직합니다. 하지만 그 평가가 역사적으로 정착될 만한 것인가, 이제 이렇게 물어볼 시점이 됐습니다. 이태준·박태원·이상 등이 그들의 최선의 작품에서 보여준 감수성에 비해 김승옥이 그것을 확실하게 뛰어넘었는가, 라고 물어본다면 나는 그렇지 않다고 생각합니다. 박태원의 단편을 최근 다시 읽어 봤는데, 1930년대의 화법과 풍속이라는 한계 안에서는 가장 예민한 수준의 감수성을 실현한 업적이라고 인정됐어요. 박 태원이 1930년대에 이룩한 성취를 김승옥은 1960년대 현실 의 감각과 언어로 반복한 것뿐이 아니겠는가 생각됐습니다. 이것은 김승옥이 고평가되었으니 낮추자는 뜻이 결코 아니 고 역사적으로 제자리를 찾자는 뜻입니다.

그러니까 나에게는 김승옥의 작품으로부터 '감수성의 혁 명'이라고 평가할 수 있는 측면보다 1960년대를 증언해주는 요소들이 더 눈에 들어왔습니다. 압축적 근대화가 시동을 거 는 시대의 여러 현상들, 가령 도시의 팽창, 농촌의 몰락과 소 외 등 초기적 양상들이 두드러져 보여요. 가령,「무진기행」은 발표 당시에는 사회학적 시선과 거리가 먼 감성적인 소설로 읽혔고 지금도 그런 면이 주로 각광을 받고 있지만, 내 눈엔 서울과 시골의 비대칭이라는 1960~70년대의 역사성을 빼고 설명할 수 없는 작품처럼 보입니다. 김승옥의「역사」力士라는 작품을 다시 읽어보니 아주 좋더군요. 사실상 그의 첫 문제 작으로 여겨집니다.「서울, 1964년 겨울」도 실험적이고 아주 중요한 작품이에요. 김승옥의 경우 이 세 편은 어떤 관점에서 분석하더라도 영구히 남을 명작이라고 생각돼요.

서정인도 조금 읽어보았습니다. 서정인은 작가적 역량에 비해 너무 주목을 못 받고 있습니다. 오래전 1960년대 후반 「강」, 「원무」, 「나주댁」 등을 『창비』에 실으면서 나는 정말 감탄해 마지않았어요. 소설미학의 어떤 극치를 맛보는 느낌이었달까요? 지금 읽어도 서정인의 소설 문장은 여전히 '살아 있는 긴장'의 언어적 구현이에요. 그런데 1970년대 그가 미국 갔다 온 뒤로는 웬일인지 그의 세계에서 점점 멀어지는 느낌이더군요. 어쩌다가 읽은 작품들이 당면한 현실과 너무 동떨어지고 언어유희적인 요소가 너무 비대해진 것 같았습니다. 하지만 서정인의 문학이 누군가에 의해 진지하게 검토될 필요가 있다는 데엔 이의가 없습니다.

최인훈과 서정인은 나이는 동갑이지만 함경도 북쪽과 전라도 남쪽 출신이어서 여러모로 이질적인데 의외로 공통점도 많습니다. 둘 다 매우 지적이고 또 은둔형 작가입니다. 스스로 고립을 선택한 작가들이고, 고독한 가운데 높은 문제성을 추구하는 작가들입니다. 박태순의 초기작도 다시 보니 재평가할 필요가 있겠다 싶더군요. 1960~70년대 근대화과정에서 도시 주변에 형성된 뜨내기들의 삶을 누구보다 생생하게 그려내고 있습니다. 윤흥길의 「아홉 켤레의 구두로 남

1976년 '창비 10주년 회고와 반성' 좌담.
왼쪽부터 염무웅·신동문·백낙청·이호철·신경림. (사진은 창비 제공)

은 사내」나 조세희의『난장이가 쏘아올린 작은 공』이 이룩한 1970년대의 전형적 문제성을 선취하고 있어요.

우리는 지난날 활동했던 작가들에 대해 틀에 박힌 상투적 평가에 만족하지 말고 새롭게 보아야 합니다. 굳어진 세평을 다시 의문대 위에 올려놓을 수 있어야 한다고 봅니다.

잡지 편집자로서

김용락 근래 창비가 50주년을 맞이해서 계간『창작과비평』 2016년 여름호 부록으로『창비와 사람들 ― 창비 50년사』란 책을 냈던데, 거기 등장하는 분들이 선생님 포함해서 모두 열일곱 명이에요. 그중 열네댓 분이 선생님과의 인연으로 창비의 주요 필진이 됐더라고요. 당시 문단에서 선생님의 활동의 폭을 알 수 있는 증거인데, 앞의 질문과 연계해서 문학사를 보는 시각이라든가 문학을 대하는 태도에 대해서도 말씀해주십시오.

염무웅 나는 아주 젊은 나이부터 신구문화사에서 문인들을 많이 사귀고 문단 돌아가는 걸 잘 듣고 보았어요. 1967년경 내가『창비』편집에 관여한 이후 백낙청 선생은 큰 방향을 생각하는 사람이고, 필자와의 접촉은 내가 많이 담당했지요. 그러다 보니 자연 내가 필자들과 개인적으로 친해졌지요. 게다가 1970년대는 박정희 독재시기이기도 하지만 대한민국의 지적인 폭발이 시작되던 시기이기도 합니다.『창비』는 그 물결을 탔다고도 볼 수 있고 그 물결의 일부를 만들어냈다고도 볼 수 있지요.

　이게 자화자찬인지 아닌지 모르겠는데, 나는 일종의 편집자 체질을 갖고 있다는 자각이 가끔 듭니다. 나 자신의 글을 발표할 욕심이 없다면 거짓말이겠지만, 그와 더불어 좋은 필자를 구해서 내가 편집하는 책에 실었을 때도 말할 수 없는 보람을 느낍니다. 1970년대『창비』주간으로 있을 때 신경림·황석영·현기영의 작품을 다른 잡지 아닌『창비』에 실어 그들의 가치를 세상에 알렸다는 데에 말할 수 없는 기쁨을 느꼈어요. 그건 잡지 편집자만이 갖는 기쁨이고 보람입니다. 어디 좋은 필자가 없는지 항상 관심을 갖고 여기저기 살폈고 지금도 무의식중에 그런 버릇이 좀 남아 있어요. 직접 글을 읽으며 찾기도 하고 사람들로부터 소개를 받기도 하고요. 요즘은 페이스북을 보는 동안 좋은 필자가 눈에 띄는 경우도 있어요. 김수상 시인은 페북에 나온 사드 반대시를 보고 시적 재능을 알아봤어요. 편집자적 근성이 발동한 거랄까요.

종교의 갱신을 위하여

김용락 근래 현각 스님이 한국 불교의 물질숭배나 승려들의 일탈에 대해 말씀한 것이 조계종단 내부뿐 아니라 한국사회에 파장을 일으킨 바 있습니다. 불교에 국한하지 말고 기독교를 비롯해 종교의 바람직한 사회적 역할에 대해 한 말씀 해주십시오.

염무웅 내 분수를 넘는 건데……. 현각 스님의『만행 ─ 하버드에서 화계사까지』라는 책을 아주 감명 깊게 읽고 좋은 분이라는 생각을 했습니다. 현각 스님에 대한 근본적인 신뢰가 있습니다. 독실한 가톨릭집안 출신에다 출세가 보장된 학벌을 지녔음에도 그 모든 걸 버리고, 심지어 사랑하던 여자까지 버리고 '나'란 어떤 존재인가를 깨달으려는 열망에 따라 스님이 됐고, 낯선 땅 한국까지 와서 수도에 정진하고 있잖아요. 진리에 대한 치열한 탐구심으로 인생을 살아간다는 게 아무나 할 수 있는 게 아니지요.

그런 현각이 한국 조계종 종단에 대한 실망을 표했는데, 나는 오히려 너무 늦었다고 생각해요. 조계종 내 일부 스님들이 현각을 배은망덕이니 뭐니 하는데, 이건 참으로 염치없는 소리라고 생각합니다. 세속의 기득권자들과 똑같은 반응입니다. 불교나 기독교 상층부의 부패와 타락에 대해서는 만인이 다 개탄하고 있잖아요. 이 상태로 가면 불교고 기독교고 다 종교 아닌 타락집단으로 전락하고 말 겁니다.

그러고 보니 생각나는 게 만해 스님의 『조선불교유신론』입니다. 오래전에 읽어서 거의 잊어버렸지만, 쓰여진 지 100년이 넘은 책입니다. 나라가 일제의 식민지로 굴러떨어지던 절체절명의 시대에 만해가 부르짖은 불교개혁론은 지금도 그대로 살아 있다고 생각해요. 그때나 지금이나 문제적인 건 스님들의 결혼을 허용하자는 얘기인데, 쉽지 않은 문제지요. 만해는 승려결혼의 허용을 주장했고 본인이 직접 결혼을 했습니다. 아무튼 그건 여전히 논란거리예요. 몰래 아내와 자식을 거느린 승려들이 있다는 건 거의 공공연한 비밀인데, 그런 경우 결혼을 공공연히 허용하고 그들에게 제한된 업무를 맡기면 안 될까요? 대신 독신을 고수하면서 수행에 전념하는 스님들은 종단의 주체로서 맑고 깨끗한 삶의 모범을 보이고요. 결혼문제 이외에 만해가 주장한 개혁론들도 여전히 매우 진취적이고 대담합니다. 오늘의 불교계가 만해의 『조선불교유신론』을 다시 읽어보고 자신들의 현재의 위상을 재평가할 필요가 있습니다. 지금 읽어도 혁신적이라는 것은

100년 동안 불교가 제자리걸음을 했다는 뜻이잖아요? 불교 문예지에서 말하기 조심스러운 내용입니다만.

김용락 불교문예잡지니까 더욱 불교에 대한 고언이 필요할 수 있습니다. 고언은 원래 아프게 다가오지만 몸에는 좋은 것이잖아요. 한국 불교가 이 정도 비판과 고언은 포용할 수 있는 품이 있다고 저는 믿습니다.

문학과 종교에 관련한 이야기인데, 20세기 미국의 시인인 T. S. 엘리엇이 「종교와 문학」(1935)이란 글에서 종교문학은 특정 종교에 대한 인식 때문에 삼류 마이너문학이 될 수밖에 없다는 뜻의 발언을 한 바 있는데 선생님께서도 이 문제에 대해 한 말씀 남겨주십시오.

염무웅 나로선 깊이 생각해보지 않은 문제군요. 그러나 엘리엇의 발언 취지는 납득이 됩니다. 문학과 종교는 근원에 가서는 만날지 모르지만 아무래도 현상적으로 길이 다른데, 현실 속의 종교는 불가피하게 하나의 사회적 제도로서 존재합니다. 이 제도란 건 보다시피 세속화되어 있는 거고, 또 그렇게 될 수밖에 없는 불가피한 측면이 인정되기도 합니다. 그렇기 때문에 진정한 깨달음과 영원한 구원을 추구하는 스님이나 신부들과 사회제도로서의 세속종교 사이에는 끊임없이 갈등과 충돌이 생겨난다고 생각합니다. 종단의 형식주의를 견디지 못해 뛰쳐나가는 수도자가 있을 수밖에 없습니다.

그런데 문학도 제도의 구속을 깨트리고 인간의 심층 속으로 들어가 파헤치는 것을 마다 않는 장르인데, 따라서 그런 문학은 제도종교의 틀에 비추어 보면 반종교적일 수도 있고 탈종교적일 수도 있겠지요. 사실 종교의 창시자인 석가나 예수 같은 분들이 오늘 이 땅에 오신다면 어떻게 하실까요? 조계종과 한기총 같은 조직을 채찍으로 내리치는 역할을 하시지 않을까요? 석가여래께서 대형 불사를 좋아하실 리 없다고 생각합니다. 내 이름 팔아서 돈만 처먹는다고 욕하시지 않을까……. 그러니까 모든 종교문학이 저급하다기보다 종교와 인간의 관계를 얼마나 심오한 차원에서 다루느냐에 따라 등급이 정해지겠지요. 단순히 선교의 목적만 가진 종교문학은 당연히 이류문학, 마이너겠지요.

한반도 평화의 길

김용락 최근 미국의 전략무기인 사드 배치 문제로 나라 전체가 시끄럽습니다. 특히 배치 후보지인 경북 성주와 김천은 대구 인근이고 해서 이 지역에서는 사드반대운동으로 뜨거운 여름을 보냈습니다. 외세와 국가주권이라는 문제, 평화와 관련해서 이 문제에 대해서도 한 말씀 해주십시오.

염무웅　그런 문제에 관해서 계속 좋은 글들이 많이 나오고 있고 나는 그걸 읽고 배우는 중입니다. 내 생각에 근본적으로는 제2차 세계대전을 계기로, 특히 냉전종식 이후 미국이 전 지구적인 패권을 장악했는데, 지난 삼십여 년 사이 중국이 크게 성장하고 러시아도 만만찮게 열세를 회복하고 하니까 미국 입장에서는 지구적 차원에서 새로운 전략이 필요해진 것 같아요. 그래서 가령 루마니아와 폴란드에 MD 도입을 했거든요. 폴란드나 루마니아가 어떤 나라냐. 과거엔 소련의 위성국가라고 했었잖아요? 말하자면 러시아의 세력권이었는데 이제 미국의 군사기지로 변해가고 있단 말이에요. 미국이 말로는 중동 테러를 감시할 목적이라고 하지만, 러시아가 그 말에 넘어가겠습니까? 한국에 사드를 도입하려는 것도 내세우는 명분이 뭐든 궁극적으로는 중국을 감시하여 전 지구적 미사일 방어체제를 완성하려는 것이 분명합니다. 며칠 전 페북에 경남대 김동엽 교수의 논문이 올라온 게 있던데, 한국 남쪽에 배치되는 사드의 효능에 대해 아주 정밀하게 설

2017년 5월 2일 광화문 광장에서,
사드 철수를 요구하는 작가들의 기자회견 모습.

명하고 있더군요.

문제는 미국과 중국이 전략적으로 갈등하는 국면에서 사드 배치를 하면 한국이 확실하게 미국 쪽 최전선에 위치하게 된다는 거지요. 과거 냉전 초기에 미—소가 대립하다가 3차 대전으로 안 가고 한국전쟁이나 월남전쟁 등 작은 나라들의 전쟁으로 갔습니다. 오늘날 미국과 중국이 대립을 해도 미국과 중국 사이의 직접적 전쟁은 일어날 수 없습니다. 각자 만만찮은 핵 억지력을 갖고 있어 파멸적 결과가 보이기 때문이지요. 그 대신 한반도라든가 오키나와, 대만, 남중국해 등 중국 근처가 위험해집니다. 그중 가능성이 가장 많은 건 한반도입니다. 왜냐하면 일본이 옆에 있고 북한이 위에 있기 때문입니다. 청일전쟁, 러일전쟁, 6·25전쟁이 그랬듯이 말이죠. 이건 민족절멸의 길입니다.

우리가 미국과 중국 사이에서 택할 정책은 양자 모두와 최대한 우호관계를 유지하는 가운데 전략적 자주성을 추구하는 것이어야 한다고 생각합니다. 입으로는 계속 한미동맹을 강조하면서도 실제로는 사드 배치를 망설임으로써 중국과 척지지 않는 길을 찾아야 합니다. '김대중 전략'이지요. 김대중 전 대통령은 입으로는 친미적 발언을 계속하면서 현실에서는 북한과 협력하는 길을 찾았던 것입니다. 물론 지난 20

년 사이 상황은 많이 변했습니다. 어쨌든 한반도 비핵화가 답입니다. 북에서건 남에서건 종국에는 핵이 없어져야 해요. 그런데 사드를 들여오는 것은 북한에게 핵 보유의 명분을 강화시킬 뿐입니다. 미국과 북한 사이에 평화협정과 외교관계가 수립되고, 그래서 미국의 핵 공격으로부터 안심할 수 있는 상태가 되어야 북한은 핵을 버리는 논의에 나올 거라고 생각합니다.

김용락 선생님께서는 페이스북을 하십니다. 좋은 글은 공유를 하기도 하고, 어떤 글에 대해서는 짧지만 매우 날카로운 논평을 하기도 해서 페친(페이스북 친구)들에게 인기가 높고 주목의 대상이기도 합니다. 페이스북과 현대문명, 소통의 문제 등에 대해서도 평소 선생님의 생각을 말씀해주십시오.

염무웅 (웃음) 아직 페북 초보자에 불과해서 깊이 생각해보지 않았습니다. 우선 느껴지는 것은 여러 가지 소식이 여기서 모여지는 게 유익해요. 신문 한두 개 보는 걸로는 너무 소식이 제한적인데 여기에는 다양한 뉴스가 올라올뿐더러 실시간으로 소식이 전해지기도 하고 때로는 꽤 전문적인 논평이 게재되기도 하더군요. 내 페친들은 서로 친하게 아는 사람이 많아서 안부을 전하는 기능도 하고. 나는 개인적인 애기는 안 쓰려고 하는데, 그래도 조금씩 써요. 페북의 한 가지 단점은 시간을 많이 잡아먹는 것입니다. 뭐든 지나치면 해로움이 따르게 마련이죠. 그래도 여러 가지 유익한 정보, 좋은 논평을 통해 세상 돌아가는 데에 넓은 시야를 가질 수 있어 당분간은 계속할 작정입니다.

김용락 오늘 좋은 말씀 감사합니다.

—『현대불교문예 마하야나』 2016년 가을호

뒤에 붙이는
머리말

문학의
계단을 오르며

문학소년에서 현장비평가까지

피난길에 잃어버린 고향

태어난 곳이 고향이라면 내 고향은 강원도 속초다. 하지만 내 원초적 기억 속의 속초는 희미한 실루엣일 뿐이다. 마치 젖 뗄 무렵 세상을 떠나 기억조차 남기지 않은 엄마 얼굴처럼 간절하면서도 흐릿하다. 어쩌다 그렇게 되었나.

알다시피 속초는 38선 이북이어서, 8·15해방과 더불어 소련군 관할지역이 되었다. 그런대로 성공한 사업가였던 아버지에게 아마도 북한은 전망 없는 땅이었던 것 같다. 어느 날 밤 우리 가족은 보따리 몇 개를 밀항선에 싣고 남으로 내려왔다. 일행은 아홉이나 됐는데, 60대 중반의 할아버지 할머니를 비롯하여 고모 두 분도 함께였다. 그게 1945년 12월인지 1946년 2월쯤인지, 그리고 무엇보다 북한에서 아버지에게 무슨 사건이라도 있었는지 물어볼 생각이 들었을 때는 대답해줄 분들이 이미 세상을 떠난 뒤였다.

다섯 살 어린 나로서는 이 위험한 항해의 이유도 의미도 당연히 몰랐다. 이상하게도 속초를 떠날 때의 장면이나 배에서 보낸 하룻밤은 조금도 생각나지 않는 반면, 이른 새벽 싸늘한 공기를 맞으며 주문진항에 들어오던 정경은 그림처럼 선명하게 남아 있다. 어슴푸레하게 날이 밝아오는 가운데 낯선 생김새의 군인이 총을 어깨에 걸치고 우리를 무표정하게 내려다보며 서 있던 광경이 오랫동안 내 망막에 남아 있다. 내가 이 세상에서 태어나 처음 목격한 미군의 모습이었다.

우여곡절 끝에 마침내 우리 가족이 짐을 푼 곳은 장성(지금의 태백시)이라는 탄광촌이었다. 탁 트인 바다를 앞에 두고 살던 아버지 같은 분이 처음부터 이 산중을 목표로 찾아온 것인지, 아니면 급한 대로 우선 자리잡은 곳이 이런 오지인지 나는 알지 못한다. 주문진에서 장성까지는 트럭도 타고 기차도 탔던 것 같다. 내가 기억하는 한 장면은, 우리 가족이 남부여대한 많은 사람들 틈에 섞여 어떤 기차역을 향해 꽤 가파른 언덕길을 걸어 올라갔던 일이다. 뒷날 알고 보니, 우리가 향하던 그 기차역은 영동선에 속한, 지금은 폐쇄된 '통리'라는 역이었다.

장성에 사는 동안 내가 본 광경 중에 잊히지 않는 게 둘 있다. 하나는 거리에서 본 것이다. 평소에는 탄광촌답게 작업복 입은 사람들이 주로 눈에 띄었는데, 어느 여름날 갑자기 흰 무명옷 차림의 많은 군중이 거리를 메웠다. 그들은 손에 손에 태극기를 흔들고 구호를 외치며 어딘가를 향해 행진하고 있었다. 후일 짐작해보니 그것은 해방 1주년 기념행사였던 것 같다. 흰옷 입은 군중, 휘날리는 태극기 물결, 무언가 열렬히 외치는 함성…… 어떤 역사적 맥락의 일부인지 알 수 없지만, 아주 강렬한 인상으로 내 기억의 밑바닥을 차지하고 있다.

다른 하나는 우리 집안에서 벌어졌던 일인데, 할아버지와 아버지 간의 소소한 다툼이 그것이다. 당시 우리 집 안방 벽에는 할아버지가 걸어 놓은 이승만의 사진이 붙어 있었다. 그런데 할아버지가 외출을 하고 나면 집에 있던 아버지는 즉시 이승만 사진을 떼고 그 자리에 김구의 사진을 걸었다. 저녁에 귀가한 할아버지는 화를 내면서 도로 이승만의 사진을 거는 것이었는데, 이 과정은 부자간에 약간의 정치적 언쟁을 동반하게 마련이었다. 한동안 거의 매일 이런 일이 되풀이되다가, 어느 땐가 이승만이고 김구고 그런 분들의 사진이 아예 방에서 사라짐으로써 분쟁은 해결되었다.

1948년 봄에 우리는 경북 봉화군 춘양으로 다시 이사를 했다. 통통 소리를 내며 연기를 뿜는 목탄트럭 뒤에 타고 높은 고갯길을 넘던 일이 꿈결처럼 아련하다. 그해 나는 초등학교에 입학했다. 춘양은 낙동강 최상류, 사방이 산으로 둘러싸인 깊은 산골이지만, 봉건유풍이 강하게 남아 있는 유서 깊은 안동문화권이어서 내 어린 시절만 하더라도 상투 틀고 갓 쓴 노인들이 아주 흔했다. 그런 분위기 탓인지 나는 할아버지 뜻에 따라 한글보다 먼저 천자문을 배웠다. 어린아이가 제법이라는 소문도 나서, 내 한자 실력을 시험해보려고 찾아오는 노인들도 있었다. 무슨 사극영화의 한 장면처럼 희미한 기억으로 남아 있는데, 그 장면 속의 나는 노인들로부터 기특하다는 칭찬뿐 아니라 가끔은 과자 따위를 상으로 받기도 했다. 이런 일이 있을 때면 할아버지는 자신의 손자가 머잖아 과거에라도 급제할 것처럼 자랑스러워했고, 그것이 나는 내심 싫지 않았다.

초등학교 3학년 때 일어난 6·25전쟁은 그나마 자리잡아 가던 우리 집 가정경제를 일거에 무너뜨렸다. 인민군이 춘양을 거쳐 남으로 내려간 직후, 대낮에 미군 폭격기가 나타나 폭탄을 퍼부었다. 나는 공포에 질려 골목을 뛰어다녔고 주택가에는 화재가 났다. 우리 집도 불에 탔다. 후에 어느 책에선가 보니 그게 경상북도 최초의 폭격이라고 했다. 다음날 세 살 된 동생이 잿더미 앞에 앉아 울던 모습이 지금도 눈에 선하다. 인민군도 지나가고 없는 그 산골 마을에 미군들은 무슨 까닭으로 그처럼 폭탄을 퍼부었는지!

인공 치하에서 아버지는 월남 사실이 들통날까 봐 전전긍긍 숨어 지내야 했고 우리 가족도 낯선 동네로 가서 숨어 지냈다. 인민군이 북으로 쫓겨가고 다시 평화가 찾아왔지만 가정형편은 몹시 어려워졌다. 그래도 다행히 송씨 성을 가진 할아버지 친구 분이 우리에게 방을 내주어 2년쯤 신세를 졌다. 그 할아버지 손자(성함이 송시헌宋時憲이라고 어렴풋이 기억된다)가 그곳 중학교 교감이어선지, 그 집에는 그때 막 창간된 학생잡지 『학원』이 굴러다녔다. 덕분에 나는 내 또래 주인집 아이들보다 더 열심히 『학원』을 탐독했고 더 황홀하게 『검은 별』, 『홍길동전』 따위의 재미에 빠져들었다. 돌이켜보면 나에게는 그게 아마 문학 비슷한 것과의 첫 만남이 아니었나 싶다. 아무튼 춘양은 비유컨대 어미 없는 나를 엄마처럼 품에 안고 키워준 착한 계모 같은 곳이다. 오랫동안 내게는 춘양이 고향이었다.

문학의 경계 안으로

1954년 봄 우리 집은 다시 충남 공주로 이사를 했고 나는 중학생이 되었다. 휴전으로 속초가 이남이 되었으므로 고향으로 돌아갈 수도 있었지만 아버지는 오히려 더 먼 곳으로 이사를 한 것이다. 알다시피 공주는 한때 충남 도청이 있던 곳으로 대학, 극장, 서점, 문화원 등 제법 문화도시의 면모를 갖고 있었다. 그중 내가 주로 이용한 것은 문화원 도서실이었다. 하지만 소장 도서는 아주 빈약했다. 이전에도 『학원』 지를 통해 교과서 바깥에도 지극히 흥미로운 세계가 있다는 것을 알고 있었는데, 문화원에서 『삼국지』, 『수호지』, 『옥루몽』 등을 읽고 고전 영웅들의 활약에 넋을 잃었다. 이광수李光洙의 몇몇 소설을 접한 것도 이 무렵이었고, 특히 김내성金來成에게 몹시 반했다. 중2 때 대구 누님 댁에 갔다가 달성공원 앞 헌책방에서 탐정소설 『마인』魔人을 빌려본 이래 마치 마약에 중독되듯 김내성의 팬이 된 것이다. 『청춘극장』, 『애인』, 『사상의 장미』 등 그의 주요 작품은 읽을 때마다 심취했다. 하지만 그것들을 내가 '문학'이라는 개념으로 묶을 줄 알았는지는 의문이다.

사람마다 성장기에 나름대로 인생에 눈뜨는 계기가 찾아

오는 법인데, 나에게는 그것이 바로 문학의 이름으로 나타났다. 1956년에서 57년으로 넘어가는 겨울, 중학교 졸업을 앞둔 시점이었다. 내신만으로 고등학교에 합격된 나는 12월 중순부터 이듬해 3월 말까지(당시엔 4월 개학) 석 달 넘는 동안 한껏 자유를 누릴 수 있었다. 마침 그때 우리 집에는 멀리 목포에서 공주사대에 시험을 치러 온 학생이 하숙을 들었다. 그는 시험도 치기 전에 합격통지를 받은 사람처럼 이부자리는 물론이고 사과궤짝 서너 개에 책까지 잔뜩 싣고 왔다. 나는 책이 많은 데도 놀랐지만, 그게 모두 문학책이라는 데 더욱 놀라고 흥분했다. 어려서부터 책읽기를 좋아하는 나에게 그의 출현은 예고 없이 내린 신의 축복과도 같았다. 내가 호기심을 보이자 그는 마치 보물상자를 열듯이 책을 꺼내어 자랑하듯 나에게 빌려주었다. 책에 대한 만성적 갈증에 시달리던 터라, 나는 기갈 들린 사람처럼 눈을 번뜩이며 덤벼들어 맹렬하게 그의 책에 몰입했다.

그때 읽은 수십 권 책들 가운데 나에게 잊지 못할 충격을 준 것은 손창섭孫昌涉의 소설집 『비 오는 날』(日新社, 1957)이었다. 이 소설책은 짙은 초록색 바탕 위에 각혈을 해 놓듯이 시뻘겋게 칠해진 표지의 장정부터가 심상치 않은 느낌을 주었다. 과연 거기에는 나의 상상을 뛰어넘는 암울하고 절망적

인 삶이 숨막히게 그려져 있어 완전히 나를 압도했다. 고압
전류에 감전되는 듯한 충격 속에 나는 손창섭 소설과의 만남
을 운명적이라 느끼며 문학이라고 하는 낯설고 위험한 세계
안으로 마침내 발을 들여놓는다고 느꼈다. 그것은 6·25전쟁
의 참화에도 불구하고 무탈하게 지탱되어 오던 소년시절의
평화와 순진함이 나의 내부로부터 부서져 나가는 격렬한 내
파內破의 충격이자 일대 번신飜身의 체험이었다.

함석헌에 빠지다

하숙생의 상자 안에는 시집과 소설책뿐 아니라 잡지도
있었다. 『현대문학』, 『문학예술』, 『사상계』 등이었다. 이때
부터 나는 그 잡지들의 애독자가 되었다. 당시 공주는 인구
3만이 넘지 않는 소도시였지만, 공주사대 덕분에 서점도 몇
개 있고 극장도 하나 있었다. 내가 주로 다닌 서점은 학교에
서 멀지 않은 곳에 위치한 '홍문당'이었던 것 같은데, 주인
은 키가 자그마하고 어두운 인상의 중년이었다. 서가의 절
반은 신간이고, 나머지 절반은 대본이었다. 어렵던 시절이
라 책을 고르는 척 그냥 서가 앞에 서서 공짜 독서로 때우는
수가 많았고, 그러면 서점 주인의 곱지 않은 시선에 압박을

받아야 했다.

한겨울의 집중적 독서체험 이후 나는 대중소설 탐닉에서 벗어나 손창섭·오상원吳尚源·추식秋湜·선우휘鮮于煇의 소설과 이어령李御寧의 비평을 기다리는 '고급독자'로 승급했다. 『사상계』에 연재되던 유달영柳達永의 「인생 노트」와 안병욱安秉煜의 「현대사상강좌」도 공부하는 자세로 열심히 읽었고, 특히 함석헌咸錫憲의 글이 연재되는 일 년 동안에는 그의 사상과 문체에 완전히 매료되었다. 잡지 나올 때가 다가오면 이제나저제나 하고 매일 책방 앞을 기웃거렸고, 창을 통해 신간호 표지가 보이면 무슨 거짓말로든 아버지에게 돈을 타서 구입하곤 했다.

1958년 봄, 예년과 마찬가지로 우리 학교에는 사범대 학생들이 교생실습을 나왔다. 지금도 그럴지 모르지만, 정규수업이란 대체로 따분하고 상투적이어서 긴장감이 없게 마련이다. 이에 비해 교생들은 서투르게 쩔쩔매면서도 성의를 다하려는 모습이 한결 재미가 있었다. 그런 가운데 국어교생 한 분은 아주 능숙하게 수업을 진행할뿐더러 우리들보고 무엇이든 기탄없이 물어보라고 질문을 유도했고 자상한 설명으로 우리를 만족시켰다. 나는 단 한 시간의 수업으로 그에게 홀딱 반하고 말았다. 당시에는 사대와 부고가 한 캠퍼스

1970년대 말경 계룡산에서.
왼쪽부터 조재훈·염무웅·구중서·리영희.

안에 있었으므로 교생실습이 끝난 뒤에도 가끔 운동장에서 그를 마주쳤고, 그렇게 친해진 그를 가끔 하숙집으로 찾아가기도 했다. (그가 바로 공주대학 명예교수인 조재훈趙載勳 시인인데, 그로부터 60년이 지난 지금도 만남이 이어지고 있다.)

그의 하숙집을 처음 찾아간 날의 감동을 잊지 못한다. 안마당에서 방으로 들어서자 놀랍게도 방문과 들창을 제외한 사방 벽이 온통 책이었다. 그것은 사과궤짝 서너 개와는 비교도 안 되는, 그야말로 환상 그 자체였다. 그가 교사 발령을 받아 공주를 떠날 때까지 나는 자주 그의 하숙을 들락거리며 여러 권의 책을 빌려 보았는데, 그중에서도 잊을 수 없는 것은 함석헌 선생의『성서적 입장에서 본 조선역사』였다. 나는 이미『사상계』를 통해 함석헌의 글에 빠져들어 있었지만, 이런 저서가 있다는 것은 모르고 있었다. 내가 책을 뒤적거리자 조재훈은 선선히 빌려주었고, 나는 흥분과 감동으로 밤을 새웠다. 얼마 후 다시 그 책을 빌려다 읽었고, 세 번째 빌리러 가자 조재훈은 나보고 아예 가지라고 했다. 지금도 그 책은 아끼는 귀중본으로 내 서가에 꽂혀 있다.

『성서적 입장에서 본 조선역사』는 단순한 역사서가 아니라 기독교 사관에 입각한 한국사 해석서이다. 알다시피 이스라엘 민족은 주위 강대국들에게 끊임없이 시달리다가 로마

제국의 식민지가 된 이후에는 2천 년 동안 나라 없는 백성으로 세계를 유랑했다. 그러면서도 그들은 야훼 하느님으로부터 선택받은 민족이라는 강렬한 사명감을 지니고 메시아의 도래에 대한 신앙을 견지했다. 함석헌이 보기에 한국사를 관통하는 기본선율도 연속되는 고난으로서, 그 한없이 이어지는 수난과 고통이야말로 한국사와 이스라엘사 간의 유추를 가능케 하는 근거이다. 그러나 그가 보기에 안타까운 것은 이스라엘의 경우와 달리 우리 민족은 고난을 넘어서는 초월적 비전을 창조하지 못했다는 사실이었다. 이런 점에서 함석헌은 한국사를 이끈 지도적 인물들에 대해 가차없는 질타를 가하고 민중의 각성을 촉구하는데, 함석헌의 이런 예언적 목소리는 한창 이상주의에 불타는 나에게 깊은 감동을 주었다.

『성서적 입장에서 본 조선역사』는 6·25전쟁이 터지기 직전 간행된 탓에 대중적으로 널리 읽힐 수 있는 기회를 갖지 못했다. 1973년 YMCA가 함석헌을 위해 주최한 김동길金東吉과의 공개대담을 보면, 그는 자신에게도 그 책의 초판이 없다고 밝히고 있다. 아무튼 함석헌은 『성서적 입장에서 본 조선역사』를 거의 다시 쓰다시피 보완하여 1965년 『뜻으로 본 한국역사』라는 제목의 전면개정판을 내었다. 이 개정판은 단지 제목만 달라지고 6·25전쟁 부분만 추가한 것이 아니다.

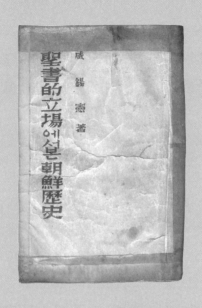

고등학생 때인 1958년 조재훈 시인으로부터 빌려 읽은
함석헌의 『성서적 입장에서 본 조선역사』(성광문화사, 1950. 4).

사실 나는 오래전부터 1950년 초판과 1965년 개정판을 함
석헌의 문체변화 및 그에 따른 사상의 변화라는 면에서 비교
해보고 싶은 내심의 계획을 가지고 있었다. 그러나 유감스럽
게도 지금의 내 시력으로는 부득이 그 일을 조재훈이 내게
준 초판과 함께 다른 후학에게 넘기는 수밖에 도리가 없을
것 같다.

해방의 분위기에서 숨쉰 자유의 공기

가끔 왜 독문학과를 갔느냐는 질문을 받는다. 시골 출신 고
등학생이 선택하기에는 좀 낯선 학과인 게 사실이다. 하긴 대
부분의 아버지들이 그렇듯이 우리 아버지도 은근히 내가 법
과대학에 가기를 소망했다. 그러나 나로선 법대에 가고 싶은
마음이 조금도 없었는데, 그건 후에 살아보니 법대가 어떤 덴
지를 몰랐던 탓이었다. 법대를 졸업하고서도 얼마든지 이상
을 추구하면서 살 수 있는 길이 열려 있다는 사실을 안 것은
1970년대 민주화운동 와중에서였다. 어쨌든 함석헌에 심취
해 있던 고등학생으로서 나는 철학과로 진학하고 싶었다. 하
지만 막연한 생각에 철학과 가서는 먹고살기 힘들 것 같았다.
타협이 독문과였다. 게다가 나는 고1 때부터 독일어를 공부

한 덕에 고3쯤 되자 쉬운 소설 정도는 읽을 만하게 되었다. 실제로 내가 속한 진학반 학생들은 외부강사를 모시고 막스 뮐러의 소설『독일인의 사랑』*Deutsche Liebe*을 강독하기도 했다.

대학에 들어가면서 나를 둘러싼 문학적 환경은 크게 변했다. 전후문학 작가들 중심의 한국소설 읽기는 자연히 줄어들 수밖에 없었다. 학교에서는 괴테와 쉴러를 비롯해 릴케나 토마스 만, 카프카까지의 18~20세기 독일작가들 강독이 주를 이루었다. 괴테의『파우스트』강독은 4년 내내 계속해서 끝장을 보았다. 이론 강의는 많지도 않았지만, 어쩌다 듣게 되는 전통적인 독일문예학은 생명감이 느껴지지 않았다. 작품이든 이론이든 그것이 태어나게 된 사회사적 맥락을 통해서 '내 삶의 현재적 관심의 일부'로서 접근되어야 할 터인데, 학교 강의에서는 그런 면이 거의 없었다. 내가 찾은 출구는 두 가지였다. 하나는 영문과·불문과 친구들과의 교류를 통해 동시대 서구문학의 사상적 경향을 그들과 공유하는 것이었고, 다른 하나는 독일어서점의 신간 코너를 통해 새로운 이론의 동향에 직접 접속하는 것이었다. 명동에 있던 '소피아서점'은 조그만 독일어 전문서점인데, 문학 이외에도 법학·의학·신학 등 관련 서적들이 있어 전공학도들의 밀회장소 같은 분위기를 풍겼다. 당시 을유문화사·정음사·동아출판사의 세계문학전집이 한창 경쟁하듯 출판되고 각종 문고판 번역서들이 쏟아져 나오는 데서도 자극을 받았다.

우리 세대의 대학생활에 결정적인 영향을 준 것은 두말할 것 없이 4·19였다. 서울에 올라온 지 얼마 되지도 않아 맞이한 이 혁명적 봉기에 나 자신은 거의 방관자에 불과했다. 4월 25일 의대 구내 함춘원부터 종로 2가까지 교수시위대를 따라가면서 폭발적으로 불어나는 군중의 숫자와 열기를 공감 속에서 보았지만, 그것은 동시에 막연한 두려움을 안겨주기도 했다. 그런데 이승만이 하야하고 자유당 정권이 붕괴하자 분위기는 일신되었다. 대학 캠퍼스는 순식간에 정상으로 돌아오고 학생들은 심지어 질서 캠페인에 나서기도 했다. 1961년 5·16군사쿠데타가 발생했을 때 대학에서 저항다운 저항이 일어나지 않은 것은 4·19의 이런 한계와도 무관하지 않을 것이다. 한일회담 반대투쟁이 본격 전개된 1964년 봄이 돼서야 대학가에서는 처음으로 권력과 대학 간의 충돌이 발생했는데, 이때 나는 이미 졸업한 뒤였다. 어쨌든 내가 다닌 대학 4년 동안에는 데모로 인한 휴강이나 휴교는 없었다. 하지만 중요한 것은 그 시절 대학 캠퍼스를 풍미한 것이 '자유'였다는 점이다. 나처럼 세상물정 어두운 문학도가 서양문학에 얼이 빠져 있는 동안 먼저 의식화된 다른 친구들은 마르크스주의에 관한 토론도 하고 월북작가들 책을 읽기도 했던 것이다. 적어도 6·3사태 이전에는 정치권력이 대학 안에서 벌어지는 일에 관대한 편이었다. 그 독특한 해방의 분위기에서 4년 동안 숨쉰 자유의 공기는 내 평생을 지배하는 삶의 원리가 되었다.

『산문시대』 동인, 그리고 문단진출

1962년이 되자 내 대학생활은 하나의 전기를 맞았다. 그 해 정초 대구 누님 댁에 머무는 동안 친구 집에 놀러갔다가 『한국일보』 신년호를 보고 깜짝 놀랐다. 불문과의 김승옥金承鈺이 단편소설 「생명연습」으로 신춘문예에 당선된 것이었다. 1960년에 입학한 영·독·불 세 과의 1학년 60명은 일 년 동안 한 교실에서 교양수업을 들었기 때문에 마치 고등학교의 한 반처럼 허물없이 지내고 있었다. 나는 진작부터 우리 동기생들 속에 야심만만한 문학도들이 있다는 걸 알고 있었지만, 그래도 문단에 진출하는 것만은 아직 먼일로 여기고 있던 터였다. 그런데 김승옥의 등단으로 말미암아 '읽는 일'로서가 아닌 '쓰는 일'로서의 문학이 곁에 바짝 다가온 것이었다.

김승옥 말고도 자주 어울리는 친구들 가운데 김현이 그해

봄에『자유문학』을 통해 평론가로 데뷔했다. 나 자신은 낮에
는 강의실과 도서관에 박혀 지내고 밤에는 과외지도에 묶여
있느라 다른 일에는 신경 쓸 여유가 없었지만, 이청준李淸俊
·박태순朴泰洵 등 작가지망 동기생들은 불문과 두 친구의 등
단에 적지 않은 자극을 받았을 것이다. 그런데 김승옥·김현
은 여기에 그치지 않고 그해 여름방학이 끝나자『산문시대』
라는 동인지까지 만들어가지고 나타났다. 동인은 김승옥·김
현 이외에 시를 쓰는 최하림崔夏林까지 셋이었다. 지금 내게
는 김승옥이 서명해 기증한『산문시대』제2호가 있는데, 안
표지에는 '소설동인지'라는 말과 함께 강호무姜好武·김산초金
山椒·김승옥·김치수金治洙·김현·최하림 등 여섯 명의 동인명
단이 나와 있고 뒤쪽 판권 난에는 '1962년 10월 20일 가림출
판사嘉林出版社 발행'이라고 되어 있다.

　그 무렵 나도 김승옥으로부터 동인을 같이하자는 권유를
받았다. 그러나 나는 등단한 뒤에나 합류하겠다고 그의 제의
를 거절했다. 당시 나에게는 글을 쓸 만한 생활의 여유가 없
었던 것이다. 하지만 결국 결심을 지키지 못했다. 나는「현대
성논고」現代性論攷라는 자못 거창한 제목의 글을 제4호, 제5호
에 잇달아 실으면서 동인이 되었다. 제4호는 1963년 6월 25
일 발행이고 마지막 제5호는 1964년 9월 15일 발행이다. 종

1962년 4월, 대학시절의 염무웅과, 김승옥이 그린 염무웅의 캐리커처.

1962년 10월 20일 발행된 『산문시대』 2호. 김승옥이 서명하여 기증했다.

간호의 동인명단에는 위에 거명한 사람들 이외에 곽광수郭光秀·김성일金成一·서정인徐廷仁이 보태어져 모두 열 명이다.

『산문시대』는 당초 한 계절에 한 호씩 발행할 것을 목표로 했던 것 같다. 뒤표지에 '1962·秋' '1963·夏'라고 굵직한 글자로 박혀 있는 것을 보면 일종의 계간지를 지향하고 있음이 드러난다. 제4호까지는 이 목표가 그런대로 지켜지는 듯했다. 하지만 제4호와 제5호 사이에는 일 년 넘는 간격이 있고, 제5호는 "앞으로는 제대로 내겠다"는 편집후기의 다짐에도 불구하고 종간호가 되었다. 그 사이 무슨 일이 있었던가.

웬만큼 알려진 일이지만, 『산문시대』 발행의 물질적 기반은 전적으로 김현에게 의존해 있었고, 대외적 간판은 스타작가로 떠오른 김승옥이었다. 그런데 1964년이 되면서 동인의 주요 구성원들이 다 대학을 졸업한 데다가 김승옥은 상업지의 원고청탁에 응하는 것도 벅찰 만큼 스타작가로 떠올라 있었으며, 김현도 활발한 문필활동으로 지명도를 높이고 있었다. 나 자신도 그해 신춘문예에 당선되어 신진비평가의 일원이 되었다. 동인지라는 외곽지대에 머물 이유가 없어진 셈이었다. 결국 제5호를 끝으로 『산문시대』는 막을 내렸다.

여기서 잠시 나 자신의 이름, 그리고 이와 관련된 약간의 등단비화를 털어놓겠다. 태어날 때 호적에 올린 내 이름은 일본식 '염무웅'廉武雄이었다. 하지만 월남한 이후부터는 항렬에 따른 이름 '염성섭'廉聖燮으로 가假호적에 올려져 그렇게 불리었고, 당연히 그 이름으로 학교를 다녔다. '염무웅'이란 이름은 있는 줄도 모르고 지냈다. 그러다가 대학입시를 코앞에 두고 지원서와 함께 호적등본(?)을 제출하게 되었는데, 6·25전쟁으로 수복지구가 된 속초에는 다행인지 불행인지 원래의 호적이 남아 있었다. 웬 날벼락! 할 수 없이 나는 오래 정들었던 이름 대신 낯선 이름으로 시험을 치고 대학생이 되었다. 남들보다 20년 늦게 찾아온 일종의 창씨개명이었다. 이 점에 관하여 나는 기회 있을 때마다 아버지에게 불평을 했고, 그러자 결국 1963년 가을 아버지는 작명가의 의견을 좇아 '염홍경'廉弘炅이란 제3의 이름으로 개명신고를 해버렸다. 이게 지금의 내 호적명인데, 그래서 어떤 사람들은 나보고 염홍경은 본명이고 염무웅이 필명이냐, 또는 염무웅을 염홍경으로 개명했느냐 등등 묻기도 한다. 설명이 구차해서 그냥 웃고 말지만, 어쩌다가 더러는 내 이름의 역사에 식민지─분단이라는 민족사의 비극이 녹아 있다는 식으로 광을 내기도 한다.

아무튼 나는 1963년 가을부터 초겨울 사이에 20세기 서구문학의 경향을 요약한 「다면신多面神의 질주疾走」란 글과 최인훈崔仁勳의 소설세계를 분석한 「에고의 자기점화自己點火」
란 글, 이렇게 두 편을 써서 하나는 '염홍경'이란 이름으로
『동아일보』 신춘문예에, 다른 하나는 '염무웅'이란 이름으로
『경향신문』 신춘문예에 투고했다. 장차 어느 쪽을 필명으로
택할지 주사위를 던진 셈이었다. 그러고 나서 정초에 공주
집에 내려와 저녁을 먹고 있는데, '현승치'(김현 · 김승옥 · 김치
수)란 이름의 발신인으로부터 염무웅의 당선을 알리는 전보
가 왔다. 부득이 나는 이 이름을 필명으로 받아들였다.

출판사에서의 문학공부

1964년도 『동아일보』 신춘문예 평론심사는 백철白鐵 선생
이, 『경향신문』은 이어령 선생이 맡았다. 최근 인터넷을 통
해 옛날 신문을 뒤질 수 있게 되어, 심심풀이 삼아 찾아보니,
1964년 1월 6일자 『동아일보』 문화면의 심사평에 다음과 같
은 구절이 있다. "「다면신의 질주」(염홍경)는 글자 그대로 현
대문명과 문학의 다면수성多面獸性을 해설한 노작勞作으로 보
았다. (중략) 그러나 역시 이런 주제와 내용은 이미 번역과 소
개로써 선행先行한 것이 적지 않다고 보아서 이 논문을 당선
시키는 것을 꺼리게 했다." 이 심사평은 오십여 년 세월이 지

나 돌이켜봐도 나로서는 여전히 낯이 화끈거리게 되는 지당한 말씀으로서, 그때 그 글을 당선시키지 않은 백철 선생의 혜안에 오직 감사할 따름이다.

반대로 이어령 선생이 내 글을 당선시켜준 데에도 감사한다. 무엇보다 글에서 다룬 최인훈은 그때 문단경력 겨우 5년에 불과한 신진작가여서 작가론의 대상이 되기에 충분치 않다고 할 수도 있었다. 물론 소설 『광장』은 4·19혁명이 낳은 최대의 문학적 성과이자 한국 전후문학에 획기적 전환점을 마련한 문제작이지만, 이것은 후대에 공인된 평가이고, 당시에는 일반 독자에게뿐 아니라 문단 안에서도 최인훈은 『광장』이외에 알려진 작품이 별로 없는 작가였다. 그런 신진작가에 대해 작가론을 쓴다는 것은 모험이고, 모험적인 평론을 당선작으로 뽑는다는 것은 용기였다. 따지고 보면 이어령 자신도 문단진출 7, 8년밖에 안 된, 요즘 기준으로 치자면 신예 비평가였다.

그런데 그 글을 쓸 무렵 나 자신은 최인훈의 소설들 가운데 『광장』보다 오히려 두 편의 중편, 즉 「가면고」假面考와 「구운몽」에 깊이 매혹돼 있었다. 지금 다시 읽어보면 어떨지 모르겠는데, 당시의 내게 두 작품은 고도의 실험적 의장意匠과 심오한 구도정신이 결합된 극히 매력적인 성취였다. 특히 중편「구운몽」은 4·19혁명의 역동성과 좌절을 지극히 파격적인 소설형식으로 상징화한 최고의 예술로 보였다. 그런 점들을 그때 한창 공부하던 불교이론과 정신분석학 따위를 원용하여 해명해보려는 것이 내 평론의 목표였다. 아무튼 대학졸업을 앞두고 앞날이 막막하던 나에게 신춘문예 당선이란 행운은 나로 하여금 문학의 길을 자신있게 걸어가도록 만든 동력이 되었다.

당시 이어령은 바로 『경향신문』의 논설위원이었다. 시상식이 끝나고 나서 두어 번 논설위원실로 그를 찾아갔다. 대학원에 진학은 했지만 개학은 아직 멀었기에 시간이 남아돌던 때였다. 그를 통해 선배문인들을 사귀고 글을 발표할 기회를 얻자는 것이 방문의 실제 목적이었다. 1월 말쯤이던가, 퇴근이 가까울 무렵이었는데, 일을 마친 그가 나를 따라오라고 하더니 앞장을 섰다. 소공동 경향신문사에서 시청 앞 광장을 거쳐 서울신문사 뒤쪽까지 10여 분 걷자 골목길이 나타났고, 그 골목 안에 2층집이 있었다. 아래층은 유명한 산부인과 병원(後에 고려병원을 거쳐 강북삼성병원으로 되었다)이고 위층은 출판사 신구문화사였다. 밖으로 난 계단을 따라 2층 사무실 안으로 들어서자 마주 바라보이는 곳에 탁자와 의자 몇 개가 놓여 있고, 거기 사장인 이종익李鍾翊이 앉았다가 우리를 맞았다. 이어령과 이종익 사이에는 나에 관해 미리 주고받은 말이 있었던 것 같았다. 나는 당장 다음날부터 출근하게 되었다.

처음에 나는 신구문화사에 오전 네 시간만 근무하는 임시직 사원이었다. 내게 맡겨진 일도 본격적인 편집업무가 아니었다. 칸막이가 쳐진 조그만 방에서 내가 한 일은 카드정리였다. 나에게는 수십 개의 상자가 주어졌는데, 그 안에는 카드가 빼곡 들어 있었고, 카드 한 장 한 장에는 주로 일제강점기 신문과 잡지에 발표된 소설·희곡·평론 등의 제목이 작자·장르·발표지면·발표연월·소장도서관과 함께 기록되어 있었다. 살펴보니 주로 국립도서관과 연대·고대 도서관에서 작업한 결과였다. 내가 할 일은 그 카드들을 작가별·장르별로 분류하여 정리 기록하는 것이었다. 그 일이 웬만큼 마무리되자 이번에는 다른 상자 수십 개가 주어졌다. 거기에는 필사한 원고가 들어 있었다. 그것은 도서관에서 1920~30년대의 단편소설들을 원고지에 베껴 놓은 것이었다. 그것들을 읽고 거기에 대해 짤막한 메모를 적는 것도 내 일이었다.

따분하기 짝이 없는 단조로운 노동이었지만, 나는 기꺼이 일에 몰두했다. 몇 달 동안 이런 일을 하고 나자 나는 저도 모르게 일제강점기 소설사의 윤곽을 상당히 구체적으로 짐작할 수 있게 되었다. 사실 그것은 급료를 받고 할 일이라기보다 등록금을 내고 대학원 국문학과에 입학하여 할 일이었다. 아무튼 이렇게 해서 「한국 현대소설 목록, 1906~1945」를 작성했는데, 그것은 후일 『국어국문학사전』(신구문화사, 1973)에 부록으로 수록되었다. 그러나 내 작업을 기초로 해서 만들려고 이종익 사장이 구상하던 책, 즉 '한국현대소설전집'은 민중서관에서 36권짜리 『한국문학전집』이 먼저 나옴으로써 결국 불발로 그쳤다.

편집자 훈련을 받다

카드 정리와 원고 읽기에 서너 달 몰두하고 있는데 신구문화사는 나를 정식직원으로 들어오라고 했다. 때마침 『한국의 인간상』이라는 기획출판의 원고가 들어오기 시작한 데다가 부분적으로는 새로 청탁할 일도 생겨났으므로, 언제 출판될지 모르는 책의 기초자료를 작성하는 일에 나 같은 인력을 묻어둘 수 없었던 것이다. 1964년 여름부터 나는 풀타임으로 근무하는 직원이 되었다. 자리도 연구실 비슷한 분위기의 조그만 방에서 넓고 시끌벅적한 편집부로 옮겨졌다. 겨우 20대 중반의 젊은이였던 나로서는 나보다 나이가 서너 살 더 많은 여직원들 틈에 섞여 앉아 일하는 것이 싫지 않았다.

내가 하는 일은 원고검토였다. 이종익 사장은 철저히 상인적인 기질의 소유자였지만, 바로 그런 기질 때문에 그는 자기 출판사의 책이 그 나름으로 완벽한 제품이 되기를 원했다. 즉, 독자에게 읽히는 책, 독자가 신뢰할 수 있는 책을 만들어야 장기적으로는 상업적 성공도 거둘 수 있다는 것이 그의 계산이었다. 그래서 그는 전집 같은 기획출판에서뿐만 아니라 경우에 따라서는 개인 저서의 경우에도 저자가 들고 온 원고의 재검토를 지시했다. 가령,『국문학전사』의 이병기李秉岐 집필 부분은 정병욱 교수에게 검토와 윤문潤文을 받도록 의뢰하는 식이었다.『한국의 인간상』원고들도 대부분 윤문을 했고, 때로는 거의 새로 쓰다시피 했다. 필자의 자료와 관점은 살리되, 편제를 새로 짜서 읽기 쉬운 문장으로 다시 서술하는 것을 신구에서는 리라이팅이라고 불렀다. 나도 물론 여러 편 리라이팅을 했는데, 가장 기억에 남는 것은 최남선과 이광수 편이었다. 육당은 소설가이자 고대 영문과 교수인 조용만趙容萬이, 춘원은 백철이 필자였다. 우리 근대문학사에서 육당과 춘원의 선구자적 역할이 중요하다는 것은 두말할나위도 없지만, 그들의 생애를 서술함에 있어 훼절의 과오를 제외하거나 그것을 변호하는 데 그친다면 용납할 수 없는 처

사라고 생각되었다. 나는 과감하게 내 생각을 집어넣어 고쳐
썼는데, 이 경우는 리모델링이라기보다 재건축에 가까웠다.
당연히 말썽이 일어났고, 특히 조용만 교수는 강력히 항의를
제기했다. 이종익 사장이 사건을 어떻게 무마했는지 나는 듣
지 못했지만, 어쨌든 나에게까지 불똥이 튀지는 않았다.

　내가 신구문화사에 근무하는 동안 가장 보람을 느끼면서
열심히 한 일은 18권짜리 『현대한국문학전집』의 편집이었
다. 이 전집은 오영수·박연희·손창섭·장용학부터 최인훈·김
승옥까지, 그리고 김수영·김춘수부터 고은·황동규까지 해방
후 등단한 1백여 시인·작가들의 주요 작품을 싣고 여기에 작
가론과 작품론 같은 해설을 덧붙인 것이었다. 전체적인 윤곽
을 짜고 작가들을 섭외하는 일은 편집고문으로 있던 시인 신
동문辛東門이 맡고 실제의 편집업무는 내가 전담했다. 그런
데 여기서도 이종익 사장 특유의 고집이 발휘되었다. 그는
작가들에게 수록분의 두 배 정도 분량을 가져오게 하고는
나보고 그것을 읽어서 우수작 내지 대표작을 뽑아서 싣도록
했다. 그러니까 내가 주로 하는 일이란 하루 종일 작품을 읽
는 것인데, 그렇게 해서 수록작품이 선정되면 적당한 평론
가를 선정하여 해설을 청탁하는 것도 내 일이었다. 해설 원
고를 검토하는 것도 내 몫이었다. 이런 경위로 인하여 나는

신구문화사에 근무하는 서너 해 동안 1920년대부터 1960년
대 초에 이르는 상당수 시와 단편소설을 읽고 공부할 수 있
었다.

『현대한국문학전집』은 제1권부터 제6권까지는 1965년
11월 30일에, 제7권부터 제12권까지는 1966년 4월 30일에,
그리고 마지막 제13권부터 제18권까지는 1967년 1월 30일
에 초판이 발행되었다. 이로써 본다면 나는 2년 가까운 동안
전적으로 이 일에 매달려 왔음을 뒤늦게 확인할 수 있다. 그
업무와 관련하여 자연히 나는 많은 문인들을 접하게 되었다.
이호철李浩哲·최인훈과는 전부터 잘 아는 사이였지만, 김수
영·구자운·신동엽·천상병·고은·김관식을 비롯한 많은 시인
들을 사귀었고 홍사중·정창범·천이두·유종호 등 평론가들과
도 안면을 익혔다. 특히 김수영 선생과는 작고하기 전 2년여
동안 아주 가깝게 지내면서 적잖은 추억거리를 만들었다. 그
러다가 어느 여름날 새벽 교통사고로 돌아가셨다는 급보를
받고 얼마나 놀라고 통분했던지! 구수동 옛집으로 달려가
목격했던 그의 깨진 머리통! 시민회관(현재의 세종문화회관 자
리) 광장에서 열린 문인장文人葬에서 나는 떨리는 소리로 그
의 유작 「사랑의 변주곡」을 낭송했다. 그 원고는 지금도 내
서랍에 모셔져 있다.

사랑의 變奏曲

욕망이여 입을 열어라 그 속에서
사랑을 발견하겠다 都市의 끝에
사그라져 가는 라디오의 재잘거리는 소리가
사랑처럼 들리고 그 소리가 지워지는
강이 흐르고 그 강 건너에 사랑하는

1968년 6월 18일, 김수영 문인장에서 염무웅이 낭송한 김수영의 유작
「사랑의 변주곡」 원고 중 첫 페이지와 마지막 페이지.

새
계
를
말을

비
노

春希의

渡航에서

배
울
거
다

이
단
단
한

고
요
함
을

배
울
거
다

복
사
씨
가

사
랑
으
로

한
들
어
진

것
이

아
닌
가

하
고

의
심
할
거
다 !

복
사
씨
와

살
구
씨
가

한
번
은

이
렇
게

사
랑
에

메
쳐
날

떨
날
이

올
거
다 !

그
리
고

그
것
은

아
—
무
지
같
은

잘
못
된

시
간
의

그
릇
된

冥想
이

아
닐
거
다

1
9
6
5
.
2
.
11—

당시 누구의 필체인지는 확인하지 못했다.

서구 모더니즘에 대한 애증

신구문화사에 있는 동안 대학원 석사과정을 이수했다. 학부를 졸업하자 곧바로 대학원에 진학할 수 있었던 것은 장학금 덕이었다. 고백하자면 나는 1962년부터 5·16장학금이라는 걸 받았다. 등록금보다 조금 많은 금액이었는데, 대학원에 진학해도 혜택이 계속된다고 했다. 5·16재단(지금의 정수장학회)이 준다는 게 찜찜했지만, 당시의 형편으로는 장학금으로 대학원 다니는 기회를 놓칠 수 없었다.

독문과 동기생 중 대학원 진학자는 나와 여학생 한 명, 이렇게 둘이었다. 경제적 상황이 열악한 1960년대만 하더라도 대학원 진학은 소수의 선택이었다. 그런데 1964년 3월 말쯤 회비 얼마씩 들고 어느 식당으로 모이라는 연락이 왔다. 가보니 뜻밖에도 열 명 가까운 대학원생들이 모여들었다. 나 같은 풋내기는 별로 없고 대부분 중년 분위기의 30대였다. 소주를 곁들여 불고기를 먹고 난 다음 교수는 학기말에 리포트 내는 것 봐서 학점을 주겠다는 말로 회식자리를 거두었다. 그걸로 대학원 수업은 모두 끝난 것이었다.

그러나 학교 바깥에서는 나의 대학원 과정이 제법 착실하게 이루어졌다. 첫째는 앞에서 말했듯 신구문화사 직원으로

서 1920년대부터 1960년대 초까지의 한국문학 작품들을 집
중적으로 읽은 것이고, 둘째는 많지 않은 월급이나마 정기
적인 수입이 생기면서 헌책방 순례를 시작한 것이었다. 당
시만 하더라도 동대문 근처에는 헌책방들이 즐비했다. 소문
으로만 듣던 월북 작가와 학자들의 책을 손에 넣는 것은 가
슴 두근거리는 기쁨이었다. 내게 특히 깊은 인상을 주고 결
정적 깨달음을 준 것은 고정옥高貞玉과 이명선李明善의 국문
학 저서 및 전석담全錫淡의 조선경제사 책들이었다. 그 저자
들의 유물론적 관점도 흥미롭거니와 무엇보다 논리적인 문
장이 나를 매혹시켰다. 셋째는 백낙청 교수의 청탁으로 맡게
된 아르놀트 하우저의『문학과 예술의 사회사』번역이었다.
이 번역은 나에게는 일이라기보다 집중적인 공부였다. 하우
저의 독일어 문장과 사투를 벌이는 동안 나는 문학이론의 틀
을 구성하기 위한 암중모색에 어떤 방향이 잡힌다는 느낌을
가지게 되었다. 1830년대를 다룬 제1회분이『창작과비평』
1967년 봄호에 게재되었는데, 이것이 인연이 되어 결국 이
잡지 편집에까지 참여하게 되었다.

한편, 그 무렵 독문학에서의 내 관심은 고트프리트 벤에서
출발, 횔덜린을 거쳐 노발리스에 이르러 있었다. 이런 경로
를 거치게 된 계기는 1962년 혜성처럼 강의실에 나타난 이

동승李東昇 교수의 자극 때문이었다. 얘기가 학부시절로 돌아가는데, 그는 당시의 침체된 독문과 분위기에 작은 태풍을 몰고 온 분이었다. 볼프강 보르헤르트, 하인리히 뵐, 파울 첼란, 잉에보르 바하만 등의 전후문학을 열정적으로 강독했고 한스 제들마이어(1896~1984)와 후고 프리드리히(1904~1978)의 책들을 신나게 소개했다. 나는 제들마이어의 『근대예술의 혁명』(1955)이나 후고 프리드리히의 『근대시의 구조』(1956)를 어렵게 구입해서 때로는 노트에 번역까지 해가며 열심히 읽었다. 『산문시대』에 발표한 「현대성논고」라는 논문도 사실은 그 번역노트가 바탕이 된 것이었다.

이동승 교수와 반대로 차분하게 우리를 매혹시킨 분은 구기성丘冀星 교수였다. 그는 독일문학 전공자로서는 예외적일 만큼 문학작품에 대한 시적 감수성을 지녔음이 강의에서 직감되었다. 『두이노의 비가』를 강독 텍스트로 삼아 한 학기 내내 릴케의 시를 분석했는데, 내가 대학 4년 동안 들은 강의 중 가장 충실한 내용이었다. 그런데 얼마 후 영어로 된 『두이노의 비가』 해설책을 도서관에서 빌려보고 구기성 교수의 강의가 대부분 그 책에 의존한 것이었음을 발견했다. 적잖이 실망했지만, 다시 생각해보니 문제는 다른 데 있다는 깨달음이 들었다. 어떤 교수도 자기의 독창적 연구만 가지고 강의

할 수는 없고 기존의 연구를 참고하여 강의하는 것이 당연하다. 다만 그 참고문헌들을 그것에 대한 비평을 곁들여 학생들에게 소개하는 것이 교수가 할 일이다. 그러니까 '잡은 물고기'를 던져줄 것이 아니라 '물고기 잡는 법'을 알려주는 것이 진짜 가르침인데, 구기성 교수는 그 점에 소홀했던 것이다.

그건 그렇고, 후고 프리드리히에 의하면 보들레르, 말라르메, 랭보, 발레리, 엘리엇 등이 대표하는 현대시의 기원을 찾자면 독일 낭만주의 시인 노발리스(1772~1801)에까지 거슬러 오르게 된다는 것이었다. 이런 논의는 자연 '현대' 그 자체에 대한 질문으로 이어지게 되었다. 내가 『산문시대』에 연재했던 논문 「현대성논고」는 바로 그런 맥락에서의 현대성 즉 모더니티의 발생과 그 미학적 구조를 탐구하는 것이 목표였다. 능력과 축적에 비해 과분한 욕심이었다. 그래도 어쨌든 1960년대만 하더라도 나를 사로잡고 있던 이론적 관심은 모더니즘의 계보학이어서, 노발리스를 다룬 석사논문도 그런 시도의 일환이었다. 석사학위를 받게 되자 나는 드디어 출판사를 그만둘 때가 왔음을 자각했다.

아무 계획 없이 사표를 내고 신구문화사를 나왔으나 해가 바뀌어 1968년이 되자 내게는 새로운 전망이 열렸다. 한양

대 교양학부에 교양독어 시간강사 자리를 얻어 처음으로 대
학 강단에 선 것이 그 하나이고, 이어서 서울대 교양과정부
조교로 발령받은 것이 다른 하나였다. 1968년이 되자 문교
부(현 교육부)의 방침에 따라 대학마다 교양학부를 신설했다.
서울대의 경우에는 교양과정부라는 이름으로 학부를 개설
하여 전임교수도 여럿 새로 채용하고 조교도 두어 명씩 두었
는데, 정식조교는 2년 후 전임으로 내정됐다는 것이 떠도는
정설이었다. 그런데 나와 수학과 조교(이름은 잊었다)는 일 년
만에 전임으로 상신되었고, 그래서 나는 1969년 수원에 있
는 농과대학으로 출근하여 사실상 전임 노릇을 했다.

　하지만 매사가 너무 잘 풀렸던 탓인지 악운의 반격이 닥쳤
다. 1969년 가을 결혼을 앞두고 바쁜 판에 『시인』이란 월간
지를 주재하던 시인 조태일趙泰一이 원고청탁을 했다. 1960
년대의 한국시를 개관하는 글을 쓰라는 것이었다. 조태일
은 『경향신문』 신춘문예에 같은 해 당선된 나의 문단동기
생으로, 의협심이 강하고 고집이 센 사나이였다. 그의 고집
을 꺾지 못하고 쓴 글이 「서정주徐廷柱와 송욱宋穉의 경우」였
다. 1960년대 시단을 이념적으로 양분한 복고주의와 모더니
즘의 대표자로 두 시인을 선택하여 비판적으로 검토한 글인
데, 특히 송욱의 시집 『하여지향』何如之鄕에 대해서는 가차없

는 비판을 가했다. 결국 그것이 필화를 일으켰다. 자세한 경위는 생략하거니와, 송욱은 당시 나의 전임발령을 무산시킬 만큼 큰 영향력을 가진 서울대 인문학부의 중진교수였던 것이다. 그러나 비록 대학에서 쫓겨나는 불운의 빌미가 되기는 했지만, 그 글에서 제시한 관점, 즉 복고주의와 모더니즘의 부정적 영향을 어떻게 극복할 것인가 하는 시선으로 한국시를 보는 관점은 그 후에도 오랫동안 나를 사로잡았다.

대학에 전임이 되어

전임발령이 좌절된 후 얼마 동안 나는 대학 시간강사로 겨우 밥벌이를 하면서 혼자 『창비』 편집을 맡고 있었다. 마침 백낙청 교수는 박사논문을 마무리하기 위해 미국에 머무는 중이었다. 집에서는 늘 생활비에 쪼들렸지만, 나는 잡지 만드는 일에만 온 신경을 곤두세우고 있었다. 그런데 문제는 원고료였다. 당시의 내 생각에는 지원을 약속한 신구문화사가 고료를 책임지든가, 아니면 발행인 신동문이 어디서 마련해 오든가 해야 할 텐데, 그렇게 되지 않았다. 할 수 없이 나는 가끔 백낙청 친구이자 『창비』 창간동인이라 할 채현국에게 가서 돈을 얻어다 약소한 액수나마 필자들에게 분배했다.

1970년 2월부터 5월까지 샘터사에 근무할 당시
발행인 김재순 전 국회의장(오른쪽)과 편집을 의논하고 있다.

채현국은 요즘 '건달할배'로 유명해진 효암학원 이사장 바로
그 사람인데, 당시에는 부친이 설립한 회사 흥국탄광의 부사
장이었다. 그래도 결국 고료를 떼먹은 경우도 적지 않았을
것이다. 원고료 왜 안 주냐고 나를 험하게 닦달한 필자도 기
억에 남는다.

교양독어 시간강사로 전전하던 끝에 나는 1973년 봄 덕성
여대 국문과 전임이 되었다. 뜻밖의 취직이었던 만큼 경위도
남다르다. 1969년 가을 결혼하면서 얻은 셋방은 쌍문동 우
이천牛耳川변의 날림집이었다. 셋집으로 가는 골목길 끄트머
리에는 '초롱집'이란 옛날식 주막이 있었는데, 거기 그런 주
막이 있는 줄 어떻게 알았는지 그 집은 김지하의 단골이었
다. 김지하와는 김승옥과 함께 학생 때부터 제법 친하게 지
내는 사이로서, 60년대 후반 내가 평론가로 약간 이름을 내
자 결핵치료 때문에 병원을 전전하던 그가 더 자주 찾아왔
다. 그는 주말이면 가끔 나를 초롱집으로 불러냈고, 한잔 걸
친 다음에는 우이천을 건너 미술대 후배인 오윤吳潤의 집까
지 가기도 했다. 그렇게 해서 오윤의 부친인 소설가 오영수吳
永壽 선생께도 인사를 드렸다. 오 선생은 참으로 따뜻하고 자
상한 분이었다. 그는 아들의 친구들과도 어울리기를 좋아했
다. 김지하와 오윤 등이 밖으로 몰려나가려는 기색을 보이면

그는 나만 따로 붙잡아 앉히기도 했다. 결국 문학평론가인 나는 화가보다 소설가와 더 친해지게 되었다.

　오 선생 댁 옆집이 덕성여대 학장 박원국朴元國의 집이라는 걸 그때 나는 알 리가 없었다. 그 박원국에게 오 선생이 나를 유망한 문학평론가라고 소개한 덕에 나는 1972년 국문과에 일 년간 강사로 나가게 됐다. 박원국이 미국유학에서 배워온 것 중의 하나는 학기말에 학생들로 하여금 인기투표 형식의 강의평가를 실시하게 하는 것이었다. 그 결과가 다음 학기 인사에 반영되는 수가 많았는데, 나는 그런 내막을 모른 채 뜻밖에 전임교수로 채용되었다. 어찌 됐든 나로서는 처음으로 월급다운 월급을 받아 생활의 안정을 도모하게 되었다.

　그러던 1975년 12월 2일 늦은 오후, 밖에서 학교로 들어오는 참인데 교문 앞에서 웬 사람 둘이 바짝 다가와 잠깐 함께 가자는 것이었다. 두어 번 정보부에 불려가 조사받은 경험이 있는 터라 나는 심상치 않은 일이 내게 벌어지고 있음을 직감했다. 과연 자동차가 간 곳은 속칭 남산의 지하실, 즉 중앙정보부 수사국이었다. 그런 곳에 가본 사람이면 누구나 공감하겠지만, 제일 불안한 것은 왜 여기 끌려왔는지 모른다는 점이었다. 내가 관여하고 있는 『창비』가 시종일관 정부에

1974년 여름, 덕성여대 산악반 지도교수 시절.
학생들과 함께 설악산 서북주능을 3박 4일 종주했다.

비판적이어서 수사기관의 주목을 받고 있다는 사실은 물론
알고 있었다. 더구나 나는 1971년「민주수호선언」에 서명한
이래 1974년의「개헌청원지지성명」이나 '자유실천문인협의
회' 출범에 적극 참여해온 처지였다. 하지만 그건 새삼 조사
할 필요가 없는 피차 아는 사실 아닌가. 그러니 정말 무서운
건 터무니없는 공안사건에 걸려들어 인생을 망치는 것이었
다. 하지만 심문이 궤도에 오르자 차츰 안심이 되었다. 조사
의 초점이 월북작가들 책의 문제를 향하고 있었기 때문이다.

1975년 여름방학에 나는 모처럼 혼자 여행을 떠나 단양
남한강 언덕바지에서 농사를 짓고 있던 신동문 선생에게 가
서 이틀을 보내고, 다음에는 경북 봉화군 명호면 산골짜기
로 이오덕李五德 선생을 찾아갔다. 그가 삼동초등학교 분교
의 교장으로 있다는 것만 알고, 버스를 내려서도 십여 리 산
길을 걸은 끝에 겨우 도착했다. 운동장 한편에 교실 세 개짜
리 교사가 조촐하게 서 있고 끄트머리에는 방 두 개짜리 교
장 사택이 고개를 숙이고 있었다. 아직 전기도 전화도 들어
오지 않는 태백산맥 한복판의 고산지대였다. 오랜만에 촛불
밑에서 소박한 저녁을 먹고 운동장을 거닐며 산책하는 기분
은 과연 딴 세상에 온 것 같았다. 다음날 아침 그의 서가에서
책 두 권을 빌려갖고 서울로 왔다. 오장환吳章煥 번역의『예

세닌 시집』(동향사, 1946)과 이용악李庸岳 시집『이용악집』(동
지사, 1949)이었다.

　빌려온 것까지는 괜찮았는데, 그것을 복사해서 돌린 게 문
제를 일으켰다. 당시 나는 덕성여대 국문과 학과장 겸 출판
부장을 맡고 있었고, 출판부장의 책임 하에 복사기를 관리하
게 되어 있었다. 요즘은 사무실마다 복사기가 있고 가정에도
더러 있지만, 당시는 아주 초보적인 성능의 복사기가 막 보
급되기 시작한 때였다. 복사 상태도 극히 불량했다. 그런데
출판부 직원이 말하길 '양면복사'라고 해서 두 부씩 만드는
게 좋다고 했다. 그렇게 만들어진『예세닌 시집』한 부는 신
경림 시인에게,『이용악집』한 부는 백낙청 교수에게 건네고
나머지 각 한 부씩은 내가 가졌다.

　그런데 그게 어떤 시절이었던가. 박정희 유신체제에 대한
저항운동이 여러 분야에서 불붙고 있었고 문단에서도 1974
년 11월 결성된 자실을 중심으로 비판활동이 거세게 일고
있었다. 까맣게 모르고 있었지만, 주요 문인들 뒤에는 수시
로 미행이 붙어 다녔다. 결국 복사본 한 권이 정보부 끄나풀
의 손에 들어갔고, 그것이 꼬투리를 마련했다. 하지만 아무
리 험악한 시절이라 해도 그 정도로는 '물건'이 만들어지지
않았다. 하지만 당국으로서는 문인들 겁박이라는 목적은 달

성이었다. 일주일 남짓 조사받다가 풀려났는데, 그러나 나로서는 절치부심할 일이 있다. 정보부 직원들이 응암동 우리 집에서 백여 권의 책을 압수해 와서 포기각서를 쓰라는 것이었다. 십수년간 애써 모은 귀중본들뿐 아니라 심지어 며칠 전에 구입해 서문도 읽지 않은 루카치의 독일어책 『이성의 파괴』도 빼앗겼다.

정보부에서 풀려나는 자리에는 과장인지 국장인지 수사 책임자가 나타났다. 그는 나에게 그동안 고생했다고 입에 발린 위로를 건넨 다음 뜻밖에도 "당신 재임용 걱정은 안 해도 될 거요"라는 말을 했다. 순진한 나는 그 순간 정보부 간부가 대학의 인사문제에 관해 언급하는 것이 적절한지 않은지 따져볼 생각도 못 했을뿐더러 그의 말이 사실상의 탈락통보라는 것도 알아듣지 못했다. 탈락은 이미 결정되어 있는데 그것이 자기들 책임이 아니라는 발뺌을 미리 해두는 것이었다고 오랜 시간이 지난 뒤에야 깨달을 수 있었다. 그해 정기국회에서 교수재임용법이 통과된 까닭에 대학가에서는 내년 새 학기를 앞두고 어떤 인사태풍이 불어닥칠지가 최대의 관심사로 떠올라 있었던 것이다. 아무튼 나로서는 애써 모은 책을 빼앗김으로써 국문학 공부의 맥이 끊어진 것이 해직 못지않게 절치부심이다.

　　결국 1976년 1월 말쯤 나는 덕성여대 교무처장으로부터 재임용 탈락을 통보받았다. 그는 아주 미안한 표정으로 그 말을 전했다. 그의 말에 따르면 박원국 학장도 나를 구제하려고 문교부로 들어가 고위층을 만났고, 그래서 그 자리에서는 긍정적인 대답을 듣고 나왔다고 했다. 그러나 문교부 아닌 더 힘센 곳에서 '불가'不可 지시가 내려왔다고 했다. 교무처장의 말은 아마 사실일 것이다. 나는 그에게 사표를 써주고 나왔다.

　　나는 터덜터덜 창비 사무실을 향해 걸음을 옮겼다. 가사노동에 파묻힌 아내의 얼굴이 떠오르고 다섯 살, 세 살인 두 아이들 떠드는 소리가 들렸다. 자, 이제 어떻게 살아갈 것인가! 이런 핍박 속에서 문필활동을 한다는 것이 무엇을 뜻하는지 스스로에게 물어볼 기회가 주어진 것이었다. 문득 책에서 읽은 단재 신채호 선생의 일화가 생각났다. 그는 1929년 대련 감옥에 갇혀 재판을 받는 동안 고국의 부인이 자식들을 데리고 풀장사로 겨우 연명한다는 소식을 듣자, "내 걱정은 말고 잘 지내시오. 정 할 수 없거든 아이들을 고아원에 보내시오"라는 편지를 부인에게 보냈다고 한다. 단재의 전기와 연보에 기록된 이 비통한 대목을 읽을 때면 나는 솟구치는 감동에 목이 메는 것을 어쩌지 못했다. 단재가 더욱 존경스러운 것은 그가 이런 기막힌 곤경을 겪으면서도 독립운동의 전선에서 조금도 물러서지 않았을뿐더러 역사학자로서 우리 고대사연구의 끈을 놓지 않았던 점이었다. 단재의 일생은 외적에 대한 강고한 투쟁의 과정일뿐더러 자기 자신과의 영웅적 투쟁의 연속이었다. 하지만 단재의 무쇠 같은 신념과 불굴의 의지는 감히 내가 흉내낼 바 아님도 분명했다.

1970년대 문학운동의 현장에서

당시 창비 사무실은 종로구 수송동, 예전의 경찰기마대 건너편 5층짜리 자그만 건물의 3층에 있었다. 1970년대 초만 해도 창비는 신동문을 발행인으로 하여 신구문화사의 방 한 칸을 얻어 쓰고 있었다. 백 교수와 나는 각기 대학에 재직 중이었으므로 가끔씩 들렀고 잡지 낼 때가 다가오면 자주 나와서 일을 보았다. 하지만 이미 1973년부터 신구문화사로부터의 독립을 준비하면서 이듬해 봄에는 황석영의 소설집 『객지』를 시작으로 하우저의 『문학과 예술의 사회사』, 방영웅의 소설집 『살아가는 이야기』 등을 선보였다.

그러다가 백낙청 교수가 1974년 연말 '민주회복국민회의' 참가로 문교부로부터 징계 파면을 당했다. 이를 계기로 창비는 신구문화사를 떠나 따로 사무실을 열고 본격적인 출판사업에 나서게 됐고, 나는 백 교수보다 일 년 늦게 해직되어 창비 상근을 시작했다. 하지만 둘러보면 주위에는 직장에서 쫓겨난 해직자들이 수두룩했다. 해고된 노동자들도 많았지만 언론사와 대학에서 해직된 기자와 교수들도 적지 않았다. 다들 집에 돌아가면 살림에 쪼들렸겠지만 거리에 나와 만나면 희망 섞인 말로 서로를 격려했다. 저항운동의 밑바닥에 있는 것은 언제나 이와 같은 긍정의 에너지였다. 갓 출범한 출판사 창비를 감싸고 있는 분위기도 암울함과는 거리가 멀었다.

사실 1970년대 초만 하더라도 『창비』는 문단 한 귀퉁이에 모인 일부 젊은 평론가집단으로 인식되고 있었고 지식인사회 전체로 볼 때에도 '비판적 소수'의 위상을 지녔을 뿐이었다. 물론 뜻있는 인사들로부터는 날카로운 주목을 받았지만, 주류세력으로부터는 외면되거나 불온의 혐의를 받았다. 그러나 박정희 독재정권과 민중—지식인 연합 간의 대결이 점점 한국사회의 핵심적 이슈로 진전되어감에 따라 『창비』가 대변하는 저항의 문학과 비판적 담론도 점점 더 문단의 중심부로 진입하게 되었다. 그리하여 1970년대 후반이 되면 언론·종교·노동·학생 등 반독재 저항운동의 연합세력에서 문학은 빠질 수 없는 한자리를 차지하게 되었고 이에 따라 『창비』는 문단에서 가장 주목받는 거점의 하나로 자리매김 되었다.

물론 잡지의 사회적 역할에서 정말 중요한 것은 편집의 방향이다. 창간 이후 줄곧『창비』는 한국사회의 낙후성과 권력의 반민주성에 대해 비판적인 자세를 견지해왔다고 할 수 있다. 그 때문에 색안경을 쓰고 보는 사람도 적지 않았고 신변의 안위를 걱정하는 사람도 있었다. 하지만 초창기『창비』의 경우 비판은 대체로 순수이론의 성격에 머물렀고 따라서 그 화살은 지식인사회의 범위를 넘어서지 않았다. 1960년대의 박정희 정권 자체가 아직은 절차적 민주제의 형식을 지키고 있었던 데다가『창비』의 역량도 정치의 영역을 건드릴 만큼 충분하지 못했다. 그러나 결국 간접적인 방식으로라도 정치와 권력의 문제를 거론하지 않을 수 없는 시대가 다가왔다. 삼선개헌(1969)과 대통령선거(1971)를 거치면서 박정희의 야심이 점차 노골화되었고 마침내 유신이라는 이름으로 민주주의를 정면 부정하는 사태가 전개됐던 것이다. 나는 1972년 10월 17일 저녁 어둠이 깔리기 시작하는 청진동 막걸리골목을 잊지 못한다. 비상계엄, 국회해산, 헌법정지 등 무시무시한 내용을 발표하는 박정희의 카랑카랑한 목소리가 술집 라디오에서 흘러나왔다. "이건 국민에 대한 선전포

고로구나!" 내 입에서는 절로 이런 탄식이 나왔다.

　그러나 억압이 있는 곳에는 저항이 있게 마련이다. 1970년대 내내 대학생·언론인·종교인·문인 등 지식계층을 중심으로 유신철폐 주장은 점점 더 거세어졌고 노동자·농민·도시빈민 등 민중들의 생존권투쟁도 민주화운동에 힘을 실었다. 개헌청원운동(1973), 「자유언론실천선언」(1974), 「민주회복 국민선언」(1974), 「3·1민주구국선언」(1976) 등 저항이 이어지는 가운데 문인들도 1974년 1월 7일 「개헌청원지지성명」을 발표했고, 특히 그해 11월 18일 결성된 '자유실천문인협의회'는 이후 문인조직운동의 사령부가 되었다. 이런 치열하고 지속적인 저항에 대해 박정희 정권은 긴급조치의 잇단 발동으로 탄압의 강도를 더해갔고, 특히 '인혁당' 인사들에 대한 가혹한 고문과 '사법살인'은 국제적으로도 악명이 높았다. 이 과정에서 문단에서만 하더라도 이호철·고은·송기숙·김지하·임헌영·양성우·김남주 등 여러 문인들이 옥고를 치렀다.

1970년대를 마감하며

　『창비』 편집자로 일하는 동안 나는 비판적 담론의 생산도 중요하지만 담론생산 거점으로서의 잡지의 존속 자체도 그에 못지않게 중요하다는 걸 늘 명심했다. 원고를 검토할 때에도 평범한 내용을 공연히 과격하게 표현해서 위험을 자초하는 것은 어리석은 일이라는 원칙을 지켰다. 1970년대에는 나 자신도 당연히 성명서 발표나 반정부집회에 참가하는 일이 잦았지만, 그러나 그런 활동의 선두에 섰다가 잡혀가는 것만은 피하는 게 부득이하다는 자세를 견지했다. 한편, 잡지가 사회적으로 뜻있는 역할을 하려면 상당한 숫자의 유료독자를 확보하고 있어야 한다. 따라서 과도한 전문성이나 지나친 정파주의는 대중적 호응을 얻기 어렵다는 점도 중요하다.

당시의 출판문화를 돌아보면서 간과하기 쉬운 것은 납본제도와 검열, 그리고 판매금지라는 그 시대 특유의 제도적 압박이다. 나는 당연히 이런 점들을 항시 예민하게 의식했지만, 그렇다고 해서 본연의 자세를 굽힐 수 없다는 것도 자명했다. 결과는 탄압의 현실화였다. 실제로 1972년 여름호부터 리영희 선생의 논문「베트남 전쟁」시리즈를 발표할 때나 1978년 가을호에 현기영의 중편소설「순이 삼촌」을 게재할 때는 철선을 건드리는 게 아닌가 하는 불안감도 없지 않았는데, 과연 무사하지 못했다. 1975년 여름「베트남 전쟁(3)」의

1979년 제헌절 특사로 양성우 시인이 석방되던 날
함께 모인 자유실천문인협의회 회원들. (사진은 한국작가회의 제공)

발표는 신동문 선생의 발행인 사임을 강제했고, 「순이 삼촌」 발표에 이은 동명의 소설집 간행(1979)은 작가 현기영에게 혹독한 육체적 고문을 안겼다.

긴급조치 시대에는 잡지에서의 전문全文삭제와 단행본 판매금지가 남발되었다. 몇 개 기억나는 사례만 언급하면, 1975년 봄호 『창비』는 수배중인 김지하의 시 12편과 파면된 백낙청 교수의 논문을 실었다가 서점에서 회수되었으며, 조태일 시집 『국토』(1975)와 황명걸黃明杰 시집 『한국의 아이』(1976) 및 『신동엽전집』(1975)은 판금되었다. 김춘복金春福의 장편소설 『쌈짓골』(1977)은 판금되었다가 당국과의 밀고 당기기 끝에 나의 해설을 삭제하는 조건으로 책방에 깔릴 수 있었다. 리영희 평론집 『전환시대의 논리』(1974)는 공안기관에 잡혀오는 학생들 의식화에 주범으로 인식되어 뒤늦게 1979년에 판금대열에 합류하였다. 1977년 10월 간행된 『8억인과의 대화』는 편역자 리영희의 구속과 발행인 백낙청의 기소를 불러왔는데, 두 분의 재판이 열리는 법정은 방청 온 해직기자와 문인들에게 더없이 알찬 정치교육의 현장이 되었다. 이 사건의 여파로 1978년 봄 나는 백낙청 후임의 창비 발행인이 되었다. 끝없이 이어지는 탄압의 와중에 중책을 맡은 것이었다.

　책을 기획하고 내용을 검토하는 일과는 차원이 다른 일, 즉 사장 노릇은 내게는 아주 낯선 역할이었다. 잡지사·출판사라는 제도적 틀이 없으면 근대적 의미에서 문학의 사회적 존립은 불가능에 가깝지만, 그 잡지사·출판사 자체는 자본주의체제 안에서 작동하는 하나의 기업이고 영업조직이라는 걸 나는 처음으로 체감했다. 사실 그때까지 나는 수표와 어음이 어떻게 다른지도 잘 모를 만큼 그 분야에는 거의 백지였다. 숫자 읽는 일조차 단위가 높으면 내게는 익숙지 않았다. 그런데 영업부에서 매일 아침 가져오는 일계표日計表를 들여다보는 동안 차츰 숫자가 말하는 게 느껴지고 어제의 거래상황과 내일의 영업전망이 눈에 들어오기 시작했다. 그러자 직원들 월급, 결제할 어음, 종이대금, 원고료, 각종 공과금 등 돈을 지불할 날짜가 철로 위의 열차처럼 굉음을 내며 달려오는 소리가 들려왔다. 할 수 없이 집사람을 통해 월 3부(%)의 고리채를 쓰기도 하고 집을 담보로 은행융자를 받기도 했다. 이런 일은 문학과 관련하여 내 머릿속에 들어 있지 않던 미지의 영역이었다. 짧은 기간의 사장 노릇이었지만, 이것은 새로운 세계의 경험이었다.

　물론 창비 주변에서는 책을 발행하는 본연의 업무 이외에도 시국 관련 일들이 끊임없이 발생했다. 뜻을 같이하는 사

1979년 4월 신동엽 10주기, 부여에서 시비건립행사를 마치고.
송기숙·조재훈·김규동·염무웅·이운룡·이문구·백낙청 등이 서 있다.

람들 다수가 직장에서 쫓겨난 탓에 창비는 민주인사들의 사랑방 내지 연락처 비슷한 역할을 하지 않을 수 없었다. 백낙청 교수 파면에 이어 김윤수 교수와 나도 재임용에서 탈락되었으므로 창비 편집위원 세 사람은 1차 해직교수협의회에서 비중이 작지 않았다.(1980년 신군부 쿠데타 이후 결성된 것이 2차 해직교수협의회.) 특히 해직교수협의회 회장을 맡은 연세대 성내운成來運 교수는 문인들과 어울리기 좋아하는 분으로 부회장 백낙청 교수가 있는 창비에 자주 들렀다. 여기에 가끔 상경하는 송기숙 교수가 합세하여 박정희 정권의 식민지교육을 비판하는 논의를 진행하다가 그 내용을 전남대 교수 11명의 이름으로 발표한 것이 「우리의 교육지표」였다. 이 사건으로 성내운·송기숙 두 분이 구속되었고, 그러자 서울에서는 광주에서 재판이 열릴 때마다 여러 사람들이 내려가 법정을 메우고 성원을 보냈다.

교육지표 사건은 박정희 유신체제 몰락의 과정을 보여주는 하나의 징후였다. 사실상 그러한 징후는 도처에 차고 넘쳤다. 박 정권의 비이성적 폭거와 박정희 개인의 도덕적 타락은 만천하에 드러나고 있었다. 동일방직 여성노동자들에게 가한 정권의 더러운 탄압은 박 정권의 정치적 정당성을 뿌리부터 허무는 것이었고, YH노동자들의 신민당사 농성과 강제해산 사건은 치명타가 되었다. 1979년 10월 16일부터 시작된 부산·마산 시민항쟁은 마침내 유신정권의 최후의 목줄을 죄었다.

그로부터 열흘 뒤 새벽 4시쯤, 자고 있는데 요란하게 전화벨이 울렸다. 덜 깬 상태로 받으니 소설가 이호철 선생이 다급한 소리로 말한다. "방금 누가 미군방송을 듣고 알려줬어. 박통한테 문제가 생긴 것 같아. 염 형이나 나는 며칠 피해야 하지 않을까." 나는 얼른 옷을 입고 바깥으로 나갔다. 아직 어둠이 가시지 않고 있었다. 막 움직이기 시작한 첫 버스에 올랐다. 사직터널을 지나 중앙청 근처로 가까워지자 멀찍이 중무장한 탱크가 보였다. 어둠은 차츰 걷혔지만 엷은 안개가 끼여 건물들의 윤곽이 뚜렷하지는 않았다. 거리에는 드문드문 출근하는 사람들이 나타나기 시작하고 탱크 옆에 집총한 군인들은 무표정해 보였다. 집으로 들어가도 별일 없을 것 같은 분위기였다. 독립문 쪽으로 천천히 걸어가면서 싸늘한 공기를 들이마셨다. 아, 이렇게 끝나는구나! 생각해보면 내 생애의 황금 같은 20대, 30대가 박정희의 독한 기운과 더불어 저물고 있었다.

그러나 시련은 끝난 것이 아니었다. 그걸 깨닫는 데는 오랜 시간이 걸리지 않았다. 그럼에도 불구하고 10·26 그날의 시점에서만은 끝나지 않을 것 같던 독재가 마침내 끝났다는 해방감에 몸을 맡기고 싶었다. 시국은 여전히 불투명했지만, 연말이 되자 쫓겨난 교수들에게는 복직이 허용되었다. 해직을 통고했던 덕성여대 교무처장(故 이봉원李鳳源 교수)이 다시 덕성여대로 복직하라고 요청했으나, 서울에 그대로 남아서는 연구실을 지키기 어렵겠다는 판단도 들었다. 마침 영남대 총장비서실장인 이수인李壽仁 교수가 영남대로 오라고 권유했다. 나는 서울을 떠나기로 작정했다. 1980년 2월 영남대에 발령을 받고 솔가해서 대구로 이사했는데, 그것은 서울에서 터를 잡고 활동해온 나로서는 거의 입산에 준하는 결단이었다. 아무튼 이로써 내 생애의 질풍노도 시대는 돌연히 마감되었다.

문학과의 동행
염무웅 대담집

초판 1쇄 발행 2018년 4월 23일

지은이 • 염무웅
펴낸이 • 오은지
책임편집 • 변홍철
펴낸곳 • 도서출판 한티재
등록 • 2010년 4월 12일 제2010-000010호
주소 • 42087 대구시 수성구 달구벌대로 492길 15
전화 • 053-743-8368 팩스 • 053-743-8367
전자우편 • hantibooks@gmail.com 블로그 • www.hantibooks.com

• 책값은 뒤표지에 표시되어 있습니다.
• 이 책 내용의 일부 또는 전부를 이용하려면
  저작권자와 한티재의 서면 동의를 받아야 합니다.
• 이 도서의 국립중앙도서관 출판예정도서목록(CIP)은
  서지정보유통지원시스템 홈페이지(http://seoji.nl.go.kr)와
  국가자료공동목록시스템 (http://www.nl.go.kr/kolisnet)에서 이용하실 수 있습니다.
  (CIP제어번호: CIP2018009877)